JENEVA ROSE

FEELING SAFE

WIE SICHER BIST DU WIRKLICH?

THRILLER

Aus dem Englischen
von Danielle Styron

Die amerikanische Originalausgabe erschien 2023
unter dem Titel »You Shouldn't Have Come Here«
bei Blackstone Publishing, Oregon, USA.

Besuchen Sie uns im Internet:
www.droemer-knaur.de

Deutsche Erstausgabe November 2024
© 2023 by Jeneva Rose
© 2024 der deutschsprachigen Ausgabe Knaur Verlag
Ein Imprint der Verlagsgruppe
Droemer Knaur GmbH & Co. KG
Maria-Luiko-Straße 54, 80636 München
Alle Rechte vorbehalten. Das Werk darf – auch teilweise –
nur mit Genehmigung des Verlags wiedergegeben werden.
Die Nutzung unserer Werke für Text- und Data-Mining
im Sinne von § 44b UrhG behalten wir uns explizit vor.
Redaktion: Susanne Wallbaum
Covergestaltung: Sabine Kwauka
Coverabbildung: Sabine Kwauka unter Verwendung
verschiedener Motive von Mauritius-Images und Shutterstock.com
Satz und Layout: Adobe InDesign im Verlag
Druck und Bindung: CPI books GmbH, Leck
ISBN 978-3-426-44799-4

Kontaktadresse nach
EU-Produktsicherheitsverordnung:
produktsicherheit@droemer-knaur.de

2 4 5 3

Für Dad.
Tut mir leid, dass dies kein Buch
über Zombies geworden ist.
In Liebe – dein viertliebstes Kind.
(Obwohl, vielleicht bin ich mit dieser Widmung
auch an die erste Stelle gerückt. Lass es mich wissen.)

TAG
EINS

1
GRACE

Eigentlich wollte ich nicht haltmachen, aber als die Tankwarnleuchte auf dem Armaturenbrett anging, war mir klar, dass ich gar keine andere Wahl hatte. Gunslinger 66 war die einzige Tankstelle, die ich die letzten vierzig Meilen gesehen hatte, und sie lag direkt am Highway 26. Man hätte meinen können, sie sei für immer geschlossen, wäre da nicht das Neonschild mit dem Wort »OPEN« gewesen – also eigentlich OPE, denn das N ging alle paar Sekunden aus. Das Gebäude war heruntergekommen und hatte trübe Fenster und Balken, die das Ganze kaum noch trugen. Ich seufzte erleichtert auf, als mein alter Mazda 2 Kombi stotternd neben einer Zapfsäule zum Stehen kam, und schüttelte die Hände aus, die schmerzten, weil ich das Steuerrad so fest umklammert hatte. Mit Müh und Not hatte ich es bis hierher geschafft, die letzte Meile nur noch mit einer Mischung aus Stoßgebeten und dem letzten Tropfen Benzin.

Ich schlug die Tür hinter mir zu, hängte mir meine Tasche über die Schulter und hielt sie gut fest. In beiden Richtungen war nichts zu sehen als der sich hinschlängelnde schwarze Highway, offene Felder und die Sonne, die schon langsam unterzugehen begann. In der Ferne machte ich die Berge aus. Von hier wirkten sie wie Ameisenhügel, aber ich wusste, dass sie aus der Nähe höher waren als die Wolkenkratzer, an die ich gewöhnt war. Ein Steppenläufer wehte über die Straße. Ehrlich gesagt, hätte ich so etwas nicht schon so oft in Filmen gesehen, ich hätte keinen Schimmer gehabt, wie diese vertrocknete Wüstenpflanze heißt.

Auf einem kleinen, abgeschabten Aufkleber an der Zapfsäule stand: »Nur Barzahlung. Wenden Sie sich bitte an das Personal.« Das war ja klar, stöhnte ich, band mir die Haare zu einem Pferdeschwanz und ging über den geschotterten Platz. High Heels waren hier vollkommen unbrauchbar, auf dem tückischen Untergrund knickten meine Knöchel ständig zur Seite weg. Die Tür quietschte, als ich sie aufzog. In der Ecke surrte ein Ventilator und verteilte den Geruch von Beef-Jerky und Benzin gleichmäßig im Raum. Die meisten Regale waren nur halb gefüllt. Ich vermutete, dass sie hier draußen nicht regelmäßig beliefert wurden. Hinter der Ladentheke stand ein Riese von einem Mann in einem schmutzigen Overall. Die Haut in seinem Gesicht bestand aus tiefen Falten, kraterförmigen Poren und breiten Narben, sie sah aus wie eine topografische Karte. Er drehte zwar den Kopf in meine Richtung, aber eines seiner Augen ging bei der Bewegung nicht mit. Dann stieß er einen leisen Pfiff aus.

»Na, du kommst aber nich von hier, Kleine?« Der Ton des Mannes war zuckersüß, doch der Blick, mit dem er mich fixierte, wirkte alles andere als harmlos.

Ich hob das Kinn und ging zwei große Schritte auf ihn zu. Meine Absätze knallten auf den Holzboden.

»Woran merkt man das denn?«, fragte ich und legte den Kopf schief.

Sein eines Auge musterte mich von Kopf bis Fuß, während das andere auf die Eingangstür gerichtet blieb. Er griff sich ans Kinn, fuhr sich kurz über die Wangen und dann durch den struppigen Bart, der in Zotteln bis über den Adamsapfel herunterhing.

»Na, daran, wie du zurechtgemacht bist, daran sieht man's.« Er zwirbelte seinen Bart.

»Gut. Also, ich will für sechzig Dollar tanken«, sagte ich, zog drei Zwanzigdollarscheine aus meinem Geldbeutel und schob sie über die Theke.

Einen Moment stand er nur da und glotzte mich an, als versuchte er zu bestimmen, woher eine Frau wie ich kommen könnte.

»Chicago?« Er schnappte sich das Geld und tippte auf ein paar Tasten einer alten eisernen Registrierkasse herum.

»New York.«

Mit einem Klingeln sprang die Lade auf.

»Da bist du aber weit weg von zu Hause, Miss.«

»Das ist mir klar«, antwortete ich und verfolgte jede seiner Bewegungen.

Er legte das Geld hinein und schob die Lade zu. »Du kannst jetzt tanken.«

Ich nickte ihm kurz zu und verließ den Tankshop, behielt ihn aber im Auge, bis ich draußen war. Auf dem geschotterten Parkplatz beschleunigte ich meine Schritte. Ich spürte seinen Blick auf mir, als ich die Zapfpistole in die Tanköffnung steckte. Mit einem Klicken liefen die Zahlen auf der Anzeige weiter, langsam, viel zu langsam. Ich fischte die Sonnenbrille aus meiner Tasche, setzte sie auf und schaute noch einmal zum Tankshop rüber. Es dauerte keine Sekunde, bis ich ihn entdeckt hatte, denn der Mann klebte förmlich mit dem Gesicht an der Scheibe. Jetzt erinnerte seine verlebte Haut an rohes Hackfleisch. Als ich mein Smartphone herausholte, stellte ich fest, dass ich keinen Empfang hatte. Nutzlos.

Die Anzeige der Zapfmenge sprang auf sechs Gallonen. Es war, als verginge die Zeit langsamer. Ich trommelte mit meinen langen roten Fingernägeln an den Wagen, um mich irgendwie zu beschäftigen. Klick. Klick. Klick. Quietsch. Die Tür des Tankshops ging auf. Der Mann stand leicht schief, als wäre eines seiner Beine länger als das andere. Mit kurzen, unsicheren Schritten kam er auf mich zu. Für sechzig Dollar hätte ich volltanken können, aber einen vollen Tank brauchte ich nicht unbedingt. Ich hatte noch etwa hundertfünfzig Meilen vor mir, würde also mit einer halben Füllung auskommen. Der Mann sagte kein Wort, als er über den Platz auf mich zukam. Auch ich schwieg. Auf seiner Stirn bildeten sich Schweißtropfen, die an der tiefsten Falte entlang herunterrannen. Seine dicke Zunge glitt über die Oberlippe und leckte den Schweiß weg. Mein Blick wechselte hektisch zwischen ihm und der Zapfsäule hin und her. Mach schon. Mach schon.

Klick, klick, klick machte die Zapfsäule.

Bum, bum, bum kam es aus meiner Brust.

Und plötzlich war da noch ein zusätzliches Geräusch. Ein Klirren. In seiner Tasche. Münzen klimperten, schlugen gegeneinander. Die Muskeln in meinen Beinen und Armen begannen zu zittern, machten sich instinktiv zur Flucht bereit.

Als die Gallonenanzeige auf die Sieben sprang, riss ich die Zapfpistole aus der Tanköffnung und schleuderte sie zur Seite. Benzin tränkte meine High Heels und den Boden unter mir. Ich rannte um das Auto herum, warf mich auf den Fahrersitz und schlug die Tür zu.

Der Mazda schleuderte Schotter hoch, als ich das Gaspedal durchtrat und in Richtung Berge davonraste. Im Rückspiegel sah ich ihn im aufgewirbelten Staub husten. Er schlug sich mit der flachen Hand gegen das Bein und stampfte auf, dabei brüllte er irgendetwas, das ich nicht verstand und auch gar nicht hören wollte. Ein paar Meilen weiter auf dem Highway kurbelte ich das Fenster herunter und sog die frische Luft ein. Durch die Nase einatmen und dabei bis vier zählen, bis sieben den Atem anhalten und auf acht durch den Mund wieder ausatmen. Die Luft roch jetzt anders, schmeckte anders. Wahrscheinlich, weil sie tatsächlich anders war. Nach drei Runden Atmen hatte ich mich beruhigt. Mein Herzschlag wurde wieder normal, und die Muskeln in Armen und Beinen entspannten sich – waren nicht mehr in Alarmbereitschaft, nicht mehr auf eine Kampf-oder-Flucht-Reaktion eingestellt.

Die Straße vor mir wand sich, so weit das Auge reichte, wie eine schwarze Schlange durch flache Felder. Ich streifte den benzingetränkten Schuh von einem Fuß und warf ihn in den Beifahrerfußraum. Während mein nackter Fuß das Gaspedal durchtrat, zog ich schnell auch den anderen Schuh aus und warf ihn ebenfalls zur Seite. Dann machte ich das Radio an in der Hoffnung auf einen Popsong, irgendetwas, das meine Laune heben würde, aber es war nur Rauschen zu hören. Auf jedem Sender statisches Rauschen wie das Zischen der schwarzen Schlange, auf deren Rücken ich ritt und die mir damit sagte, sie wisse, dass es mich gibt. Das hatte etwas seltsam Tröstliches. Bis zur Tankstelle Gunslinger 66 war die Fahrt ereignislos gewesen. Zeitweise war es mir vorgekommen, als sei ich allein auf der Welt, so selten kreuzten andere Fahrzeuge meinen Weg. Die Einsamkeit war sowohl schön als auch beängstigend. Sie gab einem das Gefühl, einmalig und zugleich vollkommen unbedeutend zu sein.

Wyoming war ein Bundesstaat, an den ich bisher keinen Gedanken verschwendet hatte, was ich jetzt, da ich ihn in all seiner Schönheit erlebte, fast bedauerte. Als ich mich meinem Ziel näherte, begann sich die Landschaft zu verändern. Und je weiter ich nach Westen kam, desto dramatischer wirkte sie. Bald wurden aus den flachen, eintönigen Feldern sanft geschwungene Hügel mit hohen Kiefern, Moosen und Gräsern in wechselnden Schattierungen, und mitten hindurch bahnten sich reißende Wasserläufe ihren Weg; ein Mosaik der Farben auf einem noch feuchten, im Entstehen begriffenen Gemälde. Die majestätischen Rocky Mountains wachten über das Land und boten allen, die sich näherten, Schutz. Auf den Ebenen streiften Büffel und Elche umher, es war eine Landschaft, die ihnen immer gehört hatte und weiterhin gehören würde, einer der wenigen Orte, wo das noch galt. Alles war in einem so grandiosen Maßstab gehalten, dass es einem schwerfiel, die wirkliche Größe zu begreifen. Etwas Vergleichbares hatte ich nie zuvor gesehen, es war wie ein fremder Planet in meinem eigenen Land – eine Art Mikrokosmos –, und ich war froh, dass ich ihn ausgewählt hatte.

Es war nach sieben, und die Sonne schickte die letzten Strahlen, bevor die Nacht anbrach.

»Sie erreichen Ihr Ziel nach dreihundert Metern«, verkündete das Navi, und ich schaltete es aus, denn die Ranch tauchte schon hinter dem nächsten Hügel auf. Umgeben von Wald, direkt am Wind River gelegen, sah das Anwesen aus, als sei es einem Bilderbuch entsprungen. Ein großes, rustikales Haupthaus mit umlaufender Veranda und hohen Erkerfenstern, dazu ein Schuppen und eine Scheune. Auf einer eingezäunten Weide mit einem großen Teich in der Mitte liefen Enten, Hühner, Schafe, Kühe und Pferde frei herum. Die Schotterauffahrt war lang, und ich fuhr sie langsam hoch.

Gerade als ich aussteigen wollte, sah ich ihn. Er stieß die Eingangstür mit dem Fliegengitter auf und hielt sich die Hand über die Augen, um sie gegen das letzte Sonnenlicht abzuschirmen. Er trug Jeans, Cowboystiefel und ein weißes T-Shirt, also genau das, was ich erwartet hatte. Mit wenigen großen Schritten überquerte er die Veranda und kam dann lässig auf mich zugeschlendert, groß, mindestens eins fünfundachtzig, braun gebrannt und muskulös. Muskeln, die eindeutig von körperlicher Arbeit stammten und nicht vom Training in einem Fitnessstudio wie bei so vielen Trotteln in der Stadt.

Bevor ich ausstieg, schlüpfte ich noch schnell in meine Schuhe. Sie stanken nach Benzin, und ich hoffte, er würde es nicht bemerken oder mich wenigstens nicht darauf ansprechen. Nachdem ich mir die Handtasche über die Schulter geworfen hatte, richtete ich mich auf und schob die Sonnenbrille in die Haare. Beim Näherkommen erkannte ich kleine Besonderheiten an ihm, etwa die rosafarbene Narbe über der linken Augenbraue. Sie war zwei bis drei Zentimeter lang, und die Farbe verriet, dass er sie noch nicht lange hatte. Aber wir alle trugen ja Narben, und jede von ihnen hatte ihre eigene Geschichte. Ich überlegte, welche Geschichte wohl hinter seiner steckte. Er hatte einen stoppeligen Dreitagebart, der nicht gewollt wirkte, sondern eher so, als hätte er einfach keine Zeit zum Rasieren gefunden. Seine Kieferpartie war kantig und scharf geschnitten, und er hatte grüne Augen, so grün wie die Weide, auf der die Kühe und Schafe grasten. Ich schloss den Mund und presste die Lippen fest aufeinander, um sicherzugehen, dass ich nicht aussah wie ein sabbernder Hund beim Anblick von einem schönen Stück Fleisch.

»Sie müssen Grace Evans sein«, sagte er und streckte mir die Hand entgegen. Seine Stimme war tief, sein Händedruck kräftig.

»Stimmt. Freut mich, Sie kennenzulernen.« Ich klang etwas unsicherer als sonst, nicht ganz so autoritär und bestimmt, wie die Kollegen im Büro es von mir gewohnt waren. Mein Händedruck fiel etwas schwächer aus, nur aus dem zierlichen Handgelenk kommend, nicht mit der Kraft des ganzen Arms. Flirtete ich etwa mit ihm? Oder kam das nur daher, dass mir die Begegnung mit dem unheimlichen Tankwart noch in den Knochen steckte? Ich war mir nicht sicher, zog meine Hand aber unwillkürlich zurück.

»Ich bin Calvin Wells, und das Vergnügen ist ganz meinerseits.« Als er lächelte, kam eine Reihe gerader weißer Zähne zum Vorschein, und auf der rechten Wange entstand ein Grübchen.

»Wie war die Fahrt?«, fragte Calvin und hakte die Daumen in die Gürtelschlaufen seiner Jeans. Mehrere dünne, lange Kratzer verunzierten die Innenseite seines rechten Unterarms.

»Bis zur Gunslinger 66 gut.« Ich stieß einen Seufzer aus und musterte ihn von oben bis unten. Er hatte etwas von einem Kunstwerk, passend zur Landschaft um ihn herum. Man konnte gar nicht anders, als ihn sich ganz genau anzusehen. Schon da war mir klar, dass er mir als willkommene Ablenkung dienen würde.

Mit der Augenbraue schnellte auch die rosafarbene Narbe hoch.

»Dieser unheimliche alte Tankwart dort … er hat mich regelrecht verfolgt. Deshalb konnte ich nicht mal zu Ende tanken.« Ich verzog den Mund.

»Ach, Mist. Das tut mir leid. Geht's Ihnen gut?«

Ich nickte. »Ja, jetzt schon. Es kam nur so unerwartet.«

»Über so etwas müssen Sie sich hier keine Sorgen machen. Sie stehen hier unter meinem persönlichen Schutz, Grace«, sagte Calvin und lächelte.

Ich stieß ein kurzes Lachen aus und schüttelte den Kopf.

»Was ist daran so komisch?«, fragte er, weiterhin lächelnd.

»Ach, nichts. Ich habe nur gerade gemerkt, dass ich mich wie eine Prinzessin anhöre, die auf ihren Retter wartet.«

»Das fand ich überhaupt nicht«, sagte er und lachte gutmütig. »Ich nehme mal Ihr Gepäck und zeige Ihnen das Zimmer.« Er ging zum Kofferraum.

»Ach, das ist nicht nötig.« Ich mochte es eigentlich nicht besonders, wenn andere meine Sachen anfassten.

»Quatsch.« Er drückte auf den Knopf unter dem Nummernschild, der Kofferraum sprang auf.

»Sie halten mich wohl doch für eine Prinzessin?«, scherzte ich.

»Nein, Grace, aber Gastfreundschaft ist mir sehr wichtig.«

Nachdem er beide Koffer aus dem Wagen gewuchtet hatte, warf er sich einen über die Schulter und trug den anderen in der Hand. »Ich werde Sie gut umsorgen«, sagte Calvin. »So gut, dass Sie hier gar nicht mehr wegwollen. Das ist nämlich mein Motto«, fügte er hinzu, lächelte noch breiter und stapfte die Einfahrt hoch Richtung Haus.

Ich warf einen letzten Blick auf den alten, verbeulten Wagen, mit dem ich gekommen war, schaute dann wieder zu Calvin und zögerte einen Augenblick. Ich hatte ein ungutes

Bauchgefühl und fühlte mich einen kurzen Moment wie im freien Fall. Aber so schnell, wie das Gefühl gekommen war, verschwand es auch wieder, noch bevor ich überhaupt eine Chance hatte, darüber nachzudenken oder mich zu fragen, was das gewesen war. Ich schluckte schwer und gab mir einen Ruck, ihm zu folgen. Einen Schritt nach dem anderen.

2
CALVIN

Ich stellte Graces Koffer neben das französische Bett. »Das ist Ihr Zimmer«, erklärte ich und wies auf den Raum.

Grace kam nach mir herein, sie hatte eine Tragetasche und ihre Handtasche dabei. Mit ausdrucksloser Miene sah sie sich um, musterte jeden Winkel und jeden Quadratzentimeter. Es war schwer zu sagen, ob sie enttäuscht war oder nicht. Als ich anfing, Zimmer über Airbnb zu vermieten, hatte ich kurz erwogen, alles zu renovieren, aber dann brachte ich es doch nicht übers Herz. Meine Mutter hatte das Haus selbst eingerichtet, mit einem Mix aus selbst gemachten und gebrauchten Dingen. Zuletzt war hier in den Siebzigern neu tapeziert worden, aber der Stil war wohl gerade wieder angesagt, zumindest behauptete meine Nachbarin das.

Grace legte ihre Taschen auf das Bett und zögerte kurz, bevor sie sich wieder zu mir umdrehte. Ihr Blick wanderte langsam von meiner Taille hoch bis zum Gesicht. Sie roch nach einer Mischung aus Gänseblümchen und Benzin, was seltsam war, aber ich sagte nichts. Das wäre unhöflich gewesen. Ihr Haar war goldblond und reichte ihr bis zur Mitte des Rückens, ihre Augen waren vom blausten Blau, das ich je gesehen hatte, so intensiv, dass die Farbe beinahe künstlich wirkte. Sie trug einen engen schwarzen Rock, hochhackige Schuhe und eine Bluse aus einem irgendwie gerafften Stoff. Ich bin sicher, da, wo sie herkam, war das der letzte Schrei, aber hier trugen die Frauen so etwas nicht. Ihre weichen Züge standen in direktem Kontrast zu diesem schwarzen Outfit, und ich konnte gar nicht anders, als ständig auf ihren Schmollmund zu starren, während ich darauf wartete, dass sie etwas sagte.

»Es ist perfekt.« Sie lächelte, aber ihre Stimme klang etwas unsicher.

Ich atmete erleichtert aus, und sie lachte.

Dann hob sie eine Augenbraue. »Hatten Sie befürchtet, es könnte mir nicht gefallen?

»Na ja«, ich trat von einem Fuß auf den anderen, »normalerweise habe ich so gut wie keine weiblichen Gäste, und ich war mir nicht sicher, ob ein Stadtmensch wie Sie sich an einem solchen Ort wohlfühlen würde.«

»Wenn ich es mir in New York zwischen Ratten und Kakerlaken gemütlich machen kann, dann schaffe ich das überall.« Sie hob ihren Koffer mit einem Schwung auf das Bett. Also Kraft hatte sie wohl, denn das Ding wog mindestens fünfundzwanzig Kilo.

»Brauchen Sie Hilfe?«, fragte ich.

Das war immer der eher unangenehme Teil bei der Betreuung von Gästen, denn man konnte nie wissen, ob sie wollten, dass man blieb und sich mit ihnen unterhielt, oder ob sie lieber in Ruhe gelassen werden wollten. Bei Grace war ich mir zwar ziemlich sicher, dass Letzteres zutraf, aber ich fühlte mich jetzt schon zu ihr hingezogen wie eine Motte zum Licht oder wie die verdammten Kojoten zu meinen Hühnern. Also war bereits klar, dass ich jede Gelegenheit nutzen würde, Zeit mit ihr zu verbringen.

Sie schüttelte den Kopf. »Nein. Geht schon«, sagte sie nüchtern, griff ihre schwarze Ledertasche, bückte sich und schob sie so weit wie möglich unter das Bett.

»Streng geheim?«, witzelte ich und kratzte mich im Nacken.

Sie richtete sich auf und schaute mich mit zusammengezogenen Brauen an. »Nur Arbeitsunterlagen für Notfälle. Wenn ich die nicht außer Sichtweite schaffe, werde ich unweigerlich anfangen, E-Mails zu beantworten oder ans Telefon zu gehen, aber ich bin ja zum Entspannen hier, nicht zum Arbeiten.« Mir schien es, als versuche sie eher, sich selbst davon zu überzeugen als mich. Offenbar hatten wir mehr gemeinsam, als sie ahnte, denn ich musste auch immer etwas zu tun haben. Müßiggang ist aller Laster Anfang, so sagt man doch.

»Ich kann die Sachen auch im Keller wegschließen, wenn Sie möchten.«

»Die Idee hat was, aber das wird wohl nicht nötig sein.« Grace öffnete den Reißverschluss ihres großen Koffers und schlug den Deckel zurück, sodass ein Stoß Bücher und der perfekt gepackte Inhalt zum Vorschein kamen. Dass sie gern las, wusste ich schon, denn es stand in ihrem Airbnb-Profil, und ich vermutete, dass sie einen Großteil ihrer Zeit hier mit der Nase in einem Buch verbringen würde. Alle Sachen waren in einzelne Packwürfel sortiert. Grace öffnete einen und ließ einen Haufen Spitzen-BHs und Seidenhöschen auf die geblümte Tagesdecke fallen. Sie warf mir einen kurzen Blick zu, und dann widmete sie sich wieder ihrer Aufgabe. Ich verstand das als Zeichen, dass sie jetzt ihre Ruhe wollte.

»Dann störe ich mal nicht weiter.« Ich tippte mit dem Zeigefinger an meinen imaginären Hut und ging ein paar Schritte Richtung Flur.

Sie schaute schnell zu mir, und ihr Mund öffnete sich langsam. »Zeigen Sie mir doch erst mal alles. Auspacken kann ich ja auch später noch.«

»Sehr gern. Fangen wir doch gleich mit dem Kühlschrank an, denn ich könnte jetzt ein Bier brauchen.« Ich grinste in mich hinein.

Auch über Graces Gesicht huschte ein Lächeln. »Und ich erst«, sagte sie.

Ich hätte sie gar nicht als Biertrinkerin eingeschätzt und konnte mir ein weiteres Grinsen nicht verkneifen.

Bevor sie mir folgte, streifte sie noch ihre Schuhe ab, wackelte mit den Zehen und stieß ein erleichtertes Seufzen aus. Ihre Zehennägel waren im gleichen dunklen Rot lackiert wie die Fingernägel.

In der Küche holte ich zwei Budweiser Light aus dem Kühlschrank und öffnete sie mit einem gezielten Schlag an der Kante der schweren Holztheke. Ich reichte ihr eins.

»Wollen wir uns nicht duzen?«

Grace nickte mit einem Lächeln und nahm einen Schluck. Der Rand der Flasche ruhte auf ihren vollen Lippen, und als sie getrunken hatte, stieß sie einen genüsslichen Seufzer aus. Ich starrte sie beeindruckt an.

Grace drehte die Flasche zweimal hin und her, als wollte sie das Etikett lesen. Ich nahm einen langen Zug. Das Bier perlte auf meiner Zunge und wärmte mich augenblicklich von innen.

»Das hier ist also die Küche«, sagte ich.

»Ja, das habe ich mir fast gedacht«, frotzelte sie.

Meine Mundwinkel verzogen sich zu einem breiten Grinsen. Ich versuchte, mir meine Begeisterung nicht anmerken zu lassen, aber mein Körper hörte nicht auf mein Gehirn. Ich war sicher, dass ich auch noch rot geworden war.

Grace sah sich um.

Die Küche war aus dem gebaut, was uns in dieser Gegend zur Verfügung stand. Schränke und Arbeitsflächen waren aus mehr oder weniger unbehandeltem Holz, sodass der Raum wie das Innere eines Baumes aussah. Da ich allein hier lebte, war alles funktional und weniger auf Design ausgerichtet. Weder stand unnötiger Krempel herum, noch gab es Sachen, die nur der Dekoration dienten, wie etwa von Regalen baumelnde Kupfertöpfe. Nur eine einfache Küche aus Holz mit einem Messerblock, einer Kaffeekanne, der Spüle und ein paar Küchengeräten. In meinen Augen perfekt, aber vielleicht ging es nur mir so.

»Schlicht, minimalistisch. Gefällt mir sehr«, lobte Grace.

»Danke. Sie passt eigentlich nicht zum Rest des Hauses, weil, na ja ...« Ich verstummte. Das war etwas, worüber ich nicht gern sprach, und ich hoffte, sie würde nicht nachhaken. Dann führte ich sie ins Wohnzimmer. »Das hat noch meine Mutter eingerichtet, deshalb passt es vom Stil her auch zu deinem Zimmer.«

In einem Zeitungsständer standen alte, ungelesene Zeitschriften von Verlagen, die es schon lange nicht mehr gab. Neben dem Kamin lag ein Stapel gehäkelter Decken, und an den Wänden hingen, wild zusammengewürfelt, Bilder von alten Freunden zwischen Schnappschüssen aus dem Leben meiner Mutter. Bei einigen der Fotos hätte ich nicht mal sagen können, wer oder was auf ihnen abgebildet war, deshalb dachte ich mir zu ihnen lieber eigene Geschichten aus.

Grace ging zu dem hohen Bücherregal und strich mit den Fingern über die Buchrücken.

»Liest du gern?«, fragte sie und schaute zu mir hin.

»Ja«, antwortete ich mit einem Nicken.

»Ich auch.« Sie lächelte.

Fast wäre mir herausgerutscht, dass ich das schon wusste, aber ich konnte mich gerade noch bremsen. Ihr Blick wanderte zu den ausgestopften Tierköpfen, die eigenwillig und ohne Konzept an den Wänden des Wohnzimmers verteilt waren. Das war die Handschrift meines Vaters. Ein Hirsch, ein Elch, ein Wolf, ein Dickhornschaf und ein Berglöwe. Egal, wo man in dem Raum stand, überall verfolgten einen die Blicke ihrer schwarzen Marmoraugen. Man merkte es Grace an, dass sie ihr nicht gefielen. Sie verzog das Gesicht und betrachtete argwöhnisch jeden Einzelnen. Vielleicht fürchtete sie, eines der Tiere könnte ihr von der Wand entgegenspringen.

»Die beißen nicht«, sagte ich lachend.

»Das ist mir schon klar.« Sie biss sich auf die Lippe. »Es scheint nur ein bisschen ... ungewöhnlich.«

»Hier in der Gegend ist das kein ungewöhnlicher Anblick. Allerdings kommst du ja auch nicht von hier.« Ich schaute sie an, und mein Blick glitt von ihren Füßen bis hoch zu den Augen. Was hatte eine solche Frau an einem Ort wie diesem zu suchen? »Ich kann sie auch runternehmen?«, bot ich an.

Grace wirkte wie eine Außerirdische, die gerade auf einem neuen Planeten gelandet ist. Sie schüttelte den Kopf. »Oh nein. Natürlich nicht.«

»Sicher?«

»Ganz sicher.«

»Du wirst dich an sie gewöhnen«, sagte ich. Und das stimmte ja auch. Man kann sich an fast alles gewöhnen.

Sie nickte zögernd, sagte aber nichts weiter.

Wir gingen den Flur entlang, und ich zeigte ihr das Badezimmer, das dritte Schlafzimmer und die Tür zu meinem Zimmer. Ich erklärte ihr auch, wo der Wäscheschrank mit den Handtüchern und zusätzlichen Decken und Kissen war. Sie schwieg, schaute zu und ließ alles auf sich wirken. Auf dem Weg zurück durch den Flur blieb sie stehen.

»Was ist das hier?«, fragte sie und deutete auf die Tür mit dem Vorhängeschloss.

»Ach, da geht's in den Keller. Er ist noch im Rohbau, da darf keiner runter. Aber das willst du auch gar nicht, es gibt ohnehin nur Spinnen und Gerümpel, und es riecht modrig.« Schnell winkte ich sie weiter. »Hier lang.«

Als ich sie mir nicht folgen hörte, drehte ich mich um. Sie war vor der Tür stehen geblieben und starrte sie an. Mir war klar, dass sie alles tun würde, um herauszufinden, was sich dahinter verbarg. Wenn man jemandem etwas untersagt, will er oder sie es um jeden Preis erst recht tun. Die Neugier siegt immer, und genau deshalb hatte ich das Vorhängeschloss auch angebracht. Grace muss meinen Blick gespürt haben, denn sie schaute schnell in meine Richtung und lächelte unsicher.

»Sollen wir?«, fragte sie mit schriller Stimme. Ich fand den veränderten Ton etwas merkwürdig, aber ich kannte sie ja gar nicht, lernte sie gerade erst kennen – so gesehen war alles an ihr ungewohnt.

Wieder in der Küche, zog ich die Schiebetür zu der großen Holzterrasse auf, die ich im letzten Sommer gebaut hatte. Es war ein schöner Platz zum Sitzen mit mehreren Outdoor-Sofas, Stühlen und Beistelltischen. Am Geländer standen ein Gas- und ein Holzkohlengrill nebeneinander.

»Wunderschön«, sagte sie und bewunderte die Aussicht.

Es war die perfekte Kulisse mit allem, was Wyoming zu bieten hat. Eine Weide mit Schafen und Kühen, dahinter der Fluss, der die Grenzlinie des Grundstücks bildete. Jenseits des Flussufers dichte Kiefernwälder und in der Ferne die Berge, die über der ganzen Szenerie aufragten. Das war so ungefähr das Einzige, was mir daran gefiel, wieder in Wyoming zu sein. Hier ist nicht viel los, und es gibt auch kaum Leute in meinem Alter, aber schön ist es hier schon. Das muss ich zugeben.

»Ja, das ist es wirklich«, antwortete ich mit einem Blick zu Grace. Nun schaute auch sie mich an, lächelte erneut und leerte ihr Bier mit einem langen Zug. Gerade wollte ich sie fragen, warum sie sich Dubois in Wyoming als Urlaubsziel ausgesucht hatte, doch sie kam mir zuvor.

»Ich gehe jetzt fertig auspacken.« Damit drehte sie sich um und ging zur Schiebetür.

»Gib mir Bescheid, wenn du Hilfe brauchst.«

»Ich bin schon ein großes Mädchen. Ich komme allein klar.« Ihre Stimme klang, als wollte sie mit mir flirten, zumindest kam es mir so vor. Ohne ein weiteres Wort verschwand sie nach drinnen, und ich spürte, wie mir die Röte ins Gesicht stieg. Grace hatte etwas an sich, etwas ganz Besonderes. Aber ich war noch nicht so weit, wieder Jagd auf eine Frau zu machen. Es war noch zu früh.

3
GRACE

Ein paar nicht zueinanderpassende Drahtbügel stießen klirrend aneinander, als ich meine Kleider in den Schrank hängte. Meine Schuhe reihte ich auf dem Boden vor dem Fenster auf. Als ich die oberste Schublade der Kommode aufzog, entdeckte ich mehrere Sets Damenunterwäsche und einen Sport-BH. Gute Marken: Lululemon und SKIMS. Seltsam. Ich hielt einen Tanga in Größe S hoch. Die Sachen mussten von einem früheren Gast hier liegen geblieben sein, oder vielleicht hatte Calvin eine Freundin. Ich legte alles in die Schublade zurück und schloss sie. Die darunter war leer, also brachte ich meine eigene Unterwäsche, die Badeanzüge und Shorts darin unter.

Als Nächstes trug ich meinen Stoß Bücher zum Tisch und stellte sie in der Reihenfolge auf, in der ich vorhatte, sie zu lesen. Ich bin Schnellleserin und ging davon aus, dass ich in der Zeit hier locker alle fünf schaffen könnte.

Anfangen würde ich mit einer netten Strandlektüre, die sich schnell verschlingen ließe. Ich mochte solche Bücher, weil sie einem nichts abverlangten. Danach wollte ich etwas Trauriges lesen, und das hier würde mich garantiert zum Weinen bringen – zumindest versprach das der Klappentext. Ich fand, ich brauchte noch etwas, aus dem ich etwas lernen konnte, also hatte ich einen Selbsthilferatgeber eingepackt, der sich mit dem Ändern von Gewohnheiten beschäftigte.

Ich hatte einige schlechte Angewohnheiten, die ich loswerden musste, und jede Menge gute, die ich stärken wollte. Gewohnheiten konnten einen davor bewahren, Fehler zu begehen. Der mitgebrachte Horrorroman versprach, einem das Blut in den Adern gefrieren zu lassen, aber das glaubte ich erst, wenn ich es sah. Es brauchte schon einiges, um mir Angst einzujagen. Und als Letztes hatte ich einen Thriller dabei. Dieser lockte mit der Ankündigung einer vollkommen unerwarteten Wendung. Allerdings versprach das heutzutage praktisch jeder Thriller, und nur wenige lösten das Versprechen auch ein.

Nachdem ich meine Schminktasche, die Haar-Utensilien und sämtliche Toilettenartikel ausgepackt hatte, schaute ich aus dem Erkerfenster über der großen Kommode. Ein langer Riss verlief von der unteren linken Ecke hinauf bis zur Mitte. Ich fuhr ihn mit dem Finger nach. Die scharfe Kante der zerbrochenen Scheibe schnitt mir in die Haut. Au. Ich steckte den verletzten Finger in den Mund und lutschte daran. Der Schmerz verging schnell. Übrig blieb nur eine Blutspur, die sich ein paar Zentimeter über das Glas zog und die Landschaft dahinter zersplittert aussehen ließ und rot einfärbte. Es erinnerte mich an das Bild, das ich von der Stadt hatte. Ich war weit gereist, um die Welt in anderem Licht zu sehen, aber irgendwie schien sie doch immer gleich. Die Sonne versank hinter den Bergen und überließ das Feld der Dunkelheit. Einer Dunkelheit, wie ich sie nicht mehr kannte, denn in der Stadt erlebt man sie nicht – zu viele Lichter.

Mir fiel ein, dass ich versprochen hatte, zu schreiben, sobald ich angekommen war, und ich nahm mein Smartphone aus der Tasche. In der oberen rechten Ecke standen die Worte Kein Netz. Ich spürte einen Stich in der Magengrube und schluckte heftig. Das war ein Anblick, an den ich nicht gewöhnt war.

Als ich in die Küche kam, stand Calvin am Herd und brutzelte etwas, das nicht besonders gut roch – ein erdiges, fleischiges, süßliches Aroma. Er rührte mit einem Holzlöffel im Topf, dazu trank er entspannt sein Budweiser Light.

»Hi«, sagte ich.

Calvin fuhr herum, und als er mich sah, begann er zögernd zu grinsen. »Haie gibt es nur im Meer.«

Ich rang mir ein Lächeln ab. »Hast du vielleicht ein Pflaster für mich?«

Er legte den Löffel auf ein gefaltetes Stück Küchenpapier. »Natürlich. Hast du dir wehgetan?«

Ich hielt meinen Finger hoch, und ein Blutstropfen rann aus dem Schnitt. Es blutete noch immer. »Kampfverletzung von deiner kaputten Fensterscheibe.«

»Ach, Mist. Das tut mir leid.« Er verschwand im Flur und kam gleich darauf mit einem kleinen Verbandskasten zurück. »Ich wollte das schon längst repariert haben. Nicht alle meine Gäste sind auch gute Gäste.«

Calvin zog einen Stuhl heran und bedeutete mir, Platz zu nehmen. Er setzte sich mir schräg gegenüber, machte den Verbandskasten auf und nahm Salbe, Watte, Desinfektionsmittel und ein Pflaster heraus. Mit dem Versorgen von Wunden kannte er sich offensichtlich aus.

»Schade um das Fenster«, sagte ich.

»Mach dir keinen Kopf. Der Gast hat dafür bezahlt.« Er riss die Ecke der Verpackung mit den Zähnen auf und zog ein kleines gefaltetes Tuch heraus.

»Werden deine Gäste oft grob?« Ich hielt ihm meinen Finger hin. Blut tropfte auf den Küchentisch. Es versickerte sofort in dem unbehandelten Holz und hinterließ einen Fleck. Calvin schien das entweder nicht zu bemerken, oder es war ihm egal. Er wischte einen Tropfen weg und widmete sich wieder meiner Wunde.

»Nur die schlechten Gäste«, sagte er und schaute kurz zu mir hoch.

Als er einen mit Desinfektionsmittel getränkten Wattebausch auf die Wunde drückte, zuckte ich zusammen, aber das Brennen ließ schnell nach.

»Ist es nicht unbehaglich, Fremde im Haus zu haben?«, fragte ich.

Calvin hielt kurz inne, um mir in die Augen zu schauen. »Fremde sind sie ja nur zu Beginn«, antwortete er mit ernstem Ausdruck, bevor er mir schließlich ein Pflaster um den Finger wickelte und festklebte.

»Bitte schön. So gut wie neu.« Lächelnd packte er alles wieder zusammen.

»Danke.«

Nun ging er zurück zum Herd und rührte langsam im Topf.

»In der obersten Schublade meiner Kommode liegt übrigens Damenwäsche. Ich habe sie einfach drin gelassen, aber ich dachte, ich sage dir Bescheid.«

Er erstarrte für einen Moment, und es schien, als versteiften sich seine Schultern, aber ich war mir nicht sicher. Dann drehte er sich um. »Die muss noch von meiner Ex sein, von Lisa.« Er presste die Lippen zusammen und fing wieder an, im Topf zu rühren.

Mir lag etwas auf der Zunge, ich zögerte kurz, aber dann sprudelte es einfach heraus. »Du weißt ja, was es bedeutet, wenn eine Ex nach einer Trennung absichtlich etwas dalässt. Damit hat sie einen Grund, zurückzukommen.«

»Na, ich hoffe, das ist hier nicht der Fall.«

»Warum das denn?«, fragte ich.

»Weil sie tot ist«, erwiderte er.

Ich schluckte und bekam einen Hustenanfall. Calvin nahm schnell ein Glas aus dem Schrank und füllte es mit Wasser. Ich verstand, weshalb er es in so sachlichem Tonfall gesagt hatte, denn so ist der Tod. Entweder lebst du, oder du bist tot. Dazwischen gibt es nichts. Er reichte mir das Glas, und ich trank es fast leer.

»Alles in Ordnung?«, fragte er und klopfte mir leicht auf den Rücken.

»Ja.« Ich räusperte mich. »Hab mich nur verschluckt.«

Er nickte und kehrte an den Herd zurück.

»Das mit deiner Ex tut mir sehr leid.«

Calvin schaltete die Herdplatte aus und trank einen Schluck Bier.

»Darf ich fragen, wie sie gestorben ist?«, fügte ich hinzu.

»Autounfall … Ist ungefähr ein Jahr her.« Er drehte die Flasche in den Händen, als überlegte er, ob er noch mehr sagen sollte. »Wir hatten uns an dem Abend getrennt, aber ich bin davon überzeugt, dass wir wieder zusammengekommen wären. So war es immer.« Er sah mich nicht an, während er sprach, sondern starrte auf die weiße Wand, als wäre dort etwas Wichtiges zu sehen.

»Das tut mir sehr leid, Calvin.« Ich wusste nicht, was ich sonst noch hätte sagen können, in solchen Dingen war ich nicht gut. Dem Tod war ich in meinem Leben zwar schon oft begegnet, aber mit ihm konfrontiert zu sein und darüber zu sprechen, das sind zwei ganz verschiedene Dinge.

Sein Blick kehrte zu mir zurück.

»So ist das Leben, nehme ich mal an.« Er zuckte mit den Achseln und schüttelte den Kopf, als stünden seine Gedanken und Gefühle auf einer Art Zaubertafel, von der er sie einfach abwischen konnte. »Noch 'n Bier?«

Themenwechsel.

Ich nickte. Er holte eins aus dem Kühlschrank und machte es auf.

»Gibt es hier kein Netz?« Als er mir das Bier reichte, hielt ich mein Handy in die Höhe.

»Nein. Dafür muss man in die Stadt, aber ich hab einen Festnetzanschluss, falls du telefonieren musst.« Er deutete auf ein blassgrünes Telefon, das an der Wand hing. Ein langes Spiralkabel verband den Hörer mit der Station, es baumelte praktisch bis auf den Boden, als wäre irgendwann einmal zu fest daran gezogen worden.

»Ach, ich wollte nur schnell einer Freundin schreiben, dass ich gut angekommen bin. Gibt es hier denn auch kein WLAN?«

»Gab es mal. Aber jetzt brauche ich einen neuen Router.« Er lehnte sich gegen die Küchentheke und nahm einen weiteren Zug aus der Flasche.

Ich verschluckte mich und hatte kurz das Gefühl zu ersticken. Schnell trank ich noch einen Schluck. In der Beschreibung war nicht erwähnt gewesen, dass es keinen Handyempfang gab. Man sollte doch meinen, dass diese Info wichtig ist, aber vielleicht war das hier draußen auch einfach normal. Kein WLAN zu haben nervte mich auch, aber vermutlich war ich einfach zu sehr daran gewöhnt, ständig erreichbar zu sein.

»Alles gut?«, fragte er. Seine Miene war sehr besorgt.

Ich nickte. »Ja, klar.«

Es war nicht der richtige Zeitpunkt, um wegen des fehlenden Handyempfangs und WLANs ein Riesenfass aufzumachen. Ich war gerade erst angekommen und eigentlich auch hier, um mich zu erholen. Außerdem tat es mir sicher gut, mal eine Weile für niemanden erreichbar zu sein.

4
CALVIN

»Was kochst du da?«, fragte Grace.

Jetzt, da sie über meine Ex Bescheid wusste, sah sie mich wohl mit anderen Augen. Der Tod veränderte immer die Sicht auf die Welt und auf das Gegenüber. Ich hoffte, dass es kein Fehler gewesen war, ihr davon zu erzählen.

»Meine Spezialität. Gebackene Bohnen mit Speck und Würstchen«, sagte ich lächelnd.

Sie verzog keine Miene. Von meinen Kochkünsten war Grace offensichtlich nicht beeindruckt. Hätte ich geahnt, wie hübsch mein Gast war, hätte ich etwas Vornehmeres gemacht, aber ihr Profilbild auf der Website war bestenfalls als verschwommen zu bezeichnen.

»Möchtest du was davon?«, bot ich ihr an. Verpflegung war im Preis inbegriffen, wenn gewünscht, aber die meisten Gäste nutzten die Ranch nur zum Übernachten. Sie verließen das Haus früh am Morgen und kehrten erst spätabends zurück. Es war schön, jemanden zum Abendessen dazuhaben.

Sie rümpfte ganz kurz die Nase und schüttelte dann den Kopf. »Ich wollte eigentlich in die Stadt und dort etwas essen und will dir auch keine Umstände machen.«

»Ach, Quatsch. Du machst mir keine Umstände. Außerdem ist es schon ein bisschen spät, um auf den Straßen hier herumzufahren. Nachts kommen jede Menge wilde Tiere raus.« Ich holte zwei tiefe Teller aus dem Schrank und füllte sie.

»Du bist doch keine von diesen Vegetarierinnen, oder?«, fragte ich und stellte einen Teller mit einem Löffel vor sie hin.

Grace schaute erst das Essen an und dann mich. »Nein, gar nicht. Aber ... also ... so was esse ich eigentlich nicht.«

Ich nahm meinen Teller und das Bier, setzte mich neben sie und begann sofort zu löffeln. Die Süße der Bohnen und das deftige Aroma von Würstchen und Speck vermischten sich bei jedem Bissen.

Sie sah mir mit aufgerissenen Augen zu und hielt sich die Bierflasche vor den Mund, als wollte sie ihre Reaktion vor mir verbergen.

»Versuch's doch wenigstens mal.« Ich lächelte. »Ich garantiere dir, dass es dir schmecken wird, und falls doch nicht, dann ess ich deine Portion auch noch auf.«

Grace stellte ihr Bier ab und zögerte noch einen Moment, bevor sie schließlich nach dem Löffel griff. Sie pickte eine einzelne Bohne heraus.

»Du musst auch vom Speck und den Würstchen nehmen.«

Sie schaute mich an und tauchte ihren Löffel ins Essen. Dann hielt sie ihn vor sich hin und starrte ihn an. »Augen zu und durch!«

Sie schloss die Augen, hielt sich mit der anderen Hand die Nase zu und steckte den Löffel in den Mund. Sie übertrieb ganz schön, aber von einer Frau wie ihr war das wohl nicht anders zu erwarten. Auch beim Kauen hielt sie sich noch die Nase zu und die Augen geschlossen. Als die Geschmacksnuancen sich so vermischten, wie ich es vorhergesehen hatte, riss sie plötzlich die Augen auf und ließ die Nase los.

»Das schmeckt ja wirklich richtig gut.« Munter belud sie ihren Löffel aufs Neue.

»Hab ich doch gesagt. Du musst mir schon vertrauen.« Ich schmunzelte. Ein paar Minuten aßen wir schweigend weiter. Das einzige Geräusch war das Klappern unserer Löffel.

»Du hast gesagt, du isst solche Sachen nicht. Was isst du denn sonst?«, fragte ich und brach damit das Schweigen.

»Na, normale Sachen eben.«

»Aha, dann bin ich also nicht normal?«, witzelte ich.

Lachend sagte sie, so hätte sie es nicht gemeint.

»Ich zieh dich doch nur auf«, gab ich grinsend zurück.

Wieder herrschte ein paar Minuten lang Schweigen. Es war, als wüssten wir beide nicht recht, was wir sagen sollten, oder als wollten wir mit unseren Worten vorsichtig sein.

»Erzähl mir mehr von dir, Grace«, begann ich schließlich und lehnte mich auf meinem Stuhl zurück.

Sie trank einen Schluck Bier und schaute dabei mit ihren blauen, blauen Augen direkt in meine. Anders konnte ich ihre Augen nicht beschreiben: die blausten Augen der Welt.

»Was willst du denn wissen?«

»Alles, aber fangen wir doch damit an, was du beruflich machst.« Ich verschränkte die Arme.

»Ich bin in der Finanzwirtschaft tätig«, sagte sie nüchtern.

»Beeindruckend.« Ich nahm noch einen Schluck, und sie nickte.

»Jetzt bist du dran. Erzähl mal, Calvin Wells. Womit verdienst du deine Brötchen?« Sie neigte den Kopf zur Seite.

Es gefiel mir, dass sie meinen vollen Namen verwendete. »Ach, so einiges. Ich kümmere mich um die Farm, mache Airbnb, Gartenarbeit, hin und wieder Gelegenheitsjobs. Alles, was mich in Bewegung und die Ranch am Laufen hält.«

Sie lehnte sich zurück, nahm also die gleiche Haltung ein wie ich und trank von ihrem Bier. »Lobenswert.«

»Warum Wyoming?«, fragte ich.

»Warum nicht?«, erwiderte sie achselzuckend.

Ich zog eine Augenbraue hoch, um anzudeuten, dass ihre Antwort nicht ausreichte. Ihr Mundwinkel zuckte.

»Der Grund ist eigentlich total albern«, sagte sie.

»Ich mag albern. Schieß los.«

Grace trank, und als unsere Blicke sich wieder trafen, fing sie an zu sprechen. »Jedes Jahr werfe ich blind einen Dartpfeil auf eine Karte der Vereinigten Staaten. An dem Ort, den er trifft, mache ich dann Urlaub.« Sie wurde rot, als wäre ihr das peinlich.

»Das ist überhaupt nicht albern. Das heißt, das Schicksal entscheiden lassen.« Ich lächelte ihr kurz zu. »Aber warum machst du das? Warum suchst du dir nicht einfach einen Ort aus, an den du wirklich fahren willst? Ich meine, du könntest jetzt in Kalifornien oder auf Hawaii sein und mit einer Piña Colada am Strand liegen, statt mit mir in Dubois, Wyoming, Bohneneintopf zu essen.« Ich musste lachen.

Sie lachte mit, wurde dann aber ernst. Ihre blauen, blauen Augen funkelten, und sie seufzte.

»Mein Leben besteht nur aus Routinen. Alles ist geplant und noch mal durchgeplant, jede Minute des Tages festgelegt. Da befreit mich so etwas in gewisser Weise.« Und wieder neigte sie den Kopf zur Seite.

Ich trank einen Schluck und nickte. »Das verstehe ich. Bevor ich die Ranch übernahm, hatte ich diese Art von Freiheit auch, aber jetzt trage ich für alles, was hier lebt, die Verantwortung.«

»Warum hast du deine Freiheit aufgegeben?«, fragte sie.

Das war eine Frage, die ich nicht beantworten wollte. Ich sprach nicht gern über die Gründe, die mich wieder hierhergeführt hatten, aber ich nahm an, Grace war die Sorte Frau, die nicht lockerließ, bis sie ihre Antwort bekam.

»Es blieb mir nichts anderes übrig. Meine Eltern sind gestorben, deshalb bin ich vor anderthalb Jahren zurückgekehrt, um die Ranch zu übernehmen.«

Grace setzte ihre Flasche an. Was ihr wohl gerade durch den Kopf ging? Noch keine Stunde war vergangen, und sie wusste schon, dass drei mir nahestehende Menschen gestorben waren. Und alle hatten auf dieser Ranch gelebt. Man könnte meinen, dieser Ort sei verflucht, zumindest erzählten sich das die Leute. Ich an Graces Stelle hätte mich schleunigst aus dem Staub gemacht, bevor dieser Flecken Erde auch mich verschlang.

»Das muss hart gewesen sein«, sagte sie und presste die Lippen zusammen.

»Ja, schon.«

Ein paar Minuten saßen wir wieder schweigend da. Grace und ich, wir fühlten uns offenbar beide in der Stille wohl. Den meisten Leuten ging es anders. Sie hatten den Drang, sie mit Worten zu füllen. Was sie dabei nicht ahnten, war, dass man mit Schweigen so viel mehr ausdrücken kann als mit Worten. Grace nahm einen Schluck, und als sie die Flasche absetzte, gab es einen hohlen Ton, was hieß, dass ihr Bier alle war. Ich überlegte kurz, ob ich ihr noch eins anbieten sollte, aber es war schon spät, und es schien mir besser, Schluss zu machen, bevor ihr noch weitere Fragen zu meiner Familie oder meiner Vergangenheit einfielen.

»Eins muss ich noch wissen: Hast du meine Ranch nach dem Zufallsprinzip ausgewählt, oder hast du auch auf die

Airbnb-Website einen Dartpfeil geworfen?«, fragte ich in scherzhaftem Ton, aber es war mir ernst. Ich wollte herausfinden, ob diese Entscheidung vom Schicksal vorgegeben war oder nicht. Oder war sie möglicherweise Teil des Fluchs?

»Nein«, sagte sie mit einem angedeuteten Lächeln. »Ich habe mir diesen Ort ausgesucht, Calvin.«

Ich lächelte zurück, nahm beide Teller und trug sie zur Spüle. Es freute mich, dass Grace sich bewusst entschlossen hatte, hierherzukommen. Es gibt so viele Dinge, die für uns entschieden werden. Wir können nicht wählen, wo wir geboren werden, wie unsere Eltern uns großziehen, welche Werte sie uns vermitteln oder wie lange sie ein Teil unseres Lebens bleiben. Ich hasse diesen Aspekt des Lebens, dass man so gar keine Kontrolle darüber hat. Das Schicksal schlägt zu, wann immer es ihm danach ist, und von dir wird erwartet, dass du den Schlag einsteckst und einfach weitermachst.

Während ich das restliche Geschirr abwusch, schaute ich zu Grace hinüber. Sie wirkte erschöpft und starrte zur Terrassentür, fast als wäre sie in Trance oder so.

Ich drehte das Wasser ab und trocknete meine Hände.

»Also, ich muss früh raus. Die Kühe melken sich nicht von allein.«

Grace stand auf und warf ihre leere Flasche in den Mülleimer.

»Morgen früh wartet frischer Kaffee auf dich, und ich lasse das Brot und die Erdnussbutter draußen stehen, falls du ein bisschen was essen willst.«

»Danke, Calvin.«

»Brauchst du noch was, bevor ich mich verziehe?« Ich ging in Richtung Flur. Sie schwankte ein bisschen, verlor das

Gleichgewicht und stolperte in meine Richtung. Mein Arm streifte sie, und ich spürte einen kleinen Stromschlag zwischen uns. Ein Funke sprang über, wie wenn man einem Auto Starthilfe gibt. Die zwei Kabel. Sie sind elektrisch geladen. Mein Herz schlug schneller, und ich musste tief durchatmen, um mich zu beruhigen. Für so etwas ist es noch zu früh, ermahnte ich mich. Ganz egal, wie sehr ich mich zu dieser ungewöhnlichen Frau hingezogen fühlte, ich war dafür noch nicht bereit.

Ich schaute sie an und wartete auf eine Antwort. Bevor ich zu Bett ging, musste ich sicher sein, dass sie alles hatte, was sie brauchte.

Grace schüttelte den Kopf. »Alles gut. Danke fürs Abendessen.«

»Jederzeit wieder, Miss Grace. Schlaf gut.« Ich nickte und ging weiter den Flur entlang zu meinem Schlafzimmer. Es kostete mich alle Kraft, nicht kehrtzumachen.

TAG ZWEI

5
GRACE

So gut hatte ich in meinem ganzen Leben noch nicht geschlafen. Die meisten Menschen haben Schwierigkeiten, sich in einer fremden Umgebung zu entspannen, aber ich bin ja nicht wie die meisten anderen. Auf mich hat das Unbekannte eine beruhigende Wirkung, und die Abgeschiedenheit der Ranch gab mir das Gefühl, dort sicher und gut aufgehoben zu sein. Das Zirpen der Grillen, das Heulen des einen oder anderen Tiers und der Ruf einer Eule vor meinem Fenster hatten mich in einen tiefen Schlaf gewiegt. Es war das genaue Gegenteil von dem, was heulende Sirenen und hupende Autos in der Stadt bei mir bewirkten. Zu wissen, dass es hier nichts gab, wofür ich wach bleiben musste, hatte sein Übriges getan.

In einen schwarzen Seidenpyjama gehüllt, schlüpfte ich aus dem Bett und wagte einen Blick vor die Tür meines Zimmers. Alles war ruhig. Ein knarzendes Geräusch irgendwo in einem weit entfernten Winkel des Hauses durchbrach die Stille, aber es war schwer zu sagen, woher es kam. Das Haus hatte alte Knochen, und alte Knochen knarzten und ächzten nun einmal. Ich huschte schnell in die Küche, dem Duft des frischen Kaffees folgend, den Calvin mir versprochen hatte. Für mich war es ein seltener Luxus, so spät am Tag aufzustehen, und ich genoss es in vollen Zügen. Er war sicher irgendwo draußen unterwegs und kümmerte sich um die Tiere oder tat das, was Jungs vom Land eben so tun. Ich nahm mir den Kaffeebecher, den Calvin für mich hingestellt hatte, es war eine Kuh darauf abgebildet, und darunter stand: Wyoming, ein kuhles Fleckchen Erde. Ich schmunzelte über den doofen Spruch und schenkte mir Kaffee ein. Gerade als ich wieder in mein Zimmer zurückkehren wollte, öffnete sich quietschend eine Tür.

Durch das Zuschlagen der Fliegengittertür kurz darauf wirkte Calvins Erscheinen geradezu inszeniert. Sein Oberkörper war nackt, und, liebe Güte, ohne Hemd sah er ja noch umwerfender aus, als ich es mir ausgemalt hatte. Es war, als hätte ein Künstler jedes Detail seines Sixpacks sorgfältig herausgemeißelt und die Brustpartie perfekt modelliert. Oberkörper, Hals und Stirn waren von Schweißperlen benetzt. Fast wäre mir bei diesem Anblick der Becher aus der Hand gefallen. Calvin musterte mich von oben bis unten, atmete mit geröteten Wangen schwer aus und schien meinen Anblick ebenfalls förmlich in sich aufzusaugen.

»Tut mir leid«, murmelte er schließlich und schaute weg. Er trat unruhig von einem Fuß auf den anderen, als hätte er verlernt, ruhig zu stehen.

Ich kreuzte die Beine und legte einen Arm schützend vor die Brust. »Du musst dich nicht entschuldigen«, erwiderte ich und begriff, wie blöd es war, dass ich mir nicht so etwas wie einen schlichten, karierten Schlafanzug besorgt hatte. Die Frauen hier schliefen sicherlich nicht in Seide und Spitze.

»Du hast … äh … Ich war nur nicht darauf gefasst, das ist alles«, sagte Calvin und grinste. Er musste sich zwingen, mir in die Augen zu sehen, und mir ging es genauso. »Den Kaffee hast du offensichtlich schon gefunden«, sagte er.

»Den Duft von Kaffee würde ich überall aufspüren.« Ich führte den dampfenden Becher zum Mund und nahm einen Schluck.

»Super. Fühl dich hier ganz wie zu Hause«, sagte Calvin und griff in die Tasche seiner Jeans. »Übrigens habe ich gestern Abend vergessen, dir das hier zu geben«, er reichte mir einen einzelnen Schlüsselring mit einem silberfarbenen Schlüssel daran.

»Wofür ist der?«

»Für die Haustür. Normalerweise schließe ich nicht ab, das ist auf dem Land nicht nötig, aber ich dachte, mit einer Dame im Haus wäre es doch besser. Ich will, dass du dich hier sicher fühlst ...«

Ich schob mir den Schlüsselring über den Zeigefinger, umfasste den Kaffeebecher mit beiden Händen und trank behutsam einen weiteren Schluck daraus. »Danke ...«

Mich sicher fühlen? Ich fühlte mich doch sicher. So sicher, dass ich wie ein Stein geschlafen hatte. Was trieb sich denn da draußen herum, vor dem er die Tür versperren musste? Ich überlegte kurz, ob ich nachfragen sollte, wollte aber nicht wie ein Angsthase wirken. Der Typ bin ich nicht, deshalb verdrängte ich den Gedanken direkt wieder. Es war nur mein durchgeknallter Kopf, der dazwischenfunkte, der von Menschen nichts Gutes erwartete und stets mit einem bösen Ende rechnete. Wenn man das Schlechteste von Menschen erlebt hat, wird man diese Erfahrung nur schwer wieder los. Wir haben es alle in uns. So oder so, der Gedanke, dass Calvin mich beschützen wollte, gefiel mir, und ich ahnte, wie er so geworden war. Wenn man einen Menschen verloren hat, möchte man an allem Verbleibenden umso stärker festhalten. Und Calvin hatte viel verloren.

»Hast du heute schon was vor?«, fragte er und scharrte wieder unruhig mit den Füßen.

»Nichts Bestimmtes. Heute nur Entspannung pur«, meinte ich lässig.

»Und was machst du so, um dich zu entspannen, Miss Grace?«

»Lesen, Yoga, Joggen.«

»Davon klingt einiges aber eher nach Arbeit«, zog er mich auf. »Ich will dich ja nicht von deinem Entspannungsprogramm abhalten, aber wenn du Lust hast, kann ich dir mein Land zeigen.«

Ich trank in aller Seelenruhe einen weiteren Schluck Kaffee. Man merkte ihm an, dass er sich wünschte, ich würde seine Einladung annehmen, und ich ließ ihn bewusst etwas zappeln.

»Gern«, sagte ich schließlich. »Ich ziehe mir nur schnell etwas anderes an.«

Dann drehte ich mich um und ging den Flur hinunter. Bevor ich in meinem Zimmer verschwand, schaute ich mich noch einmal um und ertappte Calvin dabei, dass er mir hinterherstarrte. In seinem Blick lag etwas Brennendes. Einen solchen Blick hatte ich schon einmal erlebt. Ich wusste nicht mehr, wann und wo, aber eines war klar, er gefiel mir.

6
CALVIN

Nachdem ich Grace in ihrer – in Ermangelung eines besseren Wortes – Nachtwäsche gesehen hatte, ging ich nach draußen und wartete. Ich setzte mich auf der Veranda auf einen Schaukelstuhl und schaukelte langsam vor und zurück, während ich sie mir noch einmal vorstellte, wie sie in meiner Küche Kaffee trank. Nur in Seide und Spitze gehüllt in der rustikalen Landküche stehend, das war schon ein Anblick gewesen – sie hatte so gar nicht dorthin gepasst. In ihrem Blick hatte ich dasselbe gesehen, was sie in meinem gesehen haben musste, das war mir klar – Anziehung, Verliebtheit, Lust oder vielleicht auch etwas ganz anderes. Ich rieb Wangen und Kinn und versuchte so, diese Gedanken zu vertreiben. Sie war hierhergekommen, um auszuspannen und dem Alltagsstress zu entfliehen, aus keinem anderen Grund. Ganz sicher war sie nicht hier, um sich in ein Landei wie mich zu verknallen. Außerdem wusste ich, wenn ich mich darauf einließe, würde es sehr kompliziert werden.

Die Fliegengittertür schwang auf, und Grace erschien. Sie trug ein Tanktop und eine von diesen engen Leggings, die manche Frauen wohl für Hosen halten. Ihre Sneaker waren so makellos weiß wie die Veranda nach einem Durchgang mit dem Hochdruckreiniger.

»Hast du gar nichts dabei, was schmutzig werden darf?«, neckte ich sie.

Sie schaute an sich hinunter und dann wieder zu mir. »Nein, in New York mache ich mir die Hände selten schmutzig – außer an meinen Kunden«, antwortete sie und lachte.

Ich musste grinsen und stand auf. Was genau sie in der Finanzwirtschaft oder mit ihren Kunden tat, wusste ich nicht, aber ich ahnte, dass sie skrupellos vorging oder zumindest dazu in der Lage war.

»Vielleicht muss ich mit dir in die Stadt fahren, um dir passende Kleidung für Wyoming zu besorgen.« Ich grinste sie an und ging die Verandatreppe hinunter.

»Vielleicht musst du das«, antwortete sie und folgte mir.

Immer wieder drehte ich mich zu Grace um und starrte sie an – ich konnte nicht anders, und einmal wäre ich dabei fast über einen Stein gestolpert.

Da, wo der Garten begann, blieb ich stehen.

»Das hier sind meine Gemüsebeete. Neunzig Prozent der Ernte verkaufe ich dem Gemüsehändler hier am Ort, der Rest dient meinem eigenen Bedarf.«

Grace stand neben mir und sah sich alles in Ruhe an. Im Grunde war es nur ein größeres Stück Land mit einer Mischung aus Sträuchern und Gemüsepflanzen, die in ordentlichen Reihen gesetzt waren, das Ganze umgeben von einem Zaun, der Kaninchen und andere Tiere fernhalten sollte. Wirklich nichts Besonderes, aber mir lag er am Herzen.

»Was pflanzt du an oder kultivierst du, oder wie auch immer der korrekte Ausdruck dafür ist?«

Ich konnte mir ein stolzes Lächeln nicht verkneifen. Es freute mich, dass sie sich tatsächlich dafür interessierte, was wir hier auf dem Land taten. Ich hätte erwartet, dass eine Frau aus der Stadt das als unter ihrer Würde ansah. Aber Grace war anders.

»Spinat, Kohl, Rosenkohl, Zwiebeln, Tomaten, Blumenkohl, Karotten, Paprika, Salat, Grünkohl, Erbsen und einiges mehr.«

Sie wippte auf den Fersen. »Für Rosenkohl habe ich ein fantastisches Rezept«, rief sie begeistert.

Grace war definitiv anders, und sie hatte mich in den gerade mal vierzehn Stunden, die wir uns kannten, in vielerlei Hinsicht überrascht. Es gab in dieser Gegend nicht viele Menschen, die mich überraschen konnten, genau genommen überraschte mich hier so gut wie gar nichts mehr. Ein Tag war wie der andere. Aufwachen, die Tiere versorgen, nach dem Garten sehen, das Haus in Schuss halten und – wenn dann noch Zeit blieb – mich selbst pflegen. Ich war zu einer Nebensache in meinem eigenen Leben verkommen. Obwohl ich Grace erst so kurz kannte, war es schon so, dass ich zuerst an sie dachte und dann erst an mich. Aber an sie zu denken fühlte sich an, als würde ich an mich selbst denken – so, als wären wir ein und dieselbe Person. Wie die zwei Hälften einer Walnuss, deren Inneres zwar schön ist, aber eben nur, weil die beiden hässlichen Hälften zusammen ein schönes Ganzes ergeben.

»Den müsste ich im Laufe der Woche ernten können«, sagte ich ungewohnt eifrig, zügelte mich aber sofort. »Und ich hätte gern 'ne Kostprobe«, fügte ich in meinem üblichen ländlich-rauen Ton hinzu. Dabei behielt ich lieber für mich, dass ich Rosenkohl eigentlich hasse. Ich baute ihn nur an, weil er im Garten nicht viel Platz wegnahm und sich im Laden gut verkaufte.

»Super«, sagte sie. »Das ist mein Lieblingsgemüse.«

»Meines auch«, log ich. Nur eine kleine Notlüge. Offensichtlich freute sich Grace darauf, den Rosenkohl für mich zuzubereiten, und das wollte ich ihr nicht verderben.

Wir gingen weiter zum Teich, wo die Enten und Hühner praktisch frei herumliefen. Ich war schon immer für Freilandhaltung gewesen und setzte sie so gut wie möglich um. Doch nicht alles ist dazu geschaffen, frei zu sein. Manches ist in einem Käfig besser aufgehoben.

Als wir in die Nähe des Teiches kamen, lief eine der Stockenten mit ihrem typisch dunkelgrün gefärbten Kopf und dem leuchtend gelben Schnabel direkt über Graces Schuh. Sie kicherte, und die Sonnenstrahlen brachten ihr perfektes Lächeln und die süße krausgezogene Nase zur Geltung. Meine Pekingenten, etwa ein Dutzend, watschelten uns hinterher. So freundlich und anhänglich, wie sie waren, ähnelten sie eher Hunden denn Enten. Die Hühner wiederum blieben lieber für sich und kamen nur näher heran, wenn ich Futter streute. Bei ihnen fühlte ich mich eher an Katzen erinnert. Die schnurren, wenn man sie streichelt, aber man muss sich ihre Aufmerksamkeit verdienen.

»Sie sind ganz zutraulich.« Ich beugte mich hinunter, um eine der Pekingenten, die neben mir saß und ein paar Quaklaute von sich gab, zu streicheln.

»Du musst sehr gut zu ihnen sein.«

»Ich gebe mein Bestes«, nickte ich. Nach ein paar Minuten gingen wir weiter zum Stall, in dem meine Pferde standen. Ich besaß nur zwei, das eine hatte meinem Vater und das andere meiner Mutter gehört. Außer, dass ich sie zum Ausreiten auf meinem Land nutzte, kosteten sie mich hauptsächlich Geld. Sie eigneten sich weder für Pferdeschauen noch zur Zucht, und auch ein Verkauf kam für mich nicht infrage, aber manchmal sprach ich mit ihnen, und das war dann so, als spräche ich mit meinen Eltern. Dieses Gefühl war unbezahlbar. Ich strich über Gretchens

Flanke, sie war ein Brauner, ein Vollblut mit heller Färbung, dunkler Mähne und ruhigem, ausgeglichenem Wesen, genau wie meine Momma. Grace streichelte Georges Schnauze, ein American Quarter Horse, ein Rappe, stur und launisch wie mein Pops.

»Sie sind wunderschön«, sagte sie, während sie Georges Kopf tätschelte.

»Das sind sie«, erwiderte ich und schaute Grace an. »Und hochintelligent. Man sagt, Pferde können die Gefühle von Menschen lesen, und noch bevor wir es selbst spüren, wissen sie, wie es uns geht.«

»Faszinierend.« Sie fuhr mit den Fingerspitzen an Georges Nüstern auf und ab.

»Bist du schon einmal geritten?« Ich hob fragend eine Augenbraue.

Grace schüttelte den Kopf.

»Also, falls du Lust auf ein kleines Abenteuer hast – ein Ausritt ist im Preis inbegriffen.«

Sie trat einen Schritt zurück und stemmte die Hände in die Hüften. »Für Abenteuer bin ich immer zu haben.«

»Das hört man gern.« Ich grinste. »Gehen wir?«

Ich wollte zum Feld, und so liefen wir Seite an Seite über die Weide, während ich ihr das gute Dutzend Kühe und Schafe zeigte, die mir dort das Mähen ersparten. Dabei erzählte ich ihr, dass ich die Kühe jeden Morgen melkte und die Schafe in jedem Frühjahr schor, um die Wolle an einen örtlichen Wollladen zu verkaufen. Sie hörte mir aufmerksam zu, und das gefiel mir. Schon lange hatte ich nicht mehr das Gefühl gehabt, dass mir jemand zuhörte und mich verstand.

»Hast du Hilfe bei der Arbeit auf der Ranch? Das scheint mir für einen allein eine Menge.«

»Ein wenig. Mein Bruder springt ein, wann immer er kann, und ich habe eine Freundin, die mir beim Ernten im Gemüsegarten und beim Einsammeln der Enten- und Hühnereier hilft.«

»Eine Freundin?«, fragte Grace mit hochgezogener Augenbraue.

Sie schien etwas eifersüchtig, aber ich glaube, das gefiel mir.

Ich musste lachen. »Ich meine damit eine Frau, mit der ich befreundet bin.«

Sie lächelte, und ich konnte gar nicht anders, als den Schwung ihrer Lippen zu bewundern.

»Und was ist das dort drüben?« Sie deutete auf mehrere Reihen überdachter Kästen am Waldrand.

»Das ist mein Bienenstock.«

Ihre Augen begannen zu leuchten. »Du imkerst auch?«

»Nein, ich selbst nicht, aber Betty. Sie ist eine Freundin der Familie und für mich fast so etwas wie eine zweite Mutter. Die Bienenkästen gehören ihr, und sie versorgt sie auch, sie stehen nur auf meinem Land. Dafür bekomme ich einen kleinen Anteil ihrer Einnahmen und ein halbes Dutzend Gläser Honig im Jahr.«

Grace bekam große Augen. »Darf ich sie mir anschauen?«

»Ohne Imkeranzug wäre das wahrscheinlich zu gefährlich.« Ich beugte mich leicht zu ihr hinunter. »Du stehst wohl auf Bienen?«

»Ja, sie faszinieren mich.« Sie hob den Kopf, und unsere Blicke trafen sich. »Sticht eine Honigbiene zu, bleibt ihr Stachel in der Haut stecken, sodass sie ihre Verdauungsorgane, die Muskeln und Nerven, selbst amputiert. Sie sterben buchstäblich bei dem Versuch, sich zu schützen.«

»Klingt nach einem qualvollen Tod.«

»Das ist es auch. Sorry, ich schaue viel Discovery Channel.« Grace lachte.

»Ist doch schön, wenn man sich mit interessanten Dingen auskennt. Hast du gewusst, dass Honig nie verdirbt?«

Ihr üppiger Mund verzog sich zu einem Grinsen, und ich hätte sie am liebsten auf der Stelle geküsst. Stattdessen schaute ich auf meine Schuhe. Grace machte mich nervös, sehr nervös sogar. Sicher war ich nicht der Einzige, auf den sie diese Wirkung hatte. Ich hatte vergessen, wie es sich anfühlt, so nervös zu sein – dieses leichte Kribbeln auf der Haut, die Schmetterlinge im Bauch. Ich konnte mich nicht entsinnen, wann ich das zuletzt gespürt hatte. Nun ja, in Wahrheit wusste ich es doch noch, und es war nicht gut ausgegangen.

Grace und ich liefen im Gleichschritt nebeneinanderher. »Ja, ich glaube, das habe ich mal irgendwo gelesen. Übrigens, für mein Rosenkohlrezept braucht man auch Honig, ein wenig von deiner Ernte könnten wir also dafür verwenden.«

»Vorsehung.«

»Genau.« Sie nickte.

Ich deutete auf den Wind River, der vor uns lag.

»Dort angle ich gern, und man kann da auch gut schwimmen gehen.«

Wir standen am Flussufer. Dort, wo das Wasser über große Steine floss, plätscherte es leise, an anderen Stellen rauschte es eher, wie Wasser, das zu schnell aus dem Hahn schießt. Jenseits des Flusses begann der Wald – dicht, urwüchsig und finster. Mein Vater hatte immer gesagt: Im Wald kann einem fast alles zustoßen. Was Las Vegas für uns ist, ist für die Wildtiere der Wald. Dort herrschen eigene Regeln und Gesetze – ob Pflanze oder Tier, sie alle tun, was nötig ist, um zu überleben.

Hinter dem Wald ragten die Berge auf und erinnerten daran, wie klein und unbedeutend wir alle sind. Ich betrachtete sie gern, wenn ich frustriert und mit meinem Leben unzufrieden war. Die Gipfel waren weiß von Schnee, der den Boden, auf dem wir gerade standen, erst in ein paar Monaten bedecken würde.

»Was angelst du hier?« Grace sah kurz zu mir und dann wieder aufs Wasser.

Ich steckte die Hände in die Taschen. »Fast alles. Zander, Barsche, Forellenbarsche, aber am liebsten sind mir die Goldforellen.«

Eine Weile standen wir schweigend nebeneinander und versenkten uns in die Aussicht.

»Du warst vermutlich noch nie angeln, oder?« Ich sah sie an. Sie neigte den Kopf. »Du weißt schon, dass man mit solchen Vermutungen danebenliegen kann?«

»Dann hast du also schon mal geangelt?«

»Nein, habe ich nicht.« Sie lachte.

»Jetzt ziehst du mich aber auf, kann das sein, Grace Evans?« Ich grinste und nickte ihr zu.

Sie stieß mich spielerisch mit der Schulter an. »Ich hätte schon Gelegenheit gehabt, angeln zu gehen, aber ich kann es nicht.«

Die Sonne spiegelte sich in ihren Augen. In diesen blauen, blauen Augen zu versinken, daran könnte ich mich wirklich gewöhnen.

»Wenn du magst, bringe ich es dir bei«, sagte ich mit einem Lächeln.

Sie nickte. »Das fände ich schön, Calvin Wells.«

Als sie mich wieder mit meinem vollen Namen ansprach, spürte ich Schmetterlinge im Bauch. Dieses Gefühl hatte ich vermisst, aber ich war für eine Frau wie sie noch nicht bereit. Ihr zu widerstehen würde unendlich schwer sein, und im tiefsten Inneren war mir längst klar, dass ich es nicht schaffen würde.

7
GRACE

Ich parkte direkt vor Betty's Boutique, wo es Damenmode im Country- und Westernstyle gab. Offenbar bestand die Innenstadt von Dubois aus einer einzigen Einkaufsstraße mit kleinen Geschäften zu beiden Seiten und Parkplätzen direkt vor der Tür. Ich fühlte mich in die Fünfzigerjahre zurückversetzt, denn es war keine einzige Laden- oder Fast-Food-Kette zu sehen, und jeder schien jeden zu kennen. Ja gut, jeder außer mir. Ich stieg aus und warf mir die Handtasche über die Schulter. Hier bekam man also »Kleidung, die nach Wyoming passt«, wie Calvin es ausdrückte. Er hatte auf der Ranch zu tun, also dachte ich, ich könnte mir doch Outfits zum Angeln und Reiten besorgen. Eine Frau lächelte freundlich im Vorübergehen und grüßte. Ich nickte zurück. Sie schaute mich leicht verwundert an, warum, wusste ich nicht. Vielleicht, weil ich sie nur so knapp gegrüßt hatte oder weil ich eine Fremde war. Beides kam hier wohl nicht oft vor.

Kaum im Laden, wurde ich von einer molligen Frau begrüßt. Sie hatte kurzes, leicht ergrautes Haar und ein rundes Gesicht mit rosigen Wangen. In einem weiten, geblümten Kleid stürmte sie hinter dem Tresen hervor auf mich zu.

»Herzlich willkommen in Betty's Boutique«, sagte sie. »Wie kann ich Ihnen helfen?« Sie lächelte so übertrieben breit, dass ein Bleistift quer in ihren Mund gepasst hätte.

Im Laden wurde ein wilder Mix aus Neuware und Kleidung aus zweiter Hand angeboten. Alles war entweder aus Jeansstoff oder aus Leder oder mit Blümchen- oder Karomustern bedruckt. Etwas Vergleichbares hatte ich noch nie gesehen, mehr Country-Stil ging nicht. Ich wählte meine Urlaubsziele erst seit sechs Jahren nach dem Zufallsprinzip aus. Bislang hatten die Dartpfeile mich nach Florida geführt, nach Kalifornien, Maine, Pennsylvania, Wisconsin und dann wieder nach Kalifornien. Beim zweiten Mal Kalifornien zum Glück in den entgegengesetzten Teil des Bundesstaates. Deshalb kannte ich mich mit Country-Mode nicht aus. Mein eigener Stil bestand aus dezenten Farben und viel Schwarz. Davon wich ich nur ab, wenn ich auffallen wollte.

»Ich suche passende Kleidung für Wyoming«, sagte ich in leicht zweifelndem Ton angesichts der Fransen an den Ärmeln einer braunen Lederjacke, die ich mir gerade ansah.

»Da sind Sie bei mir genau richtig. Ich heiße Betty. Ich habe Sie hier noch nie gesehen. Sind Sie neu?« Dabei musterte sie mich von Kopf bis Fuß – nicht abwertend, eher, als würde sie neue Ware begutachten und deren Wert einschätzen.

»Ja ... nein. Ich mache hier Urlaub, noch bis Ende nächster Woche.« Ich lächelte sie höflich an und hoffte, die Auskunft würde ihr genügen. Ich konnte Small Talk nicht ausstehen und hatte beim Einkaufen lieber meine Ruhe.

Ihre Augenbraue schnellte nach oben. »Reisen Sie mit Ihrem Mann?«

Eine Frage wie aus dem letzten Jahrhundert. Als ob Frauen nicht allein reisen könnten.

»Nein.« Ich besah mir eine Schaufensterpuppe in einem geblümten Sommerkleid, das deutlich figurbetonter war als die Sachen, die Betty trug.

»Das ist ja wie bei *Eat, Pray, Love*«, sagte sie mit einem Lächeln.

»Ja. So was in der Art.« Ich zuckte mit den Schultern.

Dann ging ich die Kleider durch, die auf einer vollgestopften Stange hingen, und wählte schließlich ein Paar Jeans-Hotpants und ein schwarzes Tanktop aus. Auch diese Teile entsprachen nicht meinem üblichen Stil, aber manchmal muss man sich verkleiden und sich der Rolle, die man spielt, anpassen.

»In dem Outfit ist Ihnen die Aufmerksamkeit aller Männer gewiss.« Jetzt zog sie sogar beide Augenbrauen hoch. Keine Ahnung, ob das als Kritik gedacht war oder ob sie nur plaudern wollte.

»Es muss nur etwas sein, das schmutzig werden kann.«

»Dazu dürfte es taugen. Vielleicht noch ein Paar Cowboystiefel dazu? Die stehen dort drüben.« Betty zeigte auf die ordentlich aufgereihten Stiefel.

Ich nickte nur und bummelte weiter durch den Laden, wählte noch ein Paar Jeansshorts und ein weißes Tanktop aus. Betty behielt mich im Auge. Mehrmals öffnete sie den Mund, ohne etwas zu sagen, sie war wohl hin- und hergerissen, ob sie lieber mit mir plaudern wollte oder es wichtiger fand, etwas zu verkaufen. Sie schien zu den Leuten zu gehören, die über alles und jeden Bescheid wissen. Die Art Nachbarin, die durch einen Spalt in der Jalousie lugt, um andere zu beobachten. Sollte es hier eine Nachbarschaftswache geben, dann war sie garantiert die Vorsitzende.

»Wo übernachten Sie denn?«, fragte sie schließlich. Ich probierte gerade ein Paar Cowboystiefel an und ging darin vor dem Spiegel auf und ab. Sie waren zwar bequem, fühlten sich aber ungewohnt an.

»Auf einer Ranch, etwa zwanzig Minuten von hier. Airbnb ...«, antwortete ich, wackelte mit den Zehen und wippte auf den Fersen vor und zurück. Schließlich zog ich die Stiefel aus und meine Tennisschuhe wieder an.

»Ach, sicher bei Calvin Wells, oder? Er ist der Einzige in der Gegend, der Zimmer bei Airbnb anbietet. Vom Motel mal abgesehen haben wir nicht viele Gäste.« Sie zog die Augenbrauen leicht zusammen.

Ich nahm die Stiefel, die zwei Shorts, ein paar Tops, schließlich noch das Blümchenkleid und ging zur Kasse, wo Betty schon bereitstand.

»Die Sachen nehme ich«, sagte ich und legte sie neben die alte Registrierkasse.

»Gute Wahl.« Die Preise auf den Schildchen waren mit der Hand geschrieben, und sie tippte die Beträge einzeln in die Kasse.

»Calvin ist ein guter Junge«, sagte Betty, während sie die Kleider in eine Tüte packte.

Das fand ich seltsam, ich wusste nicht, was ich darauf antworten sollte.

»Ja, er scheint ganz in Ordnung zu sein.« Sie war immer noch am Einpacken und schielte mehrmals neugierig zu mir rüber. Ich nutzte die Zeit, um mich im Laden umzusehen. An der Wand hinter ihr hingen eine Menge gerahmter Fotos in sämtlichen Größen. Auf jedem einzelnen sah man sie, immer mit einem strahlenden Lächeln und einer jeweils anderen, mir fremden Person. Nun blickte die echte Betty auf und lächelte mich an, während die vierzig Bettys auf den Bildern hinter ihr mir ebenfalls zulächelten.

»Er ist wie ein Sohn für mich, und ich kümmere mich um die Bienen auf seiner Farm.«

»Ach ja, die hat er mir heute früh gezeigt. Dann sind Sie die Betty mit den Honigbienen.«

»Ja, genau.« Sie nickte. »Das macht dann einundvierzig Dollar neun.«

Ich reichte ihr einen Fünfzigdollarschein. Die Kassenlade sprang auf, und sie zählte mir das Wechselgeld in die Hand.

»Ich wünsche Ihnen noch eine schöne Zeit hier, Grace. Man läuft sich sicher mal über den Weg.« Mit einem breiten Lächeln überreichte sie mir meine Einkaufstüte.

Beim Abschied zwang ich mich dazu, ihr Lächeln zu erwidern. Irgendetwas an unserer Begegnung irritierte mich, fühlte sich nicht richtig an. Draußen drehte ich mich noch einmal um. Sie stand im Schaufenster und beobachtete mich (wie nicht anders erwartet). Als ich mit dem Mazda aus der Parklücke stieß, ging die Motorcheckleuchte an, und Warntöne erklangen. Genervt schlug ich mit der flachen Hand auf das Lenkrad und spähte durch die Windschutzscheibe nach draußen. Betty gaffte mir noch immer nach. Sie hatte ein Lächeln im Gesicht, als wüsste sie genau, wie tief ich in der Scheiße steckte. Und dann fiel endlich der Groschen: Sie hatte mich mit meinem Namen angesprochen, obwohl ich ihr den nicht verraten hatte.

8
CALVIN

Um kurz nach neun war ich mit der Abendrunde fertig. Sie bestand daraus, alle Tiere mit Futter und Wasser zu versorgen, die Schafe von der Weide zu holen, Gretchen und George in ihren Stall zu bringen und mich zum Schluss noch um ein besonders widerspenstiges Tier zu kümmern. Es war viel später als üblich, denn heute musste ich zusätzlich das Scheren der Schafe vorbereiten. Eine besonders mühselige Aufgabe, die einmal im Jahr anstand und auf die ich mich nicht freute. Ich zog mein Hemd hoch, wischte mir damit den Schweiß von der Stirn und stieg die Stufen der Veranda hinauf. Was Grace wohl den Tag über getrieben hatte? Ich hatte sie seit dem Morgen nicht mehr gesehen, und ganz egal, was ich auch tat, sie ging mir nicht aus dem Sinn. Beim Grasmähen dachte ich an Grace. Während ich die Pferdeboxen ausmistete, dachte ich an Grace. Bei der Reparatur und dem Sichern des Schuppens dachte ich an Grace. Sie wohnte nicht nur in meinem Haus, sie beherrschte auch meine Gedanken. Sie nahm mich vollkommen ein.

Ich zog die Arbeitsstiefel aus und ging ins Haus. Sofort nahm ich einen unbekannten Geruch wahr. Erdig, süß-säuerlich und gehaltvoll. Das konnte nichts sein, was ich schon einmal gekocht hatte. Als ich in die Küche kam, stand Grace am Herd. Sie trug noch immer die Leggings von morgens, wiegte sich leicht in den Hüften und rührte mit einem Holzlöffel in einem Topf herum. Im Radio lief leise ein Countrysong. Neben Grace auf dem Tresen standen ein Glas Wein und eine geöffnete Flasche. Offenbar hatte sie mich nicht hereinkommen hören, und ich freute mich über die Gelegenheit, sie in Ruhe beobachten und begutachten zu können. Sie sah verdammt gut aus in diesen Leggings.

Ich lehnte an der Wand und klopfte den Staub von meinem Hemd, um einigermaßen vorzeigbar zu sein.

»Was machst du, Grace?«

Sie zuckte zusammen und drehte sich sofort um. Ihr Mund war leicht geöffnet, und das Lächeln, das sie schnell aufsetzte, hatte etwas Gezwungenes. Sie legte den Holzlöffel zur Seite, nahm ihr Weinglas und nippte daran.

»Ich koche dir eine vernünftige Mahlzeit.« Dabei zog sie eine Augenbraue hoch und betrachtete mich über den Rand ihres Glases.

»Ach so?« In ihrer Gegenwart wusste ich nie, was ich mit meinen Händen anstellen sollte, deshalb steckte ich sie in die Hosentaschen. Mir war immerzu danach, Grace zu berühren.

»Ja«, sagte sie und stellte ihr Glas zur Seite.

»Eigentlich fand ich mein Essen gestern schon ziemlich gut. Jetzt bin ich gespannt, Miss Grace, was für dich eine vernünftige Mahlzeit ist.« Ich konnte mir ein Grinsen nicht verkneifen.

»Komm her, dann zeige ich es dir.« Sie winkte mich heran und begann wieder, in einem der Töpfe herumzurühren.

Ich wollte mich gerade neben sie stellen, als ich es hörte. Gackern, das zunehmend lauter, aufgeregter und dringlicher wurde. Mir war sofort klar, welchen folgenschweren Fehler ich gemacht haben musste. »Scheiße!«, brüllte ich, rannte ins Wohnzimmer und schnappte mir die 12-Kaliber-Schrotflinte vom Kaminsims. Dann schlüpfte ich schnell wieder in die Arbeitsstiefel.

»Was ist denn los?«, rief Grace.

Auf dem Weg nach draußen hörte ich sie mir nachlaufen, aber für Erklärungen war jetzt keine Zeit.

Sämtliche Hühner und Enten drängten sich auf einer Seite des Teiches zusammen. Die Rufe der Enten klangen wie Schreie, und die Hühner hörten gar nicht mehr auf zu gackern. Als ich näher kam, sah ich, dass auf der anderen Uferseite einige Hühner reglos dalagen. Ihre Köpfe waren abgerissen, und unter den zerfetzten Kehlen sammelte sich in Pfützen das Blut. Hinter mir blitzte helles Licht auf. Ich fuhr herum und sah, dass Grace mit einer Taschenlampe wenige Meter hinter mir war. Clever, die Frau, dachte ich. Sie leuchtete in alle Richtungen, während ich weiter auf den Teich zuging.

Die Schrotflinte im Anschlag, suchte ich nach dem Vieh, das das angerichtet hatte. Im Grunde hatte ich zum Teil selbst verbockt, was hier passiert war. Als Grace, die nur ein paar Schritte hinter mir war, die toten Hühner sah, stieß sie einen leisen Schrei aus. Der Anblick des Todes ist etwas, an das man sich hier draußen einfach gewöhnt. Zu viele Raubtiere. Und dann entdeckte ich ihn, er nagte am Kopf eines Huhns herum. Von der Nasenspitze bis zum Schwanz etwa einen Meter lang und bestimmt mindestens fünfzehn Kilo schwer. Seine Augen leuchteten grellgelb auf. Die Überreste des Huhns lagen ein paar Meter weiter weg. Ich zielte, schoss und verfehlte mein Ziel nur um wenige Zentimeter. Das Mistvieh hatte ein unverschämtes Glück. Ein Waschbär – er huschte schnell davon. Auch der zweite Schuss ging daneben. Verdammter Mist. Zu spät, um nachzuladen, er war schon auf und davon, und vier meiner Hühner waren tot. Dennoch

Glück im Unglück, denn ein Waschbär konnte auch eine komplette Schar von Hühnern binnen Minuten reißen.

Ich ließ das Gewehr sinken, wischte mir den Schweiß von der Stirn und atmete tief durch.

»Alles in Ordnung?«, fragte Grace, die jetzt neben mir stand und aus ihren blauen, blauen Augen zu mir aufblickte.

»Ja«, sagte ich, schüttelte gleichzeitig aber den Kopf.

Das verwirrte Grace offenbar. Ich war zwar unverletzt, aber auch wütend, dass mir ein so dummer Fehler unterlaufen war. Was, wenn mir das Gleiche mit einem meiner wertvolleren Tiere passiert wäre? Das hätte mich alles kosten können.

»Ich habe vergessen, die Hühner und Enten in ihren Stall zu sperren. Das ist ungefähr so, als würde man den Beutegreifern den roten Teppich ausrollen.«

Jetzt, da der Räuber vertrieben war, kam das Federvieh langsam wieder zur Ruhe.

»Kaum zu glauben, dass ein Waschbär so einen Schaden anrichten kann«, staunte sie, während sie sich noch immer die blutigen Reste der Tiere besah.

Ich zog die Stirn in Falten und blickte Grace ernst an. »Sie sehen vielleicht niedlich und knuddelig aus, aber das täuscht, sie sind gefährliche Räuber.«

Sie schaute mich an. »Und was machst du jetzt?«

»Ich muss die toten Hühner entsorgen, sie locken sonst noch mehr Raubtiere an. Von denen gibt es hier reichlich. Danach muss ich die anderen in ihren Stall bringen, damit sie in Sicherheit sind.«

»Ich kann dir helfen«, bot sie direkt an.

Ich winkte ab. »Ist schon in Ordnung. Geh du ruhig rein und genieß dein Essen.«

»Nein, ich will dir helfen. Danach können wir gemeinsam essen«, widersprach sie. Grace lächelte nicht, aber ihr Blick war freundlich.

Ich nickte und lächelte sie an. Für die meisten Frauen war das harte Leben auf einer Ranch nichts. Aber Grace war eben nicht wie die meisten Frauen.

* * *

Nachdem wir draußen fertig waren, ging ich duschen. Ich hatte die toten Tiere entsorgt, Grace die Hühner und Enten zurück in den Stall getrieben. Wieder einmal hatte sie mich mit ihrem Verhalten überrascht; sie war geblieben, um mich beim härtesten Teil der Arbeit, die auf einer Ranch anfallen kann, zu unterstützen. Frisch umgezogen in T-Shirt und Jogginghose ging ich in die Küche und registrierte schon auf dem Weg dorthin wieder diesen süß-säuerlichen, herben Geruch. Es war spät geworden, und ich hatte ihr versichert, dass sie nicht auf mich warten müsse, aber sie bestand darauf, dass wir gemeinsam zu Abend aßen.

Gerade nahm sie am Tisch Platz. Neben die Teller, auf denen das Essen schon angerichtet war, stellte sie noch je ein Glas Rotwein.

»Das riecht unglaublich gut«, schwärmte ich.

Sie blickte auf und schenkte mir ein Lächeln. »Es schmeckt sogar noch besser, als es riecht. Setz dich doch.« Grace deutete auf den Stuhl ihr gegenüber.

»Was ist das?«, fragte ich, als ich Platz nahm.

Sie zeigte auf einen der Teller. »Rosenkohl mit einer Balsamico-Honig-Glasur und Speck. Ich habe ihn selbst geerntet.«

»Du weißt, wie man Rosenkohl pflückt?« Ich zog spöttisch eine Augenbraue hoch.

»Ja klar. Auf den Wochenmärkten in der Stadt wird er am Strunk verkauft.«

Ich konnte mir ein Grinsen nicht verkneifen und nickte.

»Und das hier«, wieder zeigte sie auf den Teller, »ist glasierter Honig-Lachs in einer scharfen Sojasoße.«

Ich breitete eine Serviette auf dem Schoß aus und konnte kaum den Blick von ihr wenden.

»Du bist eine faszinierende Frau.«

»Danke.«

»Cheers.« Ich hob mein Glas.

Auch sie hob das Glas und legte den Kopf schräg. »Auf was wollen wir anstoßen?«

»Auf ordentliche Mahlzeiten und diejenigen, die einem dabei Gesellschaft leisten«, und für immer bleiben, hätte ich gerne hinzugefügt, verkniff es mir aber lieber. Wenn man zu früh zu dick aufträgt, riskiert man, sich ins Aus zu schießen. Das wusste ich aus Erfahrung.

Grace strahlte und stieß mit mir an. »Cheers.«

Ich beobachtete, wie sie beim Trinken ihre Unterlippe an den Rand des Glases drückte und dann den Wein hinunterschluckte, und nahm selbst einen Schluck. Ich begehrte diese Lippen, die so prall waren und wie dafür geschaffen schienen, an ihnen zu knabbern. Ich fuhr mir mit der Zunge über die Zähne und malte mir aus, wie ich sanft in sie hineinbiss.

»Fast vergessen: Wollen wir ein Tischgebet sprechen, Grace?«, fragte ich und streckte meine Hand nach ihrer aus.

Sie schüttelte leicht verlegen den Kopf, senkte den Blick und schaute auf ihren Teller. »Ich bin nicht gläubig.«

Rasch zog ich die Hand zurück. »Na klar, ich ja auch nicht. Ich mag es nur, weil es Tradition ist. Tut mir leid.« Dann nahm ich die Gabel und machte mich über den Rosenkohl her, einfach nur, um es schnell hinter mich zu bringen. Wäre mein Hund noch da gewesen, hätte ich das Gemüse »aus Versehen« runterfallen lassen, damit er es fraß. Aber er war im letzten Frühjahr gestorben. Nichts übersteht lange auf dieser Ranch – mit Ausnahme von mir.

Grace schaute mir zu und wartete gespannt auf mein Urteil.

»Schmeckt fantastisch«, log ich mit dem Mund noch voller Essen. »Das ist der beste Rosenkohl, den ich je gegessen habe.« Letzteres war nicht mal gelogen. Als Kind hatte ich ein einziges Mal Rosenkohl gekostet und ihn direkt wieder ausgespuckt. Mit einem großen Schluck Rotwein spülte ich dieses erbärmlich nach Furz stinkende Möchtegerngemüse hinunter.

Sie strahlte. Ich würde ihr immer wieder ins Gesicht lügen, wenn ich sie damit bei Laune halten könnte. »Okay – und jetzt zum Lachs ...« Sie deutete auf meinen Teller.

Ich schnitt ein Stück davon ab und nahm es auf die Gabel. Der frische Fischgeschmack harmonierte perfekt mit der Süße des Honigs und der würzigen Schärfe der Soße.

»Unbeschreiblich gut«, schwärmte ich zwischen zwei Bissen und meinte es auch so.

Wieder strahlte sie über das ganze Gesicht, und dann begann sie endlich auch zu essen. Sie freute sich, mir eine Freude bereiten zu können. Das gefiel mir an ihr.

»Geht es dir gut, ich meine, nach dem, was mit den Hühnern passiert ist?«, fragte ich. Es war zu hoffen, dass der Zwischenfall sie nicht vergraulen würde, aber sie schien das bereits abgehakt zu haben.

»Ja«, sagte sie und neigte den Kopf zur Seite. »Ich muss zugeben, dass es schon ein ziemlicher Schock war. Aber mir ist natürlich klar, dass so etwas hier einfach vorkommt.«

»Kurz nachdem ich die Ranch übernommen hatte, habe ich eine ganze Schar Hühner verloren. Der Stall war nicht gut genug gesichert, und so hat ein Wiesel es geschafft, einzubrechen.« Ich schüttelte den Kopf und nippte an meinem Wein.

»Ein Wiesel? Aber sind die nicht winzig?«

»Doch – sie wiegen kaum mehr als ein Pfund, sind aber blutdürstige Raubtiere. Und sie können sich durch Öffnungen zwängen, die nicht größer sind als der Durchmesser eines Eherings.« Ich schaufelte einen weiteren großen Happen Lachs in mich hinein.

Grace nahm nur kleine Bissen und kaute jeden gründlich, bevor sie ihn schließlich hinunterschluckte. »Woher wusstest du, dass es ein Wiesel war?«

»Man erkennt es an ihrer Art zu töten. Sie beißen der Beute in die Schädelbasis. Nur zwei Bisse, und es ist vorbei. Außerdem stapeln sie die Kadaver fein säuberlich auf. Wie in einer Art Ritual. Und sie fressen nur einen kleinen Teil von ein oder zwei Hühnern, den Rest töten sie aus reiner Mordlust.«

»Grauenhaft!« Grace nahm einen Schluck Wein.

»Ja, das stimmt, aber so ist das Leben auf einer Ranch nun mal.«

»Mit so etwas komme ich in der Stadt nicht in Berührung. Die einzigen Raubtiere, die es dort gibt, sind andere Menschen«, sagte sie mit einem künstlichen Lachen.

»Da sind mir Wiesel und Waschbär allemal lieber.« Ich grinste sie an.

Ein Weilchen aßen wir schweigend und warfen einander nur Blicke zu. Ich fühlte mich zu Grace hingezogen. Zwar kamen wir aus sehr unterschiedlichen Welten, aber ich hatte das Gefühl, dass uns im tiefsten Inneren etwas verband. Was das war, wusste ich nicht so genau, aber dass wir einander ähnelten, davon war ich überzeugt. Und ich glaube, dass ihr meine Welt gefiel.

»Hab dich den ganzen Tag nicht gesehen, wo hast du gesteckt?«, fragte ich.

Sie verzog den Mundwinkel. »War einkaufen. Hab mir ›passende Kleidung für Wyoming‹ besorgt, wie du es nennst.«

»Darin würde ich dich gerne bewundern.« Als mir klar wurde, wie anzüglich das klang, räusperte ich mich verlegen.

Grace tupfte sich den Mund mit einer Serviette ab, und so konnte ich das Gespräch schnell in eine andere Richtung lenken. »Hast du Betty kennengelernt?«

Sie nickte und stocherte in ihrem Essen herum, so als hätte sie etwas auf dem Herzen, wüsste aber nicht, wie sie es sagen sollte. »Hast du ihr von mir erzählt?«

Ich ging meine Gespräche mit Betty kurz in Gedanken durch, konnte mich aber nicht erinnern, ob ich das getan hatte oder nicht. »Sehr wahrscheinlich schon, denn ich erzähle Betty eigentlich alles. Sie ist wie eine zweite Mutter für mich.« Ich aß einen weiteren Bissen Lachs.

Grace lächelte zurückhaltend und deutete ein Nicken an. Schwer zu sagen, was hinter der Frage steckte, aber ich vermutete, dass ihr Betty wohl unsympathisch war. Betty meinte es immer gut. Mit ihrer direkten Art eckte sie zwar manchmal an, aber sie hatte das Herz auf dem rechten Fleck ... zumindest, soweit ich das beurteilen konnte. Oder es war so, dass Grace uns Leute vom Land in Wirklichkeit verachtete und mir gegenüber einfach nur höflich war. Möglicherweise schätzte ich sie falsch ein. Ich setzte mich etwas gerader hin und nahm einen weiteren Bissen ihres widerlichen Rosenkohls.

Grace hielt beim Essen inne und zog die Stirn in Falten. »Kennst du dich mit Autos aus?«

»Nicht wirklich. Warum?«

»Als ich nach dem Einkauf bei Betty losfuhr, ging die Motorwarnleuchte an. Und auf der Rückfahrt fing der Wagen an zu rütteln, als hätte ich Vollgas gegeben.« Sie seufzte.

Ach, deshalb wirkte sie so angespannt. So wäre es mir sicher auch gegangen, wenn ich in einer fremden Gegend, weit weg von zu Hause, mit so einer alten Mühle unterwegs gewesen wäre.

»Mein Bruder Joe kennt sich mit Autos aus. Er schaut ohnehin im Lauf der Woche vorbei, da kann ich ihn bitten, mal einen Blick drauf zu werfen.«

Grace nahm einen großen Schluck Wein. »Das wäre toll.«

Warum kam ihre Antwort so zögerlich? Vielleicht fiel es ihr schwer, Hilfe anzunehmen – typisch Frau aus der Stadt.

»Du hast erzählt, dass du hierher zurückgekommen bist, damit du dich um die Ranch kümmern kannst. Warum hat dein Bruder sie nicht übernommen?«, fragte Grace.

Ich schob mir einen großen Happen Lachs in den Mund und kaute langsam darauf herum. »Mom und Dad wollten es so. So stand es in ihrem Testament, und ich habe ihren Wunsch respektiert.«

Sie neigte den Kopf und schaute mich an, als könnte sie mir direkt in die Seele blicken. »Du musst sie sehr geliebt haben, wenn du alles aufgegeben hast, um hier ihr Lebenswerk weiterzuführen.«

Ich nippte an meinem Wein und dachte über eine Antwort nach, denn ich sprach nicht gern über sie. Auch wenn sie nicht mehr lebten, lastete ihre Gegenwart doch noch überall verhängnisvoll und schemenhaft auf der Ranch.

Schließlich stellte ich das leere Glas ab und schaute Grace in die Augen. »Ja, das könnte man sagen.« Dann stand ich auf und nahm meinen Teller. »Bist du fertig?«

Grace nickte und schob mir ihren Teller hin. Drüben an der Spüle drehte ich das Wasser auf.

»Ich helfe dir beim Abwasch«, bot sie, schon halb stehend, an.

Ich winkte ab. »Quatsch. Du hast gekocht, und ich spüle ab«, sagte ich, verschloss den Abfluss und gab etwas Geschirrspülmittel ins Becken.

Sie lächelte, setzte sich wieder und schenkte uns beiden nach. »Daran könnte ich mich gewöhnen«, sagte sie und trank einen Schluck. Dabei musterte sie mich über den Rand ihres Glases hinweg, langsam wanderte ihr Blick an meinem Körper auf und ab.

»Geht mir genauso, Grace.« Ich lächelte sie schüchtern an und ließ das Geschirr ins Spülwasser gleiten. In Wahrheit hatte ich mich längst daran gewöhnt. Ich würde Grace nur schwer wieder loslassen können. Es schien mir sogar nahezu unmöglich.

9
GRACE

Als ich aus dem Bad kam, hatte ich mir ein weißes Seidennachthemd übergezogen, das wenige Zentimeter über den Knien endete. Ich hatte am Morgen nicht daran gedacht, mir einen schlichten Flanell- oder Baumwollschlafanzug zu kaufen, und so entschied ich mich dafür, nun eben diese Nachtwäsche zu tragen. Calvins Reaktion war köstlich. Er wurde rot, und seine Stimme rutschte eine Oktave tiefer. Zwar zwang er sich, wegzuschauen, aber ich ertappte ihn dabei, dass er doch immer wieder zu mir hersah. Seine Blicke schmeichelten mir. Es war, als wäre ich die erste Frau, die er zu Gesicht bekam. Es war dieses spielerische Kennenlernen, dieser Tanz, der einen berauscht, einen süchtig macht. Zuerst bekommt man gar nicht genug davon, aber bald wird es fade. Das ist vermutlich auch der Grund, warum ich mich auf so viele Beziehungen eingelassen hatte. Das Neue verliert schnell seinen Reiz, wird alltäglich. Und dann macht man sich wieder auf die Suche nach dem Abenteuer, dem Kick.

Ich rubbelte mein Haar mit einem Handtuch trocken und ging ins Wohnzimmer in der Hoffnung, dass er noch nicht zu Bett gegangen war. Dort war er nicht, aber gerade als ich den Rückzug antreten wollte, hörte ich das Quietschen der Verandatür. Calvins Augen waren weit aufgerissen, und sein Mund stand offen. Er trug einen blauen Cardigan, der an den Schultern und am Bizeps eng anlag. Den Mund klappte er schnell zu, doch seine Augen waren noch immer groß, und sein Blick glitt an meinem Körper auf und ab, als wüsste er nicht, wohin.

»Ich wollte gerade zu Bett gehen«, sagte ich mit einem angedeuteten Lächeln.

Das Abendessen war angenehm verlaufen, auch wenn es von dem Vorfall mit den Hühnern überschattet gewesen war und wir hauptsächlich über den Tod gesprochen hatten. Dennoch hatte ich einiges über Calvin herausgefunden.

»Oh«, er scharrte unruhig mit den Füßen, »nimmst du noch einen kleinen Absacker mit mir?« Dabei hielt er eine Flasche Whiskey und zwei Gläser hoch.

Ich fuhr mir durchs Haar und zögerte noch einen Augenblick. Ich wollte nicht zu eifrig wirken. »Klar«, sagte ich schließlich.

Sein Mund verzog sich zu einem Grinsen, als er mir die Tür aufhielt. Draußen auf der Veranda setzte ich mich auf die Treppe. Calvin schenkte uns jeweils einen doppelten Whiskey ein und reichte mir mein Glas. Dabei streiften seine Finger meine Hand, was mir einen Schauer über den Rücken jagte. Ich war mir nicht sicher, ob das von der Berührung kam, von der frischen Nachtluft oder dem mulmigen Gefühl, das ich hier im tiefsten Wyoming hatte. Ich nahm einen Schluck. Der Whiskey brannte nicht in meiner Kehle, weil ich mir das nicht erlaubte. Alles eine Frage des Willens, wie man so schön sagt.

»Dir ist doch sicher kalt.« Er zog seinen Cardigan aus und legte ihn mir um die Schultern.

Ich bedankte mich und zog die Jacke ein wenig fester um mich. Sie roch wie Calvin: holzig-würzig.

Ich schaute hinauf in den Nachthimmel, an dem Millionen von Sternen leuchteten. Winzige Lichtpunkte, die auf uns herunterblickten und uns daran erinnerten, dass es da draußen eine Welt gibt, die größer ist als alles, was wir kennen – und daran, dass wir, egal, was wir zu wissen glauben, in Wahrheit gar nichts wissen. Das Sternenzelt ist nur eine Sinnestäuschung, eine Illusion, die uns vorgaukelt, wir seien Teil eines großen, geheimnisvollen Wunders. Dabei beruht die Wirklichkeit von Anfang an auf Zufall. Atome, kleinste Bausteine, subatomare Teilchen – beliebig zusammengewürfelt. So entsteht alles, was wir je gewusst und gefühlt haben. Selbst das hier – dieser Moment zwischen Calvin und mir.

»Es ist wunderschön«, sagte ich.

»Ja, wie ein Teil vom Paradies.« Er nippte an seinem Whiskey.

Habe ich es nicht gesagt? Magie. Man lässt sich leicht von äußerer Schönheit täuschen. Wir betrachten hübsche Dinge und glauben, dass bei ihrer Entstehung etwas Besonderes gewirkt hat oder mehr Sorgfalt am Werk war und sie aufgrund ihrer äußeren Schönheit auch im Inneren gut sein müssen. Ich hingegen traue äußerer Schönheit nur selten.

»In der Stadt sehe ich die Sterne nie, ich glaube, ich hatte sogar vergessen, dass es sie gibt.«

Calvin schaute mich und dann wieder den Nachthimmel an. »Das ist schade.«

»Ja, das stimmt. Manchmal denke ich darüber nach, aus der Stadt weg und an einen ruhigen, einfachen Ort zu ziehen, wo die Menschen für den Augenblick leben, statt ständig gehetzt zu sein«, sagte ich und nahm einen kleinen Schluck.

»An einen Ort wie diesen?« Er sah mich kurz an, und ein Lächeln huschte über sein Gesicht.

Ich schaute ihm in die Augen und lächelte zurück. »Ja, vielleicht.«

Er vertiefte sich wieder in den Anblick der Sterne, während ich an meinem Whiskey nippte. Eine ganze Weile betrachteten wir schweigend den Nachthimmel und tranken. Die meisten Menschen halten Stille schwer aus, aber für mich bedeutet sie Luxus. Wer von Unruhe und Chaos umgeben ist, fühlt sich in der Stille lebendig.

Der Ruf einer Eule erklang, und in der Ferne war hin und wieder das Heulen eines Tieres zu hören, wahrscheinlich ein Wolf oder ein Kojote. Ich beobachtete Calvin aus den Augenwinkeln. Er wirkte gelassen, während ihm mehr Gedanken durch den Kopf zu gehen schienen, als Sterne am Himmel stehen. Worüber dachte ein einfacher Mann wie Calvin wohl nach? Das hätte ich zu gern gewusst. Denn was einen Menschen umtreibt, sobald es still wird, verrät sehr viel über ihn.

»Was geht dir durch den Kopf?«, brach ich das Schweigen.

Er blinzelte ein paarmal und sah mich dann an. »Was ich für ein Glück habe, hier mit dir zu sitzen und von all dieser Schönheit umgeben zu sein.« Ein kleines Lächeln umspielte seinen Mund, als er noch einen Schluck nahm.

Na also! Genau wie gedacht. Seine Antwort verriet, dass er im Grunde glaubte, diesen Augenblick nicht verdient zu haben. Doch warum? Was hatte er getan, dass er zu einer solchen Überzeugung gelangt war?

»Und du, Grace? Was denkst du gerade?«, fragte er.

»Das Gleiche wie du.« Ich lächelte ihn an und trank den Rest meines Whiskeys in einem Zug. »Danke für den Drink«, sagte ich, stellte das Glas ab und stand auf. Dann nahm ich seine Strickjacke von den Schultern und gab sie ihm zurück. »Und für den Cardigan natürlich auch.«

»Jederzeit, Grace.«

»Nacht, Calvin.«

Auch er wünschte mir eine gute Nacht, und ich ging hinein. Kurz bevor ich in den Flur zu meinem Zimmer abbog, blickte ich noch einmal zu Calvin zurück und sog seinen Anblick in mich auf, den Umriss seiner breiten, muskulösen Schultern im Licht des Nachthimmels. Er nippte an seinem Whiskey und schaute in den Himmel. Seine Gedanken waren nun leichter zu erraten, und ich erkannte, wie ähnlich wir uns waren. In gewisser Weise ein und dieselbe Person, das spürte ich.

* * *

Der Schrei einer Frau riss mich aus dem Schlaf, und ich schreckte hoch. Das Zimmer war in Mondlicht getaucht, und über dem Kopfteil des Bettes stand das Fenster einen Spaltbreit offen. Ich musste meinen Atem unter Kontrolle bringen. Bis vier zählen und dabei durch die Nase einatmen, bis sieben die Luft anhalten und auf acht durch den Mund wieder ausatmen. Das Zirpen der Grillen war so laut, als säßen sie bei mir im Zimmer. Es musste ein ganzer Schwarm sein, das hohe Zirpen übertönte fast alles andere. Dann der Ruf einer Eule. Bis vier zählen und durch die Nase einatmen. Die Luft bis sieben anhalten, auf acht durch den Mund ausatmen. Ich wusste nicht genau, was ich da gehört hatte. Ich legte mich wieder hin, zog mir die Decke bis unters Kinn und lag noch lange wach, den Schrei hörte ich aber nicht noch einmal. Vielleicht hatte ich nur geträumt. Aber was, wenn ... nicht?

TAG
DREI

10

CALVIN

Heute bin ich sehr früh aufgewacht. Wie ein Kind am Weihnachtsmorgen, nur dass ich mir keine Geschenke wünschte, sondern Grace – sie zu sehen, Zeit mit ihr zu verbringen. Alles, was sie sagte, zog mich genauso magisch an wie alles, was sie nicht aussprach. Sie war anders als jede andere Frau, der ich je begegnet war. Die meisten Frauen glichen Steckrüben, waren hübsch, ja, hatten aber nichts Bemerkenswertes oder Besonderes an sich. Grace dagegen glich einer Zwiebel: vielschichtig, komplex und facettenreich. Zwiebeln kann man grillen, sautieren, karamellisieren, rösten – man kann sie sogar roh essen. Sie werten Gerichte mit ihrem intensiven Aroma auf. Genau wie Grace sind sie unkompliziert, aber zugleich bemerkenswert. Sogar als Insektenschutz habe ich sie schon eingesetzt, indem ich sie aufgeschnitten und mich damit eingerieben habe.

Als wir gestern Abend gemeinsam auf der Veranda saßen und ich erkannte, wie einzigartig sie ist, wusste ich plötzlich, ich wollte alle meine Nächte mit ihr verbringen.

Ich habe eine Kanne Kaffee gekocht und mit der Lokalzeitung am Küchentisch gewartet. Erst auf Seite fünf fiel mir auf, dass ich von dem Gelesenen gar nichts mitbekommen hatte. All meine Gedanken kreisten um Grace. Immer wieder sah ich zu ihrer Zimmertür hin und wünschte mir, sie jeden Augenblick dort herauskommen zu sehen. Eine ganze Weile hatte ich vor dieser Tür gestanden und gelauscht. Was es morgens immer zu tun gab, hatte ich schon erledigt, dazu einige dringend notwendige Reparaturen, also konnte ich den Rest des Tages mit ihr verbringen – natürlich nur, wenn sie es mir erlaubte. Ich wollte vermeiden, aufdringlich zu wirken, und würde sie heute beobachten und entscheiden, ob ich forscher oder zurückhaltender vorgehen sollte.

Endlich hörte ich das Knarren der Tür und dann ihre leisen Schritte im Flur. Ich bemühte mich, so lässig wie möglich auszusehen, nippte an meinem Kaffee und blätterte in der Zeitung, ganz so, als hätte ich keineswegs darauf gelauert, dass sie endlich aufwachte. Als sie die Küche betrat, war es, als würde alle Luft aus dem Raum gesaugt.

»Guten Morgen«, sagte sie. Ihre Stimme war leise und heiser, als sei sie gerade erst aus dem Tiefschlaf aufgewacht. Offenbar fühlte sie sich bei mir so wohl, dass sie ruhig schlafen konnte – das freute mich.

Ich tat überrascht, sie zu sehen. »Morgen.« Ihr Haar war zu einem Pferdeschwanz hochgebunden, und sie hatte noch ihr kurzes weißes Nachthemd an. Sie war fast ungeschminkt, nur von diesem schwarzen Zeug hatte sie sich mit Sicherheit etwas auf die Wimpern getan, denn ihre blauen, blauen Augen strahlten mehr denn je.

»Wie hast du geschlafen?«, fragte ich.

Sie zögerte einen Moment und biss sich auf die Unterlippe. »Hm ... ja, gut.«

Verdammt, offensichtlich hatte sie gar nicht gut geschlafen. Vielleicht wegen der alten Matratze in ihrem Bett? Ich überlegte, ob ich ihr mein Bett anbieten sollte, ließ es aber sein, weil das vielleicht falsch angekommen wäre.

»Liegt es an der Matratze? Ich könnte dir einen Topper oder so etwas besorgen. Ich will doch, dass du es bequem hast.«

»Nein, die Matratze ist in Ordnung. Aber … hast du letzte Nacht auch etwas gehört?« Als sie diese Frage stellte, veränderte sich ihre Körperhaltung, sie sah aus, als fürchte sie sich vor der Antwort.

»Was meinst du?« Ich neigte fragend den Kopf zur Seite. »Hier draußen hört man nachts alles Mögliche.«

Wieder biss sie sich auf die Lippe. »Einen Schrei.«

»Einen Schrei? Nein, einen Schrei habe ich nicht gehört.«

Sie rieb sich die Stirn. »Vielleicht war es nur ein Traum.« Sie schenkte sich Kaffee ein, lehnte sich rücklings an die Küchentheke, umschloss den Kaffeebecher mit beiden Händen und trank einen Schluck.

»Vielleicht wirklich nur ein Traum. Wie klang der Schrei?«

»Wie von einer Frau«, sagte sie und blickte mich über den Rand des Bechers hinweg an.

»Das war wahrscheinlich ein Tier. Der Paarungsruf der Rotfüchse klingt wie der Schrei einer Frau, und ihre Paarungszeit geht gerade zu Ende«, erklärte ich. »Das kann ziemlich gruselig sein, denn der Ruf klingt so menschlich.«

Sie hörte mir gar nicht mehr zu, starrte nur auf ihren Kaffee und schien völlig in Gedanken versunken.

»Noch ein Tier, das ich im Visier behalten muss. Die haben es auch auf meine Hühner abgesehen, und zwar zu allen Tages- und Nachtzeiten. Wenigstens sind sie zur Paarungszeit gut beschäftigt, sodass man sie um diese Jahreszeit nicht allzu oft zu sehen bekommt«, erklärte ich und lachte vor mich hin.

Ihr Blick war unsicher, als sie nickte. Dann wechselte sie das Thema. »Was liest du da?«

»Nur die Zeitung.« Ich blätterte eine Seite weiter.

»Steht irgendwas Spannendes drin?«

Schnell überflog ich die Spalten, denn ich hatte kein einziges Wort gelesen. »Nicht wirklich«, entschied ich schließlich. »Weißt du schon, was du heute machen willst?«

Sie kreuzte die Beine. »Ausruhen, lesen, vielleicht joggen gehen.«

Ich hob eine Augenbraue. »Wie wär's mit Angeln?«

»Hast du vor, mich zum Country-Girl zu machen, Calvin Wells?«, neckte sie mich.

Ich faltete die Zeitung zusammen und legte sie mitten auf den Tisch. Es hatte mir einen wohligen Schauer über den Rücken gejagt, als sie mich wieder mit vollem Namen ansprach. Ich richtete mich kerzengerade auf und nickte. »Ja, könnte schon sein.«

»Na, das würde mir gefallen.« Sie nahm einen kleinen Schluck Kaffee.

Ich erhob mich. »Zieh dir etwas an, das schmutzig werden darf. Wir treffen uns unten am Fluss. Die Angelsachen bringe ich mit.«

Sie ging in ihr Zimmer und rief mir über die Schulter zu: »Dann haben wir ein Date.«

Ihr Anblick, wie sie den Flur entlangging, trieb mir die Röte ins Gesicht, und mein Herzschlag beschleunigte sich wieder. Das Nachthemd war wirklich kurz. Nie wieder wollte ich sie gehen lassen.

* * *

»An den Haken gehört doch ein Wurm, du Quatschkopf«, sagte ich lachend.

Grace hatte die Angelleine einfach ins Wasser fallen lassen, ohne sie auszuwerfen oder etwas daran zu befestigen.

Sie wurde rot und holte sie gleich wieder ein. Sie trug kurze Shorts, Cowboystiefel und ein schwarzes Tanktop, aber nichts darunter, dessen war ich mir ziemlich sicher. Grace legte offensichtlich Wert auf ihr Äußeres. Ihre Lippen glänzten pinkfarben, die Wimpern waren lang und dicht, ihr Haar leicht gewellt.

»Einen Wurm?« Sie verzog das Gesicht.

»Allerdings, Ma'am. Ohne wirst du wohl kaum etwas fangen.« Ich legte meine Angel zur Seite, griff mir den kleinen Eimer mit Würmern, der neben dem Angelkasten stand, und zog einen langen, dicken, mit Erde verschmierten Wurm heraus. Er wand sich, als ich ihn in zwei Teile riss. Die eine Hälfte warf ich zurück in den Eimer, die andere streckte ich Grace hin. Die Hälfte in meiner Hand wand sich noch immer. Es war das Schwanzende, es würde bald absterben, deshalb benutzte ich diesen Teil immer als Erstes. Die Hälfte mit dem Gehirn würde überleben, und nach einiger Zeit würde ihr ein neuer Schwanz wachsen.

»Bitte sehr.«

Sie schüttelte nur den Kopf und deutete mit der Rute auf mich. Dann machte sie ihre blauen, blauen Augen noch größer und schob die Unterlippe vor. »Machst du ihn dran?«, fragte sie mit Babystimme.

Sie war dabei, mich um den Finger zu wickeln, doch das war mir egal.

»Na klar mache ich das.« Ich lächelte. »Für alles, was man im Leben fangen will, braucht man einen Köder. Der Trick, damit er sich nicht lösen kann, besteht darin, den Haken vom Kopf bis zum Schwanz durchzuziehen.« Ich spießte ein Ende des Wurms auf und schob den Haken durch den Körper, bis nur noch ein Zentimeter herabhing.

Sie schaute mir genau zu. Eigentlich hätte ich erwartet, dass sie wegschauen würde, aber sie wollte lernen, wie es geht.

»So kann man sicher sein, dass kein Fisch den Wurm vom Haken rupft, bevor man ihn aus dem Wasser geholt hat. Fertig.« Ich ließ den Haken los. »Siehst du, er windet sich noch, kommt aber nicht vom Haken los. Das ist wichtig. Und jetzt kannst du auswerfen.«

Grace hielt die Angelrute vor sich und blickte auf den Fluss. Dann schwang sie sie aus dem Handgelenk heraus, öffnete aber den Schnurfangbügel nicht. Der aufgespießte Wurm baumelte nur im Kreis. Ein zweiter Versuch mit mehr Schwung, doch auch diesmal löste sie die Schnur nicht. Mit verschränkten Armen sah ich mir ihre weiteren Versuche an und musste schließlich lachen.

»Lachst du mich aus, Calvin?« Sie blinzelte und schob beleidigt die Unterlippe vor, doch ihr Blick war freundlich.

»Nein, das würde ich niemals tun.« Ich stand ein paar Meter hinter ihr. »Soll ich dir helfen?«

Sie nickte lächelnd. Als ich bei ihr war, richtete sie sich auf. Ich spürte, wie sich ihr Hintern an mich drückte, und als ich die Arme um sie legte, roch ich den intensiven, süßlichen Duft ihres Haars. Dann fasste ich die Hand, mit der sie den Griff der Rute hielt, die andere Hand legte ich auf die an der Angelrolle und einen Finger auf den Schnurfangbügel.

»Du musst nur aus dem Handgelenk Schwung holen und beim Auswerfen dann den Fangbügel lösen.«

Grace nickte und rückte noch näher an mich heran, sodass ich die Angelrute fast hätte fallen lassen.

»Außerdem musst du die Rute gut festhalten«, ergänzte ich lachend.

Ich beugte meinen Ellbogen leicht, führte sie mit meiner Bewegung, dann nahm ich Schwung und löste den Fangbügel. Der Haken flog dicht über der Wasseroberfläche durch die Luft.

»Ich hab's geschafft«, rief sie begeistert.

»Ja.« Ich überließ ihr die volle Kontrolle über die Angel und trat einen Schritt zurück.

»Danke«, sagte sie mit einem Blick über die Schulter.

»Jederzeit wieder, Grace. Jetzt langsam einholen. Sobald du Widerstand spürst, musst du die Rute schnell und mit Kraft nach oben ziehen, damit sich der Haken im Maul des Fisches verankert. Danach kannst du ihn aus dem Wasser holen. Geduld ist aber immer das Wichtigste, wenn man etwas fangen möchte.« Ich steckte die Hände in die Taschen und beobachtete, wie sie die Leine langsam einholte. Dann warf sie sie wieder aus, genau so, wie ich es ihr beigebracht hatte – ein perfekter Wurf. Ich hätte ihr den ganzen Tag zusehen können. Unbeirrt drehte sie den Griff und konzentrierte sich darauf, ein Gespür für die Angelrute in ihren Händen zu bekommen. Jedes Mal, wenn sie den Haken ins Wasser warf, leuchtete ihr Gesicht auf. Das ist das Schöne am Angeln. Jeder Wurf birgt die Chance auf einen tollen Fang.

Ich nahm zwei Bud Lights aus der Kühlbox und öffnete sie. Als Grace erneut die Leine einholte, reichte ich ihr eines davon.

»Ohne Bier ist es kein echtes Angeln«, sagte ich.

Wir stießen an und tranken direkt aus der Flasche.

»Das macht Spaß.« Sie setzte die Flasche ab und warf erneut aus. Sie war ein Mensch, der durchzog, was er sich in den Kopf gesetzt hatte, das war mir gleich bei unserer ersten Begegnung aufgefallen.

Ich nahm nun auch eine Angelrute, befestigte einen Köder daran und warf sie direkt neben ihr aus, wobei ich darauf achtete, dass sich die Leinen nicht in die Quere kamen.

»Wollen wir das Ganze mit einer Wette noch ein bisschen spannender machen?«

Sie sah zu mir herüber, und ihre Augenbraue schnellte in die Höhe. »An was hattest du da gedacht?«

»Wer zuerst einen Fisch am Haken hat. Der Verlierer muss in den Fluss springen.«

»Das geht aber noch spannender«, sagte sie.

»Ach so? Wie denn?«

»Der Verlierer springt in den Fluss … allerdings nackt.«

Wieder einmal hatte sie es geschafft, mich zu verblüffen, und ich konnte ein Grinsen nicht unterdrücken.

Sie warf ihre Leine wieder aus, grinste und blickte mich herausfordernd an.

»Top, die Wette gilt, Grace«, rief ich und warf ebenfalls meine Leine aus.

Sie runzelte die Stirn und konzentrierte sich auf ihre Aufgabe.

»Ich hoffe, du magst Fische, bald wirst du nämlich mit ihnen schwimmen«, stichelte ich, als ich die Leine das nächste Mal auswarf.

»Da wäre ich mir nicht so sicher, Mr. Wells.« Sie warf mir einen Schlafzimmerblick zu und biss sich auf die Unterlippe. Sollte das der Blick sein, den sie mir schenken würde, wenn sie die Wette gewann, dann wollte ich liebend gern auf immer und ewig gegen sie verlieren.

»Hey«, rief jemand hinter uns. Ich schaute über die Schulter und sah Charlotte über die Weide auf uns zukommen. Ihr langes, glänzendes, dunkles Haar wehte im Wind, und die gebräunte Haut mit den vielen Sommersprossen leuchtete im Sonnenlicht. Offenbar kam sie direkt von der Arbeit, denn sie trug noch Shorts und ihr Dubois-Super-Foods-Poloshirt.

Auch Grace drehte sich nach ihr um. »Wer ist das denn?«

»Charlotte. Ich habe dir von ihr erzählt, sie hilft mir ab und zu auf der Ranch.«

»Ach, deine Freundin meinst du?«, zog sie mich auf.

»Eine gute Bekannte«, widersprach ich leise.

»Sie sieht gut aus.«

Darauf antwortete ich lieber nicht, stimmte weder zu, noch widersprach ich, denn dabei konnte man nur verlieren, das kannte ich schon.

»Wer ist das?«, fragte Charlotte und reckte angriffslustig das Kinn in die Luft.

»Hi, ich bin Grace und über Airbnb bei Calvin zu Gast«, sagte Grace und hielt ihr die freie Hand hin, während sie mit der anderen die Angelrute umklammerte.

Charlotte betrachtete die Hand und zögerte kurz, schüttelte sie dann aber höflichkeitshalber.

»Ich bin Charlotte, eine gute Freundin von Calvin.« Sie löste sich schnell aus dem Händedruck. »Wie lange bleibst du?« Ihre Augen verengten sich kurz zu Schlitzen.

»Bis nächste Woche.« Grace sah mich mit einem unsicheren Lächeln an.

Die beiden taxierten einander mit Blicken, so, wie ich es bei meinen Gemüsepflanzen tat, um zu entscheiden, ob sie reif für die Ernte waren oder, wie es auch vorkam, von innen heraus verfaulten und besser weggeschmissen wurden.

»Die Zeit wird sicher wie im Flug vergehen.« Charlottes Blick glitt zu mir herüber. »Was macht ihr beiden denn hier?«

Es war doch nicht zu übersehen, was wir taten. Charlotte führte sich merkwürdig auf. Als hätte sie mir gegenüber einen Besitzanspruch oder als glaubte sie, mich beschützen zu müssen. Wir waren nur Freunde, und mehr würde nie daraus werden, egal, was zwischen uns passierte oder nicht passierte.

»Ich bringe Grace das Angeln bei«, antwortete ich stolz.

Grace strahlte mich an. »Er ist ein guter Lehrer, wahrscheinlich hole ich sogar vor ihm einen Fisch ein.«

»Das werden wir noch sehen«, neckte ich sie.

»Ich wusste gar nicht, dass in deinem Airbnb-Angebot auch ein Angelkurs enthalten ist, Calvin?« Charlottes Miene war säuerlich.

»Ich biete Rundumservice. Perfekte Gastfreundschaft, alles inklusive. Dabei versuche ich, den Gästen ihre Wünsche von den Augen abzulesen«, verkündete ich und nickte bekräftigend.

»Du klingst schon wie diese nervigen Werbespots im Lokalfernsehen.« Charlotte lachte prustend und schaute erst Grace, dann mich an. Als niemand mitlachte, räusperte sie sich.

»Könntest du eine Pause machen und mir mit den Eiern helfen? Sie sind ausverkauft, es eilt also etwas.«

»Natürlich. Kommst du eine Weile ohne mich klar?«, fragte ich Grace.

»Ja, sicher.« Sie kehrte uns den Rücken zu und begann die Angelschnur wieder einzuholen. »War schön, dich kennenzulernen, Charlotte«, rief sie noch über die Schulter.

»Ebenfalls«, erwiderte Charlotte mit gleichgültiger Miene. Als sie mich ansah, hellte sich ihr Blick wieder auf. »Kann's losgehen?«

Ich nickte und wollte gerade mit Charlotte zur Weide gehen, als Grace losjubelte.

»Ich hab einen erwischt!«

Sofort kehrte ich um. Charlotte schnaubte verächtlich, aber das war mir egal. Grace riss die Rute hoch und fing an, die Leine einzuholen. Es kostete sie Kraft, den Hebel zu drehen. Was auch immer für ein Fisch da an ihrer Angel hing, er wehrte sich ganz ordentlich. Ich lief zu ihr, umschlang sie von hinten und legte meine Hände wieder auf ihre.

»Jetzt ganz ruhig bleiben.« Ich half ihr, den Fisch einzuholen.

Sie sah kurz zu mir auf und schenkte mir ein Lächeln.

»Das ist ein ziemlicher Brocken«, sagte ich, als wir den Fisch in Ufernähe hatten, von wo aus ich ihn aus dem Wasser ziehen würde. »Ich mag es, wenn sie nicht kampflos aufgeben.«

»Kommst du, Calvin?«, rief Charlotte. »Ich hab es doch eilig.« Ich schaute zu ihr hinüber. Sie hatte die Hände in die Hüften gestemmt und verzog das Gesicht. Zweifellos war Char sauer, aber ich wusste nicht, warum. Lag es an mir oder an meinem Gast?

»Geh doch schon mal vor. Ich komme gleich nach.«

Schmollend drehte sie sich um und marschierte in Richtung Teich. Ich konzentrierte mich wieder auf den Fisch und zog ihn aus dem Wasser.

»Was ist es für einer?«, rief Grace aufgeregt.

»Ein Zander. Er ist groß, mindestens fünfunddreißig Zentimeter lang. Daraus werde ich den besten panierten Fisch machen, den du je gegessen hast.« Ich musste grinsen. Sie hielt die Angelrute fest, während ich die Kühlbox holte.

»Wir werden ihn essen?«, fragte sie.

»Aber klar doch. Das ist ein tolles Abendessen, eine ordentliche Mahlzeit.« Ich hakte den Fisch ab. Er wand sich und zappelte in meinen Händen, versuchte sich zu befreien, aber sein Schicksal war besiegelt, und gegen das Schicksal sind wir machtlos. Ich packte ihn schnell in die Kühlbox und schloss den Deckel. So würde er langsam auf dem Eis verenden und dabei noch schmackhafter werden.

»Kaum zu glauben, dass ich tatsächlich einen erwischt habe«, sagte sie.

»Du bist ein Naturtalent.« Dann legte ich den Arm um sie, zog sie näher an mich heran und klopfte ihr leicht auf die Schulter. Sie wiederum legte mir den Arm um die Taille und lehnte den Kopf an meine Brust. Sie passte perfekt an die Stelle, wie ein fehlendes Puzzleteil. Schicksal.

»Danke«, sagte sie und sah mich an.

Ich streichelte ihre Schulter. »Jederzeit wieder.«

»Du, Calvin?« Sie klimperte mit den Wimpern.

»Ja, Grace?« Mir schlug das Herz bis zum Hals, und ich merkte, dass ich rot wurde.

»Ich hoffe, du magst Fische, denn du wirst bald mit ihnen schwimmen.« Sie lachte, während ich sie noch näher an mich heranzog und breit grinste.

Sie hatte ihren Fang des Tages gemacht und ich meinen, nur dass Grace das noch nicht ahnte. Mein großer Fang war sie.

11
GRACE

Ich machte eine Dehnübung, zog den Fuß hoch zum Hintern und hielt ihn dort eine Minute lang fest. Charlotte und Calvin sammelten am Teich Eier ein und verpackten sie in Kartons. Sie hatte so getan, als hätte sie es eilig und brauche deshalb Calvins Hilfe, aber nun sah es so aus, als ließe sie sich alle Zeit der Welt. Immer wieder warf sie ihr langes dunkles Haar zurück und lachte. Ich fragte mich, über was sie wohl sprachen. Jedes Mal, wenn sie an ihm vorbeikam, streifte sie ihn. Dann wuschelte sie ihm durchs Haar und berührte ihn am Arm. Zwar betonte Calvin, sie seien nur Freunde, aber ich schätzte, dass sie mal was miteinander gehabt hatten. Man sah ihr an, dass sie verliebt war, und ich wusste, dass man aus Liebe die verrücktesten Dinge tut.

Als Calvin meinen Blick bemerkte, winkte er, und auf seinem Gesicht breitete sich ein strahlendes Lächeln aus. Charlotte schaute ebenfalls kurz in meine Richtung, warf ihr Haar über die Schulter und sammelte weiter Eier ein. Ich winkte zurück, steckte mir die AirPods in die Ohren und joggte über die gekieste Auffahrt hoch zur Straße. Dort wählte ich unter den heruntergeladenen Spotify-Playlisten eine aus, die »Ferien-Vibes« hieß, und *Life's for the Living* von Passenger erklang.

Jedes Mal, wenn ich mich beim Laufen vom Boden abstieß, schossen mir Bilder von Calvin durch den Kopf. Wie sein weißes T-Shirt über dem kräftigen Bizeps und den breiten Schultern spannte. Wie er seine Daumen in die Gürtelschlaufen seiner Jeans hakte und von einem Fuß auf den anderen trat, wenn er nicht wusste, was er sagen sollte. Wie er errötete, wenn er mich ansah ...

Schritt. Calvins Grübchen.
Schritt. Calvins Narbe.
Schritt. Calvins Lächeln.

Mein Herz raste, und das nicht nur, weil ich so schnell lief. Um mich von Calvin abzulenken, sang ich den Refrain laut mit. Man muss das Gehirn beschäftigt halten, damit die Gedanken nicht ständig abschweifen. Nur so kann man sie in Schach halten, sie einhegen wie eine kleine Herde Vieh. Aber kaum war das Lied zu Ende, kreisten meine Gedanken schon wieder um Calvin.

Schritt. Calvins Hände.
Schritt. Calvins Körper.
Schritt. Calvin auf mir.

Ich blieb so abrupt stehen, dass ich fast vornübergefallen wäre, und schnaufte schwer, denn meine Lunge brauchte mehr Luft, als ich aufnehmen konnte. Dann dehnte ich den Rücken, ließ meine Wirbelsäule knacken und starrte dabei in den Himmel. Ich war aus einem einzigen Grund hier, nämlich um mir eine Auszeit zu gönnen und die Ruhe und Entspannung zu finden, die mir im Alltag fehlte, und nun hatte ich nur noch eine Urlaubswoche vor mir. Dass man etwas erleben will, das einem im Alltag fehlt, steckt wohl immer dahinter, wenn man seine Koffer packt und an einen fremden Ort fährt.

Calvin und ich stammten aus sehr unterschiedlichen Verhältnissen. Unsere Ziele, Bedürfnisse und Wünsche waren nicht dieselben, und auch unser Blick auf das Leben war nicht der gleiche. Für ihn war das Leben kostbarer, weil er schon so viele ihm nahestehende Menschen verloren hatte. Er wollte keine Risiken mehr eingehen, lebte in dem Haus, in dem er aufgewachsen war, umgab sich mit Menschen, die er schon immer kannte. Eigene Pläne hatte er den Wünschen seiner verstorbenen Eltern geopfert. Ich konnte mir nicht vorstellen, dass es ihn glücklich oder auch nur zufrieden machte, in diesem Hamsterrad zu existieren. Mich erfüllte der graue Alltag jedenfalls nicht, deshalb war ich ja auch hier. Mich interessierte, wie Calvin es schaffte, gesund, zufrieden und ausgeglichen zu sein. Die Arbeit auf der Ranch, Tag für Tag die immer gleichen Dinge, konnte doch beim besten Willen nicht erfüllend sein. Es ist das Banale und Alltägliche im Leben, das die Menschen auf Dauer in den Wahnsinn treibt, und Calvins Leben bestand aus kaum etwas anderem als Alltag.

Ich betrachtete meine Umgebung, genoss diesen Augenblick in vollen Zügen in dem Bewusstsein, dass die Freude daran nicht ewig währen würde. Schon wenn ich dem Ort den Rücken kehrte, würde die Schönheit, die ich jetzt noch in ihm sah, verblasst sein. Alles wird früher oder später langweilig, denn wir gewöhnen uns einfach daran. Die schneebedeckten Berge in der Ferne würden mir schon bald nicht mehr so hoch vorkommen, ich würde die wogende, sattgrüne Weide, die hell und einladend leuchtete, schon bald als das sehen, was sie in Wirklichkeit war – als ein Nichts. Und die schwarze, gewundene Straße, auf der ich hergefahren war, schien mir jetzt schon einfach endlos lang, denn ich wusste: Alles hat ein Ende.

12

CALVIN

Beim Joggen bebten Graces Hüften und Po bei jedem Schritt. Sie machte große Schritte, kam zügig voran, verschwand schneller aus meinem Blickfeld, als mir lieb war. Ich hätte ihr gern den ganzen Tag zugeschaut, aber da sie nun weg war, konnte ich mich endlich wieder dem Eiersammeln widmen.

»Du stehst auf sie, kann das sein?« Charlotte zog die Nase kraus. Es klang nicht wie eine Frage, eher wie ein Vorwurf.

Ich lachte verlegen. »Natürlich nicht. Sie ist hier nur zu Gast.«

Charlotte schnaubte verächtlich und schob angriffslustig die Hüfte vor. »Verarschen kann ich mich selbst.«

Ich musste die Augen mit der Hand abschirmen, um sie besser sehen zu können. »Was soll das heißen?«

»Ich hab doch gesehen, wie du sie angeschaut und die Arme um sie gelegt hast.« Charlotte schmollte und bückte sich nach einem Entenei.

Ich zuckte mit den Schultern. »Ich habe ihr nur geholfen. Und ich schaue sie genauso an wie alle anderen auch.«

»Eben nicht, Calvin, wenn das so wäre, würdest du hier überall als Perversling gelten.« Das sagte sie zwar mit einem Lachen, aber sie meinte es ernst.

So kannte ich Charlotte gar nicht. Wir waren schon als Kinder befreundet gewesen, und nach meiner Rückkehr einenhalb Jahre zuvor war es zwischen uns gleich wieder gewesen wie früher, so als wäre ich nie weg gewesen. Sie war nach dem

Tod meiner Eltern für mich da gewesen, und nach dem Autounfall, der Lisa das Leben gekostet hatte, waren wir noch enger zusammengewachsen. Charlotte glaubte wohl, sie müsse mich beschützen. Meist wusste ich es auch zu schätzen, dass sie sich so um mich kümmerte, aber manchmal wurde es mir zu viel des Guten, und ich fühlte mich regelrecht erdrückt.

»Von mir aus, dann schaue ich sie eben ein bisschen anders an als andere«, sagte ich und suchte weiter im hohen Gras nach Enteneiern. Manchmal musste man sie sogar ausgraben, denn oft verscharrten Enten ihre Eier, um sie vor Räubern zu schützen. Vor Kojoten, Füchsen, Waschbären, Falken, Eulen – und sogar vor uns Menschen. Wir alle können Raubtiere sein.

Charlotte klappte einen weiteren vollen Eierkarton zu und stapelte die Kartons in einer Kiste. »Ich traue ihr nicht.«

Eines der Eier rutschte mir aus der Hand und schlug klatschend auf dem Boden auf. Das Eigelb war von hellem Blut durchzogen. Solche Eier sind selten – so selten, dass wir einen Aberglauben damit verbinden. Mir fiel etwas ein, das meine Mutter immer gesagt hatte. Wer ein blutiges Eigelb findet, der stirbt bald. Ob sie wohl vor ihrem Tod eines gefunden hatte – oder sogar zwei? Eines für sie selbst und eines für meinen Vater? Ich schloss die Augen und versuchte, die Erinnerungen abzuschütteln. Das Schlimmste an unangenehmen Erinnerungen ist, dass man sie nicht loswird.

Schließlich machte ich die Augen wieder auf und sah Charlotte an. »Warum nicht?«

»Irgendetwas ist da faul. Warum sollte eine Frau ganz allein verreisen und bei einem Wildfremden übernachten? Und das am Arsch der Welt?« Sie stand auf und wischte sich den Schmutz von den Händen.

»So machen das doch viele Frauen heutzutage. Gehört das nicht zu diesem Feminismus?« Ich schob mit der Stiefelspitze etwas Erde und trockenes Gras über das blutige Ei.

»Nein, machen sie nicht, Calvin.«

Vorsichtig, damit nicht noch eines herunterfiel, sammelte ich eine weitere Handvoll Enteneier ein. Wenn es stimmte, dass ein Ei mit Blut Tod bedeutete, dann wollte ich lieber nicht wissen, mit was man rechnen musste, wenn man mehrere davon fand.

»Grace ist einfach nur eine unabhängige Frau, die sich hier von der Großstadt erholen will.« Ich gab Charlotte die Eier, und sie packte sie in einen neuen Karton.

»Sie ist komisch.«

»Alle New Yorker sind ein bisschen komisch«, sagte ich und grinste.

Charlotte verdrehte die Augen, machte zwei weitere Kartons mit Eiern fertig und verstaute sie in der Kiste. »Sie ist steif wie ein Roboter.«

»Vielleicht dir gegenüber, bei mir ist sie ganz anders.«

Char legte mir eine Hand auf den Arm und wurde plötzlich ernst. »Ich finde einfach, du solltest vorsichtig sein. Ich glaube, sie wird dir noch Ärger machen.«

Diese Aussicht ließ mich kalt, denn mit Ärger kannte ich mich aus.

Ein spitzer Schrei ließ mich zusammenfahren, und mir war schlagartig klar, dass er von Grace kam. Wieder schrie sie. Ich lief los in Richtung Auffahrt. Noch ein Schrei. Ich rannte so schnell, dass Steine und Schmutz durch die Luft gewirbelt wurden.

»Grace!«

Am Ende der Auffahrt suchte ich mit Blicken den Highway ab, der sich in beide Richtungen über das flache Land und die hügeligen Felder erstreckte. Beim nächsten Schrei fuhr ich herum. Das kam aus dem hohen Gras zwischen Straße und Zaun. Ich ging noch ein paar Schritte weiter, und bei dem Anblick, der sich mir dann bot, wäre mir fast das Frühstück wieder hochgekommen. Grace lag unter einer Kiefer in einer Grube voller toter Tiere. Das Loch war so groß, dass ein Auto hineingepasst hätte, und es lagen ein Dutzend Tierkadaver darin, alle in unterschiedlichen Stadien der Verwesung. Zuoberst ein erst vor Kurzem getöteter Elch, der der Länge nach aufgerissen war. Blut und Sehnen quollen aus seinem Leib, Hals und Kopf waren mit Bisswunden und Verletzungen bedeckt. Grace versuchte, auf allen vieren aus der glitschigen Grube herauszukriechen. Überall klebte der Tod an ihr – von frischem Blut bis zu Maden. Ihr liefen Tränen übers Gesicht, und sie atmete hastig und unregelmäßig.

»Hier, nimm meine Hand«, rief ich und beugte mich zu ihr hinunter.

Sie schaute hoch, zögerte einen Augenblick und streckte mir schließlich die Hand entgegen. An ihren Fingern klebten krabbelnde Maden. Ich zog sie aus der Grube, und sie wischte hektisch die Hände an der Hose ab, wobei sie die Maden zerquetschte. Dann krümmte sie sich und übergab sich heftig am Straßenrand.

Charlotte, die mir nachgelaufen war, fragte keuchend: »Was ist das denn?«

»Tote Tiere.«

Sie verdrehte die Augen, stockte aber, als sie Grace sah, die von Kopf bis Fuß mit Blut und Eingeweiden beschmiert war. Grace musste noch einmal würgen, und ein Schwall brauner

Flüssigkeit kam hoch. Wahrscheinlich der Kaffee von heute Morgen.

Char verzog das Gesicht. »Ist das eklig.«

Ich warf ihr einen strafenden Blick zu und schüttelte den Kopf.

Grace würgte noch ein paarmal, bevor sie sich wieder aufrichtete. Selbst mit all dem Blut, dem Erbrochenen und den Maden fand ich sie wunderschön.

»Was ist das?« Wieder putzte Grace sich die Hände an ihren Leggings ab. Dann zog sie ihr Shirt hoch, um sich mit der Innenseite das Gesicht abzuwischen, dabei verteilte sie das Blut aber nur. »Wie kommt ein Haufen toter Tiere hierher?«

»Manche Tiere schleppen ihre Beute an einen sicheren Ort, an dem sie sie in Ruhe fressen können. Das könnte alles Mögliche gewesen sein – Grizzlys, Wölfe, Kojoten.« Charlotte zog spöttisch eine Augenbraue hoch. »Wir sind hier ja nicht in New York, Süße.«

Grace beachtete sie gar nicht, sie starrte nur weiter auf die Tierkadaver, kniff die Augen zusammen und betrachtete sie genauer.

Nach ein paar Minuten des Schweigens machte Char kehrt und ging. »Ich muss noch die Eier aus den Hühnerställen holen«, sagte sie.

Ich sah auf die Tierleichen hinab und dann zu Grace. Sie konnte den Blick nicht von der Grube losreißen. Es war wie bei einem Autounfall. So etwas bekommt man nicht jeden Tag zu sehen. Der bloße Anblick zieht unser Gehirn regelrecht in den Bann, als würde ein neuer Teil davon aktiviert.

»Wie bist du da reingeraten?«, fragte ich.

Es dauerte eine Weile, bis meine Frage zu ihr durchdrang, aber als sie sie endlich verstand, schaute Grace mich an.

»Ich habe etwas rascheln hören und war schon zu nahe am Rand, als ich merkte, was das ist. Durch das hohe Gras und das Unkraut sieht man die Grube nicht, und die Äste des Baums reichen an der Stelle bis auf den Boden. Ich bin einfach reingerutscht.« Sie schauderte.

»Das tut mir leid, Grace. Ich muss die Tierkörperbeseitigung anrufen, damit sie das alles abholen. Das Aas und die Knochen haben bestimmt auch den Waschbären angelockt, der die Hühner gerissen hat.«

Sie drehte den Kopf zu mir, schaute mich aber nicht direkt an, sondern starrte an mir vorbei zur Ranch, als sähe sie sie plötzlich mit anderen Augen. Ich fragte mich, ob sie ihn auch spürte. Den Fluch. Anders konnte es kaum sein, denn der Tod war hier allgegenwärtig.

Ich ging zu ihr und legte ihr eine Hand auf die Schulter.

Sie verspannte sich sofort, und ich zog die Hand schnell wieder weg. »Ich würde nie zulassen, dass dir etwas zustößt, Grace.«

Grace sagte nichts dazu, also schwieg ich auch. Ich genoss die Stille, die zwischen uns herrschte. Über uns war ein leises, klagendes Krächzen zu hören. Wir schauten hinauf und sahen Truthahngeier hoch oben ihre Kreise ziehen; sie warteten nur darauf, sich auf das Fressen zu stürzen.

»Keine Sorge, die sind harmlos«, sagte ich. »Sie helfen sogar dabei, die Umwelt sauber zu halten und die Ausbreitung von Krankheiten zu verhindern.«

Keine Ahnung, warum ich Grace das erklärte, wohl damit sie sich sicherer fühlte. Ich sah sie wieder an. Das rotbraun getrocknete Blut ließ ihre blauen, blauen Augen noch intensiver leuchten. Woran sie wohl gerade dachte? War sie verstört? Oder fasziniert? Dachte sie daran, abzureisen?

»Ich gehe duschen«, sagte sie nach einer Weile.

Sie sah verängstigt aus, als sie auf die Ranch zuging. Sie hatte die Arme verschränkt, als wollte sie sich vor allem hier schützen.

Ich fuhr mir übers Gesicht und stieß die Luft aus. Das war nicht das Bild von Wyoming, das ich ihr hatte vermitteln wollen. Es konnte so schön sein, aber auch die schönsten Orte haben ihre hässlichen Seiten. Die blutigen Tierkadaver waren voller Fliegen, die sie umschwirrten und sich auf sie stürzten, um das verwesende Fleisch zu fressen. Der Tod ist einfach nicht schön.

Ich schüttelte den Kopf und ging zurück zur Auffahrt. Charlotte war dabei, die Eierkartons in ihr Auto zu laden.

»Wie geht es dem Prinzesschen?«, fragte sie mit einem spöttischen Lachen.

»Char, lass das«, warnte ich sie.

»Was denn? Habe ich dir nicht gesagt, dass sie nicht hierher passt?«

Ich massierte mir die Stirn und seufzte. »Weil sie es nicht so prickelnd findet, in eine Grube voller toter Tiere zu stürzen?«

»Ja, okay, das war wirklich eklig. Das würde ich auch schlimm finden. Aber hier sterben ja ständig Tiere. Sie passt nicht hierher, Calvin. Kapierst du das nicht?« Char legte den Kopf schief und sah mich fragend an.

»Dann passe ich vielleicht auch nicht hierher.«

»Warum sagst du so was?« Sie presste die Lippen zusammen und wartete auf eine Erwiderung von mir.

Als keine kam, fragte sie: »Warum hast du die Grube nicht schon längst gemeldet?«

»Ich wusste gar nicht, dass sie da ist. So oft verlasse ich die Ranch ja nicht. Dazu hab ich gar keine Zeit. Der Hof bestimmt mein Leben. Ich muss mich um zu viel kümmern, mir um zu viele Dinge Gedanken machen.«

Char sah mich mitfühlend an. »Ich glaube, die Ranch setzt dir sehr zu, Calvin. Und du bestrafst dich für Dinge, die du nicht hättest verhindern können. Wir machen uns Sorgen um dich.«

»Wer ist wir?«

»Betty und ich. Joe sicher auch.« Sie legte mir eine Hand auf die Schulter. »Ich bin für dich da, werde immer für dich da sein.« Sie fuhr mir leicht über die Wange und sah mich eindringlich an. Diesen Blick kannte ich, und ich wusste, was sie für mich empfand. Aber ich erwiderte ihre Gefühle nicht ...

Ich drehte mich weg, um der Berührung zu entkommen.

Char lud die letzte Kiste in den Kofferraum und schaute mich wieder an. »Wir sehen uns Samstag«, sagte sie, als sie den Kofferraumdeckel zuschlug.

Ich zog die Augenbrauen zusammen. »Samstag?«

»Ja, Calvin. Da wollen wir doch grillen und deinen Geburtstag feiern. Das habe ich dir schon vor Monaten gesagt. Ich will nicht, dass du den Tag allein verbringst, und damals warst du einverstanden.« Sie wischte sich den Schmutz von den Händen und ging zur Fahrertür.

»Mist, das hab ich total vergessen.«

»Du bist der Einzige unter vierzig, den ich kenne, der seinen eigenen Geburtstag vergisst. Das ist so schräg«, sagte Char und stieg ins Auto.

»Das ist nicht schräg. Es ist ein Tag wie jeder andere.«

»Wird uns Miss New York auch die Ehre geben?«, fragte Charlotte und grinste frech.

»Wenn sie noch hier ist, bestimmt. Es könnte aber sein, dass ich sie mit dem Elchgrab vergrault habe.«

»Das kann man nur hoffen«, sagte sie lachend.

»Char, komm schon. Sei lieb. Für mich?«

Char legte den Kopf schräg. »Ist ja gut, ich werde lieb sein – weil du's bist. Apropos lieb sein. Wärst du so lieb, das undichte Rohr unter meinem Waschbecken zu reparieren? Bitte, bitte«, säuselte sie und schob die Unterlippe vor.

»Ja, klar.«

»Calvin, du bist der Beste!« Damit schlug sie die Autotür zu, und ich ging zu meinem Truck.

Char kurbelte das Fenster herunter und rief: »Hey, Calvin!«

Ich drehte mich zu ihr um. »Ja?«

»Sobald sie weg ist, muss ich mit dir über etwas reden.«

Ich steckte eine Hand in die Hosentasche und verlagerte mein Gewicht. »Du kannst es mir auch jetzt sagen.«

»Nein, das hat Zeit«, gab sie zurück und ließ den Motor an.

»Und was, wenn sie bleibt?«, fragte ich lachend, nur halb im Scherz.

Sie legte den ersten Gang ein und schaute mich an.

»Dann setze ich sie höchstpersönlich vor die Tür.« Ihre Augen wurden für einen Moment ganz schmal, dann lächelte sie unvermittelt, auf eine Art, die man nicht anders als fies bezeichnen konnte.

13
GRACE

Ich kuschelte mich auf die Couch am Kamin, sah den Flammen beim Tanzen zu und beobachtete, wie sie von orangegelben Farbtönen zu blauen wechselten. Meine Haut war heiß und gerötet, weil ich sie unter der Dusche fast wund gescheuert hatte. Trotzdem spürte ich noch das Blut an mir kleben, die Maden über meine Haut kriechen und die schmierigen Sehnen so fest haften, dass sie sich kaum abwaschen ließen. Auch den Gestank hatte ich noch in der Nase. Eine Mischung, die metallisch und nach faulen Eiern, Mottenkugeln, Knoblauch und Fäkalien roch. Dazu kam noch eine süßliche Note. Es sagt einem ja keiner, dass der Tod süß riecht. Wie frisch gemähtes Gras oder eine reife Banane. Für diesen lieblichen Anteil, der sich kurz nach dem Sterben entwickelt, sind Hexanol und Butanol verantwortlich.

Jedes Mal, wenn ich blinzelte, sah ich das zerfetzte Tier vor mir, die halb aufgefressenen Gedärme und die leeren schwarzen Augen, so leer wie die dunklen Glasmurmeln, die mich rundum von den Wohnzimmerwänden herunter anstarrten. Ich versuchte, mich abzulenken und mich wieder auf den Thriller zu konzentrieren, den ich las, aber meine Gedanken schweiften immer wieder ab. Ich hatte kaum mehr als ein paar Sätze gelesen, dabei lag ich schon seit über einer Stunde auf diesem Sofa. Das ungute Gefühl, dass hier etwas nicht stimmte, ließ mich nicht mehr los. Ich musste an die Schrottkarre denken, die vor der Tür stand, an den fehlenden Handyempfang und das nicht vorhandene WLAN, die Grube mit verrottenden Tieren am Ende der Auffahrt und den Schrei, den ich letzte Nacht gehört hatte. Den hatte ich doch gehört, oder nicht? Ich rieb mir die Stirn und hoffte, damit auch die Gedanken zu vertreiben. Seltsam. Gerade noch hatte ich die Ranch behaglich gefunden, und plötzlich jagte sie mir eine Heidenangst ein.

Calvin war schon vor Stunden in seinem Truck weggefahren, Charlotte hinterher. Er hatte mir nicht einmal Bescheid gesagt oder mir verraten, wohin er wollte oder wann er zurück sein würde. Ich konnte es kaum fassen, dass er mich einfach hier zurückgelassen hatte. Vielleicht wollte er mir auch nur zu etwas Freiraum verhelfen. Ich hatte ihm die kalte Schulter gezeigt und ihn vielleicht etwas zu harsch zurückgewiesen. Eigentlich hatte er nichts Schlimmes getan, zumindest nichts, von dem ich wusste. Ich musste über die Grube mit den toten Tieren hinwegkommen. Egal, wie grauenhaft das Erlebnis gewesen war, es war nicht Calvins Schuld. Er hatte weder die Tiere getötet noch mich in die Grube geschubst. Und die anderen Schwierigkeiten, also dass ich keinen Handyempfang und kein WLAN hatte, dazu das kaputte Auto – das alles war zwar lästig, doch damit würde ich fertigwerden. Aber was war mit dem Schrei? Ich war mir nicht mal sicher, ihn gehört zu haben. Das hatte schon was von Verfolgungswahn. Aber im tiefsten Inneren wusste ich auch, dass Verfolgungswahn einen manchmal vor echten Gefahren bewahrt.

Die Uhr an der Wand gegenüber zeigte schon nach sieben an. Ich seufzte und blätterte um, obwohl ich die Seite gar nicht gelesen hatte. Plötzlich fiel das Licht von Autoscheinwerfern durchs Wohnzimmerfenster herein, und das Dröhnen eines Trucks erfüllte den Raum. Ich hörte Calvin die

Treppe heraufpoltern und über die Veranda laufen. Er zog die Stiefel aus und ließ sie auf den Boden fallen, dann ging mit einem Quietschen die Haustür auf. Ich schlug die Beine übereinander und stützte den Kopf in die Hand. Schweigend kam er ins Wohnzimmer, und ich tat, als hätte ich ihn nicht kommen hören. Ich spürte seinen Blick, der von meinen Füßen über die Beine bis hoch zum Busen wanderte und schließlich auf meinem Gesicht verharrte.

»Hey«, sagte er.

Ich blätterte beiläufig eine Seite weiter. »Wo kommst du denn her?«

Er strich sein Hemd glatt und kratzte sich verlegen am Nacken.

»Von Charlotte. Ich habe ihr mit ihrer Spüle geholfen. Dann wollte sie, dass ich ein Fenster repariere, das nicht mehr aufging. Danach eine kaputte Schranktür und so weiter ...«

»Da hat sie dich ja ganz schön auf Trab gehalten.« Ich biss mir auf die Unterlippe und fuhr mir mit dem Fuß am Bein entlang.

»Mhm – stimmt«, war alles, was er herausbrachte. Es schien, als seien all seine Energiereserven gerade aus dem Gehirn an eine andere Stelle gesackt. Also war ich wohl doch noch nicht ganz aus dem Rennen, und es war noch was zu retten. Dann würde ich den Rest meines Aufenthalts hier doch noch in vollen Zügen genießen können. Die schönsten Dinge im Leben sind nur von kurzer Dauer. Das wissen die meisten nicht, und deshalb versuchen sie, alles so in die Länge zu ziehen, dass es ein Leben lang hält. Calvin tickte in dieser Hinsicht wohl ähnlich wie die meisten anderen Menschen. Während er sich nach ewigem Glück sehnte, reichte mir der kurze Moment im Hier und Jetzt.

»Alles okay? Fühlst du dich besser?« Er scharrte unruhig mit den Füßen.

Ich erhob mich von der Couch, senkte leicht den Kopf und blickte verführerisch zu ihm auf. »Mir geht es erst besser, wenn du deine Wettschuld beglichen hast.«

Eine seiner Augenbrauen schnellte hoch. »Wettschuld?«

Dann fiel der Groschen. Als ich mich ihm langsam näherte, wurden seine Augen groß, und er begann zu grinsen. Ich schob meine Hand unter sein Hemd. Das war gewagt, aber ich wusste, dass Calvin darauf stand. Er schien jemand zu sein, der sich zu viele Gedanken macht, eher ungewöhnlich für einen so schlichten Typen. Ich zog ihm das Hemd über den Kopf und ließ es zu Boden gleiten. Fast sah ich sein Herz in der Brust schlagen. Sein Atem ging schneller, und er leckte sich rasch über die Lippen, als wollte er sich auf einen Kuss vorbereiten. Dabei hatte ich gar nicht vor, ihn zu küssen, zumindest jetzt noch nicht. Mein Blick glitt von seinem Bauch hinauf über seine Brust zu den Augen. Er musste so schwer schlucken, dass der Adamsapfel auf und ab sprang.

Ich gab ihm einen kleinen Klaps auf die Schulter. »Hattest du nicht versprochen in den Fluss springen?«

Als ich zur Hintertür ging, hörte ich ihn hinter mir aufatmen und in sich hineinkichern.

Ich drehte mich um und grinste ihn an. »Kommst du?«

Er schüttelte belustigt den Kopf und musste nun auch grinsen. »Grace Evans, du erstaunst mich immer wieder.«

Hab ich's nicht gesagt? Er stand auf Dreistigkeit.

Das Gras war feucht vom Tau und angenehm kühl an den nackten Füßen. Calvin folgte mir, unsicher stolpernd wie ein junges Reh, das noch laufen lernt. Ich glaube, für seinen üblichen lässigen Gang war er zu erstaunt, zu aufgeregt.

Am Flussufer ließ Calvin seine Jeans fallen, bückte sich und zog langsam eine Socke nach der anderen aus. Als er damit fertig war, stand er in marineblauen Boxershorts vor mir. Eigentlich wollte ich gar nicht mehr, dass er ins Wasser sprang, sondern hätte ihn lieber angesehen, ihn studiert. Hätte die Wölbungen seiner Muskeln, jede Falte, jede Narbe, jede Sommersprosse, jeden Zentimeter seiner Haut erkunden wollen. Doch die Wette galt.

»Die Boxershorts auch.«

Er blickte an sich hinunter und trat unruhig von einem Bein auf das andere. »Ach, komm schon.«

»Du hast die Wette verloren, Calvin. Jetzt musst du bezahlen.«

Er schnaubte, aber ich merkte, dass er nur Spaß machte. Dann streifte er die Boxershorts ab und bedeckte sich schnell mit den Händen, bevor ich etwas erkennen konnte. Einen Moment zögerte er noch, schaute in den dunklen, trüben Fluss. Auf der Wasseroberfläche spiegelte sich schimmernd der Nachthimmel mit Mond und Sternen. Weiter stromabwärts war ein leises Plätschern zu hören, vermutlich ein Fisch. Ich dachte, das würde Calvin erschrecken und er würde sich weigern, reinzuspringen, aber so war es nicht. Er war mit der Natur vertraut.

»Damit ist meine Wettschuld beglichen, Grace«, sagte er, zeigte sich kurz vollkommen nackt und sprang in den Fluss. Kurz darauf tauchte er wieder auf und warf den Kopf zurück, um das Wasser abzuschütteln.

»Wie ist es?«, fragte ich zufrieden grinsend.

»Eigentlich ganz angenehm.« Er wischte sich übers Gesicht und strampelte, um sich über Wasser zu halten.

»Du solltest auch reinkommen.«

Ich blickte an meinem Seidenpyjama hinunter. »Dafür habe ich die falschen Kleider an.«

»Dann zieh sie doch aus«, neckte er mich. »Ich drehe mich auch weg und verspreche, nicht zu gucken.«

Ich schaute nach rechts und links den Fluss hinunter, der in beide Richtungen endlos schien und nur hier und da hinter einer Biegung oder einem Baum verschwand. Mit einem breiten Grinsen auf dem Gesicht wartete Calvin ab, was geschah. Ich hatte keine Ahnung, wie es im Wasser sein würde, wie ausgeliefert ich mich dort fühlen würde, deshalb hätte ich am liebsten abgelehnt, aber mich vor Herausforderungen zu drücken war nicht meine Art.

»Gut. Aber wirklich nicht hingucken.«

»Ehrenwort«, versprach er und drehte sich um.

Schnell streifte ich meinen Slip ab, schlüpfte aus dem Oberteil und blieb noch einen Moment zögernd und splitternackt am Ufer stehen. Zu meiner Überraschung drehte Calvin sich tatsächlich nicht um. Ein Mann, der Wort hielt, das kam nicht oft vor. Schließlich sprang ich hinein und stieß einen kleinen Schrei aus. Das Wasser war kühl, aber erfrischend, genau wie er gesagt hatte. Ich tauchte nur ein paar Sekunden unter, kam wieder hoch, wischte mir das Gesicht trocken und legte den Kopf in den Nacken, damit mein Haar im Wasser hing und geglättet wurde.

Nun drehte er sich wieder um, noch immer mit einem Grinsen im Gesicht. In seinen Augen flackerte Verlangen – oder war das etwas anderes? Schwer zu sagen.

»Alles klar bei dir?«, fragte er.

Ich nickte, bespritzte ihn mit etwas Wasser und kreischte lachend. Er tat das Gleiche. Dann schwammen wir nebeneinanderher, und aus Sekunden wurden Minuten. Dabei kamen wir uns immer näher, bis wir nur noch wenige Meter voneinander entfernt waren. Mein Bein stieß als Erstes an seines.

»Tut mir leid.«

»Nichts passiert«, sagte er.

»Danke, dass du mir heute gezeigt hast, wie man angelt.«

»Hat mir Spaß gemacht, und ich finde es toll, dass du noch vor mir einen an der Angel hattest.«

Wir umkreisten einander schwimmend, und aus Minuten wurde eine Stunde.

»Wie war der Abend bei Charlotte?«, brach ich schließlich das Schweigen, das wir offensichtlich beide genossen.

»Nicht der Rede wert. Ich habe die ganze Zeit nur gearbeitet.«

»Ist dir klar, wie gern sie dich hat?« Das war zwar als Frage formuliert, doch ich bezweifelte, dass er eine Antwort darauf hatte.

»Ja, ist mir klar«, gestand er.

»Dann weißt du sicher auch, dass sie mich nicht leiden kann?«

»Ja, auch das.«

»Was glaubst du, woran das liegt?«, fragte ich weiter, obwohl ich die Antwort kannte. Er wischte sich übers Gesicht und schwamm ein wenig näher zu mir her. Das Mondlicht brachte das Weiß in seinen Augen zum Strahlen. »Ich glaube, du kennst den Grund, Grace.«

Das ging alles zu schnell, ich merkte, ich musste mich zurückziehen.

»Ich geh jetzt ins Haus«, sagte ich, um wieder einen unverfänglicheren Ton anzuschlagen.

Calvin presste die Lippen aufeinander, und seine Augen verloren ihr Leuchten. Enttäuschung steigert das Verlangen, facht die Begierde an. Er sagte nichts, drehte sich nur weg.

»Jetzt nicht gucken.« Ich schwamm ans Ufer und kletterte aus dem Wasser.

Dort hob ich meinen Pyjama auf, beschloss aber, ihn nicht anzuziehen, sondern nackt zum Haus zurückzulaufen und die kühle Luft der Sommernacht auf der Haut auszukosten.

Als ich zurückblickte, sah ich, dass Calvin über die Schulter linste und mich im Weggehen beobachtete. Vielleicht hielt er doch nicht so zuverlässig Wort wie gedacht. Man kennt wohl keinen Menschen wirklich ganz.

TAG
VIER

14
CALVIN

»So ist es brav, Gretchen.« Ich striegelte ihren Hals und Rücken, und währenddessen stupste George mich mit der Schnauze an. Er wollte immer besonders viel Aufmerksamkeit, vor allem, wenn ich mich gerade um Gretchen kümmerte. Es war ein typischer Tag für Wyoming – strahlende Sonne und blauer Himmel, so weit das Auge reichte. Die Luft ruhig und warm, kein Windhauch zu spüren.

»Ich hab dich doch schon gestriegelt, George.« Mit der freien Hand kraulte ich ihn am Kopf und dachte dabei laut über unseren Gast nach. »Die letzten Tage mit Grace haben mich ganz schön durcheinandergebracht. Ich weiß nie, wie ich mich ihr gegenüber verhalten soll. Mal ist sie heiß, und gleich darauf zeigt sie mir die kalte Schulter. Sie macht mich nervös, und ich bin mir nicht sicher, ob das gut oder schlecht ist.«

Ich striegelte Gretchen noch etwas fester, und sie drückte sich an mich, um mir zu zeigen, wie sehr sie es genoss.

»Keine Ahnung, vielleicht mache ich mir etwas vor. Ich weiß, dass ich mich immer Hals über Kopf verliebe. Das wird auch der Grund dafür sein, dass meine Beziehungen nie lange gehalten haben. Ich glaube, noch bin ich nicht zu mehr bereit – und das in vielerlei Hinsicht. Andererseits fürchte ich, ich kann gar nicht anders.« Ich betrachtete George und Gretchen, die die Ohren aufstellten und zugleich die Köpfe senkten.

Dann legte ich den Striegel weg, nahm zwei Karotten aus einem Eimer und gab sie den Tieren. Ich stellte mir vor, dass sie damit auch meine Worte durchkauten, aber in Wirklichkeit knabberten sie wohl wirklich nur Karotten.

»Grace hat etwas Besonderes an sich. Sie ist irgendwie anders. Ich weiß, in sechs Tagen reist sie schon wieder ab, aber ich finde, das muss sie doch vielleicht gar nicht. Wäre es nicht denkbar, eine Beziehung mit mehr Tiefgang zu haben? Vielleicht habe ich in ihr meine Traumfrau gefunden? Soll ich diese Chance wirklich vertun, wegen Nichtigkeiten wie Zeit und Ort oder weil ich mich noch nicht ganz bereit fühle? Ich glaube, Grace ist es wert, dass ich um sie kämpfe, sie ist es wert, alles für sie aufs Spiel zu setzen.«

Die Pferde hatten ihre Karotten verputzt, und ich kraulte ihnen die Köpfe.

»Ihr zwei habt es gut. Ihr lebt immer miteinander und am selben Ort. Geborene Seelenverwandte. Weder drängt euch die Zeit noch trennt euch die Entfernung.« Ich streichelte ihnen über die Schnauzen.

»Führst du Selbstgespräche, Calvin?«, rief eine Stimme hinter den Pferden.

Ich schaute mich um, und da stand Grace in ihren Jeans-Hotpants, Cowboystiefeln und einem blauen Tanktop. Ihr Haar war zu einem Pferdeschwanz hochgebunden, und die Lippen glänzten. Ich konnte nur hoffen, dass sie von dem, was ich gesagt hatte, nichts mitbekommen hatte, sonst musste sie mich ja für einen Spinner halten.

»Nein, nein. Ich rede nur mit George und Gretchen«, antwortete ich verlegen lächelnd.

Grace kam um die beiden herum und strich Gretchen übers Fell.

»Das ist ja süß.«

Ich hakte einen Daumen in die Gürtelschlaufe und streichelte Georges Kopf, dann schielte ich wieder verstohlen zu Grace. Wenn man sie in diesem Outfit sah, konnte man kaum glauben, dass sie aus der Stadt kam. Sie passte genau hierher, so als hätte sie schon immer hier gelebt. Ich konnte mir diesen Ort schon gar nicht mehr ohne sie vorstellen.

»Willst du mal reiten?«, fragte ich.

Sie musterte skeptisch das Pferd und schaute dann zu mir. An ihren zusammengekniffenen Augen sah man, dass sie sich fürchtete. Nur ihre zögerliche Art und die Anspannung verrieten, dass sie nicht von hier kam. Beides steckte tief in ihr drin.

Ich hob eine Augenbraue. »Hast du nicht gesagt, du wärst immer für ein Abenteuer gut?«

Notgedrungen nickte sie. »Ja ... schon.« Aber es klang gezwungen. Ich lächelte ihr zu. »Keine Sorge. Ich bin doch da. Ich werde immer für dich da sein.«

15
GRACE

Ich stand mit einem Fuß im Steigbügel und hielt mich am Sattelhorn fest, während Calvin kräftig schob, um mich auf Gretchen hinaufzustemmen. Sobald ich im Sattel saß, richtete ich mich auf und ruckelte hin und her, bis ich mich einigermaßen wohlfühlte – nun ja, zumindest körperlich. Ungesichert in zwei Metern Höhe hielt sich der Wohlfühlfaktor für mich in Grenzen. Ich vergewisserte mich, dass meine Füße fest in den Steigbügeln steckten, holte tief Luft und hielt sie einige Sekunden an, bevor ich wieder ausatmete. Es war mir zuwider, die Lage nicht im Griff zu haben. Ich bin ein Kontrollfreak und fühlte mich plötzlich wehrlos einem Pferd ausgeliefert, das fast fünfhundert Kilogramm wog.

»Alles okay?« Calvin schaute zu mir hoch.

Ich nickte, aber sicher strafte mein Gesichtsausdruck mich Lügen. Calvin wusste ja nicht, dass ich unter leichter Höhenangst leide, und da oben hat man kaum Kontrolle. Eine falsche Bewegung – und die Schwerkraft sorgt dafür, dass man zu Boden stürzt. Ich bekräftigte mein Nicken mit einem Lächeln, damit er beruhigt war.

Er reichte mir die Zügel, und ich hielt sie fest umklammert. Nun stieg Calvin in Georges Steigbügel, griff nach dem Sattelhorn, zog sich hoch und schwang locker das Bein über den Pferderücken. Bei ihm sah das alles so einfach aus.

»Halt dich am Sattelhorn fest«, schärfte er mir ein.

Er war sämtliche Teile des Sattels mit mir durchgegangen, bevor ich überhaupt auf das Pferd stieg, und hatte mich Gretchen striegeln lassen, ehe er sie für den Ausritt fertig machte, damit ich mit ihr vertraut wurde. Es sei wichtig, eine Bindung zum Tier aufzubauen, ehe man es reite, hatte er erklärt. Ich packte das Sattelhorn mit einer Hand.

»Startklar?« Er lächelte mir aufmunternd zu.

»Ja.«

»Lass uns noch mal das Wichtigste durchgehen. Ich drücke leicht mit dem linken Unterschenkel und ziehe zugleich am linken Zügel, wenn er die Richtung ändern soll«, erklärte er. George drehte sich nach links. »Jetzt probier du's mal.«

Ich holte noch einmal tief Luft und versuchte dasselbe mit Gretchen. Sie drehte den Kopf genauso, wie Calvin es vorhergesagt hatte.

»Siehst du. Du hast es drauf.« Er lächelte stolz. »Und wie bringt man ein Pferd zum Stehen?«

»Die Zügel nach hinten ziehen und Brrrr! sagen.« Ich setzte mich wieder im Sattel zurecht.

»Ganz genau. Alles klar, kann's losgehen?«

Ich nickte.

»Die Zügel ganz locker halten und mit beiden Beinen leichten Druck ausüben.«

Ich tat, was er sagte, und das Pferd setzte sich in Bewegung. Calvin führte George so, dass er gemütlich neben Gretchen und mir hertrottete. Mich reizte die Vorstellung, dass wilde Tiere sich von uns zähmen lassen. Sie taten alles, was wir von ihnen verlangten, weil wir sie dazu erzogen hatten, sich über ihre Natur und ihr wahres Wesen hinwegzusetzen. Doch auf Dauer lässt sich die Natur nicht unterdrücken. Sie schlummert immer unter der Oberfläche, lauert auf die Gelegenheit, sich wieder Bahn zu brechen. Selbst Siegfried und Roy schafften es nicht, den Tiger dauerhaft zu bändigen.

»Wie ist es?« Calvin saß aufrecht auf George, die Zügel in beiden Händen.

»Besser als gedacht.«

»Du siehst super aus, Grace, so hoch zu Pferd.« Er zwinkerte mir zu.

»Das Kompliment kann ich nur zurückgeben.«

Er wurde rot und deutete nach vorn. »Komm, lass uns runter zum Fluss reiten.«

Ich nickte, und wir ritten gemeinsam über die Weide zum Ufer. In meinem Kopf wirbelten die Gedanken durcheinander, wild wie das Wasser, das dort über die Steine sprudelte.

Dieser Ort war gar nicht so übel. Trotz der paar Anfangsschwierigkeiten sogar besser als erwartet. Und Calvin ... na ja, er war ein guter Gastgeber. Etwas, das meiner Erfahrung nach bei Airbnb nicht selbstverständlich war.

»Du hast mir noch nicht verraten, warum du dir ausgerechnet meine Ranch ausgesucht hast«, sagte er. »Dass es Dubois wurde, war in gewisser Weise Schicksal. Aber warum ich?«

Ich versuchte, seine Gedanken zu erraten, aber sein Gesicht war ernst und ausdruckslos.

»Es sprachen mehrere Gründe für dich. Die abgeschiedene Lage der Ranch hat mich gereizt. Ich habe ja schon erzählt, dass ich das aus der Stadt nicht kenne. Und du kamst mir wie ein netter und zuvorkommender Typ vor. Wie jemand, mit dem ich gut zehn Tage auskommen würde.« Ich lächelte ihm kurz zu und konzentrierte mich dann wieder auf das Pferd und den Weg vor uns.

»Das alles hast du aus meinem Airbnb-Profil herausgelesen?« Er schaute mich verwundert an.

»Nein. Das habe ich aus den sozialen Medien. Viele Leute stellen ja quasi ihr Tagebuch online, und die ganze Welt kann mitlesen«, sagte ich lachend.

»Du hast mir also hinterherrecherchiert?«

»So ein bisschen. Schließlich können heutzutage überall Gefahren lauern, und ich wollte nicht riskieren, dass du ein Freak oder Spinner bist.«

Endlich lächelte er auch. »Du bist clever, Grace, und das mag ich an dir.«

»Wie bist du überhaupt darauf gekommen, über Airbnb zu vermieten?«, fragte ich. »Hast du mit der Ranch nicht schon Arbeit genug?

»Doch, schon«, nickte er. Er führte George nach wie vor so, dass der im Gleichschritt neben Gretchen herging.

Für den Moment beendete er unser Gespräch, indem er mich kehrtmachen ließ, sodass Gretchen direkt am Wasser entlangtrottete. Und endlich gelang es mir, mich beim Zwitschern der Vögel und dem Plätschern des Wassers etwas zu entspannen. Die Sonnenstrahlen wärmten jeden Zentimeter meiner entblößten Haut.

Als Calvin wieder an meiner Seite war, fuhr er fort. »So eine Ranch zu betreiben ist teuer. Airbnb hilft mir dabei, die Sache am Laufen zu halten.«

»Hast du nie darüber nachgedacht, das alles aufzugeben und woanders neu anzufangen?«, wollte ich wissen.

»Nein.« Mehr sagte er dazu nicht, und ich vermutete, das hing mit seinen Eltern zusammen.

Mir war aufgefallen, dass er nicht viel über sie sprach. Ich wusste nur, dass sie nicht mehr am Leben waren und sich gewünscht hatten, dass er die Ranch übernahm. Wann immer er sie erwähnte, verkrampfte er sich sichtlich. Man spürte, dass er eine drückende Last mit sich herumschleppte. Jeder von uns hat ja sein Päckchen zu tragen, aber Calvins Bürde schien besonders groß zu sein.

»Wollen wir versuchen zu traben?«, fragte er und lenkte damit vom Thema ab.

Ich nahm mir vor, ihn später genauer zu seiner Vergangenheit und Familie zu befragen, denn ich glaubte, dass er etwas verschwieg. Ein dunkles oder schändliches Geheimnis.

»Ja, gut«, sagte ich und sah auf Gretchen hinunter.

»Okay, dafür musst du dich aber möglichst locker machen, damit du mit Gretchens Bewegungen mitgehen kannst.« Er schüttelte etwas übertrieben seinen Oberkörper. »Setz dich tiefer in den Sattel. Die Zügel locker, und dann das Kommando geben, entweder durch Druck mit beiden Schenkeln oder einem kleinen Stoß mit der Ferse. Bereit?«

Ich folgte zwar Calvins Anweisungen, saß aber noch immer stocksteif auf dem Pferderücken. Gretchen ging von Schritt in Trab über, und ich wurde heftig durchgerüttelt. Es war holprig und unangenehm. Ich versuchte, mich zu lockern, um mich besser ihrem Rhythmus angleichen zu können – doch mein Körper machte nicht mit. Calvin holte auf und trabte neben uns her. Im Gegensatz zu meinen waren seine Bewegungen entspannt und fließend, immer im Einklang mit denen von George. Ich klammerte mich ans Sattelhorn und versuchte, das Gleichgewicht zu bewahren und eine ruhigere, sanftere Gangart zu erreichen.

»Du schaffst das, Grace. Nur noch etwas lockerer werden. Du machst das toll.« Er lächelte mir zu.

Seine ermunternden Worte taten mir zwar gut, aber sie fruchteten nicht. Ich schaffte es nicht, mich dem Gang des Pferdes anzupassen. Gretchen legte die Ohren an und verfiel in einen noch schnelleren Trab.

»Brrr, mein Mädchen«, rief ich.

Und da ging sie durch und galoppierte los. Ich riss die Zügel nach hinten, aber sie wurde immer schneller. Wieder einmal hatte sich die Natur Bahn gebrochen.

»Gretchen«, rief Calvin und trieb zugleich George an, um uns einzuholen. Er klang wie ein Cowboy aus einem der alten John-Wayne-Filme, die mein Vater immer schaute.

»Zieh die Zügel an!«

»Das versuche ich ja!«, schrie ich panisch.

»Zieh nur an einer Seite«, rief er.

Das tat ich, und Gretchen bäumte sich auf und stieg. Dann warf sie mich ab. Ich riss die Augen auf und schrie. Mit einem dumpfen Aufprall schlug ich auf und knallte mit dem Hinterkopf auf den harten, trockenen Boden. Erst sah ich Sterne, dann wurde mir schwarz vor Augen. Das Letzte, was ich wahrnahm, bevor es dunkel wurde, war Calvin, der sich über mich beugte.

16
CALVIN

»Geht es dir gut?« Ich kniete neben Grace auf dem Boden und strich ihr das weiche blonde Haar aus dem Gesicht. Sie war steif wie ein Brett und von oben bis unten mit Schmutz bedeckt. Langsam öffnete sie ihre blauen, blauen Augen, die jetzt trüb und verwirrt blickten.

Bei dem Versuch, sich aufzusetzen, zuckte sie unter Schmerzen zusammen.

»Vorsichtig. Das war ein verdammt heftiger Sturz.« Ich half ihr, richtete sie behutsam auf und streichelte ihre Wange.

Aber sie drehte den Kopf weg. »Au!« Sie konnte die Augen kaum offen halten.

»Wir müssen in die Klinik, damit du durchgecheckt wirst. Das könnte eine Gehirnerschütterung sein.«

»Nein, lass mal. Mir geht's gut.«

Ich hob ihr Kinn an und schaute ihr in die Augen. »Grace, ich fahre dich zum Arzt. Es ist doch Quatsch, jetzt die Starke zu spielen.«

Sie widersprach nicht, aber ich merkte, dass ihr das nicht passte. Sie war ziemlich stur, eine Eigenschaft, die mir eigentlich gefiel. Ich mag Herausforderungen, sie sorgen für Abwechslung im Leben.

Ich half Grace beim Aufstehen, und sie zuckte wieder zusammen, legte sich eine Hand aufs Kreuz und rieb sich den Hintern. »Aua.«

»Ich glaube, ich werde dich tragen müssen.« Bevor sie sich wehren konnte, nahm ich sie mit einem Ruck hoch.

»Lass mich runter, ich kann doch selbst gehen«, schimpfte sie, aber ihr feines Lächeln verriet, dass sie es nicht ernst meinte.

»Grace, das ist nicht der richtige Zeitpunkt, um auf stur zu schalten.« Ich schaute zu George und Gretchen und schnalzte zweimal mit der Zunge. Im Gleichschritt trotteten sie hinter mir her.

Mir war es ein Rätsel, warum Gretchen so ausgeflippt war, normalerweise waren beide sehr folgsam.

Mit Grace auf den Armen ging ich am Ufer entlang. Sie wog nicht viel, und es war schön, sie so nahe bei mir zu haben. Ganz kurz war ich Gretchen sogar dankbar, dass sie sie abgeworfen hatte.

»Du hast aber nicht vor, mich den gesamten Weg zu tragen, oder?« Ihre Augenbraue schnellte hoch, und die Sonne brachte ihre Stupsnase besonders gut zur Geltung.

»Und ob! Wenn nötig, trage ich dich sogar die nächsten sechs Tage auf Händen.«

Sie musste lachen und lehnte den Kopf an meine Schulter. Ich spürte, wie sich ihr Körper in meinen Armen endlich entspannte. »Du riechst gut, Calvin«, sagte sie und blickte durch ihre dichten Wimpern zu mir auf.

»Ich glaube, bei dem Sturz ist bei dir etwas durcheinandergeraten; dein Geruchssinn ist getrübt«, witzelte ich.

Als wir bei meinem Truck ankamen, setzte ich sie sanft ab und öffnete ihr die Beifahrertür. Die Hände auf meiner Brust, stand Grace vor mir.

»Ich muss noch schnell die Pferde wegbringen, dann fahren wir in die Klinik.«

Ihre Hände glitten über meine Brust und meinen Bauch nach unten, aber dann legte sie sie seitlich an ihren Körper. Ich hatte erwartet, dass sie protestieren würde, aber sie nickte nur. Ihr war wohl klar, dass ihr nichts anderes übrig blieb.

* * *

Grace saß auf der Untersuchungsliege, knetete unruhig ihre Finger und schlenkerte mit den Beinen. Sie schien nervös zu sein, aber es geht wohl niemand gern zum Arzt, schon gar nicht im Urlaub. Dr. Reed bewegte seinen erhobenen Zeigefinger vor Graces Gesicht hin und her und bat sie, dem Finger mit dem Blick zu folgen. Ich kannte den Doc schon mein ganzes Leben. Er war klein und inzwischen deutlich in den Sechzigern. Er kämmte sich das Haar quer über die Glatze, um sie zu verbergen, und war wohl davon überzeugt, dass ihm das auch gut gelang. In Wirklichkeit sah es aus, als habe er ein Vogelnest auf dem Kopf. Das hätte ich ihm natürlich niemals ins Gesicht gesagt. Immerhin war er der einzige brauchbare Arzt im Umkreis von fast hundert Meilen.

»Können Sie sich erinnern, was Sie taten, kurz bevor Sie sich den Kopf gestoßen haben?«, fragte er.

»Wir waren reiten.«

Er blickte mich fragend an, und ich bestätigte es mit einem Nicken. Dr. Reed machte sich auf einem Klemmbrett ein paar Notizen. »Welchen Wochentag haben wir heute, Grace?«

Sie schaute sich mit leerem Blick um.

»Sie macht hier Urlaub, Doc. Niemand, der frei hat, weiß, welcher Tag gerade ist.«

Er schmunzelte. »Das stimmt wohl. Heute ist Donnerstag, nur falls es Sie interessiert.«

Grace lächelte angespannt.

»Wie ist Ihr vollständiger Name?«, fragte er.

Sie kniff die Augen zusammen, als dächte sie angestrengt nach. Das machte mir doch ein bisschen Sorge.

Dr. Reed schaute von seinen Notizen auf und musterte sie. »An Ihren Namen erinnern Sie sich doch sicher?«

Er warf mir einen besorgten Blick zu, zog eine Pupillenleuchte aus der Brusttasche seines Kittels und ließ den Lichtstrahl von ihren äußeren Augenwinkeln aus nach innen wandern.

Grace musste blinzeln, behielt die Augen aber offen.

»Grace Evans«, rief sie plötzlich, als wäre sie aus einer Trance erwacht.

»Ihre Pupillen reagieren auf Licht, das ist ein gutes Zeichen«, sagte der Doc und steckte die Leuchte wieder ein. »Wo wohnen Sie?«

Sie zögerte wieder, schaute zur Decke und grübelte. Dr. Reed machte sich weitere Notizen.

»New York City.«

»Prima. Irgendwelche Schwindelgefühle oder Übelkeit?«

Sie schüttelte den Kopf.

»Klingeln in den Ohren?«

»Nein«, antwortete sie.

Dr. Reed neigte den Kopf zur Seite. »Können Sie sich noch an die drei Worte erinnern, die ich Ihnen anfangs genannt habe mit der Bitte, sie sich zu merken?«

»Rot, Haus, Fisch«, sagte Grace wie aus der Pistole geschossen.

Er nickte. »Sehr gut.«

»Ehrlich gesagt, Doc, an die kann nicht mal ich mich erinnern«, scherzte ich. »Ja, dann bist du als Nächstes dran«, erwiderte er lachend.

Auch Grace musste nun lächeln.

»Wobei ich mir nicht den Kopf gestoßen habe.«

»Dich kenne ich schon dein ganzes Leben, Calvin. Dass bei dir eine Schraube locker ist, weiß ich auch so«, scherzte Dr. Reed. »Ich sehe mir noch kurz Ihren Rücken an«, sagte er, wieder an Grace gewandt.

Sie zog ihr Top gerade so weit hoch, dass er die Stelle untersuchen konnte. Er tastete die Region entlang ihrer Wirbelsäule ab und zog ihr das Top wieder herunter.

»Am Rücken haben Sie eine Schwellung und Blutergüsse, das sollten Sie mit Eis kühlen. Außerdem bekommen Sie ein Schmerzmittel mit. Und Sie haben eine leichte Gehirnerschütterung. Die teilweise verzögerten Antworten machen mir ein bisschen Sorge. Deshalb würde ich sicherheitshalber zu einem MRT raten, einfach um eine Hirnschaden ausschließen zu können.« Dr. Reed presste die Lippen zusammen und ließ seinen Kugelschreiber klicken.

»Hirnschaden?«, fragte Grace. Ihr Blick wanderte unruhig zwischen dem Arzt und mir hin und her.

»Das ist nicht sehr wahrscheinlich, aber ich gehe bei Kopfverletzungen gern auf Nummer sicher.«

»Das möchte ich lieber nicht«, antwortete sie. »Mir geht es gut.«

»Ist ein MRT denn unbedingt notwendig, Doc?«, fragte ich.

Grace war offensichtlich dagegen, und ich wollte ihr zeigen, dass ich auf ihrer Seite stand ... immer auf ihrer Seite stehen würde.

»Aus medizinischer Sicht würde ich es empfehlen, aber das müssen Sie selbst entscheiden, Grace.«

Sie hüpfte von der Liege herunter. »Ich danke Ihnen, Dr. Reed, aber mir geht es wirklich gut.«

Er zog eine Augenbraue hoch. »Na gut. Lassen Sie es aber bitte ruhig angehen. Wie gesagt, Schmerzmittel und viel kühlen. Sollten Übelkeit, Erbrechen, extreme Müdigkeit oder etwas in der Art auftreten, rufen Sie mich bitte sofort an.«

»Das mache ich«, versicherte sie ihm.

»In ein, zwei Tagen sind Sie hoffentlich wieder fit. Bis dahin bitte nicht Auto fahren.«

Aus Graces Blick sprach Sorge, aber sie bedankte sich.

»Ach, und Calvin?«, fügte der Arzt hinzu.

»Ja, Doc?«

»Eine schöne Massage würde ihr sicher auch guttun.« Dr. Reed zwinkerte Grace zu, und sie grinste ihn an.

Er klopfte mir schmunzelnd auf die Schulter. Der Doc war noch genauso schlagfertig und charmant wie mit vierzig.

»Die Rechnung macht dann Patsy am Empfang fertig.« Er begleitete uns zur Tür. »Hat mich gefreut, Sie kennenzulernen, Grace, und ich hoffe, Sie können den Rest Ihrer Zeit hier genießen.«

Er schaute mich an. »Ich freue mich immer, wenn wir uns mal über den Weg laufen.« Zum Abschied drückte er mir fest die Hand. »Kümmere dich gut um sie.«

»Mach ich, und danke, Doc.«

Patsy war eine zierliche Frau um die sechzig mit schmalen Lippen und lockigem Haar. Sie saß am Empfang und strickte etwas aus dunkelblauer Wolle. Ich kannte sie schon seit meiner Kindheit. Sie hatte sich mit den Jahren kaum verändert, nur ihr Haar war grau geworden.

»Hey, Calvin. Alles gut?«, fragte Patsy und legte ihr Strickzeug zur Seite. Sie sah von mir zu Grace, die etwas angeschlagen wirkte. Ich konnte nicht einschätzen, ob sie nur noch benommen war oder sich Sorgen machte wegen der Anweisung des Arztes, sich die nächsten Tage zu schonen.

»Ja. Nur eine leichte Gehirnerschütterung«, antwortete ich.

»Das ist schön – na ja, natürlich nicht schön, aber besser als ... ach, du weißt schon, was ich meine.« Patsy nickte. »Dann bräuchte ich nur noch Ihr Versicherungskärtchen, meine Liebe.« Dabei strahlte sie Grace an.

Grace schaute betreten auf ihre Füße. »Ich habe meine Handtasche nicht mit, die hab ich auf der Ranch vergessen.«

»Halb so wild, schreiben Sie mir einfach den Namen der Versicherung und Ihre Versicherungsnummer auf, dann setze ich mich wegen der Abrechnung direkt mit denen in Verbindung.«

Patsy reichte ihr einen Notizblock und einen Stift. Grace notierte ihren Namen, dann hielt sie kurz inne und blickte zur Decke.

»Ist alles in Ordnung?«, flüsterte ich ihr zu. »Bist du sicher, dass du kein MRT machen lassen willst?«

Grace streifte mich mit einem Blick und sah dann wieder auf das Papier. Sie drückte die Kugelschreiberspitze so fest auf, dass Tinte ausblutete und einen kreisförmigen Fleck bildete. Wenn man zu viel Druck ausübt, dann hinterlässt das immer Spuren. So ist das auch bei Menschen.

»Nein, mir fällt nur gerade der Name meiner Versicherung nicht ein«, sagte sie.

Patsy griff beunruhigt zum Telefon. »Vielleicht sollten wir Dr. Reed noch mal rufen.«

»Nein, mir geht es wirklich gut. Ich habe die Karte nur schon länger nicht mehr gebraucht.« Grace starrte auf das Papier und tippte mit der Spitze des Stifts auf den Tintenfleck. »Ich glaube, der Name beginnt mit B.«

Ich nahm ihr den Stift aus der Hand und legte ihn auf die Empfangstheke. Sie schaute mich mit zusammengezogenen Augenbrauen an.

»Ich werde es einfach bezahlen.« Ich holte meinen Geldbeutel hervor. »Wie viel macht das, Patsy?«

Patsy tippte auf ihrem Taschenrechner herum.

»Nein, Calvin. Ich mach das schon«, insistierte Grace und legte mir die Hand auf den Arm. Ich genoss die Berührung.

»Quatsch. Mein Pferd, meine Verantwortung«, widersprach ich.

»Zweihunderteinunddreißig Dollar.«

»Das ist wirklich nicht nötig.« Sie zog sanft an meinem Arm, und ich hätte in ihren blauen, blauen Augen versinken mögen. »Doch, das ist es, Grace.« Ich lächelte sie an und reichte Patsy meine Karte.

Grace streichelte meinen Arm, was mir einen Schauer über den Rücken jagte, und flüsterte tonlos: Danke.

Ich wusste, ich würde mich jeden Tag meines Lebens um Grace kümmern, wenn sie es zuließe. Und wenn nicht, würde ich es trotzdem tun.

17
GRACE

»Wir brauchen doch diesen ganzen Kram nicht«, sagte ich, als Calvin ein Coolpack und eine Packung Schmerzmittel in den Einkaufswagen legte. Dort lagen schon Eiscreme und Schokolade, denn er meinte, das hilft immer. Und dann noch Blumen, um mich aufzumuntern, Hühnersuppe – als »Seelenwärmer«, wie er sich ausdrückte – und Lotion für die Massage, die der Arzt empfohlen hatte.

»Doch, den brauchen wir.« Er lächelte und legte einen Teddybären dazu. »Ich habe doch versprochen, dass ich mich richtig gut um dich kümmern werde.«

»Wozu brauche ich einen Teddy?« Ich hielt den Bären hoch und grinste ihn schief an. Er war weich, hatte einen runden Bauch und einen hellbraunen Fleck auf der Brust.

»Als Trost.« Calvin schnappte ihn mir aus den Händen und setzte ihn auf den Kindersitz unseres Einkaufswagens.

An der Kasse legte er noch ein paar Tüten Beef Jerky aufs Band. »Die sind für mich«, meinte er mit einem breiten Grinsen.

Die Kassiererin tippte alles ein, und Calvin bezahlte ohne jedes Zögern. Das fand ich seltsam. Er hatte mir erzählt, wie schwer es sei, die Ranch über Wasser zu halten, aber den Arztbesuch und all das hier zahlte er, ohne mit der Wimper zu zucken? Entweder konnte er nicht mit Geld umgehen, oder es war doch nicht so knapp, wie er behauptete. Am

Ende schnappte er sich die Tüten, fischte den Teddy aus einer heraus und überreichte ihn mir.

»Den Trost gibt's gleich«, sagte er.

Ich lächelte, drückte das Stofftier an mich und folgte Calvin aus dem Laden.

Auf dem Parkplatz entdeckte ich Charlotte in einem Polohemd mit dem Werbeaufdruck der »Dubois Super Foods«. Sie starrte auf ihr Smartphone.

»Hey, Char«, rief Calvin.

Charlotte hob den Kopf, und ihre Miene hellte sich sofort auf. Als sie mich sah, verfinsterte sich ihr Blick wieder ein wenig, aber sie rang sich ein Lächeln ab – also tat ich das auch.

»Was macht ihr denn hier?« Charlotte blieb direkt vor uns stehen.

Mir fehlte die Kraft, ihr zu antworten. Mein Kopf fühlte sich an, als hätte man mein Gehirn durch den Fleischwolf gedreht, und die Rückenschmerzen brachten mich fast um. Ich wollte mich nur noch hinlegen.

»Wir haben nur ein paar Sachen für Grace besorgt. Gretchen hat sie ziemlich heftig abgeworfen.«

Ich drückte den Teddy fester an mich.

»Oje – geht es dir gut?« Sie tat besorgt, hatte aber sichtlich Mühe, nett zu mir zu sein. Ihr aufgesetzt freundlicher Ton, der so klang, als käme er sonst nur im Umgang mit unverschämten Kunden zum Einsatz, verriet sie.

»Ja. Mir brummt nur der Schädel, und alles tut weh«, antwortete ich.

»Das ist aber komisch, passt gar nicht zu Gretchen. Sie ist doch so brav.«

Keine Ahnung, was sie damit andeuten wollte. Sollte es meine Schuld sein, dass Gretchen gebuckelt hatte?

»Normalerweise ist sie das.« Calvin nickte. »Aber wir waren unten am Fluss. Ich glaube, da hat sie ein Tier oder sonst was erschreckt.«

»Tja – das tut mir leid.« Charlotte warf mir einen kurzen Blick zu. Ihre Augen waren zusammengekniffen, die Stirn in Falten gezogen. Erst als sie Calvin ansah, hellte sich ihre Miene wieder auf. »Ich muss los – zur Arbeit. Aber wir sehen uns ja am Samstag.« Im Gehen streifte sie mit der Hand seinen Arm.

»Bis dahin, Char.«

»Samstag?« Ich schaute ihn fragend an.

»Ach so, das habe ich vergessen zu erwähnen. Eigentlich hatte ich es sogar komplett vergessen. Char organisiert eine Geburtstagsparty für mich, mit Freunden und Familie. »Du bist doch auch dabei, oder?« Er sagte es eher beiläufig, aber während er auf meine Antwort wartete, wurden seine Augen größer und größer.

Ich war nicht scharf darauf, Calvins Familie und Freunde kennenzulernen. Das ist doch eher etwas für eine Freundin, und ich war nur sein Gast. Aber so, wie er mich ansah, konnte ich unmöglich ablehnen.

»Ja, da wäre ich gern dabei«, sagte ich lächelnd.

»Wunderbar, und jetzt bringen wir dich nach Hause.« Er grinste und lief mir voraus über den Parkplatz.

Nach Hause? Das war nicht mein Zuhause. Es war ein Haus, eine Unterkunft, ein Gebäude mit vier Wänden und einem Dach. Ein Haus ist etwas anderes als ein Zuhause – aber Calvin hatte bereits entschieden, welches von beidem es für mich sein sollte.

* * *

Ich öffnete die Augen und wusste zunächst nicht, wo und wer ich war. Erst nachdem ich ein paarmal geblinzelt hatte, nahm ich meine Umgebung allmählich genauer wahr. Hoch über mir an den Wänden des Wohnzimmers hingen die Tierköpfe und stierten aus blanken dunklen Augen auf mich herab, als wollten sie mich verhöhnen. Ich musste wohl eingeschlafen sein, nachdem wir zurückgekommen waren.

»Calvin«, rief ich.

Im Haus herrschte Totenstille.

Ich rief ihn erneut, dieses Mal lauter. Wieder nichts als Stille. Er konnte mich doch hier nicht allein gelassen haben, nicht mit einer Gehirnerschütterung? Oder etwa doch? Ich hörte ein Knurren, wie von einer riesigen Katze. Mir tat alles weh. Ich richtete mich auf und schaute hektisch in alle Richtungen, um herauszufinden, woher das Geräusch kam. Dann nahm ich aus dem Augenwinkel eine Bewegung wahr. Es war der Elchkopf an der Wand. Ich glaubte, gesehen zu haben, wie er den Hals in meine Richtung drehte. Ich starrte ihn an und wartete, ob er sich nicht noch einmal rührte. War ich am Durchdrehen? Ich erhob mich von der Couch und stolperte auf die Wand mit den Tierköpfen zu, sah mir jeden einzelnen aus der Nähe an. Das Knurren wurde lauter. Mein Blick fiel auf den Kopf eines Pumas, der mittig an der gegenüberliegenden Wand angebracht war. Das Maul weit aufgerissen, die Zähne gefletscht, für immer in dieser Bewegung erstarrt. Das Haus knarzte und ächzte.

»Calvin«, schrie ich.

Wieder Stille.

In der Wand entstand ein Riss, der von der Decke bis zum Boden reichte. Ich wich zurück, das Haus begann zu beben. Fast wäre ich zu Boden gestürzt, doch ich streckte schnell die

Arme aus, um das Gleichgewicht zu halten. Und plötzlich durchbrachen die Tiere die Wand. Sie flogen durch die Luft, die Körper vollkommen unversehrt, es waren nicht mehr nur an der Wand hängende Köpfe. Sie hatten die Krallen ausgefahren, die Zähne gefletscht, Hörner und Geweihe zum Angriff gesenkt. Ich schrie auf und fiel auf den Couchtisch. Lautes Krachen. Schnell riss ich die Arme hoch und hielt sie mir schützend vors Gesicht.

»Grace!«

Ich riss die Augen auf, boxte in die leere Luft. Calvin packte meine Arme und hielt sie fest. »Grace, du hast nur schlecht geträumt«, versuchte er mich zu beruhigen. »Du bist eingeschlafen.«

Ich keuchte panisch und spürte meinen Herzschlag in jedem Winkel meines Körpers. Schnell schaute ich zur Wohnzimmerwand. Die Tiere hingen an ihrem gewohnten Platz und starrten mich aus kalten, toten Augen an.

»Was hast du?«, fragte Calvin. In seinen grünen Augen waren kleine braune Sprenkel, die mir noch nie aufgefallen waren und auf die ich mich jetzt konzentrierte.

Ich holte tief Luft und nickte einige Male. »Nichts, entschuldige bitte.«

»Ist schon okay.« Er strich mir eine Haarsträhne aus dem Gesicht und hinters Ohr. »Jeder träumt mal schlecht.«

Das stimmte natürlich. Wir alle haben mal Albträume, aber ich war schon immer der Meinung, dass sie Warnungen enthalten und dass das Unterbewusstsein mit ihnen unsere Aufmerksamkeit auf etwas in unserer wachen Welt lenken will.

Ich legte mich wieder hin. Calvin stützte mich, schob mir ein frisches Coolpack unter den Rücken und klemmte mir den Teddy unter den Arm.

»Der war nicht bei dir, um dich zu beschützen«, sagte er lächelnd.

Ich legte mir eine Hand auf die Stirn. »Wie lange habe ich geschlafen?«

»Kann nicht lange gewesen sein. Ich hab nur schnell die Sachen vom Abendessen weggeräumt.« Er zeigte auf den Couchtisch, wo neben einem Glas Rotwein eine Tafel Lindt-Schokolade lag. »Das ist für dich.«

»Danke.«

»Gern geschehen. Bin gleich wieder da.« Er verschwand wieder in der Küche.

Ich nippte am Wein und schob mir ein Stück Schokolade in den Mund. Sie schmolz sofort und harmonierte gut mit dem trockenen Merlot. Calvin hatte sich fast den ganzen Tag um mich gekümmert, war nie länger als ein paar Minuten von meiner Seite gewichen – außer wohl nach dem Essen. Er versorgte mich mit Schmerztabletten, frischen Coolpacks und Wasser. Meine Frage, ob er schon mal jemanden gepflegt habe, verneinte er. Allerdings konnte er das fast ein bisschen zu gut, und ich hegte den Verdacht, dass er nicht ganz die Wahrheit sagte. Vielleicht hatte er seine Eltern gepflegt?

Ich ließ mir den Wein schmecken und schaute immer wieder einmal zu den ausgestopften Tierköpfen hinauf. Natürlich war es nur ein Traum gewesen, aber es hatte sich angefühlt, als wär's die Wirklichkeit. Manchmal ist es unmöglich, das eine von dem anderen zu unterscheiden.

Calvin kehrte mit einem Glas Wein und einer Flasche Lotion ins Wohnzimmer zurück.

»Hast du mit deinem Bruder gesprochen, wegen meines Autos?«, fragte ich.

Daran musste ich ständig denken. Es gibt kaum Schlimmeres, als sich in die Enge getrieben und gefangen zu fühlen. Die Tiere an der Wand erinnerten mich wieder daran. Eigentlich fühlte ich mich hier nicht nur wie eine Gefangene – ich war eine Gefangene, genau wie sie. Vielleicht war es das, was der Traum mir hatte sagen wollen.

»Nein, ich habe ihn noch nicht erreicht, aber er wollte morgen vorbeischauen«, antwortete Calvin und stellte sein Weinglas auf dem Couchtisch ab.

Ich kaute auf der Unterlippe herum.

»Mach dir keine Sorgen, Grace. Komm, ich bring dich auf andere Gedanken.« Er lächelte. »Massage gefällig?« Dazu hielt er die nach Lavendel duftende Lotion hoch. Seine Wangen bekamen den gleichen Farbton wie der Merlot.

»Du hast es versprochen«, sagte ich leise.

Er lächelte und kniete sich neben die Couch, während ich mich auf den Bauch legte und mein Top hochzog. Ich hörte ihn tief einatmen, und obwohl seine Hände mich noch nicht berührten, spürte ich sie schon wie ein Brennen auf der Haut. Ich schob das Top noch weiter hoch, bis über den BH-Verschluss. Er schluckte hörbar. Schließlich zog ich das Oberteil über den Kopf und warf es zur Seite. Fast meinte ich, sein Herz klopfen zu hören. Kalte Lotion spritzte auf meine Haut, und ich zuckte zusammen. Seine Hände übten erst sanften, dann festeren Druck aus, strichen meinen Rücken auf und ab. Das konnte nicht die erste Massage sein, die er gab. Mein Herz raste, und die Nackenhärchen stellten sich auf. Am BH-Verschluss machte er halt, dann arbeiteten sich seine Hände wieder abwärts. Ich öffnete den Verschluss und ließ die Träger über die Schultern gleiten. Seine Hände lösten sich einen Augenblick von meinem Körper und kehrten dann zurück, strichen über meine Haut, wanderten auf und ab und von Seite zu Seite.

Wir wurden jäh unterbrochen, als es plötzlich mehrmals laut an der Haustür klopfte. Calvin fuhr hoch, und auch ich setzte mich auf und zog mich hastig wieder an. Ich hatte Gänsehaut, aber nicht, weil mir kalt war.

»Fremont County Sheriff's Department«, rief ein Mann durch die geschlossene Tür. Seine Stimme war kratzig wie die eines Rauchers.

Calvin öffnete die Vorhänge einen Spaltbreit und spähte hinaus. Rot-blau flackerndes Licht tanzte über Decke und Wände.

»Was ist denn los?«, fragte ich flüsternd. Die Stimme versagte mir den Dienst.

Calvin machte den Mund zweimal auf und wieder zu, bevor er schließlich antwortete: »Ich weiß es nicht.«

Drei weitere Schläge gegen die Tür. Der Mann auf der anderen Seite wurde ungeduldig. Calvin fuhr sich übers Gesicht.

»Wegen der toten Tiere vielleicht? Hast du deswegen Bescheid gegeben?«, fragte ich und schaute hektisch zwischen Calvin und den blinkenden Lichtern hin und her.

»Ja, ja. Das wird es sein.« Man sah ihm an, dass ihm ein Stein vom Herzen fiel. Die Hand schon am Türgriff, wartete er noch einen Augenblick. Ein weiterer Schlag ließ die Tür erzittern. Calvin fuhr zusammen und riss sie auf.

»Guten Abend, kann ich Ihnen helfen?« Er klang gefasst.

»Guten Abend. Ich bin Sheriff Almond vom Fremont Sheriff's Department. Sind Sie Calvin Wells?«

Ich rückte ein Stück seitwärts, damit ich den Sheriff sehen konnte. Er war groß und hatte einen Vollbart und von der

Sonne gegerbte Haut. Er trug einen Ranger-Hut, und seine Gürtelschnalle hatte die Größe eines Kartendecks. Kurz schaute er zu mir rüber und nickte mir leicht zu, dann richtete er den Blick wieder auf Calvin.

»Das bin ich, was kann ich für Sie tun, Sir?« Calvin straffte die Schultern.

»Mir liegt eine Vermisstenanzeige für eine Frau namens Briana Becker vor. Ihre Schwester in Michigan hat sie heute am frühen Nachmittag als vermisst gemeldet. Offenbar war sie allein auf einem Roadtrip quer durch die Staaten. Sie wollte vor drei Tagen wieder zu Hause sein, aber dort hat man schon seit zwei Wochen nichts mehr von ihr gehört.« Sheriff Almond zog ein Stück Papier aus der Tasche und hielt es Calvin hin. »Haben Sie diese Frau gesehen?«

Calvin nahm das Foto und betrachtete es kurz, dann schüttelte er den Kopf und gab es zurück. »Nein, sie kommt mir nicht bekannt vor.«

»Was ist mit Ihnen, Miss?« Der Sheriff streckte mir das Foto hin.

Ich ging zur Tür und schaute es mir an. Die Frau auf dem Bild war außergewöhnlich hübsch. Langes, gewelltes blondes Haar. Blaue Augen. Ein perfektes Lächeln. Und so ausgeprägte Grübchen, dass man einen Penny darin hätte verstecken können. Ich sah den Sheriff an und schüttelte den Kopf. »Nein, ich habe sie noch nie gesehen.«

Er schnipste enttäuscht mit der Ecke des Fotos, steckte es wieder ein und fragte: »Und Sie sind?«

»Grace Evans.«

»Sie vermieten über Airbnb Zimmer, Calvin?« Sheriff Almond zupfte an einem dicken Büschel seines Schnurrbarts und zwirbelte es.

Da er mich nicht weiter beachtete, trat ich wieder ein paar Schritte zurück. Er war nicht meinetwegen hier. Er war wegen Calvin gekommen.

»Richtig.«

»Miss Beckers Airbnb-Account besagt, dass sie vor ungefähr zwei Wochen anreisen und ein paar Tage hier verbringen wollte. Stimmt das?« Sheriff Almond zog eine Augenbraue hoch.

In diesem Moment hätte ich gern Calvins Gesichtsausdruck gesehen, aber ich stand etwas versetzt hinter ihm. Ich achtete auf seinen Rücken, die Bewegung der sich ausdehnenden Lunge. Weder zuckte er zusammen noch verspannte er sich.

»Sie gehört wohl zu den Gästen, die ein Zimmer reservieren, es dann nicht in Anspruch nehmen und auch nicht Bescheid geben, dass sie nicht auftauchen werden. Das kommt ab und an vor. Ich kann mich erinnern, vor zwei Wochen hab ich mir eine Notiz gemacht, dass jemand sein Zimmer nicht in Anspruch genommen hat.«

Sheriff Almond legte den Kopf schräg. »Ja, wir haben Zugriff auf ihr Konto und wissen, dass sie davor in Sioux Falls, South Dakota, war. Dort hat sie ein- und auch wieder ausgecheckt, aber bei Ihnen hat sie offenbar nicht wie geplant eingecheckt.«

Calvin nickte. »Sie wird es nicht bis hierher geschafft haben. Das ist eine lange Strecke, und man kann sich leicht verfahren.«

Wenn sie doch gar nicht eingecheckt hatte, warum war der Sheriff dann hier? Vielleicht gab es keine anderen Spuren, und er klammerte sich an jeden Strohhalm, um Hinweise auf ihren Verbleib zu finden?

Sheriff Almond trat unruhig von einem Bein auf das andere und schaute nach rechts und links über die lang gezogene Veranda. »Ein schönes Haus haben Sie hier.«

»Danke.« Calvin verschränkte die Arme. »Es hat meinen Eltern gehört. Ich habe es vor etwa eineinhalb Jahren übernommen.«

»Haben Ihre Eltern auch Zimmer vermietet?« Der Sheriff kratzte sich am Kinn.

»Nein, damit hab ich vor ungefähr einem Jahr angefangen, als mir klar wurde, dass das Geld vorn und hinten nicht reicht. Es ist ein kleines Zubrot, um die Ranch am Laufen zu halten.«

Das kaufte ich ihm noch immer nicht ab. Ich nahm mir vor, ihn später noch einmal darauf anzusprechen.

Sheriff Almond nickte und wandte sich mir zu. »Und Sie, Miss? Wohnen Sie auch hier?«

Ich schüttelte den Kopf. »Nein, ich bin nur zu Gast und erst seit ein paar Tagen hier.«

»Sie reisen allein?«

»Ja«, antwortete ich.

»Hmm.« Er verlagerte sein Gewicht. »Und wo kommen Sie her?«

»New York.«

Sheriff Almond stieß einen leisen Pfiff aus. »Da sind Sie aber ganz schön weit weg von zu Hause.«

Ich nickte.

Nun sah er wieder Calvin an. »Gut.« Er nahm eine Karte aus der Jackentasche und reichte sie ihm. »Sollte Ihnen noch etwas einfallen, rufen Sie mich bitte an, Mr. Wells. Ansonsten hören Sie von mir, falls ich noch Fragen haben sollte.«

Calvin steckte die Karte ein. »Mach ich, Sheriff. Ich hoffe, Sie finden sie.«

Der Sheriff tippte an seinen Hut und schaute mich einen Augenblick zu lange an. »Entschuldigen Sie bitte die Störung. Passen Sie gut auf sich auf.« Damit ging er langsam zu seinem Wagen zurück. Bevor er in den SUV stieg, ließ er den Blick noch einmal über das Anwesen schweifen.

Calvin winkte ihm kurz zum Abschied und schloss die Tür. Seine Hand ruhte noch auf dem Türgriff. Er ließ kurz den Kopf hängen, richtete sich aber gleich wieder auf.

Schließlich drehte er sich zu mir um und setzte ein Lächeln auf. »Wo waren wir stehen geblieben?«

Ich rieb mir das Kreuz. Der Schmerz strahlte fast bis zur Mitte des Rückens aus.

»Ist es okay, wenn ich heute früh zu Bett gehe? Ich bin todmüde und von dem Sturz völlig fertig.« Ich sprach leise und legte mir eine Hand an die Stirn.

Calvin verzog kurz das Gesicht. »Ja, ja. Natürlich. Brauchst du noch was?«

Ich lächelte angestrengt und sagte im Gehen: »Nein, du hast schon genug getan.«

»Schlaf gut, Grace«, rief er mir nach, als ich schon im Flur war.

An der Tür mit dem Vorhängeschloss, die angeblich in den Keller führte, blieb ich kurz stehen und grübelte, was sich wohl dahinter verbarg.

Plötzlich schoss mir ein Gedanke durch den Kopf, der mir einen Schauer über den Rücken jagte. Die Vermisste. Der Schrei, den ich letzte Nacht gehört hatte. Die Wäsche in der Kommode. Vielleicht gehörten die Sachen gar nicht seiner Ex, sondern Briana? Ich ging in mein Zimmer und zog die Tür hinter mir zu. Erst als ich sie abschließen wollte, merkte ich, dass sie kein Schloss hatte.

TAG
FÜNF

18
CALVIN

Ich klopfte leise an Graces Tür. Normalerweise wartete ich in der Küche, bis sie aufwachte, aber ich wollte wissen, ob es ihr gut ging. Besonders nach der Gehirnerschütterung. Der gestrige Abend war anders zu Ende gegangen, als ich es mir gewünscht hätte. Nach dem Besuch des Sheriffs war Grace auf Abstand zu mir gegangen. Es war mir ein Rätsel, warum er hergekommen war, wo er doch selbst gesehen hatte, dass die junge Frau hier nicht eingecheckt hatte. Als er wieder abzog, war ich erleichtert, doch der Schaden war schon angerichtet. Das Ganze hatte Grace sichtlich erschreckt. Nach dem Reitunfall und dem Problem mit ihrem Wagen war sie ohnehin schon angespannt gewesen. Wer weiß, wie sie sich jetzt erst fühlte? Ich hatte fast die ganze Nacht wach gelegen und an sie gedacht, und als ich endlich einschlief, hatte ich von ihr geträumt.

Leise Schritte huschten durchs Zimmer, etwas wurde weggezogen, dann ging die Tür auf. Ihr Haar war verwuschelt, und sie hatte einen winzigen Morgenmantel aus Seide übergeworfen.

»Hey. Tut mir leid, falls ich dich aufgeweckt habe. Wollte nur sehen, ob alles in Ordnung ist. Wie geht es dir?«

»Ich bin noch müde und etwas durch den Wind.«

Ich legte ihr die Hand auf die Stirn. »Kein Fieber«, sagte ich und lächelte sie an.

Sie schüttelte den Kopf. »Ich bin nicht krank.«

»Ich wollte mich nur vergewissern, dass du dir nichts eingefangen hast, als du dich gestern im Dreck gewälzt hast«, neckte ich sie und zog die Hand wieder zurück. »Ich habe dir eine Kanne frischen Kaffee hingestellt, und im Slowcooker ist Porridge, der braune Zucker steht daneben.«

»Danke.«

»So, ich muss jetzt die Wiese mähen und noch ein paar andere Sachen erledigen. Freut mich, dass es dir besser geht.« Ich tippte an meinen imaginären Hut.

Sie zog die Tür noch ein Stück weiter auf, und ich sog ihren Anblick regelrecht in mich auf. Die glatten, gebräunten Beine, der halb geöffnete Morgenmantel, der ihr schönes Dekolleté enthüllte. All das zauberte mir ein Lächeln aufs Gesicht. Ihr Mundwinkel zuckte, als sie meine Blicke bemerkte. Sie wusste genau, welche Wirkung sie auf mich hatte.

»Brauchst du Hilfe?«

»Nein, auf gar keinen Fall. Du bist hier im Urlaub, Miss. Unten am Fluss ist eine Hängematte. Das ist der perfekte Ort zum Lesen. Ich bestehe darauf, dass du genau das tust.

»Ist das ein Befehl?«, fragte sie spöttisch.

»Darauf kannst du deinen Hintern verwetten«, antwortete ich, lachte und zwinkerte ihr zu.

Meine Flirtversuche nahmen geradezu lächerliche Formen an. Ich wusste einfach nicht, wie ich mich ihr gegenüber verhalten sollte. Zum Glück lachte sie auch. Blieb nur zu hoffen, dass sie nicht über mich lachte, sondern mit mir. Allerdings hätte ich es ihr nicht verübeln können, wäre es anders gewesen.

»Dein Wunsch ist mir Befehl.« Sie lächelte und machte die Tür langsam zu.

Verdammt, diese Frau würde noch mein Tod sein.

19
GRACE

Ich lag in der Hängematte, klappte mein Buch zu und drückte es an die Brust. Die Äste über mir streckten sich wie Arme und Hände in alle Richtungen. Von hier sah es aus, als hätten sich die Schäfchenwolken im Geäst verheddert. Natürlich wusste ich, dass das nicht der Fall war, aber so ist es eben mit der persönlichen Perspektive – man sieht die Dinge aus dem eigenen Blickwinkel nur so, wie sie sich einem darstellen, aber nicht unbedingt so, wie sie in Wirklichkeit sind. Ich fragte mich, ob mein Blick auf die Ranch ähnlich verzerrt war.

Seit ich hier war, empfand ich unterschwellige Angst. Litt ich unter Verfolgungswahn, oder gab es wirklich Anlass zur Sorge? Hier passierten einfach zu viele Zufälle, zu viele Dinge gingen schief oder liefen anders als erwartet. Eigentlich war ich doch hergekommen, um mich zu erholen, und nicht, um mich von ständig kreisenden Gedanken quälen zu lassen. Der Schrei, den ich gehört hatte. Das defekte WLAN und der fehlende Handyempfang, das kaputte Auto. Und jetzt noch die vermisste Frau. Der Sheriff sagte doch selbst, dass sie hier nicht eingecheckt hatte. Warum war er dann hergekommen und hatte Fragen gestellt, deren Antworten er schon kannte? Hielt er die Antworten vielleicht für Lügen?

Mit Schwung stieg ich aus der Hängematte und beschloss, Calvin zu suchen. Zumindest auf das Auto musste ich ihn ansprechen. Es waren drei Tage vergangen, und sein Bruder war noch immer nicht hier gewesen. Ich hatte den leisen Verdacht, dass das kein Zufall war. Natürlich konnte ich ihn nicht mit der Frage überfallen und ihm befehlen, mein Auto in Ordnung zu bringen. Ich würde diplomatisch vorgehen müssen. Trotz allem mochte ich Calvin ja, fühlte mich zu ihm hingezogen wie ein Raubtier zu seiner Beute.

Das Mittagessen wäre die perfekte Gelegenheit, die Sache anzusprechen. Ehe ich ins Haus ging, wollte ich noch auf der Weide nachsehen. Dort stand aber nur ein Traktor, Calvin selbst war weit und breit nicht zu sehen. Ich schaute zur Scheune rüber, zum Teich und wieder zur Weide. Irgendwo hier musste er doch sein. Drinnen schmierte ich schnell zwei Sandwiches mit Erdnussbutter und Traubengelee und nahm Bier aus dem Kühlschrank.

Auf der Weide fand ich Calvin schließlich, er saß auf dem John-Deere-Traktor und mähte das Gras. Ich fragte mich, wo er noch ein paar Minuten vorher gesteckt hatte. Er mähte den Teil der Weide, wo das Gras hoch wucherte, weil die Schafe und Kühe dort nicht hinkamen.

Sobald er mich sah, begann er über das ganze Gesicht zu strahlen und richtete sich kerzengerade auf. Er trug Cowboystiefel und Jeans, die von der Farmarbeit zerschlissen waren. Als er neben mir zum Stehen kam, streckte ich ihm das Bier und den Teller mit den Sandwiches hin. Sofort stellte er den Motor ab.

»Was machst du denn hier, Miss?« Er hob eine Augenbraue und verzog den Mundwinkel.

»Ich dachte, du könntest eine kleine Stärkung gebrauchen.«

»Na, dann komm mal zu mir hoch.«

Ich reichte ihm die Bierflaschen und den Teller nach oben, und er stellte sie neben sich ab, ergriff meine Hand und zog mich hoch auf seinen Schoß. Seine Haut war feucht und heiß.

»Was haben wir denn da?«, fragte er und beäugte den Teller. Das Traubengelee quoll seitlich heraus, und das Brot hatte bei dem Versuch, die zähe Erdnussbutter darauf zu verstreichen, Risse bekommen.

»Erdnussbutter und Gelee«, sagte ich.

Calvin reichte mir eines der Brote. »Mein Lieblingssandwich.« Er grinste breit, als er in das andere biss.

Wir sprachen erst wieder, als wir aufgegessen hatten. Calvin wischte sich die Hände ab und öffnete die Bierflaschen an der Seite des Traktors. Ich prostete ihm zu.

»Danke, Grace«, sagte er, bevor er den ersten Schluck nahm.

»Ich dachte, dass es dir sicher auch mal guttun wird, ein bisschen umsorgt zu werden.« Ich legte den Kopf in den Nacken und trank einen großen Schluck Bier.

Damit hatte ich wohl einen Nerv getroffen, denn auf sein Gesicht trat ein Ausdruck erstaunter Freude. Vermutlich hatte er sich schon lange nicht mehr umsorgt gefühlt. Mein Rücken tat noch weh, aber nicht mehr so schlimm wie am Vortag. Auch mein Schädel brummte noch, aber das konnte auch von den vielen Sorgen kommen, die mich umtrieben.

»Sollen wir losfahren?«, fragte er.

»Ja, klar.«

Er warf den Motor an, und der Traktor ruckte, als er den Gang einlegte. In langsamen und gleichmäßigen Bahnen lenkte er ihn über die Weide, während der Mäher das Gras schnitt und auswarf.

»Calvin, ich wollte dich noch mal wegen meines Autos fragen. Es sind ja schon ein paar Tage vergangen.« Ich ließ mir die Furcht, nicht von hier wegzukönnen, nicht anmerken.

»Gestern Abend, als du im Bett warst, habe ich meinen Bruder Joe angerufen und ihn daran erinnert – und heute früh noch einmal. Er kommt heute auf jeden Fall, um sich die Sache anzusehen.«

Ich nickte.

Calvin schaute mich an und neigte den Kopf leicht zur Seite. »Joe vergisst manchmal Sachen, deshalb kommt er auch nicht mehr so oft vorbei wie früher. Aber heute wird er auftauchen. Du vertraust mir doch, oder, Grace?«

Ich zögerte, zwang mich aber zu einem Nicken. »Ja.«

»Gut.« Er gab etwas Gas.

Durch die Beschleunigung drückte es mich nach hinten, und ich fiel gegen seinen Brustkorb. Calvin fing mich auf und hielt mich fest, unsere Gesichter waren nur Zentimeter voneinander entfernt. Ich war sicher, er würde mich gleich küssen, aber das tat er nicht. Stattdessen strich er mir nur eine Haarsträhne hinters Ohr. Dann richtete er den Blick wieder nach vorn, sodass ich ihn im Profil sah, sein kantiges Kinn, die markante Kieferpartie mit dem Dreitagebart und die vollen Lippen, die mich sicher belogen.

20

CALVIN

Eiskaltes Wasser prasselte auf meine Haut, doch es verschaffte mir kaum Abkühlung, denn die Hitze schien aus meinem Inneren zu kommen. Ich hatte wieder einmal alles vermasselt. Graces Signale waren eindeutig, aber irgendwie fühlte ich mich gehemmt. Vielleicht war es ihre Art, mich anzusehen. Mal glaubte ich, sie sei dabei, sich in mich zu verlieben, doch gleich darauf schien sie sich vor mir zu fürchten. Vielleicht stimmte beides – aber ich konnte mir nicht erklären, warum. Ich hatte doch nichts getan, was ihr hätte Angst einjagen können.

Ich stellte das Wasser ab und linste aus dem Fenster, das sich in der Dusche an einer denkbar ungünstigen Stelle befand. Zu der Zeit, als das Haus entstanden war, hatte man auf Privatsphäre offenbar keinen großen Wert gelegt. Gerade lief Grace vorbei, in einem winzigen roten Bikini, in der Hand ein Handtuch und ein Buch. Sie merkte gar nicht, dass ich sie beobachtete. Alles an ihr war perfekt, sogar der blaue Fleck auf ihrem Rücken. Das Bikinihöschen bedeckte ihren Hintern gerade so, und das Oberteil sah aus, als wäre es nur aus ein paar Fäden zusammengeknüpft. Die Frauen hier trugen so etwas nicht. Ich schaute ihr nach, bis sie hinterm Haus verschwand, drehte das kalte Wasser wieder auf und ließ es über meine Haut laufen. Entweder das, oder ich würde Grace austreiben müssen, indem ich mir einen runterholte.

Schließlich zog ich den Duschvorhang zur Seite, stieg aus der Wanne und trocknete mich ab. Als ich einen Truck kommen hörte, erkannte ich das typische Dröhnen und den röhrenden Auspuff sofort und beeilte mich, nach draußen zu kommen. Das war mein Bruder. Hastig warf ich mir etwas über und sprintete aus dem Haus, bevor er sich Grace vorstellen konnte.

Er wollte von allen gemocht werden und war immer viel zu schnell viel zu nett. Vielleicht ist er so geworden, weil er in meinem Schatten aufgewachsen ist. Mich hatten immer alle auf den ersten Blick gemocht, aber bei Joe war das anders. Selbst mein Vater hatte mich ihm vorgezogen, obwohl Joe alles tat, damit Dad ihn liebte und stolz auf ihn war. Deshalb konnte er auch Autos reparieren und ich nicht. Joe hatte sich das von Dad zeigen lassen in der Hoffnung, dass es sie verbinden würde, doch Dad war wie ein Stachel. Kam man ihm zu nahe, tat er einem weh. Am meisten verletzte meinen Bruder, dass meine Eltern die Ranch mir hinterlassen hatten. Ich war weggezogen, während er all die Jahre bei ihnen geblieben war und tagein, tagaus auf der Ranch geschuftet hatte. Ich wusste, dass er mir das übel nahm.

Joe sprang gerade aus seinem höhergelegten Dodge Ram, als ich nach draußen kam. Ich hatte ihm davon abgeraten, den Wagen höherlegen zu lassen, so etwas machen nur Vollidioten. Er warf sein Geld für die dümmsten Dinge aus dem Fenster und bildete sich ein, sie könnten ihn glücklich machen. Doch das taten sie nicht. Ich glaube, solange ich lebe, wird er niemals wirklich glücklich sein können.

»Wie geht's, Bro?«, rief Joe.

Er kam auf mich zu, plusterte sich auf, streckte die Brust raus und straffte die Schultern. Wir schüttelten uns die Hand, umarmten uns kurz und klopften einander auf die Schultern. Joe war kleiner als ich, nur knapp eins zweiundsiebzig, aber muskelbepackt, denn er ging regelmäßig ins Fitnessstudio. Ich glaube, er hatte eine Art Komplex, weil er der Kleinere von uns beiden war, und versuchte, das mit Muskelmasse zu kompensieren.

»Wie immer«, antwortete ich und sah zur Weide hinüber.

»Tut mir leid, dass ich diese Woche nicht da war, um dir zu helfen. Ich habe eine Frau kennengelernt, mit der ich rumhänge«, sagte er und lächelte. Ich konnte mich nicht erinnern, wann ich ihn das letzte Mal hatte lächeln sehen. Vielleicht hatte er ein schlechtes Gewissen, wenn er in meiner Nähe glücklich war.

Ich zog die Augenbrauen hoch und knuffte ihn in den Arm. »Echt? Bringst du sie bald mal mit und stellst sie mir vor?«

»Eher nicht. Ich muss erst dafür sorgen, dass sie sich in mich verliebt, bevor ich sie mit dem größten Stecher am Ort bekannt mache.« Er lachte zwar, aber ich wusste, er meinte es ernst. »Wow!« Joe machte einen Schritt zur Seite, um an mir vorbeischauen zu können. »Wer ist das denn?«

Ich drehte mich um und sah Grace, die gerade ihr Handtuch auf dem Boden ausbreitete. Als sie sich bückte, um es mit dem Buch zu beschweren, kam ihr Hintern in voller Pracht zur Geltung. Dann strich sie das Handtuch glatt und legte sich auf den Rücken.

Joe zog sie mit Blicken förmlich aus, und das gefiel mir gar nicht.

»Hey.« Ich gab ihm einen Klaps auf die Wange. »Sie ist mein Gast. Ich hab dir gestern Abend von ihr erzählt. Sie ist die Frau mit dem kaputten Wagen.«

Joe stieß einen hohen Pfiff aus. »So was sieht man hier selten.«

Ich stellte mich so hin, dass ich ihm die Sicht versperrte. »Reiß dich mal zusammen, das ist eine Dame.«

»Sie ist der Hammer.« Er reckte den Kopf.

Ich verschränkte die Arme. »Du fängst gleich eine, wenn du nicht aufhörst, sie anzugaffen.«

Plötzlich wurde Joe ernst. »Du magst sie also?«, fragte er leise.

»Sie ist nur noch bis Mittwoch hier.«

»Das ist keine Antwort auf meine Frage.«

Ich zuckte mit den Achseln. »Kann schon sein.«

Joe klopfte mir auf die Schulter, und seine Augen leuchteten. »Ich bin froh, dass du langsam darüber hinwegkommst.«

Dazu sagte ich nichts, sondern nickte nur. Ich wusste, dass Joe sich wünschte, ich hätte wieder eine Freundin. Wahrscheinlich mehr um seinet- als um meinetwillen.

»Stell mich ihr vor, und dann schaue ich, was mit ihrem Auto los ist.«

»Von mir aus, aber sag nichts Schräges zu ihr«, warnte ich ihn.

Er fuhr sich durchs Haar und rückte seine Gürtelschnalle zurecht. »Ich bin so cool, dass ich Eiswürfel pinkle, Bro.«

»Ich meine es ernst.« Ich kniff die Augen zusammen. »Vergraul sie nicht.«

»Ich versprech's.«

Ich beruhigte mich, und wir gingen zu Grace hinüber. Sie trug eine riesige Sonnenbrille und hatte die Nase in ihrem Buch. Ihr perfekt durchtrainierter Körper verriet, dass sie viel Zeit im Fitnessstudio verbrachte.

»Grace«, rief ich.

Sie blickte auf und nahm die Sonnenbrille ab, sodass ihre blauen, blauen Augen zu sehen waren.

»Das ist mein Bruder. Joe.«

Er beugte sich zu ihr hinunter.

»Schön, dich kennenzulernen.« Grace schüttelte ihm die Hand.

»Das Vergnügen ist ganz meinerseits«, sagte er, mit der Betonung auf Vergnügen. Das falsche Wort zu betonen war eine neue Angewohnheit von ihm.

Sie sah mich fragend an. Tut mir leid, sagte ich lautlos.

»Bist du hier, um nach meinem Auto zu sehen?«, fragte sie.

Joe verschränkte die Arme und spannte den Bizeps an. Sein Minderwertigkeitskomplex meldete sich.

»Ganz genau. Ohne meine Hilfe bekommt Calvin das nicht hin«, ätzte er.

Ich rollte mit den Augen.

»Komm, wir gehen uns das Auto anschauen.« Dann wandte er sich wieder an Grace. »Erzähl mir mal, was passiert ist.«

Sie seufzte. »Auf dem Weg hierher hatte ich keinerlei Probleme, obwohl es eine ganz schön lange Strecke war. Aber als ich aus Betty's Boutique zurückkam, ging plötzlich die Motorwarnleuchte an. Vor allem beim Beschleunigen fing der Wagen an zu zittern und zu rütteln«, erklärte sie mit besorgter Miene.

Joe nickte. »Okay, ich schau ihn mir mal an.«

»Danke«, sagte Grace. »Die Schlüssel liegen auf dem Küchentisch.«

»Mach dir keinen Kopf, ich sorge schon dafür, dass du nicht für immer bei meinem großen Bruder gestrandet bist«, gab er lachend zurück.

Graces Blick wanderte zwischen Joe und mir hin und her. Mein Kiefer spannte sich an, aber trotzdem lächelte ich und lotste meinen Bruder in Richtung Haus. Je weniger er zu ihr sagte, desto besser.

21
GRACE

Ich schaute den beiden nach. Joe war gute zehn Zentimeter kleiner als Calvin, doch das war nicht der einzige Unterschied zwischen ihnen. Ich hatte ein ungutes Bauchgefühl, und es wurde immer stärker. Wie ein wachsendes Geschwür, von dem man noch nicht weiß, ob es gut- oder bösartig ist. Das würde ich wohl noch früh genug herausfinden. Jedenfalls wirkte Joe sehr verstärkend auf dieses flaue Gefühl im Magen. Irgendetwas stimmte mit ihm nicht. Er schien ein schlechtes Gewissen zu haben, und das ließ bei mir die Alarmglocken schrillen. Er löste diese Art von Vorahnung aus, die man hat, kurz bevor etwas Schlimmes geschieht, den Urinstinkt, der einen vor drohendem Unheil warnt. Wie wenn einem spontan der kalte Schweiß ausbricht, wenn sich die Nackenhärchen aufrichten oder man Gänsehaut bekommt, obwohl man nicht friert.

Für dieses Gefühl war Joe allerdings nicht allein verantwortlich. Auch die Ranch und Calvin hatten ihren Anteil daran. Die Gegenwart seines Bruders schien Calvin zu beunruhigen. Er behandelte Joe wie ein Zoowärter ein wildes Tier; wie einer, der sich seine Furcht nicht anmerken lässt, sich aber der Gefahr, die von der Bestie ausgeht, ständig bewusst ist. Die beiden liefen nebeneinanderher, schubsten sich scherzend und lachten, wie Brüder das eben tun.

Doch der Schein konnte trügen. Vermutlich hat auch Abel seinen Bruder Kain bis zum Schluss geliebt.

22
CALVIN

Joe fummelte an etwas unter der Motorhaube herum, während ich hinterm Steuer auf das Kommando wartete, den Wagen zu starten, Gas zu geben oder den Motor wieder abzustellen. Jetzt wünschte ich mir, ich hätte mich als Jugendlicher mehr mit Autos beschäftigt. Offenbar bestand mein einziges Talent darin, sie zu Schrott zu fahren.

»Starte ihn mal«, rief er.

Ich drehte den Schlüssel im Zündschloss. Der Wagen stotterte ein paarmal, bevor er ansprang.

»Gib ein bisschen Gas.«

Ich trat vorsichtig aufs Gaspedal, der Motor heulte auf, und der Wagen begann zu rütteln.

»Alles klar, kannst ihn wieder ausmachen«, rief Joe und schaute an der Motorhaube vorbei zu mir herüber. Er zog sein Hemd aus, fuhr sich damit über das schweißnasse Gesicht und warf es auf den Boden.

»Was ist mit dem Auto?«

»Einmal noch. Mach ihn noch mal an.«

Diesmal sprang der Motor gar nicht an. Das Auto gab nur stotternde Geräusche von sich, und immer wieder klickte der Anlasser. »Verdammter Mist«, brüllte ich und schlug mit der flachen Hand gegen das Lenkrad.

Ich stieg aus und ging nach vorn zu meinem Bruder. Er steckte noch immer unter der Motorhaube und schraubte an

Kabeln und Verschlussdeckeln herum. Ich verstand nichts von dem, was ich da sah.

»Das Gehäuse der Lichtmaschine hat einen Riss, und die Batterie ist leer.«

Er zeigte auf verschiedene Bereiche des Motors. »Bis in ein paar Tagen kann ich ihn fertig machen, muss nur ein paar Teile bestellen.« Dann kratzte er sich am Kinn. »Wird so um die sechshundert Dollar kosten«, sagte er und schlug die Motorhaube zu.

»Okay, dann mach das. Für die Kosten komme ich auf.« Ich wischte mir mit dem Arm den Schweiß von der Stirn. Grace würde das vermutlich nicht recht sein, aber ich wollte ihr das Gefühl geben, dass sie mir wichtig war und dass ich bereit war, alles für sie zu tun.

Joe runzelte die Stirn. »Du bezahlst die Reparatur ihres Wagens? Du musst sie wirklich sehr gernhaben.«

Ich kickte ein paar Steinchen weg. »Ich will nur, dass sie sich hier wohlfühlt.«

»Wie du meinst«, murmelte er und griff sich seinen Werkzeugkasten. Dann ging er zum Heck seines Trucks, hievte den Kasten hinauf und schloss die Heckklappe. »Hast du noch Bock auf ein Bier?«

Wir waren schon ewig nicht mehr zusammen etwas trinken gewesen. Offenbar hoffte er, dass wir uns, weil Grace dabei war, wieder wie typische Brüder benehmen und die Vergangenheit begraben könnten. Aber Vergangenheit ist nur ein Wort. Was war, wird von unseren Erinnerungen am Leben erhalten, und diese Erinnerungen sind nur Geschichten, die wir uns erzählen. Joe und ich hatten zwei sehr unterschiedliche Geschichten. Er hatte seine vergessen, aber ich kannte meine noch.

»Ja, warum nicht? Ich sage Grace Bescheid, dass wir dann weg sind.«

Er schüttelte den Kopf und schnaubte spöttisch. »Sie hat dich schon ganz schön unter der Fuchtel.«

»Nein, ich bin nur höflich.«

»Na klar.« Joe ließ eine imaginäre Peitsche durch die Luft zischen und schnalzte mit der Zunge, während ich Grace suchen ging.

Sie war nicht mehr am Flussufer und auch nicht in der unmittelbaren Umgebung. Ich schaute auf der hinteren Terrasse nach, aber auch dort war sie nicht zu finden. Als ich um das Haus herumging, kam Joe mir entgegen.

»Wo ist dein Mädel hin?«

»Sie ist nicht mein Mädel«, widersprach ich, was gelogen war, denn meinem Gefühl nach war sie das durchaus.

Er klopfte mir auf die Schulter. »Ich zieh dich doch nur ein bisschen auf.«

Als wir vorn am Haus ankamen, war Grace wieder da. Sie hatte einen blauen Jeansrock und ein weißes Tanktop an und schaute ernst drein. Bei ihrem Anblick wurden mir meine Jeans eng.

Die Art, wie Joe sie ansah, gefiel mir gar nicht, deshalb boxte ich ihm gegen den Oberarm.

»Was zur Hölle?« Er rieb sich die Stelle.

»Hör auf, sie so anzusehen.«

»Wie denn?«

»Du weißt genau, was ich meine«, sagte ich, als wir auf die Veranda zugingen.

Grace durchbohrte mich fast mit dem Blick ihrer großen himmelblauen Augen.

»Läuft mein Auto wieder?«, fragte sie.

»Noch nicht.« Joe richtete sich auf. »Die Lichtmaschine ist defekt und die Batterie leer. Das bringe ich aber bis in ein paar Tagen in Ordnung.«

Grace biss sich auf die Unterlippe und strich sich nachdenklich über den Arm. Sie schien enttäuscht.

»Mach dir keine Sorgen. Mein Bruder kümmert sich darum. Bis du fährst, ist der Wagen wieder so gut wie neu, versprochen«, versuchte ich sie zu beruhigen.

Sie schien unschlüssig, und ihr Blick huschte zwischen uns beiden und ihrer Karre hin und her. »Ein paar Tage.« Sie nickte. »Okay.«

»Gehst du mit uns ein Bier trinken?«, fragte Joe. »Das wird dich davon ablenken, dass du hier bei meinem Bruder festsitzt«, fügte er grinsend hinzu.

Ich stöhnte genervt auf und hätte ihm gern eine geknallt, hielt mich aber zurück. Einerseits wünschte ich mir, dass Grace mitkam und wir mehr Zeit miteinander verbrachten. Andererseits wollte ich nicht, dass Joe in ihrer Nähe war. Das war überhaupt der Grund gewesen, warum ich beschlossen hatte, mit ihm ein Bier trinken zu gehen.

»Klar. Sehr gern.«

Ich zwang mich zu lächeln und hoffte, es würde sich nicht als Fehler herausstellen, dass ich sie mitnahm.

* * *

Joe hielt vor der Rustic Pine Tavern. Grace saß zwischen uns, lehnte sich aber mehr zu mir herüber. Schwer zu sagen, ob sie damit mir näher sein oder einfach von Joe abrücken wollte. Sie musterte den alten Saloon. Es gab kaum Bars am Ort, und der Saloon war die größte von allen, bekannt für die Billardtische, das billige Bier und die gute Musik. Die Rustic Pine Tavern lockte alle an. Die Jungen, die Alten, die Guten und die Bösen.

»Sind wir da?«, fragte sie.

»Ja, Ma'am«, antwortete ich, stieg aus und hielt ihr die Hand hin, als sie aus dem höhergelegten Truck sprang.

»Du bist wahrscheinlich eher an Nobelbars gewöhnt«, sagte Joe und starrte über die Motorhaube zu ihr herüber. »Die schaffen es hier sicher auch, dir einen Cocktail zu mixen.«

Grace sah ihn aus zusammengekniffenen Augen an und lächelte kühl. »Bier geht für mich vollkommen in Ordnung.«

Vor der Bar standen ein paar Farmer und rauchten. Als sie Grace sahen, kam ihr banales Geschwätz schlagartig zum Erliegen. Sie beobachteten, wie sie auf den Laden zuging, und als Grace ihre Blicke bemerkte, winkte sie ihnen freundlich zu. Das brachte die Männer in Fahrt. Sie wusste gut, wie man Leute um den Finger wickelt.

»Sie hat mir zugewinkt«, sagte einer.

»Nein, mir«, widersprach ein anderer.

»Ihr seid doch beide zu alt für sie.«

»Ach, halt die Klappe. Mein Fleisch ist vielleicht schwach, aber mein Geist ist willig.«

»Hey, Calvin und Joe«, rief einer und nickte in Graces Richtung. »Wer ist die Kleine?«

»Sie ist sein Airbnb-Gast«, antwortete Joe.

»Airbnb?« Der alte Mann hatte Fragezeichen im Gesicht.

»Das ist wie ein Hotel, aber im eigenen Haus«, erklärte Joe.

»Na, das sollte ich auch anbieten«, schmunzelte der Alte. »Aber nur für hübsche junge Dinger.«

Als wir nach drinnen gingen, setzten sie ihre Unterhaltung fort. Grace stand schon an der Bar und bestellte drei Bier. Noch war kaum etwas los, etwa zehn Leute waren an der Bar, und ein paar spielten Billard. Fast alle hatten Grace registriert – sogar die Frauen. Hier gab es kaum Fremde, deshalb zog jede neue Person die Aufmerksamkeit auf sich. Mehrere Gäste nickten Joe und mir zu. Viele schauten überrascht, dass wir zusammen hier aufkreuzten. Maxie, die Barkeeperin, lächelte uns zu. Sie gehörte hier praktisch zum Inventar. Die Rustic Pine Tavern war eine typische Kneipe mit Spielautomaten, farbigen Neonschildern, Billardtischen, Dartscheiben und alten Kerlen, die sich an der Bar drängten.

Joe beeilte sich, Grace mit den Getränken zu helfen.

»Für dich, Calvin«, sagte sie und reichte mir ein Bier. »Die erste Runde geht auf mich.«

»Danke.« Ich legte den Kopf in den Nacken und trank das Glas in einem Zug halb leer. Es gibt doch nichts Besseres als ein frisch gezapftes Bier.

Joe stand zwischen uns und war wie immer im Weg. »Habt ihr Lust auf eine Partie 301?«

»Was ist 301?«, fragte Grace.

»Darts. Ganz einfach. Ich zeig's dir.« Joe nahm ihre Hand und zog sie mit zu den Dartscheiben im hinteren Teil der Kneipe. Das gefiel mir gar nicht. Er war übertrieben freundlich zu ihr. Typisch.

Ich hängte mich an sie dran, ließ mir aber von Maxie noch Dartpfeile geben. Sie war schlank, Anfang fünfzig und arbeitete schon an der Bar, seit sie alt genug war, um Alkohol zu trinken. »Schön, dich und Joe hier zu sehen«, flüsterte sie.

Ich nickte nur und ging zu Grace.

»Hast du schon mal Dartpfeile geworfen?«, fragte Joe.

Ehe Grace antwortete, sah sie zu mir rüber und lächelte mir zu. »Ja, doch. Ein Dartpfeil ist der Grund, warum ich hier bin.«

Joe schaute sie verwirrt an. »Ach so? Okay, dann zeig mal, was du draufhast.«

Sie stellte sich in Position, konzentrierte sich auf die Dartscheibe, hob den Pfeil und kniff die Augen zusammen. Als sie bereit war, warf sie mit Schwung. Ein Volltreffer, mitten ins Schwarze.

»Heilige Scheiße«, rief Joe. »Sie muss Profi sein.«

Grace hüpfte auf der Stelle und fiel mir um den Hals. Ich drückte sie kurz an mich und atmete ihren süßen Duft ein. Vielleicht hatte doch nicht das Schicksal sie hierhergeführt. Vielleicht steckte ihr Können dahinter. Als sie sich aus meinen Armen löste, starrte ich ein bisschen zu lange auf ihren Mund.

Joe reichte ihr einen zweiten Pfeil. »Wollen mal sehen, ob du das noch mal hinbekommst.«

»Kein Problem.«

Sie stellte sich wieder in Position, umfasste das Barrel, sammelte sich kurz, zielte und warf. Wieder ein Volltreffer. Grace drehte sich mit weit aufgerissenen Augen zu uns um.

Joe schüttelte ungläubig den Kopf. »Verdammt! Da ist jetzt aber 'ne Runde Shots angesagt.« Er klatschte in die Hände und ging zur Bar.

»Ich hoffe, das Ego deines Bruders hält das aus?«, scherzte Grace.

»Der kommt schon klar«, antwortete ich lachend. »Er ist allerdings sehr ehrgeizig, also zieh dich warm an.«

Sie hob eine Augenbraue. »Oha, da freue ich mich drauf.«

Sie trank ihr Bier aus und wischte sich mit dem Handrücken über den Mund. Insgesamt gab sie sich ganz anders als die Frau, die ich fünf Tage zuvor kennengelernt hatte. Wie ein Chamäleon, das sich an jede beliebige Umgebung anpassen kann. Mir gefiel das zwar, aber ich fragte mich auch, welches nun die echte Grace war.

»Hier, bitte.« Joe reichte jedem von uns einen Shot.

»Was ist das?« Die Gläser waren bis zum Rand mit einer bernsteinfarbenen Flüssigkeit gefüllt.

»Mein Freund Jack.« Joe zwinkerte ihr zu. Er stieß mit uns an, klopfte mit dem Glas auf den Tisch und leerte es auf ex. »Cheers«, sagte er und stellte das Glas verkehrt herum auf den Tresen. Er hatte den Jack Daniel's runtergestürzt, als wäre es Wasser.

Grace schaute mich an, und wir tranken gleichzeitig. Sie schüttelte sich und schluckte schwer. Den meisten Menschen schmeckt Whiskey nicht auf Anhieb.

»Wohl nicht so dein Ding, Stadtmädchen?«, stichelte Joe.

»Ja, ich bin eher ein Wodka-Mädel, du Landei«, konterte Grace grinsend.

»Du bist dran, Bro«, sagte ich und klopfte ihm auf die Schulter.

Joe grinste, nickte kurz und brachte sich vor der Dartscheibe in Position.

»Amüsierst du dich?«, fragte ich.

»Na, immer doch.« Grace klimperte mit den Wimpern.

»Das habe ich mir fast gedacht, du magst ja auch Lesen und Joggen«, sagte ich grinsend.

»Ach, hör auf.« Sie knuffte mir im Spaß gegen die Schulter.

Ich musste lachen und sammelte unsere leeren Biergläser ein. »Willst du noch eins?«

Grace nickte, und ich ließ sie stehen, um eine weitere Runde zu bestellen. Von der Bar aus sah ich Joe lässig neben Grace an den Tisch gelehnt stehen.

»Hier bitte, Calvin.« Maxie stellte mir die Gläser hin.

»Danke, das geht auf meinen Deckel.«

»Da hast du dir aber eine Hübsche geangelt.« Sie zeigte auf Grace, und als ich hinschaute, sah ich, dass Joe noch etwas dichter aufgerückt war. »Schön, dass du dich hier mal wieder blicken lässt.« Sie neigte den Kopf zur Seite. »Aber Joe solltest du wohl lieber von ihr fernhalten«, fügte sie hinzu.

»Es war ein Unfall«, sagte ich leise.

»Einige Leute hier bezweifeln aber, dass es ein Unfall war.«

Ich schüttelte den Kopf. »Glaub doch nicht alles, was geredet wird.«

Sie kniff die Augen zusammen, und ich wusste, jetzt würde gleich einer ihrer berühmten Ratschläge kommen. Maxie war mehr als Barkeeperin, sie war auch eine Art Therapeutin für die Leute am Ort. Inoffiziell natürlich, denn sie hatte nicht studiert, aber sie wusste immer, wo die Leute der Schuh drückte, und fand für jeden die richtigen Worte.

»Für die einen ist es ein Gerücht, für die anderen die Wahrheit. Ich wäre mir da nicht so sicher, wer von beiden recht hat.« Sie klatschte mit der flachen Hand auf den Tresen, griff sich einen feuchten Lappen und begann hin und her zu wischen.

»Er ist mein Bruder, Maxie.«

»Auch Ted Bundy hatte einen Bruder«, konterte sie.

»Einen Halbbruder.« Ich kehrte ihr den Rücken zu, um Grace und Joe im Auge behalten zu können.

Ganz unrecht hatte sie nicht, und Maxie lag fast nie daneben.

Zurück am Tisch, quetschte ich mich zwischen die beiden.

»Hey, Bro«, protestierte Joe, als ich ihn wegdrängte.

»Hab dich gar nicht gesehen, Kleiner«, sagte ich rasch.

Ich reichte ihm sein Bier. Er funkelte mich wütend an, aber die goldene Flüssigkeit im Glas lenkte ihn schließlich ab.

»Für dich, Grace.«

»Hast du auch eins für mich?«, rief eine Frauenstimme hinter mir.

Ich drehte mich um, und da war Charlotte. Ihr langes dunkles Haar war offen, ihre Sommersprossen besonders deutlich, sie musste viel an der Sonne gewesen sein.

»Hey, Char«, sagte ich und umarmte sie freundschaftlich.

»Ich habe im Vorbeifahren Joes Truck gesehen und beschlossen, kurz reinzuschauen. Hätte aber nicht gedacht, dass du auch hier bist.« Sie schaute mich fragend an.

»Hätte ja selbst nicht gedacht, dass ich hier sein werde«, erwiderte ich.

»Was gibt's Neues, Char-Char? Lange nicht gesehen.« Joe war schnell zur Stelle und nahm sie in den Arm, kaum dass ich sie begrüßt hatte.

»Allerdings! Du hast dich in letzter Zeit so oft erfolgreich vor der Arbeit auf der Ranch gedrückt, dass ich ständig für dich einspringen musste«, pflaumte sie ihn an.

»Tut mir leid.« Er sah kurz zu mir und schluckte schuldbewusst. »Ich hatte viel um die Ohren.«

Joe zeigte mit dem Finger auf Grace und Charlotte. »Ihr beiden kennt euch schon?«

»Ja«, antwortete Grace. »Schön, dich wiederzusehen, Charlotte.«

»Gleichfalls.«

»Soll ich dir ein Bier holen?«, fragte ich.

»Lass mal, das mach ich schon«, unterbrach mich Joe, schon halb auf dem Weg zur Bar. Er wollte um jeden Preis bei allen beliebt sein. Menschen, die sich selbst nicht ausstehen können, suchen immer die Anerkennung der anderen. Und dass Joe sich von Grund auf verabscheute, daran hatte ich keinen Zweifel. Das ist die Folge von Schuldgefühlen, auf Dauer zerfressen sie einen.

Charlotte setzte sich Grace gegenüber an den Tisch und räusperte sich. »Hast du dich von dem Sturz erholt?«

»Mir geht es schon viel besser. Calvin hat sich super um mich gekümmert.« Grace lächelte, und ihre blauen Augen leuchteten, als sich unsere Blicke trafen.

»Ja, er hat ein Händchen für die Pflege von Tieren aller Art«, ätzte Charlotte.

Sollte Grace diesen Seitenhieb mitbekommen haben, dann reagierte sie nicht darauf. Als sie nach ihrem Bierglas griff, streifte sie meine Hand, dann nahm sie einen langen Schluck.

»Du fährst bald wieder ab, oder?«, fragte Charlotte. Es sollte wohl wie harmloser Small Talk klingen, war aber alles andere als harmlos.

»Eigentlich in fünf Tagen, aber wer weiß? Vielleicht verlängere ich meinen Urlaub auch.« Grace lächelte sie an, doch es könnte auch ein Grinsen gewesen sein. Es war schwer zu sagen, ob sie das ernst meinte oder nur Char ärgern wollte.

Doch ehe jemand noch etwas dazu sagen konnte, kam Joe mit Charlottes Bier und einem Tablett mit Shots zurück.

»Party!«, grölte er.

Grace schwieg, nahm sich einen Whiskey, trank ihn auf ex und verzog diesmal keine Miene. Char kniff die Augen zusammen, kippte ebenfalls einen Shot und seufzte genüsslich, als sie das Glas absetzte. Grace griff sich schon den zweiten. Die beiden würden sich beim Wettsaufen noch umbringen.

»Hey, hey – langsam.« Ich nahm ihr das Glas ab und leerte es selbst.

Joe tat dasselbe.

»Ich versuche doch nur, mit euch mitzuhalten«, flötete Grace mit zuckersüßer Stimme.

Char verdrehte die Augen.

»Lauf nicht anderen hinterher, finde lieber dein eigenes Tempo. Sich selbst treu bleiben, das zählt im Leben.« Ich sah sie an und neigte den Kopf leicht zur Seite.

»Spielen wir eine Runde Billard?«, fragte Joe. »Teams. Grace, du kommst zu mir.«

»Genial. Calvin und ich sind nämlich ungeschlagen. Stimmt's, Calv?«, strahlte Charlotte.

Ich nahm noch einen Schluck Bier und sagte: »Ja, das stimmt.«

Zwei Stunden später waren wir bei der dritten Runde Billard angelangt. Die erste hatten Char und ich gewonnen, aber dann hatte Grace uns alle überrascht, indem sie sechs Kugeln auf einen Schlag versenkte. Ich hatte den Eindruck, dass sie vielleicht bei der ersten Runde absichtlich schlecht gespielt hatte. Sie war ziemlich ausgefuchst. In der dritten Runde, die den Ausschlag zum Sieg gab, lagen wir Kopf an Kopf. Joe klang verwaschen, und seine Augen waren nur noch halb offen.

»Du bist dran, Charlotte«, sagte Grace und nahm einen Schluck Bier. Auch ihre Augen waren glasig.

»Weiß ich doch.« Char trat an den Tisch heran.

Als sie stoßen wollte, rutschte ihr Queue von der weißen Kugel ab, die nur ein paar Zentimeter weiterrollte. »Verdammt noch mal.« Auch sie hatte ein bisschen zu viel getrunken.

Ich war der Einzige, der sich zurückgehalten hatte, denn ich musste Joe und Grace noch heil nach Hause bringen.

Joe richtete sein Queue auf die weiße Kugel aus. »Ich zeig dir, wie man das macht.« Er führte den Stoß aus, versenkte aber eine der vollen Kugeln.

»Ach, so macht man das? Indem man die Kugeln der gegnerischen Mannschaft einlocht?«, fragte Grace.

»Scheiße.« Joe schlug sich gegen die Stirn.

Charlotte lachte und fiel gegen meine Schulter, aber ich fing sie auf. »Vorsicht«, sagte ich. Ihre Hand lag auf meiner Brust, und ein Lächeln umspielte ihre Lippen, als sie zu mir aufsah.

Der Song *Save a Horse (Ride a Cowboy)* ging gerade zu Ende, und Char strahlte übers ganze Gesicht, als sie hörte, was die Jukebox als Nächstes abspielte: *Amazed* von Lonestar.

»Ich liebe diesen Song. Tanz mit mir.«

Bevor ich antworten konnte, zog Char mich auf die Tanzfläche, auf der schon mehrere Paare waren. Ich wollte protestieren, nicht dass Grace falsche Schlüsse zog, denn wir waren nur Freunde. Aber bevor ich dazu kam, forderte Joe Grace schon zum Tanz auf.

Ich legte Char eine Hand auf die Hüfte und hielt ihre andere Hand in meiner – nur ein Tanz unter Freunden. Mir war natürlich bewusst, dass sie es für mehr als Freundschaft hielt. Eigentlich dachte ich, ich hätte ihr deutlich gesagt, dass zwischen uns nichts laufen würde, doch das schien bei ihr auf taube Ohren zu stoßen. Ich schaute rüber zu Joe und Grace. Sie tanzten auf die gleiche Weise wie wir, und Grace schien sich gut zu amüsieren. Sie grinste und fing an zu lachen, als Joe über seine eigenen Füße stolperte und auf ihre trat. Er machte sich völlig zum Affen.

»Hi«, sagte Char.

»Haie schwimmen im Meer«, antwortete ich.

Sie zog mich etwas näher zu sich heran. »Das ist schön.«

»Ja, der Abend war lustig.« Ich sah sie nur kurz an und schaute gleich wieder zu Grace.

»Nein, ich meine nicht den Abend. Das hier zwischen uns ist schön«, antwortete sie und streichelte meine Schulter.

Ich zog eine Augenbraue hoch. Sie war offensichtlich betrunken, ihre Augen waren glasig, und vermutlich sah sie mich doppelt. Plötzlich nahm ich aus dem Augenwinkel eine Bewegung wahr, und als ich mich umdrehte, sah ich gerade noch, wie Grace vor Joe zurückwich und ihm dann einen kräftigen Stoß versetzte. Wegen der Musik konnte ich nicht hören, was sie sagten. Er schien überrascht und stolperte wieder auf sie zu. Grace schlug ihm mitten ins Gesicht, und dort, wo die Ohrfeige getroffen hatte, blieb ein roter Fleck zurück. Ich ließ Chars Hand los, war mit drei großen Schritten bei Joe und stieß ihn so heftig weg, dass er fast hintenübergekippt wäre.

»Was zum Teufel machst du da?«, brüllte ich.

Er rappelte sich auf und wankte schon wieder auf uns zu. Mich packte eine heftige Wut, wie ein plötzlich ausrechender Vulkan. Mit Wucht traf meine Faust Joes Kiefer. Etwas knackste laut, und dann fiel er wie ein nasser Sack zu Boden.

»Raus!«, schrie Maxie hinter der Bar. »So etwas dulde ich hier nicht.«

Ich schaute zu ihr hin und formte lautlos die Worte: Tut mir leid. Alle Blicke waren auf uns gerichtet, und ein Murmeln ging durch den Raum.

Ich kümmerte mich um Grace. »Ist alles in Ordnung?«

So wütend hatte ich sie noch nie gesehen. Wenn Blicke töten könnten, hätte Grace die ganze verdammte Bar in die Luft gejagt. Es war, als wäre sie in einer Art Trance.

»Ja, alles okay. Nur ein Missverständnis«, sagte sie schließlich, schüttelte leicht den Kopf und massierte die Hand, mit der sie Joe geschlagen hatte.

Ich schüttelte ebenfalls die Hand aus, meine Fingerknöchel brannten und waren gerötet.

Joe rappelte sich auf und spuckte auf den Boden. Blut ist nicht immer dicker als Wasser. Er rieb sich den angeschwollenen Kiefer.

»Du bist besoffen, Joe. Komm, ich bring dich nach Hause.«

Ich versuchte, ihn zum Ausgang zu bugsieren, aber er stieß mich weg.

»Fass mich nicht an, verdammt«, zischte er und stürmte an mir vorbei aus der Bar. Alle Blicke folgten ihm. Maxie schüttelte den Kopf und warf ihren Lappen auf den Tresen. Sie hatte recht gehabt, ich hätte Joe von Grace fernhalten sollen.

23
GRACE

Die Scheinwerfer des Trucks erhellten die gewundene Straße vor uns. Der Mond ließ schemenhaft die Umrisse der Berge erkennen und spiegelte sich schimmernd im Wind River. Rundum war alles dunkel und undurchdringlich, was genau dem Gefühl entsprach, das mich seit dem ersten Tag hier begleitete. Ich saß vorn, Charlotte hinten. Seit wir ins Auto gestiegen waren, hatte keiner von uns ein Wort gesagt. Calvin hätte sicher zu gern erfahren, womit Joe mich so wütend gemacht hatte, aber auch er schwieg. Irgendwann bog er auf eine Schotterauffahrt ab. Im Schein der schwachen Verandalampe war zu erkennen, dass Charlotte sich gut um ihr Grundstück kümmerte. Die akkurat gestutzten Sträucher, die Blumenbeete und vielen Bäume lenkten davon ab, wie schäbig im Grunde das Haus war. Es sah so aus, als wäre es in renovierungsbedürftigem Zustand gekauft worden und als sei nichts daran gemacht worden.

»Ich begleite sie nur kurz rein«, erklärte Calvin.

Ich sagte nichts dazu.

Er ging mit Charlotte den Weg hoch, die Hand schützend an ihrem Rücken. Sie stolperte, aber er fing sie auf. An der Tür mühte sie sich mit dem Schlüsselbund ab, ließ ihn schließlich fallen. Calvin bückte sich, hob ihn auf und öffnete die Tür. Während sie von einem Zimmer ins nächste gingen, flammten im Haus eins nach dem anderen die Lichter auf.

Etwas an der Art, wie sie miteinander umgingen, war seltsam. Zweifellos war Charlotte in Calvin verliebt, aber empfand Calvin auch etwas für sie?

Inzwischen waren ihre Umrisse im großen Wohnzimmerfenster zu sehen. Charlotte lehnte an Calvin, und er hatte die Arme um sie gelegt. Dann verschwanden sie wieder aus dem Blickfeld. Ein weiteres Licht wurde angemacht, ging wieder aus. Irgendetwas musste einmal zwischen den beiden passiert sein.

Ich schaute auf mein Smartphone. Ein Balken Empfang, aber kaum hatte ich mein Passwort eingegeben, war er auch schon verschwunden, und es stand wieder »Kein Netz« da. Das war ja klar. Ich hatte nur meine E-Mails abrufen wollen, aber nicht einmal das war möglich. Zu Beginn meines Urlaubs hatte ich die Abgeschiedenheit hier noch reizvoll gefunden, aber langsam kamen mir Zweifel. Es waren schon zehn Minuten vergangen, seit Calvin mit Charlotte im Haus verschwunden war. Gerade als ich hupen wollte, trat er heraus und zog leise die Tür hinter sich ins Schloss. Kam zum Truck gejoggt und sprang hinein.

»Tut mir leid, dass es so lange gedauert hat.« Er steckte den Schlüssel ins Zündschloss und ließ den Motor an. »Sie war ganz schön angetrunken, und ich wollte sicher sein, dass sie zurechtkommt. So habe ich sie noch nie erlebt.« Zügig lenkte er den Wagen zurück auf die Straße.

»Kein Problem. Geht es ihr denn gut?«

»Ja, ich habe ihr etwas Wasser und eine Kopfschmerztablette gegeben und sie ins Bett gebracht.« Calvin beschleunigte leicht.

Ich schwieg und starrte aus dem Seitenfenster in die undurchdringliche Schwärze der Nacht.

Nach ein paar Minuten brach er das Schweigen. »Was hat Joe zu dir gesagt?«

Ich schaute zu ihm hinüber. »Das ist doch egal. Wie gesagt, es war nur ein Missverständnis.«

Trotz der Dunkelheit sah ich, dass sein Kiefer sich anspannte. Er schluckte so heftig, dass der Adamsapfel sich hob und wieder senkte. Dann schüttelte er den Kopf.

»Ich wusste es doch. Ich hätte nicht erlauben dürfen, dass er dir so nahe kommt.«

»Was soll das heißen? Hat er was angestellt?«

Nun spiegelte sich die Anspannung auch in seinem Blick wider.

Mir war klar, dass ich mit dieser Frage eine Grenze überschritten hatte, aber ich musste es einfach wissen. War Joe gefährlich? War ich auf der Ranch überhaupt sicher? Ich schaute noch einmal auf mein Smartphone. Kein Netz.

»Ich möchte wirklich nicht über Joe sprechen«, sagte er bestimmt.

Ich beobachtete ihn. Er konzentrierte sich aufs Fahren, als würde er für eine Prüfung lernen. Das schien mir übertrieben, schließlich waren wir mitten in der Nacht auf einer leeren Landstraße unterwegs. Er hielt das Lenkrad eisern umklammert, und erst jetzt fiel mir auf, wie groß und kräftig seine Hände waren. Die Knöchel der rechten Hand schienen geschwollen von dem Schlag, den er seinem Bruder verpasst hatte. Irgendetwas stimmte mit Joe nicht. Er war wie ein Pfirsich, dessen Inneres von Insekten zerfressen ist. Äußerlich glatt und appetitlich, aber die innere Substanz fehlte. In Joes Gegenwart war Calvin angespannt gewesen, ängstlich und besorgt, was mich noch mehr in meinem Verdacht bestärkte. Was hatte Joe getan? Und aus welchem Grund verheimlichte Calvin es mir?

TAG
SECHS

24

CALVIN

Es war gerade mal kurz nach neun, als ich wieder ins Haus kam. Alle Arbeiten, die morgens anstanden, waren erledigt, die Tiere gefüttert und getränkt, die Kühe gemolken, der Hühnerstall ausgemistet, außerdem hatte ich dort einen kleinen Frühjahrsputz gemacht. Ich war schon seit vier Uhr früh auf den Beinen und hatte kaum geschlafen. Immer wieder war mir das Gespräch mit Grace im Truck durch den Kopf gegangen. Warum hatte ich so reagiert, warum mich ihr gegenüber nicht mehr geöffnet? Grace hatte sich vermutlich mehr über mich geärgert als über Joes Verhalten, denn mir vertraute sie. Als wir spät am Abend hier ankamen, war sie, ohne ein Wort zu sagen, ausgestiegen und direkt zu Bett gegangen. Eine ganze Weile hatte ich noch vor ihrer Tür gestanden und gelauscht. Erst nach einiger Zeit – es könnten Minuten oder auch Stunden gewesen sein – war ich schließlich in mein Zimmer gegangen.

Ich schaute mich um und sah, dass der Kaffeebecher, den ich Grace in der Küche hingestellt hatte, noch unbenutzt war. Entweder war sie noch nicht aufgestanden, oder sie ging mir aus dem Weg. Ich streifte meine Arbeitsstiefel ab, ging den Flur entlang zu ihrem Zimmer und blieb vor der Tür stehen. Sie zog mich geradezu magnetisch an. Einen Moment lang starrte ich die Tür einfach an, dann legte ich mein Ohr daran und lauschte. Es war nichts zu hören. Ich presste das Ohr fester an die Tür. Noch immer Stille.

»Was machst du da?«

Ich erschrak, trat schnell von der Tür zurück und fuhr herum. Grace nahm einen AirPod aus dem Ohr und sah mich mit ihren großen blauen Augen ängstlich an. Diesmal trug sie einen Sport-BH, knappe Spandex-Shorts und Nike-Laufschuhe – und im Blick leise Sorge. Das Haar war zu einem hohen Pferdeschwanz gebunden, und ihr Dekolleté, der Bauch und das Gesicht glänzten schweißnass.

»Sorry. Ich wollte eigentlich nur wissen, ob du schon auf bist. Ich habe eine Kanne Kaffee gemacht und wollte fragen, ob du frühstücken willst«, stammelte ich und kam mir vor wie ein Depp oder gar Spanner.

»Ich hab keinen Hunger«, antwortete sie und kam mit ausdrucksloser Miene auf mich zu.

»Dir scheint es ja besser zu gehen, wenn du sogar joggen warst«, sagte ich.

»Ja.« Sie öffnete die Tür zu ihrem Zimmer. »Ist sonst noch was?«

Ich zögerte, schaute betreten zu Boden, bevor ich sie wieder ansah. »Hör zu, es tut mir leid wegen gestern Abend. Ich wollte dich nicht so abkanzeln. Es ist nur wegen …« Ich brach mitten im Satz ab und hakte die Daumen in die Gürtelschlaufen meiner Jeans.

»Wegen … was?«, fragte sie. Und ihre großen blauen Augen verengten sich zu schmalen Schlitzen.

»Wegen Joe. Ich schlage mich schon mein ganzes Leben lang mit seinem Mist herum und spreche einfach nicht gern über ihn. Es tut mir leid, und ich verstehe, wenn du früher als geplant abreisen willst. Ich kann dir die gesamte Buchung erstatten.«

Dabei schaute ich ihr in die Augen, damit sie sah, wie ernst es mir war. Falls sie wirklich gleich abreisen wollte, musste ich das wohl hinnehmen. Im tiefsten Inneren wusste ich, dass es besser für sie wäre, sofort zu verschwinden, denn meine Familie bedeutete Ärger. Uns selbst und unseren Lieben stießen schlimme Dinge zu. Wir waren verflucht. Unsere Ranch war verflucht, und unser Land war verflucht.

»Ich kann hier nicht einfach so weg, Calvin, und das weißt du auch. Mein Auto fährt nicht.« Sie legte vorwurfsvoll den Kopf zur Seite.

»Ich weiß, ich weiß.« Ich machte eine entschuldigende Geste. »Ich sorge dafür, dass jemand sich darum kümmert. Jemand aus der Werkstatt, damit du dich nicht mehr mit meinem Bruder, diesem Arschloch, herumschlagen musst.«

Sie fuhr sich mit dem Handrücken über die Stirn.

»Gut«, seufzte sie. »Ich gehe jetzt duschen. Wenn ich fertig bin, würde ich wohl Eier und Speck essen, wenn du bis dahin welche gemacht hast.« Sie wirkte noch immer verärgert, aber ihr Ton war freundlicher.

Ich nickte, als sie die Tür hinter sich zuzog, und eilte in die Küche, um ihr Frühstück zu machen. Für sie wäre es besser gewesen, die Ranch sofort zu verlassen, aber ein Teil von mir freute sich, dass sie vielleicht blieb – der egoistische und gierige Anteil in mir.

Als sie eine Stunde später aus dem Bad kam, hatte sie Jeansshorts und ein kurzes Top an, das viel Haut frei ließ. Ihr Haar war verstrubbelt und noch halb feucht, die Wangen waren rosig, die Wimpern dicht und lang, die Lippen glänzten. Sie gab sich noch Mühe, sich für mich hübsch zu machen. Das war ein gutes Zeichen. Grace war immer ein Augenschmaus. Schnell richtete ich einen Teller mit Käseomelett und Frühstücksspeck her und stellte ihn zusammen mit einem Becher Kaffee auf den Tisch. Grace nahm Platz und stocherte in ihrem Essen herum, während ich mir noch selbst etwas holte. Schließlich setzte ich mich ihr gegenüber und trank einen großen Schluck Kaffee.

»Wie war die Dusche?«, fragte ich, weil mir nichts Besseres einfiel. Eine merkwürdige Frage, die mir schon peinlich war, kaum dass ich sie ausgesprochen hatte.

Sie kaute auf einem Stück Frühstücksspeck herum. »Gut.«

»Und das Essen?«, fragte ich weiter, weil ich noch immer nicht wusste, was ich sagen sollte. Immerhin war das schon besser als die Frage nach der Dusche.

»Gut«, antwortete sie wieder.

Ich nickte und stopfte mir eine Gabel voll Käseomelett in den Mund. Dabei ging ich im Stillen alles durch, was sie gesagt hatte, und auch die Dinge, die sie nicht ausgesprochen hatte. Dass sie früher fahren wollte, hatte sie nicht direkt gesagt, und ich scheute mich, danach zu fragen, fürchtete mich davor, dass sie es tun könnte. Grace trank ihren Kaffee in langsamen Schlucken. Dann stellte sie den Becher ab und spielte mit ihrer Gabel auf dem Teller.

»Wenn du willst, kann ich das Grillfest heute absagen«, bot ich ihr an.

Sie schüttelte den Kopf. »Nein, das brauchst du nicht.« Sie schluckte, und als unsere Blicke sich trafen, wurde ihr Ausdruck weicher. »Alles Liebe zum Geburtstag, Calvin.«

Es wirkte zwar so, als hätte sie sich überwinden müssen, das zu sagen, aber ich war trotzdem verdammt froh, Geburtstag zu haben. Denn zum Geburtstagskind darf man nicht gemein sein – und man darf es auch nicht verlassen.

»Danke.« Ich strahlte sie an.

Sie nahm ein Stück Frühstücksspeck und biss davon ab. Ein paar Minuten aßen wir schweigend. Mir war klar, dass sie mir grollte, weil ich ihr auf der Rückfahrt nicht mehr anvertraut hatte, aber es war nicht der richtige Zeitpunkt gewesen. Zudem wusste ich gar nicht, wie viel davon ich ihr verraten und wie ich es sagen sollte. Manche Geschichten sind einfach schwer zu erzählen. Ich brachte meinen leeren Teller zur Spüle und beobachtete sie verstohlen. Noch immer stocherte sie in ihrem Essen herum und nippte am Kaffee. Ich spülte das Geschirr, stellte es auf das Trockengestell und räumte die Küche auf. In meiner Eile, Grace so schnell wie möglich ein Frühstück zu machen, hatte ich ein Riesenchaos angerichtet. Auf den Herdplatten klebte halb angetrocknetes Ei, die Arbeitsplatte und die Herdoberfläche waren voller Fettspritzer vom Speck. Als ich mich umdrehte, wäre ich fast mit Grace zusammengestoßen, denn sie stand plötzlich direkt hinter mir. Ich hatte gar nicht mitbekommen, dass sie aufgestanden und zu mir rübergekommen war. Sie war so leise wie Wyoming am frühen Morgen, bevor die Sonne aufgeht und die Vögel erwachen.

»Ich wollte dich nicht erschrecken«, sagte sie und schaute zu mir hoch.

»Ich räume das weg.« Ich nahm ihr das schmutzige Geschirr ab.

Einen Augenblick lang standen wir einander regungslos gegenüber, nur ein paar Zentimeter voneinander entfernt, als wäre uns beiden nicht klar, wie es nun weitergehen sollte. Sie neigte den Kopf und warf mir wieder einen Blick von unten zu.

»Calvin.«

»Ja.«

»Ich bleibe fürs Erste.«

Ein Lächeln stahl sich auf mein Gesicht.

»Wirklich?«

Grace nickte. »Ja, aber du musst mir eins versprechen.«

»Alles.«

»Keine Geheimnisse mehr.«

Ich schluckte und nickte dann ein bisschen zu entschlossen, nicht sicher, ob ihr die Geste aufrichtig oder geheuchelt erschien. Ich wusste ja selbst nicht einmal, wie ich sie meinte. Nun, im Grunde wusste ich es.

»Gut«, sagte sie und legte mir die Hand auf die Brust, als wollte sie meinen Herzschlag fühlen. Ich war mir nicht sicher, ob sie ihn spürte, denn ich wusste nicht, ob ich überhaupt so etwas wie ein Herz hatte.

»Ich fahre zum Supermarkt, willst du mitkommen?«, fragte ich.

Grace schaute sich in der Küche um und dann wieder zu mir. Offenbar dachte sie angestrengt über die Antwort nach. »Warum nicht?«, sagte sie schließlich. Sie klang nicht gerade begeistert, aber mir war alles recht. Mir war es egal, ob sie begeistert war oder nicht. Ich wollte sie nur an meiner Seite haben, hier … bei mir.

25

GRACE

Unser Einkaufswagen war schon bis zum Rand mit Lebensmitteln und Getränken für das Grillfest gefüllt, als wir im Supermarkt von Dubois in den nächsten Gang einbogen. Calvin war besonders aufmerksam, fast ein bisschen übertrieben. Ich konnte mir denken, dass er befürchtete, ich könnte früher abreisen. Es gab ja auch genug, was mich hätte vertreiben können: Joe, die Grube mit den toten Tieren, die gerissenen Hühner, der Unfall mit Gretchen, die abgeschiedene Lage der Ranch und der Besuch des Sheriffs, der auf der Suche nach einer vermissten Frau war. Es war sein Glück, dass ich nicht so leicht zu erschrecken bin. Noch hatte ich nicht vor, abzureisen, und noch sehnte ich mich nicht nach meinem alten Leben. Trotz aller Schwierigkeiten mochte ich vieles an Dubois, und dazu zählte auch Calvin. Mir gefiel, wie er mich anhimmelte, als wäre ich der einzige Mensch auf Erden, auch wenn das zugleich etwas befremdlich wirkte, denn wir kannten uns ja erst seit sechs Tagen.

»Magst du Oreos?«, fragte er und hielt mir eine Packung der Sorte mit doppelter Füllung hin.

»Fressen Pferde Heu?«

»Perfekt.« Er lächelte und warf die Packung in den Wagen.

»Glaubst du, Joe kommt heute auch?«

Er zuckte mit den Schultern. »Keine Ahnung, ich habe

nichts von ihm gehört, aber sein Truck steht noch bei mir, also wird er wohl früher oder später auftauchen.«

Er musste meinen besorgten Gesichtsausdruck bemerkt haben, denn er kam näher, strich mir eine Haarsträhne hinters Ohr und schaute mir tief in die Augen.

»Mach dir keine Sorgen wegen Joe. Es entschuldigt sein Benehmen natürlich nicht, aber er kann sich vermutlich nicht mal mehr daran erinnern, wie er sich gestern aufgeführt hat. Falls er auftaucht, werde ich ihn gut im Auge behalten«, sagte er hastig, und es klang, als sei das nicht die erste Gelegenheit, bei der er etwas in der Art hatte sagen müssen.

»Okay«, erwiderte ich.

Er nickte, schaute sich im Laden um und prüfte dann unsere Einkäufe. »Ich glaube, wir haben alles, oder fällt dir noch etwas ein?«

Ich schüttelte den Kopf und schob den Wagen weiter in Richtung Kasse. Calvin legte noch einen Rosenstrauß obenauf.

»Für wen sind die?«

»Ach, nur für einen Airbnb-Gast.«

»Eigentlich müsste ich doch dir ein Geschenk kaufen, du hast schließlich Geburtstag.«

»Du bist mein Geschenk, Grace.« Calvin strahlte über das ganze Gesicht.

Er meinte es lieb, das wusste ich, aber ich fand es auch irgendwie traurig. Dennoch erwiderte ich sein Lächeln.

Nur eine der Kassen war geöffnet, und das war die von Charlotte. Ihr Haar war zurückgebunden, die Haut fahl, die Augen blutunterlaufen. Es war nicht zu übersehen, dass sie einen Kater hatte. Neben der Kasse standen eine halb leere Flasche Gatorade und eine Packung Schmerztabletten. Ich war fit, denn ich bekam eigentlich nie einen Kater. In dieser Hinsicht hatte ich Glück. Gute Gene, wie man so schön sagt. Während ich die Sachen aus dem Wagen auf das Band räumte, beobachtete ich Charlotte unauffällig.

»Hey, Calv, alles Gute zum Geburtstag!«, rief sie, und ihre Stimme rutschte dabei eine Oktave höher.

»Danke. Wie geht's dir?«

»Bisschen Kopfweh, aber ich freu mich schon auf deine Party und das erste Konterbier.« Sie lachte.

»Kann ich mir denken«, antwortete er.

Charlotte zog den Strauß Rosen über den Scanner und stopfte ihn grob in eine Tüte, ohne auf die empfindlichen Blüten zu achten. Sie musterte erst Calvin und die Lebensmittel, und dann sah sie mich an und bedachte mich mit einem kleinen, falschen Lächeln.

»Ich habe dich gar nicht gesehen, Grace.« Keine Begrüßung, nur ein Zurkenntnisnehmen meiner Person.

Dann richtete sie ihre Aufmerksamkeit wieder auf Calvin.

»Ich habe mich gestern Abend hoffentlich nicht allzu sehr blamiert?« Sie klang, als wollte sie flirten.

»Nein, überhaupt nicht. Ich glaube, wir haben alle ein bisschen viel getrunken.« Er presste die Lippen aufeinander.

»War Joe schon bei dir?«, fragte sie.

Calvin schüttelte den Kopf. »Nein, ich habe nichts von ihm gehört.«

»Ach so, also er war vorhin hier und hat einen Haufen Dosenbier fürs Grillen geholt.« Sie scannte weiter die Einkäufe und packte sie in Tüten.

»Er hat also tatsächlich vor zu kommen?«, fragte er.

Charlotte nickte. »Ehrlich gesagt kann ich mich an kaum etwas von gestern erinnern.« Sie rieb sich den Kopf und versuchte wohl so, sich den Abend wieder ins Gedächtnis zu rufen. »Was war denn los?«

»Ist vielleicht besser, wir vergessen es einfach.«

Ich war noch nicht lange in Dubois, aber mir war schon aufgegangen, dass hier offenbar vieles unter den Teppich gekehrt wurde. Das Problem ist nur, dass alles früher oder später wieder ans Licht kommt. Was für Geheimnisse es hier wohl sonst noch gab?

»Okay«, sagte Charlotte und tippte auf der Kasse herum. »Das macht dann einhundertsechsundneunzig Dollar und zwanzig Cent.«

Ohne zu zögern, steckte Calvin seine Karte in das Lesegerät. Jemand mit Geldproblemen wäre sicher weniger schnell bei der Sache gewesen.

»Dachte ich mir doch, dass Sie das sind, Grace«, rief eine Stimme hinter mir. Es war Betty, die Frau, die ich Anfang der Woche in der Boutique kennengelernt hatte. Sie trug ein hochgeschlossenes Kleid mit Blümchenmuster und dreiviertellangen Ärmeln.

»Ach, hallo! Wie geht's?« Ich wunderte mich über ihren herzlichen Ton. In der Boutique war sie mir eher misstrauisch vorgekommen.

»Ganz gut. Sind Sie mit den Kleidern zufrieden, Liebes?«

»Ja, sie machen einiges mit. Calvin hat mich darin zum Reiten und Angeln mitgenommen.«

Calvin schob die Karte in seine Brieftasche und steckte sie ein. Dann umarmte er Betty und flüsterte: »Ich hab dich vermisst.«

»Alles Gute, mein Schatz. Ich weiß, heute ist kein leichter Tag für dich, aber versuch ihn zu genießen, so gut du kannst«, flüsterte sie zurück.

Kein leichter Tag? Warum das denn? Wegen seiner Eltern?

»Danke, Betty. Grace muntert mich auf.« Er legte lächelnd den Arm um mich. »Ich weiß nicht, was ich ohne sie tun würde.«

Betty nahm ein paar Sachen aus ihrem Wagen und legte sie auf das Band. »Schau an, wie gut ihr beide euch versteht. Sie werden hier gar nicht mehr wegwollen, Grace«, sagte sie mit verkniffenem Lächeln.

Charlotte hüstelte. »Du hast aber trotzdem vor zu fahren ... oder? In vier Tagen, meine ich.« Ich beachtete sie gar nicht.

»Wie auch immer«, meinte Betty und wechselte das Thema. »Ich besorge nur noch ein paar Zutaten für meine berühmte Honigtorte und will euch nicht länger aufhalten. Wir sehen uns heute Nachmittag.«

»Kann es kaum erwarten, die Torte ist himmlisch«, schwärmte Calvin.

»Ach Calv. Du weißt wirklich, wie man einer alten, einsamen Frau Komplimente macht.« Betty wurde rot.

»Du bist nicht alt, und du hast doch mich«, antwortete er und drückte sie kurz an sich. »Ich seh dich später.«

»Aber nicht, wenn ich dich zuerst sehe«, sagte sie kichernd und winkte zum Abschied.

Sie gingen miteinander um wie Mutter und Sohn, doch Betty war nicht seine Mutter. Seine Eltern waren tot. Calvin hatte mir nie erzählt, wie sie gestorben waren. Was war passiert, und konnten sie der Grund dafür sein, dass sein Geburtstag für ihn nicht leicht war, wie Betty es ausdrückte?

26

CALVIN

Frisch geduscht und mit einem Handtuch um die Hüften kam ich in die Küche. Grace stand am Herd und hantierte mit einem Holzlöffel. Der Duft von Speck und Knoblauch stieg mir in die Nase, und ich schnupperte, um noch mehr davon zu erhaschen, den besten Düften, die eine Küche zu bieten hat. Grace würde sie gleich mit dem Rosenkohl versauen, das war klar.

»Was kochst du?«, fragte ich.

Sie schaute über die Schulter, und ich konnte zusehen, wie ihr die Kinnlade runterfiel. Ihr Blick tastete meinen tropfnassen Körper ab. »Ich mache den Rosenkohl, den du so magst«, sagte sie mit einem koketten Lächeln.

Sie starrte mich weiter an, hörte aber nicht auf, in der Pfanne zu rühren. Ihr Blick gefiel mir, so sollte es sein.

Ich machte ein paar Schritte weiter in die Küche. »Magst du was trinken?«

»Ein Bier wäre toll.«

»Geht klar.« Ich nahm zwei kalte Flaschen aus dem Kühlschrank und öffnete sie. »Hier.«

Grace nahm eine, und wir tranken, ohne den Blick voneinander zu lösen.

»Kann ich helfen?«, fragte ich.

»Nein, Calvin. Lass mich mal machen, du hast doch Geburtstag.« Sie lächelte verführerisch.

Ich trat noch einen Schritt näher, als wollte ich besser beim Kochen zusehen können, aber in Wirklichkeit wollte ich natürlich näher bei Grace sein. Sie kam mir etwas entgegen, wir stießen zusammen, sie sah mich über die Schulter an. Als sie keine Anstalten machte, wieder abzurücken oder sich zu entschuldigen, war mir klar, dass unser Moment gekommen war. Ich beugte mich leicht zu ihr hinunter und küsste sie. Meine Lippen lagen auf ihren, und sie erwiderte den Kuss. Sie drehte sich zu mir um und strich mir mit beiden Händen über Rücken, Brust und Bauch. Ihr Mund öffnete sich, und ich schob meine Zunge hinein und umkreiste ihre. Sie stöhnte auf. Ich schlang die Arme um sie und zog sie an mich, hätte sie in diesem Moment am liebsten so fest gedrückt, dass sie zu Staub zerfiel – so sehr begehrte ich sie. Dann strich ich ihr übers Haar und ließ beide Hände über ihren Rücken gleiten bis zu ihrem festen Hintern. Sie kam mir entgegen und stieß mich, immer wieder, bis ich schließlich gegen die Küchenwand prallte. Die dünnen Rigipsplatten hinter mir brachen, aber das war mir egal. Ich würde sie später reparieren oder vielleicht sogar so lassen, damit sie mich immer an diesen Moment erinnerten. Den Moment, in dem Grace mein wurde. Meine Hand wanderte von ihrem Hintern hinauf zu ihren Brüsten, ich umfasste und umspielte sie. Sie fuhr mir über die Brust hinunter zum Bauch, dann glitt ihre Hand unter das Handtuch, packte zu, und ich stöhnte lustvoll auf. Während sie mich massierte, erkundete ich saugend und küssend ihre Wange, den Hals, das Ohr.

Grace war alles für mich, ich wollte und brauchte nichts anderes als sie. Alles von Sonnenaufgang bis Sonnenuntergang. Sie war das Gefühl, wenn man einen Ruck an der Angelrute spürt (im wahrsten Sinne des Wortes), der Duft von Kaffee und das Brennen von Whiskey. Ein harter Tag Arbeit und ein wohlverdienter fauler Sonntag. Sie war der Garten mit reifem Obst und das Feld, das von Unkraut überwuchert war. Sie war alles und zugleich nichts, die reine Perfektion, und ich konnte gar nicht genug von ihr bekommen.

Ihr Griff wurde fester, perfekt im Rhythmus mit mir. Mein Handtuch glitt zu Boden. Ich führte ihre Lippen wieder zu meinem Mund, und sie küsste mich noch leidenschaftlicher. Ihre Zunge umschlang meine, hakte sich fest, fixierte mich. Dort, wo die Zunge keinen Halt fand, saugte ihr Mund, sie biss zu, was einen leichten, aber angenehmen Schmerz verursachte. Die Laute, die sie mir entlockte, waren mir fremd, aber ich würde sie nie vergessen, denn sie markierten einen einschneidenden Moment in meinem Leben ... den Moment, der alles, was ich kannte, in zwei Teile teilte: einen Anfang und ein Ende. Grace war die Mitte von allem, sie war das Schöne und Gute – die weiße Creme zwischen zwei Oreo-Kekshälften, der Kern eines Medium-rare-Steaks, die Füllung im Inneren eines Bonbons. Das alles war sie und noch viel mehr. Meine Hand schob sich in ihre Jeans und unter ihren Slip und tastete sich an ihrem Beckenknochen entlang. Gerade als ich in der Mitte angelangt war, flog die Fliegengittertür auf.

»Herzlichen Glückwunsch zum Geburtstag, Bro«, rief Joe.

Blitzschnell wich Grace zurück, und ich bückte mich, um mein Handtuch aufzuheben. Joe hielt sich die Augen zu.

»Sorry«, sagte er, während Grace an den Herd zurückhastete und ich mich schnell bedeckte.

Sobald ich mir das Handtuch umgebunden hatte und Grace wieder am Herd stand, kam Joe zu uns hereinspaziert.

»Kannst du nicht anklopfen?« Ich hatte eine Stinkwut im Bauch.

»Tut mir leid«, sagte er noch einmal.

Ich schüttelte den Kopf und versuchte, mich zu beruhigen. Ich durfte mich nicht dazu hinreißen lassen, meinem Bruder eine reinzuhauen, denn das hätte Grace sicher Angst gemacht.

»Wie viel weißt du noch von gestern Abend?«, wechselte ich schnell das Thema.

Er zuckte mit den Schultern. »Nicht viel.«

»Das denke ich mir.«

»Ich weiß nicht mehr genau, was los war. Dabei habe ich gar nicht so viel getrunken. War ein merkwürdiges Gefühl, so als ob ich halb betäubt wäre.« Er rieb sich die Stirn. »Als hätte mir jemand Drogen gegeben oder so.«

»Ich glaube eher, du hast nicht gemerkt, wie viel du trinkst, Joe.« Ich kniff die Augen zusammen. »Du schuldest Grace eine Entschuldigung«, fügte ich hinzu.

»Ich weiß.« Er nickte. »Grace?«

Sie drehte sich zu ihm um und tat, als sei sie interessiert, aber ich hatte das Gefühl, dass sie sich, was Joe anging, längst eine Meinung gebildet hatte und dass an dieser nichts mehr zu ändern war. Das konnte ich ihr nicht verdenken, und ich selbst hätte es wohl genauso halten sollen, aber er war schließlich mein Bruder. Ganz egal, was er anstellte oder was ich davon hielt – ich konnte gar nicht anders, als an das Gute in ihm zu glauben. So war das immer zwischen uns, ob er es nun verdiente oder nicht.

»Ja, Joe?«

»Ich möchte dich um Verzeihung bitten. Ich kann mich zwar nicht erinnern, was ich gesagt oder getan habe, aber ich habe mich sicher wie ein Arsch benommen. Ich weiß, wir kennen uns noch nicht lange, und es tut mir echt leid, dass ich etwas getan habe, wofür ich mich nun entschuldigen muss.«

Grace nickte und schaute kurz zu mir. »In Ordnung, Joe. Ich nehme die Entschuldigung an.«

Mir war klar, was in Ordnung bedeutete, nämlich, dass es ganz und gar nicht in Ordnung war, man aber im Moment nicht weiter darüber reden musste.

Sie schwieg einen Moment und sah ihn streng an. »Schwamm drüber, aber nur, wenn du dich um mein Auto kümmerst und es bis in drei Tagen wieder zum Laufen bringst.«

Also war sie fertig mit mir, oder mit dem, was zwischen uns war. Ich runzelte unwillkürlich die Stirn, strengte mich aber an, gute Miene zum bösen Spiel zu machen.

»So machen wir's«, antwortete er. »Und ich hoffe, dass das, was gestern war, nichts an der Beziehung zwischen dir und Calvin ändert.« Er zeigte auf mich. »Ich finde, ihr beiden passt super zusammen.«

Grace nickte nur. Nun war ich an der Reihe.

»Calvin, es tut mir leid, wie ich mich gestern Abend aufgeführt habe. Das war nicht okay. Wird nicht wieder vorkommen.«

Ich hätte ihn gern gefragt, was es denn war, was er nicht wieder tun wolle, aber er konnte sich ja an nichts erinnern, und Grace weigerte sich, es mir zu sagen. Was konnte er gesagt oder getan haben, dass sie ihm eine Ohrfeige verpasste? Womit konnte man Grace dermaßen aus der Reserve locken? Das wollte ich wirklich wissen.

»Es ist okay, Bro. Alles gut zwischen uns.«

Joe hatte sich nur der Form halber entschuldigt, um den Frieden wiederherzustellen. Er war mein Bruder, und Vergebung war ein fester Bestandteil unserer Beziehung.

»Kommst du heute klar?«, flüsterte Joe. Er schaute kurz zu mir und dann betreten auf den Boden. Es fiel ihm schwer, mir in die Augen zu sehen, er schämte sich und hatte ein schlechtes Gewissen. Grace beobachtete uns über die Schulter hinweg.

»Ist alles in Ordnung«, sagte ich. »Bereitest du schon mal die Grills vor?«

»Klar doch, Bro.« Er nickte und presste die Lippen aufeinander. »Ich geh schnell die Kühlboxen aus Wyatts Truck holen.«

»Wyatt ist hier?«, fragte ich.

»Ja klar, wie hätte ich sonst herkommen sollen? Mein Wagen steht doch hier«, rief Joe über die Schulter und verschwand nach draußen.

Grace drehte sich zu mir um. »Wer ist Wyatt?«

»Charlottes Ex.«

Wäre ich ehrlich gewesen, dann hätte ich Grace verraten, dass Charlotte eigentlich auch meine Ex war … falls One-Night-Stands zählten.

27
GRACE

Ich kümmerte mich um den Rosenkohl, denn während wir rumgemacht hatten, war er etwas angebrannt. Aber ich fand, er war noch zu retten. Das meiste lässt sich ja noch retten, wenn man sich ein bisschen Mühe gibt. Die leicht angebrannten Stellen würden schöne, kräftige Röstaromen ergeben. Meine Lippen waren geschwollen, und mein Herz raste noch immer nach diesem Augenblick zwischen uns. Ich wollte mehr davon und hätte die Party am liebsten abgesagt und den Tag mit ihm allein verbracht. Statt mich mit seinem Verhältnis zu Familie und Freunden zu beschäftigen, hätte ich lieber seinen Körper erforscht. In mir schrillten sämtliche Alarmglocken: Lass dich nicht darauf ein! Andererseits war er für einen Teil von mir so wichtig wie Wasser, Essen oder ein Dach über dem Kopf.

Calvin kam zu mir, küsste mich auf Ohr und Hals und flüsterte: »Fortsetzung folgt …«

Ich hatte vergessen, dass er noch bei mir in der Küche war. Als ich nichts sagte, ging er in sein Zimmer. Ich machte die Herdplatte aus und löschte den Rosenkohl mit einer Mischung aus Honig und Balsamico ab. Hinter mir öffnete jemand die Schiebetür.

»Hey«, rief Joe.

Ich atmete tief durch und drehte mich zu ihm um.

»Willst du eins?« Er hatte zwei Bier dabei und streckte mir eines hin.

Ich nahm es, trank einen Schluck und wandte mich wieder der Pfanne zu. Zwar sah ich seine Augen nicht, aber ich spürte seinen Blick auf mir und zog es vor, ihn zu ignorieren. Ich stellte mein Bier ab und füllte das Essen in eine Schüssel um.

»Was kochst du da?«, fragte er.

»Rosenkohl.« Schließlich sah ich doch zu ihm hinüber. Wie erwartet ruhte sein Blick auf mir.

»Das ist ja witzig«, meinte Joe.

»Warum?«

»Weil Calvin Rosenkohl hasst.«

Ich klappte erstaunt den Mund auf und wieder zu. »Ach so, das wusste ich nicht.«

Calvin hatte mich also wegen einer Kleinigkeit wie Rosenkohl belogen. Sicher hatte er mich nur nicht kränken wollen, aber ich fragte mich schon, wobei er sonst noch log.

»Gibt es etwas, das ich über den heutigen Tag wissen sollte, Joe?« Ich hob das Kinn.

»Wie meinst du das?« Er lehnte am Tresen und ließ die Schultern hängen, als wollte er sich kleiner machen. Vielleicht fühlte er sich auch so – klein.

»Ich habe den Eindruck, dass die Leute Calvin heute wie ein rohes Ei behandeln. Warum?«

Joe schluckte und sah sich unruhig um, versuchte wohl zu entscheiden, was er mir erzählen durfte und was nicht.

»Joe?«, sagte ich streng, so, wie es vermutlich sein Vater getan hatte.

Seine Augen begannen zu glänzen. »Lisa, Calvins Freundin, ist heute vor einem Jahr gestorben. Deshalb behandeln wir ihn wie ein rohes Ei, wie du es ausdrückst.«

Ich atmete tief durch und nickte. »Das tut mir leid.«

Das mit Lisa war mir bekannt, aber ich hatte nicht gewusst,

dass es an seinem Geburtstag passiert war. Das musste hart gewesen sein. Eines machte mich aber stutzig – Joes Wortwahl unterschied sich von Calvins. Joe hatte Lisa als seine Freundin bezeichnet, während Calvin von ihr als seiner Ex sprach. Vielleicht fiel es ihm so leichter, um sie zu trauern.

Joe nahm noch einen Schluck Bier. »Ich bin froh, dass du ihm heute Gesellschaft leistest, aber ich wäre vorsichtig, wenn ...«

Bevor er den Satz beenden konnte, kam Calvin – nun in Jeans und T-Shirt – in die Küche. »Worüber redet ihr?«

Joe richtete sich auf und räusperte sich.

Ich lächelte Calvin an. »Wir besprechen nur, wer später den Einsatz zum Happy Birthday gibt.«

Er musterte uns einen Moment lang misstrauisch, aber dann setzte er ein freundliches Lächeln auf. »Bitte, bitte nicht singen!«

»Das wirst du wohl nur verhindern können, wenn du deinen Geburtstagswunsch dafür opferst«, neckte ich ihn.

»Das ist kein Problem. Den brauche ich nicht, ich habe ja schon alles, was ich mir wünsche.« Er zwinkerte mir zu und wandte sich dann an Joe. »Hast du dich um die Grills gekümmert?«

»Noch nicht.«

Calvin klopfte ihm auf den Rücken. »Na, dann los«, sagte er und dirigierte ihn nach draußen. Er benahm sich seinem Bruder gegenüber wie ein Schäferhund, er trieb ihn ständig von mir weg.

Joe warf mir im Gehen noch einen langen Blick zu, sagte aber nichts mehr und verschwand.

»Kann ich dir helfen?« Calvin drückte mir einen Kuss auf die Wange.

Ich hielt ihm einen Löffel Rosenkohl hin. »Probier mal und sag mir, dass es gut schmeckt«, flötete ich, grinste und dachte: Kleine Sünden bestraft der liebe Gott sofort.

Er schaute erst den Rosenkohl an, dann mich. »Kann ich machen«, sagte er schließlich und schluckte hörbar. Kaum hatte er den Mund geöffnet, schob ich den Löffel hinein. Er kaute hastig und würgte es hinunter. »Irre lecker«, log er.

Dann gab er mir einen flüchtigen Kuss auf die Wange. »Komm zu uns nach draußen, wenn du fertig bist«, rief er, eilte davon und zog die Tür hinter sich zu.

Während ich die Küche aufräumte, musste ich wieder an das Gespräch mit Joe denken. Warum hatte er so lange gezögert, bevor er meine Frage beantwortete? Ich wäre vorsichtig, wenn … Wenn was? Der abgebrochene Satz ging mir nicht aus dem Kopf.

Lautes Lachen holte mich aus meinen Grübeleien in die Realität zurück. Ich schnappte mir ein Bier und ging auf die hintere Terrasse.

Joe und Calvin waren mit dem Grill beschäftigt. Ein weiterer Mann, vermutlich Wyatt, stand breitbeinig mit dem Rücken zu mir. Ein nasser Strahl prasselte auf das Rasenstück vor ihm. Er war genauso groß wie Calvin, aber in den Schultern breiter. Calvin sah zu ihm hinüber.

»Meine Güte, Wyatt. Ich hab doch ein Klo. Hör auf, den Rasen vollzupissen.«

Wyatt zuckte mit den Schultern und nestelte an seinem Reißverschluss herum. Als er ihn endlich hochgezogen hatte, bückte er sich und nahm das Bier, das neben ihm im Gras stand.

»Sorry, Calv. Ich muss ständig, wenn ich Bier trinke.« Er sprach langsam und gedehnt, setzte die Flasche an und drehte sich zu mir um.

»Oh, Mist. Tut mir leid, ich hab nicht gemerkt, dass du da bist.« Er lief rot an.

Wyatts Haar war struppig und ungekämmt, und er hatte einen dichten Bart. Verblichenes Flanellhemd, zerrissene Jeans, schmutzige Cowboystiefel – durch und durch ungepflegt, sein Äußeres wie seine Manieren.

»Hey. Ich bin Deputy Wyatt Miller«, stellte er sich vor, kam ein paar Schritte auf mich zu und streckte mir die Hand hin. Ich zögerte, wollte sie eigentlich nicht schütteln, weil er gerade gepinkelt hatte, aber um nicht unhöflich zu wirken, tat ich es schließlich doch. Ich hatte schon ekligere Dinge angefasst.

»Ich bin Grace«, erwiderte ich. Innerlich schüttelte es mich vor Ekel. Seine Haut war rau und braun wie Leder, das zum Trocknen draußen gelegen hat. »Du bist der Hilfssheriff hier?«

»Ja, der beste von ganz Dubois«, schmunzelte er.

»Bei uns geben sie allerdings auch jedem eine Marke und eine Waffe«, spottete Joe.

»Nur dir nicht, du Gartenzwerg«, konterte Wyatt und lachte heiser.

Joe spannte seinen großen Bizeps an. »Das hier sind meine Waffen, mehr brauche ich nicht«, prahlte er und drehte die Handgelenke hin und her, bis die Adern an seinen Armen hervortraten.

Ich fand, dass Joe und Wyatt sich eher wie Brüder benahmen als Calvin und Joe.

»Steck die mal lieber weg, bevor du dich verletzt«, sagte Wyatt und wandte sich wieder an mich. »Calvin sagt, du bist über Airbnb hier?«

»Ja, das stimmt.« Als ich sah, dass Calvin damit beschäftigt war, die Propangasflasche des Gasgrills auszutauschen, konnte ich meine Neugier nicht zügeln und fragte: »Ist die vermisste Frau inzwischen gefunden worden? Der Sheriff war neulich abends deswegen hier.«

»Nein.« Wyatt schüttelte den Kopf. »Aber ihr Auto ist gestern aufgetaucht. Wir haben es ein paar Meilen außerhalb der Stadt in einer Nebenstraße gefunden. Offenbar hatte sie eine Panne. Das Auto war leer geräumt – aber ihr Handy lag noch unter dem Fahrersitz. Deshalb konnte ihre Schwester sie wohl auch nicht erreichen. Wir nehmen an, sie könnte per Anhalter weitergefahren sein, und hoffen, dass sie im Moment versucht, ohne Handy und Auto nach Hause zu kommen und sich nur einfach nicht melden kann.« Er steckte eine Hand in die Hosentasche und trank sein Bier.

Calvin räumte die leere Propangasflasche zur Seite und klopfte sich den Staub von den Händen. »Hoffentlich findet ihr sie. Ich frag mich nur, warum der Sheriff hier war und mich gelöchert hat, wenn ihm doch klar war, dass sie bei mir nicht mal eingecheckt hatte.«

»So ist der neue Sheriff.« Wyatt nickte. »Er macht die Dinge ein bisschen anders. Nimm es nicht persönlich, Calv. Bevor das Auto aufgetaucht ist, hatten wir gar keine Spur.«

Calvin zuckte mit den Achseln und zündete den Grill an. »Ja, das habe ich mir gedacht.«

»Das Auto ist gerade erst gefunden worden?« Ich legte den Kopf schräg und schaute Wyatt fragend an. »Ist das nicht seltsam, wenn sie doch schon seit ein paar Wochen vermisst wird?«

Wyatt öffnete den Mund und wollte antworten, blickte dann aber unvermittelt zum Haus. Ich drehte mich um, um zu sehen, was seine Aufmerksamkeit erregt hatte. Es war Charlotte.

»Alles Gute zum Geburtstag«, rief sie.

Sie strahlte über das ganze Gesicht und war auffällig geschminkt, ganz anders als sonst, ich kannte sie nur ungeschminkt. Aber, Moment mal – sie war genauso geschminkt wie ich: lange, dunkle Wimpern, Lipgloss und Blush. Noch dazu hatte sie die gleichen Klamotten an, Jeansshorts und ein schwarzes Crop-Top.

»Hey, Char, nimm dir ein Bier«, sagte Calvin und deutete auf die Kühlboxen.

»Das musst du mir nicht zweimal sagen«, rief sie lachend. »Betty kommt mit der Torte vorn durchs Haus«, fügte sie hinzu und nahm sich ein Bier.

»Hey, C. Ich hab dich vermisst«, sagte Wyatt.

Mit säuerlicher Miene sah sie ihn an. »Sag nicht C zu mir. Das ist ein Buchstabe, kein Name.«

»Mensch, Charlotte. Kannst du deine Scheißlaune nicht zu Hause lassen?«, schnauzte Wyatt sie an.

Charlotte schüttelte nur den Kopf, er sprach wohl nicht zum ersten Mal so mit ihr. Sie machte ihr Bier auf und nahm einen Schluck, dann fiel ihr Blick auf mich. »Hast du schon angefangen zu packen, Grace?«

Offenbar kam heute nicht nur Wyatt in den Genuss ihrer schlechten Laune, ich kriegte auch etwas ab.

Noch ehe ich antworten konnte, mischte sich Joe ein. »Sie bleibt doch noch vier Nächte. Warum sollte sie jetzt schon packen?« Er schüttelte den Kopf und sah sie fragend an.

Offenbar hatte er noch nicht mitbekommen, dass Charlotte mich nicht in Calvins Nähe haben wollte. Die Schiebetür ging auf, und Betty trat aus dem Haus. Sie hatte ihren Imkeranzug an.

»Was hast du denn vor?«, fragte Joe lachend.

»Na ja, ich dachte, wenn ich schon mal hier bin, kann ich auch nach meinen Bienen sehen.«

»Du kannst das Arbeiten aber auch nicht sein lassen,

oder? Beeil dich, wir fangen gleich an zu grillen.« Er warf einen Pfannenwender in die Luft und fing ihn wieder auf.

»Bin gleich wieder da.« Betty stieg vorsichtig die Verandastufen hinunter und ging zu den Bienenkästen am Waldrand.

Ich setzte mich und sah Calvin beim Grillen zu, während Charlotte ihn sehnsüchtig anhimmelte. War es möglich, dass er wirklich nicht mitbekam, was sie für ihn empfand? Sie war mehr als nur verliebt, sie war regelrecht besessen von ihm. Aber vielleicht wusste er es doch und genoss die Aufmerksamkeit. Warum zum Teufel hatte sie sich genauso angezogen wie ich? Ich schaute an mir hinunter und überlegte, ob ich mich umziehen sollte. Andererseits ist Nachahmung wohl die aufrichtigste Form der Schmeichelei. Joe und Wyatt warfen sich einen Football zu. Jedes Mal, wenn Wyatt den Ball warf oder auffing, schaute er zu Charlotte hinüber. Er war wie ein Kind, das um die Aufmerksamkeit seiner Eltern buhlt, ihnen zeigen will, wie gut es ist. Doch Charlotte beachtete ihn nicht.

Sie schlenderte zu Calvin und sprach leise mit ihm. Dabei stupste sie ihn neckisch an und kicherte wie ein Schulmädchen.

Wyatt, der merkte, dass er die erwünschte Aufmerksamkeit nicht bekam, brach das Spiel ab und setzte sich mir gegenüber auf einen Sessel. Joe gesellte sich ebenfalls dazu und legte die Füße auf den Couchtisch. Ich wollte noch etwas zu der vermissten Frau fragen, aber Wyatt kam mir zuvor.

»Zu Hause hast du sicher einen Freund?«, fragte er.

Ich schüttelte den Kopf. »Nein.«

Wyatt grinste breit und stieß Joe mit dem Ellbogen an.

»Magst du meinen Bruder?«, fragte Joe.

Ich räusperte mich und schaute hinüber zu Calvin, der sich noch immer im Flüsterton mit Charlotte unterhielt.

»Ja, kann schon sein.«

Joe lächelte verschmitzt. »Was ich vorhin noch sagen wollte, war, dass ich an deiner Stelle etwas vorsichtig wäre. Er verliebt sich meistens unsterblich.«

Ich legte den Kopf fragend zur Seite. »Unsterblich?« Ich war doch nicht auf der Suche nach etwas Ernstem.

Joes Augen verengten sich leicht, und er schielte noch einmal zu seinem Bruder.

»Joe, was erzählst du ihr da?«, rief Calvin vom Grill herüber.

Joe räusperte sich und schaute weg. »Nur, was du für ein großer Softie bist.«

Calvin errötete leicht. »Komm, mach hier mal für mich weiter.«

Joe stand auf. »Wenn ich mich nicht mit ihm anlege, steht er nur den ganzen Abend am Grill, statt die Zeit mit dir zu verbringen. Gern geschehen.« Er zwinkerte mir zu, ließ sich Pfannenwender und Zange geben und übernahm Calvins Platz am Grill. Offenbar hatte er das Gefühl, Calvin etwas zu schulden, und ich fragte mich, wie das kam.

Calvin schnappte sich zwei Flaschen Bier, setzte sich neben mich und reichte mir eine. Charlotte dackelte ihm hinterher wie ein Hundewelpe seinem Herrchen. Sie setzte sich auf Joes frei gewordenen Platz, direkt neben Wyatt. Der richtete sich sofort kerzengerade auf. Charlotte warf ihm einen warnenden Blick zu, aber er lächelte sie nur an.

»Kommt sonst noch jemand?«, fragte er.

Calvin legte mir die Hand aufs Knie und tätschelte es leicht. Ich lehnte mich an ihn. »Ja, Dr. Reed und Patsy wollten noch kommen.«

Ich sah Wyatt und Charlotte an. »Ihr zwei seid Ex-Freund und -Freundin, oder?«

»Hör mir bloß auf damit«, stöhnte sie.

»Wir haben uns nicht getrennt, wir machen nur eine Beziehungspause«, widersprach Wyatt.

Sie schob das Kinn vor. »Wir kommen nicht wieder zusammen, Wyatt, das macht dich zu meinem Ex.«

»Ich gebe die Hoffnung nicht auf.« Er rutschte auf seinem Stuhl nach vorn, sodass er näher bei ihr saß. »Du hast ohne guten Grund mit mir Schluss gemacht.«

»Ihr zwei seid wirklich ein süßes Paar«, mischte ich mich grinsend ein. Manchmal musste man einfach ein bisschen Öl ins Feuer gießen.

»Siehst du, C? Wir passen gut zusammen.«

Charlotte stieß ihm den Ellbogen in die Seite und nahm noch einen Schluck aus der Bierflasche. Er hielt das offenbar für Flirten, denn er lächelte und tätschelte ihr Knie, so wie es Calvin bei mir getan hatte. Vermutlich glaubte er, dass es gerade heftig zwischen ihnen funkte, aber es war sonnenklar, dass Charlotte nicht flirtete. Gefunkt hatte es schon – aber es war ein grausamer Funke. Charlotte wollte Wyatt nicht anmachen, sie wollte ihn verletzen. Was wohl in ihrer Beziehung schiefgelaufen war? Wyatt schien eigentlich ein ganz netter Typ zu sein, ein bisschen derb, aber das fand ich bei einem Kerl vom Land nicht so verwunderlich. Vielleicht war ihre Beziehung auch gar nicht so übel gewesen, nur die Beziehung zu einem anderen eben viel besser.

»Warum habt ihr euch getrennt?«, fragte ich, denn es machte mir Spaß, Charlotte noch ein bisschen weiter zu nerven.

»Ich weiß es nicht.« Wyatt schüttelte ratlos den Kopf. »Alles war gut, und dann hat sie über Nacht Schluss gemacht.«

»Wir waren nicht gut füreinander«, fauchte sie.

Wyatt kniff die Augen zusammen. »Doch, das waren wir.«

Plötzlich kam von Betty ein Schrei. »Die Bienen sind ganz wild!« In ihrer Stimme lag Panik. Calvin sprang auf und half ihr, den Imkerhut, die Handschuhe und den Anzug auszuziehen. Ich sah, dass ihre Hände und ihr Hals von roten Flecken übersät waren. Die Bienen waren in den Anzug eingedrungen. Es ist eine Ironie des Schicksals, dass es für die, die uns am meisten am Herzen liegen, am leichtesten ist, uns nahe zu kommen und uns wehzutun.

»Was ist denn passiert?«, fragte Calvin.

»Jemand muss an den Kästen herumgespielt haben. Sie sind um mich herumgeschwirrt und haben mich angegriffen. Das machen sie sonst nie.«

»Betty, das sind Bienen. Die kann man nicht erziehen. Was erwartest du denn?« Joe verzog das Gesicht und wendete einen Burger auf dem Grill.

Betty kratzte sich am Hals und warf ihm einen bösen Blick zu, den sie aber gleich wieder abmilderte. »Das verstehst du nicht, Joe. Auf dich hört ja nicht mal dein Hund.«

Joe schüttelte den Kopf, schnaubte nur und wendete die Würstchen.

Charlotte stellte ihr Bier ab und stand auf. »Ich helfe dir, du musst etwas auf die Stiche tun.«

Betty nickte und ließ sich von Charlotte ins Haus begleiten.

»Was ist mit Betty los?«, fragte Joe.

Calvin hakte die Daumen in die Gürtelschlaufen seiner Jeans, wie er es oft tat, wenn er unsicher war oder nicht wusste, was er sagen sollte. Ich kannte ihn zwar erst seit sechs Tagen, aber diese kleine Marotte war mir schon aufgefallen. Er wäre ein schlechter Pokerspieler gewesen, er verriet zu viel von sich.

»Sag's nicht weiter«, er senkte die Stimme, »aber als ich mit Grace nach ihrem Unfall bei Dr. Reed war, hat der gesagt, dass Betty sich seit zwei Monaten nicht mehr die Rezepte für ihre Medikamente geholt hat.«

Joe riss die Augen auf. »Hast du sie darauf angesprochen?«

»Nein, natürlich nicht. Dr. Reed hätte mir das gar nicht sagen dürfen. Damit setzte er seine Zulassung aufs Spiel.« Er massierte sich die Stirn.

»Weiber! Allesamt hysterisch und durchgeknallt«, brummte Wyatt, und Calvin verdrehte die Augen.

Joe zuckte mit den Achseln. »In diesem Kaff hat doch keiner so etwas wie eine Zulassung.«

»Der Arzt hoffentlich schon. Immerhin hat Dr. Reed mir den Blinddarm rausoperiert.« Calvin sah ihn bestürzt an.

»Ganz genau, und seitdem kannst du keine ordentlichen Sit-ups mehr machen«, sagte Wyatt und lachte.

Wieder verdrehte Calvin die Augen und boxte ihn leicht. »Bauchpressen sind ohnehin effektiver, das weiß doch jedes Kind.«

»Sagt der Typ mit dem Fourpack.«

Joe ging zur Verandatür und spähte ins Haus, dann setzte er sich wieder. »Was hast du jetzt vor?«

»Ich muss mit ihr reden, aber nicht heute.«

Joe schüttelte den Kopf, stand auf und wendete einen Burger. »Grace ... magst du Fleisch?«, fragte er, als die Schiebetür aufging und Betty und Charlotte zurückkamen. Offensichtlich hatte er mich etwas anderes fragen wollen, aber nun wechselte er schnell das Thema.

»Wie geht's dir?«, fragte Calvin.

Bettys Hals und Hände waren von roten Flecken bedeckt. Alle Stellen, die Charlotte mit Heilsalbe eingecremt hatte, waren von einem glänzenden Schmierfilm überzogen. Es war, als läge über der gesamten Stadt eine dünne Schicht Heilsalbe – etwas, das lindern sollte, damit es allen etwas besser ging, damit nach außen hin alles schöner aussah – aber unter dem glänzenden Film saßen weiter Irritationen, Schmerz, vielleicht sogar Gift.

»Jetzt schon viel besser, mein Lieber.« Doch Bettys Blick irrte unruhig umher.

»Hallo«, rief eine Stimme.

Calvin, Wyatt und Joe antworteten im Chor: »Hallo.« Es waren Dr. Reed und seine Sprechstundenhilfe Patsy, die um die Ecke des Hauses kamen. Er hatte ein Päckchen dabei, das in helles Einschlagpapier eingewickelt war, und Patsy brachte eine Flasche Sauvignon blanc.

»Was bringst du uns da, Doc?«, fragte Calvin.

»Ein Dutzend Rumpsteaks. Herzlichen Glückwunsch zum Geburtstag«, antwortete der Doktor lächelnd.

»Danke. Das wäre doch nicht nötig gewesen.«

Dr. Reed klopfte ihm auf die Schulter. »Natürlich wäre es nicht nötig gewesen, aber ich tu es trotzdem gern.« Dann begrüßte er uns alle einzeln.

»Schön, Sie zu sehen«, sagte ich, als er in meine Richtung sah.

Er kam zu mir und umarmte mich kurz, wobei er mich mit einem prüfenden Arztblick musterte. »Wie geht es Ihnen?«

»Ich fühle mich wie neugeboren, dank Ihnen.« Ich nickte und lächelte ihn an.

»Und Calvin, hat er sich gut um Sie gekümmert?«

»Fast so gut wie Sie.«

Er erwiderte mein Lächeln und schaute zu den Jungs hinüber. »Calvin, du hast mir gar nicht gesagt, dass meine

Lieblingspatientin auch hier sein wird.« Dr. Reed legte einen Arm um mich.

»Verdammt, Doc. Und ich dachte, das wäre ich.« Joe griff sich theatralisch an die Brust.

»Stimmt, du bist auch oft bei mir … vielleicht sogar ein bisschen zu oft.« Dr. Reed riss die Augen auf, und dann prustete er los.

»Haha.« Joe machte ein Bier auf und reichte es dem Arzt.

Der trank einen Schluck, doch als sein Blick auf Betty fiel, rief er: »Oh nein, was ist denn mit Ihnen passiert?«

Sie schüttelte den Kopf und schaute auf ihre zerstochenen Hände. »Die Bienen haben mich angegriffen. Das sieht ihnen gar nicht ähnlich.«

Dr. Reed sah sie entsetzt an. »Haben Sie die Stiche mit Salbe versorgt?« Er war sichtlich besorgt, und das wohl nicht nur wegen der Bienenstiche.

»Ja, natürlich«, antwortete sie.

Er nahm sie zur Seite, und sie unterhielten sich im Flüsterton, während die Männer einander weiter aufzogen und Charlotte ihnen dabei Gesellschaft leistete.

Ich ging hinüber zu Patsy, die noch immer die Weinflasche in der Hand hielt.

»Sie sehen schon viel besser aus als neulich«, meinte sie.

»Danke«, erwiderte ich lächelnd. »Soll ich die für Sie öffnen?«

»Ach ja, bitte. Dr. Reed hat sie für mich mitgebracht.« Sie lächelte noch herzlicher. »Er meint es so gut mit mir.«

»Er scheint allgemein sehr nett zu sein.«

»Er kümmert sich um die ganze Stadt. Ohne ihn wären wir alle längst tot«, kicherte sie.

Ich lächelte verlegen und entschuldigte mich kurz.

In einem der Küchenschränke entdeckte ich auf dem obersten Bord ein Weinglas. Ich stellte mich auf die Zehenspitzen und streckte mich, konnte es gerade so mit den Fingerspitzen fassen, doch es rutschte mir aus der Hand, fiel mit lautem Klirren auf den Boden und zerbrach.

Ich stöhnte genervt auf. »Mist.«

»Findest du es auch so peinlich, wenn so was passiert – und dann auch noch an einem Ort, wo du gar nicht reinpasst?« Charlottes Stimme war wie ein Messer, das über blanken Beton gezogen wird.

Sie stand hinter mir, hatte eine Hand in die Hüfte gestemmt, grinste und war unübersehbar stolz auf diese Spitze.

Ich ging nicht weiter darauf ein, sondern fragte, ob sie wisse, wo die Putzsachen seien.

»Ich weiß von allem in diesem Haus, wo es sich befindet«, sagte sie und ging zum Kühlschrank, neben dem der Besen und die Kehrschaufel standen.

Als ich die Hände danach ausstreckte, schüttelte sie den Kopf. »Ich mach das schon, wir wollen doch nicht, dass du dich verletzt.«

Ich verdrehte die Augen und fing an, in den Schubladen nach einem Korkenzieher zu wühlen. Charlotte gab sich, als sei die Ranch ihr Revier. Ich fragte mich, wie weit sie wohl gehen würde, um dieses Revier zu verteidigen, und was geschehen würde, wenn sie das nicht schaffte?

Sie ging gezielt an eine Schublade und zog einen Korkenzieher heraus. »Hier«, sagte sie und reichte ihn mir.

Dann öffnete sie den Küchenschrank, nahm ein neues Weinglas heraus, stellte es auf die Küchentheke und fegte die Scherben auf.

Ich nahm das Glas und den Korkenzieher mit zum Küchentisch und öffnete dort die Weinflasche, behielt sie aber im Blick, denn ich traute ihr nicht über den Weg.

»Ich bin neugierig«, sagte sie und hörte kurz auf zu fegen. »Warum kommt eine Frau aus New York City allein in dieses Nest, um hier Urlaub zu machen?«

Ich blickte sie nur schweigend an.

Sie zog die Brauen hoch und schaute mir direkt in die Augen. »Und warum auf dieser Ranch? Warum bei Calvin?«

Ich neigte den Kopf. »Menschen wollen immer das, was sie nicht haben. Ich lebe in einer hektischen und lauten Betonwüste. Mir fehlt das ruhige Landleben. Der Rest war Zufall ... oder auch Schicksal, wenn man so will.«

Dann entkorkte ich den Wein und schenkte Patsy ein ordentliches Glas ein.

Charlotte bückte sich und fegte die Scherben auf die Kehrschaufel. »Ich glaube nicht an das Schicksal.«

»Ich auch nicht.«

Sie ging zum Mülleimer und trat energisch auf den Tritt, um den Deckel aufspringen zu lassen, ließ mich jedoch nicht aus den Augen. »Schon seltsam, wie etwas, das einmal einen Zweck erfüllt hat, plötzlich im Müll landen kann.« Damit kippte sie die Scherben in den Eimer.

Machte sie sich nur wichtig, oder war das eine Drohung? Unsichere Frauen sind meiner Erfahrung nach für andere Frauen der größte Feind, denn sie würden alles tun, um die eigene Unsicherheit zu vertuschen. Und genau diese Reaktion löste ich bei Charlotte aus. Es war offensichtlich, dass sie Calvin wollte, ihn aber nicht haben konnte. Vielleicht hatte sie sich bislang eingeredet, dass er an niemandem interessiert war, und jetzt, da ich hier war, erwies sich diese Annahme als falsch.

»Hattest du mal was mit Calvin?«, fragte ich.

Sie kniff die Augen zusammen und presste die Lippen aufeinander. »Warum? Hat er etwas gesagt?«

Wenn ich jetzt Ja sagte, würde sie mir sicher mehr verraten. Verneinte ich, würde sie sich ärgern. Sollte ich weitere Informationen aus ihr herauskitzeln oder sie nur ein bisschen nerven? Ich hatte es langsam satt, dass sie hier ständig herumhing, und war mir nicht sicher, wie lange ich mir noch würde auf die Zunge beißen können.

»Nein, er spricht nie über dich.«

Charlottes Blick war leer, sie atmete schneller und ballte die Hand zur Faust.

»Ich will dir mal was sagen. In vier Tagen bist du weg, und ich werde noch hier sein.« Sie reckte das Kinn herausfordernd vor und grinste mich an.

»Da wäre ich mir mal nicht so sicher.«

Sie schnaubte verächtlich, räumte Besen und Kehrschaufel weg, stürmte zur Schiebetür und riss sie auf. Bevor sie nach draußen ging, drehte sie sich noch einmal um. »Ich hoffe, Joe sorgt dafür, dass du für immer hierbleiben musst.«

Ich runzelte die Stirn, doch bevor ich fragen konnte, was sie damit meinte, zog sie die Tür mit einem Knall hinter sich zu.

28
CALVIN

Grace kam mit einem Glas Wein auf die Terrasse und reichte es Patsy. Sie wirkte bedrückt, und ich fragte mich, warum. Vielleicht, weil sie den Nachmittag mit meinen Freunden und der Familie verbringen sollte? Dabei passte sie doch gut hier rein. Ich trank mein Bier und beobachtete sie. Sie kam mit allen gut klar. Es gibt Menschen, bei denen hat man das Gefühl, dass man sie schon immer kennt. Genau so ging es mir mit Grace, und ich hoffte, dass sie auch für immer blieb.

Betty tippte mir auf die Schulter. »Gehst du mit Grace ins Bett?« Ich hustete und verschluckte mich an meinem Bier. »Bitte?«, fragte ich mit rauer Stimme.

Sie klopfte mir auf den Rücken. »Du hast mich schon richtig verstanden, Calvin. Schläfst du mit ihr?«

Ich spähte zu Grace, die sich gerade bückte, um zwei Bier aus der Kühlbox zu holen. »Warum interessiert dich das?«

»Ich will nur, dass du dich schützt. Sie ist in vier, fünf Tagen wieder weg, also verlieb dich bloß nicht in sie, Calvin. Sie passt nicht hierher.« Sie sprach leise und eindringlich.

»Ich weiß, du meinst es gut, aber ich bin erwachsen. Du musst nicht mehr auf mich aufpassen.«

»Ich werde immer auf dich aufpassen, Calvin, so als wärst du mein eigenes Kind«, antwortete sie und zog eine Augenbraue hoch. »Daran wird sich auch nie etwas ändern.«

»Ich dachte, du verträgst sicher noch eins?«, unterbrach uns Grace, reichte mir ein Bier und strahlte Betty an, doch die vorzog nur den Mund und verkniff sich ihr Lächeln.

»Ich geh mal den Tisch decken«, sagte sie nur und entfernte sich.

»Ich kann Ihnen helfen«, bot Grace an.

Betty wollte abwinken, überlegte es sich dann aber anders. »Warum nicht? Das nehme ich gern an.« Wieder schien sie sich ihr Lächeln zu verkneifen.

Da war doch etwas im Busch, fragte sich nur, was. Wenn sie ihre Medikamente nicht genommen hatte, konnte Betty ziemlich launisch sein.

»Char, hilfst du uns mit dem Essen?«, rief sie und winkte sie heran.

Charlotte nickte und folgte den beiden ins Haus.

»Verdammt, Calvin. Du schaust sie an, als wäre sie das achte Weltwunder«, sagte Wyatt lachend.

Joe boxte ihn in die Seite. »Seit wann drückst du dich so geschwollen aus?«

»Seit ich versuche, Charlotte zurückzubekommen.« Wyatt klopfte Joe auf die Schulter. »Ich lese in letzter Zeit jede Menge Romane von Colleen Hoover. Bei der Arbeit, wenn ich Radarfallen aufgestellt habe und auf Raser warte. Da lerne ich eine Menge, auch wenn so kaum mal jemand einen Strafzettel bekommt.« Er nahm einen Schluck Bier. »Und die Frau kann mich ganz schön zum Heulen bringen«, fügte er hinzu und schüttelte den Kopf.

Ich musste lachen, kümmerte mich dann aber wieder um den Grill, öffnete die Haube, um nach dem Fleisch zu sehen. Einige Teile waren schon gar, also nahm ich sie runter und legte sie auf eine Platte.

»Wie kam das überhaupt mit euch beiden?«, fragte Joe.

»Keine Ahnung. Eines Tages sagte sie einfach, dass sie nicht mehr mit mir zusammen sein will. Ohne Begründung«, seufzte Wyatt.

»Glaubst du, sie hat dich betrogen?«

Ich linste über die Schulter zu den beiden hinüber.

Wyatt runzelte die Stirn. »Früher nicht, inzwischen aber schon.«

»Warum fragst du so was, Joe?« Ich funkelte meinen Bruder wütend an, weil er Wyatt auf diese Idee gebracht hatte.

Joe zuckte mit den Schultern. »Frauen machen doch nicht einfach so Schluss, ohne Grund.«

Ich wendete die Steaks, damit sie von beiden Seiten schöne Grillstreifen bekamen.

»Genug von C und mir, sonst muss ich noch heulen. Was läuft da eigentlich zwischen dir und Grace?« Wyatt klopfte mir auf die Schulter.

Ich hakte einen Daumen in die Gürtelschlaufe und wippte auf den Fersen. »Keine Ahnung.«

»Willst du mich verarschen?« Joe musste lachen. »Als ich vorhin reinkam, habe ich euch splitternackt erwischt.«

Wyatt grinste dreckig. »Du lässt ja nichts anbrennen.«

Ich nahm die Steaks vom Grill und spürte, dass ich knallrot wurde. Dann schloss ich die Grillhaube wieder und schaute zum Haus hinüber. Ich konnte Grace nicht sehen, aber sie musste drinnen sein. Wahrscheinlich wärmte sie gerade ihren widerlichen Rosenkohl auf oder half Betty mit dem Kuchen. Auf jeden Fall war sie in meinem Haus, und das war schön. Dort gehörte sie hin, ganz egal, was Betty oder irgendjemand sonst in dieser Stadt davon hielt. Ich war entschlossen, sie hierzubehalten.

»Guck mal an. Mein Bruder ist in eine Frau aus der Stadt verknallt.«

»Das Mädel wird dir das Herz brechen«, sagte Wyatt. »Glaub mir. So wie Charlotte mir.«

»Ich sag es nur ungern, aber Wyatt hat recht.« Joe neigte den Kopf. »Sie ist ja nur noch vier Tage hier.«

»Ich will ja nicht kitschig klingen, aber ich glaube, ich kann erreichen, dass sie bleibt.« Kaum hatte ich das ausgesprochen, bereute ich es auch schon.

Wyatt und Joe wechselten einen Blick und sahen dann verdutzt zu mir.

Ich war mir sicher, dass Grace mich wollte. Und ich wollte sie auch. Eigentlich war doch alles ganz einfach.

»Was hast du vor? Willst du sie im Keller einsperren?«, platzte Joe heraus.

»Ich hab noch ein zusätzliches Paar Handschellen«, witzelte Wyatt.

Ich schüttelte den Kopf und lachte mit, aber das war nur gespielt, denn ich meinte es todernst. Ich nippte an meinem Bier, malte mir ein Leben an der Seite von Miss Grace Evans aus und hoffte, es werde bald Wirklichkeit werden.

29
GRACE

Betty schnitt die Torte an und summte dabei *Tiptoe Through The Tulips* von Tiny Tim, was mir ziemlich auf die Nerven ging. Charlotte nahm den Krautsalat, den Kartoffelsalat und die Soßen aus dem Kühlschrank und sah alle paar Sekunden zu mir herüber. Ich hätte sie gern gefragt, was sie vorhin gemeint hatte, aber nicht, wenn Betty dabei war. Ich konnte mir vorstellen, dass Betty ständig die Nase in fremde Angelegenheiten steckte, und das war das Letzte, was ich brauchte. Stattdessen füllte ich den brutzelnden Rosenkohl von der Pfanne in eine große Schüssel um. Das war schon der zweite Schwung – viel zu viel für unser kleines Grillfest, zumal Calvin Rosenkohl hasste.

»Sagen Sie, Grace ... ist Ihr Urlaub hier so, wie Sie ihn sich vorgestellt haben?« Betty ließ das Messer durch die Torte gleiten. Das Geräusch, als es auf die Tortenplatte traf, unterstrich ihre Frage, die zwar harmlos daherkam, hinter der aber bestimmt mehr steckte.

Charlotte schaute mich herausfordernd an und wartete auf eine Antwort.

»Noch nicht ganz, ich habe noch einiges vor.« Ich brachte die heiße Pfanne zur Spüle. Als ich sie unters Wasser hielt, zischte es, und Dampf stieg auf. Ich kam mir vor, als befände ich mich mit diesen zwei Frauen in einer Art Wettkampf. Als wären sie Calvins Beschützerinnen, Charlotte, die Möchtegernliebhaberin, und Betty, die Ersatzmama. Ich konnte verstehen, dass man Menschen, die man liebt, beschützen will, doch das war nicht mehr normal. Der Grund für ihr Verhalten mussten seine Eltern und seine Ex sein. Der Tod konnte Menschen misstrauisch und übervorsichtig machen.

Betty nickte leicht, während Charlotte die Gläser mit den Soßen aufmachte.

Das war eine gute Gelegenheit, mehr über Calvin in Erfahrung zu bringen; er selbst war ja nicht gerade auskunftsfreudig.

»Was ist denn Calvins Eltern zugestoßen?«, fragte ich.

Betty kniff die Augen zu, und Charlotte schüttelte den Kopf. Ich hatte ins Schwarze getroffen, es musste etwas Schreckliches passiert sein. Das verrieten ja schon der Ausdruck in Calvins Augen und Joes übermäßiger Alkoholkonsum.

Betty öffnete die Augen wieder und schaute mich an. »Das ist ein Thema, über das ich nicht sprechen möchte.«

Ich ahnte, dass sie mir nicht verraten würde, was wirklich geschehen war. Die Leute hier hüteten ihre Geheimnisse gut, und daran würde sich auch so bald nichts ändern. Ich drehte das Wasser ab und stellte die Pfanne auf das Abtropfgestell.

»Tut mir leid«, murmelte ich.

»Sie müssen sich nicht entschuldigen, aber Sie sollten die Grenzen respektieren«, sagte Betty in sachlichem Ton.

Im nächsten Augenblick kam Calvin herein. »Ladys, das Essen ist fertig.« Er ging zur Küchentheke und beugte sich über die Torte. »Sie sieht genauso lecker aus, wie sie duftet, Betty.«

»Danke dir, Calvin. Für das Geburtstagskind nur das Beste.« Sie strahlte.

Er kam zu mir und legte mir den Arm um die Schultern. »Dein Essen sieht auch toll aus«, flüsterte er und drückte mir einen Kuss auf die Stirn. Ich wusste, dass er log.

Charlottes Miene verfinsterte sich. »Calvin, hilfst du mir beim Raustragen?« Sie nahm die Schüsseln mit den Salaten.

Wenn er sie ansah, begannen ihre Augen zu leuchten und wie ein Stimmungsring in wechselnden Farben zu schimmern. Calvin bemerkte das gar nicht, aber ich schon, denn ich hatte sie durchschaut. Sie war eine Frau von der Sorte, die alles tun würde, um zu bekommen, was sie will. Was Charlotte wollte, war Calvin. Aber ich stand ihr im Weg.

30

CALVIN

Als ich ein paar leere Schüsseln und eine Tüte Müll in die Küche brachte, stand Grace mit dem Rücken zu mir und wusch das Geschirr ab. Das Grillfest war gut gelaufen, und es war schön, dass wir alle mal wieder gemeinsam gefeiert hatten. Ich glaube, Grace hat es auch Spaß gemacht, und das war für mich alles, was zählte. Einen Augenblick lang blieb ich einfach stehen und betrachtete sie. Ich hätte sie den ganzen Tag anschauen können. Ihre Kurven saßen an den genau richtigen Stellen. Sie hatte das lange blonde Haar zu einem hohen Pferdeschwanz zusammengebunden, sodass ihr schlanker Hals zu sehen war. An dieser Stelle wollte ich sie küssen. Jeder Zentimeter ihrer Haut sollte von mir berührt, von mir in Besitz genommen werden. Sie musste meinen Blick gespürt haben, denn plötzlich schaute sie sich um und fuhr zusammen.

»Hey«, sagte ich. »Ich wollte dich nicht erschrecken.«

»Schon okay.« Ihr Gesicht entspannte sich, und sie atmete auf. »Ich bin etwas schreckhaft.«

Ich ging zu ihr, schlang ihr die Arme um die Taille und küsste sie vom Hals aufwärts bis zur Wange.

Grace drückte sich an mich und lachte. »Sind alle weg?«

»Ja.«

Sie drehte sich zu mir um und biss sich auf die Unterlippe. »Schön.«

Diese blauen, blauen Augen, sie schienen auf einmal doppelt so groß zu sein.

Ich beugte mich hinunter und küsste sie noch einmal. Sie umarmte mich, und ich spürte ihre Hände im Nacken. Sie waren noch feucht und seifig vom Spülwasser, doch das machte mir nichts aus. Grace erwiderte meinen Kuss mit einer Heftigkeit, als sei sie am Verhungern.

Ein Räuspern unterbrach uns. Verdammt noch mal! Wir fuhren auseinander. Im Türrahmen stand Char, in der Hand einen Drahtkorb, in dem nicht einmal ein Dutzend Eier lagen.

Grace drehte sich wieder zur Spüle und tauchte ihre Hände ins Wasser.

»Hey, Char, ich dachte, du wärst längst weg?«, sagte ich lässig.

Sie schien wütend – oder eher verletzt. Ihre Augen glänzten und waren gerötet, was auch vom Bier kommen konnte, doch zuvor beim Abschied war mir das noch nicht aufgefallen.

»Ja, wollte ich auch sein. Aber dann fiel mir ein, dass ich, bevor ich gehe, noch schnell die Eier einsammeln könnte.« Sie schleuderte den Korb auf den Boden. Zwei Eier flogen heraus und klatschten auf die Küchenfliesen.

»Meine Güte, Charlotte.« Ich hob die Hände.

Ohne ein weiteres Wort stürmte sie zur Hintertür hinaus. Grace warf einen Blick über die Schulter und runzelte die Stirn.

»Bin gleich zurück«, seufzte ich.

Als ich Charlotte einholte, war sie schon dabei, in ihr Auto einzusteigen. Ich hielt die Autotür fest, als sie sie zuschlagen wollte, und zog sie wieder auf. Ihr liefen Tränen übers Gesicht, und sie kramte hektisch nach ihren Schlüsseln.

»Was ist denn mit dir los?«

Char schaute mich aus zusammengekniffenen Augen an,

sprang aus dem Wagen und ging auf mich los. »Mit mir? Mit mir? Was ist denn mit dir los?« Sie bohrte mir den Zeigefinger in die Brust.

»Nichts.« Ich wich einen Schritt zurück und hob die Hände zu einer abwehrenden Geste.

»Was treibst du mit Grace?« Sie kochte vor Wut.

»Das geht dich nichts an.« Ich schüttelte den Kopf und starrte in die untergehende Sonne. Genauso fühlte ich mich. Halb hier, halb nicht mehr da. So ging es mir schon eine ganze Weile.

»Das geht mich sehr wohl etwas an.« Ihre Stimme brach, und wieder rannen ihr Tränen übers Gesicht.

»Char, wenn du betrunken bist, kann ich dich nach Hause fahren.«

»Nein, verdammt, ich bin nicht betrunken, Calvin!« Sie kickte mit der Schuhspitze Schotter weg und schaute zu mir auf. »Kapierst du wirklich nicht, was los ist?«

Ich sah sie ratlos an. »Was soll ich kapieren?«

»Grace. Mit der stimmt doch was nicht.« Chars Augen weiteten sich. »Was macht sie hier? Das passt doch alles nicht zusammen.«

»Sie macht hier Urlaub. Wie oft muss ich dir das noch sagen?«

»Und wenn du es noch eine Million Mal sagst, bleibt es trotzdem Blödsinn.« Sie kam auf mich zu und legte mir die Hand auf den Arm. »Bitte sag, dass du das auch siehst.«

Ich seufzte. »Tu ich nicht.«

Char zog die Hand weg und verschränkte die Arme vor der Brust. »War's das dann? Bist du jetzt mit ihr zusammen?«

»Gibst du Ruhe, wenn ich Ja sage?« Ich hatte langsam genug von Charlotte.

»Und was ist mit uns?«

»Es gibt kein uns.«

Ihre Unterlippe zitterte. »Aber ... wir haben doch miteinander geschlafen.«

»Ein einziges Mal. Es tut mir leid, Charlotte, aber für mich war das nicht mehr als ein One-Night-Stand.« Egal, wie oft ich es wiederholte, sie wollte es nicht verstehen. Sogar mit Wyatt hatte sie Schluss gemacht, weil sie glaubte, sie habe eine Chance bei mir. Ich hatte es schon kurz danach bereut, mit ihr ins Bett gegangen zu sein. Für mich war es nur ein Moment der Schwäche gewesen, doch sie hatte es nachhaltig geschwächt. Mir war klar, dass ich jetzt grob sein musste, damit sie ein für alle Mal begriff, dass uns beide nie mehr als Freundschaft verbinden würde. Ich holte tief Luft und schaute ihr in die Augen.

»Charlotte, mit Grace will ich alle Nächte verbringen, aber mit dir war eine Nacht genug.«

Sie war ohnehin angeschlagen, und jetzt brach sie zusammen. Ihr Gesicht verzog sich, die Tränen flossen in Strömen. Wenn ein Tier leidet, erlöst man es besser von seinem Elend. Ich hoffte, dass dies für Charlotte genug war.

Sie stieg schweigend ins Auto, ließ den Motor an und trat das Gaspedal durch. Ihre Reifen schleuderten Schmutz und Schotter hoch, das war der Schlusspunkt.

Als ich ihr Auto in der Ferne verschwinden sah, atmete ich erleichtert auf. Ich würde mir kein schlechtes Gewissen einreden lassen, nur weil ich Grace mochte. Mir blieben noch vier Tage mit ihr, und die sollten die vier schönsten Tage ihres Lebens werden. Dabei war es mir egal, was Char, Joe, Betty oder sonst jemand davon hielt. Diese Stadt behandelte Fremde nicht gut. Keiner hier mochte Menschen, die aus dem Rahmen fielen. Nur ich war schon immer offener gewesen, vielleicht weil ich wusste, wie es ist, anders zu sein, und weil ich mich hier manchmal selbst fremd fühlte.

Als ich wieder reinkam, wischte Grace gerade die Küchentheke sauber. Sie kümmerte sich um alles hier, doch jetzt war ich an der Reihe, mich um sie zu kümmern.

»Was war denn los?«, fragte sie und wrang den Lappen über dem Spülbecken aus. Sie sah mich erwartungsvoll an, aber ich bekam vor Bewunderung kein Wort heraus.

Schließlich zuckte ich mit den Schultern und schaute zu Boden. »Wir haben beide Sachen gesagt, die wir lieber nicht hätten sagen sollen.«

Grace trocknete sich die Hände ab. »Es ist wahrscheinlich besser, wenn sie eine Weile nicht mehr herkommt«, sagte sie.

Ich nickte, ging zu ihr und hob ihr Kinn an. »Lass uns nicht mehr über sie reden. Für mich gibt es nur dich.« Das bekräftigte ich mit einem Kuss.

»Das gefällt mir«, erwiderte sie lächelnd.

»Ich habe eine Überraschung für dich. Komm mit!« Ich nahm ihre Hand und führte sie nach draußen. Auf der Veranda holte ich den Picknickkorb, den ich mittags gepackt hatte.

»Was ist das?«, wollte sie wissen.

»Pssst ... eine Überraschung.«

Wir gingen den Weg zur Weide, der nur vom Schein der Sterne beleuchtet war. Es hatte eine ganze Weile nicht mehr geregnet, und das vertrocknete Gras raschelte unter unseren Füßen. Außer dem Zirpen der Grillen war es vollkommen still. Schon immer hatte ich es erstaunlich gefunden, wie laut diese winzigen Lebewesen sein können. Ich hielt Graces

Hand, damit sie auf dem unebenen Grund nicht stolperte, und sie lehnte sich an mich, während ich sie zu dem Platz führte, den ich für uns vorbereitet hatte.

»Bleib genau hier stehen«, sagte ich und ließ ihre Hand los. Dann holte ich ein Feuerzeug aus dem Korb und zündete einen Kreis aus zehn Fackeln an, die ich in die Erde gesteckt hatte. Grace blieb die Luft weg, als die Flammen die Umgebung erhellten. Ich lächelte sie an, nahm eine Decke aus dem Korb und breitete sie in der Mitte des Kreises aus. Ihre blauen, blauen Augen funkelten wie Kristalle.

»Setz dich doch«, sagte ich und packte einen Teller mit Weintrauben und Käse aus, dazu zwei Gläser und eine Flasche Rotwein.

Sie strahlte mich an, streifte die Schuhe ab und nahm Platz, während ich den Wein entkorkte und uns einschenkte.

»Nur für dich, Miss Grace Evans«, sagte ich und reichte ihr ein Glas.

»Vielen Dank, Mr. Calvin Wells.«

Nun schlüpfte auch ich aus meinen Schuhen und setzte mich neben sie. »Auf dich, Grace. Du bist nicht nur in meinem Haus, sondern auch in meinem Herzen willkommen.« Kaum hatte ich sie ausgesprochen, bereute ich meine vor Kitsch triefenden Worte, doch sie schien sich nicht daran zu stören.

Lächelnd stieß sie mit mir an. »Vielleicht bin ich bald in beiden zu Hause.«

Möglicherweise musste ich sie gar nicht überreden hierzubleiben, weil sie ohnehin nicht mehr wegwollte.

Nachdem wir eine Weile beisammengesessen und Wein getrunken hatten, setzte Grace ihr Glas ab und schaute sich um. »Das ist ja eine schöne Stelle.«

»Freut mich, dass es dir gefällt.«

Sie rückte ein bisschen näher und legte den Kopf an meine Schulter. Von den Bergen her war ein lauter Pfiff zu hören. Sie zuckte zusammen und schaute sich ängstlich um.

»Was war das?«

Ich legte den Arm um sie und zog sie noch näher zu mir heran. »Das war nur ein Puma.«

»Nur ein Puma? Sind wir hier sicher?«, fragte sie mit schriller Stimme.

»Na klar! Die kommen nicht bis hier runter«, sagte ich lachend. »Und falls doch, beschütze ich dich.«

Sie entspannte sich wieder und nahm einen Schluck Wein.

»Ach, noch was, den hätte ich fast vergessen.« Ich zog den Teddybären aus dem Korb. »Hier, dein Tröster.«

Grace stieß mich mit der Schulter an. »Mr. Snuggles.« Sie drückte ihn an sich.

»Du hast ihm einen Namen gegeben?«

»Natürlich.«

»Das ist ja süß.« Ich gab ihr einen Kuss auf die Wange, und sie kuschelte sich an mich.

Wir tranken Wein und lauschten den Geräuschen der Nacht. Dem Zirpen der Grillen, dem Heulen der Kojoten und den Rufen der Pumas. Ich schenkte uns nach, und wir stießen noch einmal an. Grace war mir so nahe, dass meine Haut kribbelte. Ich wollte Grace für mich, mehr, als ich mir jemals im Leben etwas gewünscht hatte. Eigentlich wollte ich sie nicht nur, ich musste sie haben.

»Wie schön es hier ist«, schwärmte sie.

»Und wie schön du erst bist. Zum Verlieben.«

Sie zog eine Augenbraue hoch, sagte aber nichts.

Ich hustete und leerte schnell mein Glas. »Du weißt schon, was ich meine«, sagte ich verlegen lachend.

Auch Grace trank aus. »Ja, ich glaube, ich weiß genau, was du meinst«, antwortete sie und begann mich zu küssen.

Ich erwiderte die Küsse. Dann schlang sie die Arme um mich und zog mich auf sich. Ich strich ihr ein paar blonde Strähnen aus dem Gesicht und zeichnete mit dem Finger die Konturen ihrer Lippen nach. In ihren Augen spiegelte sich das Licht der Fackeln, und die Flammen tanzten darin. Woran sie wohl gerade dachte? Sie schloss die Augen, löschte so das sich spiegelnde Feuer und zog mich näher zu sich heran.

Wie beim letzten Mal umspielte sie aggressiv meine Zunge, und ihre Zähne gruben sich in meine Unterlippe, was eine subtile Mischung aus Schmerz und Lust auslöste. Ich stöhnte auf, und sie biss noch etwas fester zu und fuhr mir mit den Händen durchs Haar. Ich löste mich von ihrem Mund und küsste, biss und leckte an ihrem Hals und Ohr. Sie hob mir die Hüften entgegen, signalisierte, dass sie bereit war.

»Ich will dich, Grace«, flüsterte ich ihr hingebungsvoll ins Ohr.

Leichter Wind war aufgekommen, und sechs der Fackeln waren erloschen. Es war gerade noch hell genug, um einen Teil ihres Gesichts zu erkennen. Grace ließ ihre Hände an meinem Körper abwärts wandern und zog mir das Hemd über den Kopf, fuhr mir lächelnd mit den Fingernägeln über den Hals zur Brust und hinunter zum Bauch.

Dann hob sie die Arme, damit ich ihr das Top ausziehen konnte. Darunter war sie nackt. Ich umfasste ihre Brüste und drückte sie zärtlich.

Sie schob mich von sich herunter, rollte mich auf den Rücken, setzte sich rittlings auf mich und beugte sich zu mir herunter, um mich auf den Mund zu küssen. Schon bald lösten sich ihre Lippen aber wieder von meinen und hinterließen eine feuchte Spur, als sie an meinem Körper hinunterglitt. Sie knöpfte meine Jeans auf und machte sich ans Werk. Ich lag unter dem Sternenhimmel, während die schönste Frau der Welt mich verwöhnte, und konnte mein Glück kaum fassen.

Bevor ich kam, bremste ich sie, denn ich wollte, dass das erste Mal mit Grace nicht so schnell vorbei war, wollte, dass es ewig währte und wir für immer zusammenblieben. Wenn ich sie hätte, dann bräuchte ich nie wieder eine andere, sagte ich mir. Ich zog sie zu mir hoch und küsste sie. Grace legte sich auf den Rücken, und ich schmiegte mich zwischen ihre Beine und zog ihren Slip herunter, kniete vor ihr und sog ihren Anblick regelrecht in mich auf. Sie war wie ein Kunstwerk, flehte geradezu darum, betrachtet, untersucht, gemustert zu werden. Grace lächelte mich an, ihre Lippen waren vom Küssen geschwollen, und das Feuer in ihren Augen war wieder da. Ich spreizte ihre Beine noch etwas weiter und senkte mein Gesicht auf ihre Mitte. Ich wollte sie schmecken. Sie stöhnte auf, als meine Lippen ihre zarteste Haut berührten, und keuchte, als ich loslegte. Grace schmeckte süß wie eine Erdbeere. Ihr Rücken bäumte sich auf, und ich strich über ihren Bauch und umspielte ihre Brüste. Als meine Zunge schneller wurde, packte sie mich bei den Haaren.

»Calvin«, sagte sie atemlos. »Ich will dich auch.«

Das erregte mich noch mehr, und ich wollte, dass sie die Kontrolle verlor, wollte ihren Körper zucken und beben sehen, wollte, dass ihr Herz raste, ihre Haut schwitzte und ihre Beine zitterten. Ich wollte, dass sie kam und schrie und mich anflehte aufzuhören. Ich drückte ihre Brüste fester, und sie tat alles, was ich mir gewünscht hatte. Sie schrie so laut, dass es klang wie das Heulen eines wilden Tieres. Ihr ganzer Körper spannte sich an, und sie riss an meinen Haaren.

Dann brach sie fast zusammen. »Es ist zu viel«, keuchte sie. Ich trieb es noch etwas weiter, sie sollte in dieser Nacht größere Lust verspüren als in ihrem ganzen Leben zuvor.

Dann bewegte ich mich wieder nach oben. Grace öffnete die Augen und keuchte, als ich ihren Hals und ihr Ohr liebkoste. Als sie bereit war, öffnete sie die Beine noch etwas weiter.

Ich fischte ein Kondom aus dem Picknickkorb und zeigte es ihr grinsend. »Für alle Fälle eingesteckt.«

»Gut«, flüsterte sie.

Es dauerte ein paar Sekunden, bis es ausgepackt und übergestreift war. »Bist du sicher?«, fragte ich.

Sie nickte. Ich küsste sie immer wieder, legte mich zwischen ihre Beine, versank in den blauen Augen, in denen die Flammen tanzten, und drang langsam in sie ein. Wir stöhnten beide auf. Sie umfasste meinen Rücken, und die scharlachroten Fingernägel gruben sich in meine Haut, während ich wieder und wieder in sie hineinstieß. Als sie mich so fest kratzte, dass Blut kam, schrie ich auf, machte aber weiter. Manchmal verschmelzen Schmerz und Lust und werden eins.

»Hör nicht auf«, keuchte sie.

»Niemals.«

Ich packte sie bei den Haaren und zog daran, spürte, wie ihr Innerstes mich noch fester umschloss, und hätte fast jede Kontrolle verloren.

Grace fühlte sich so gut an – wie ein wärmendes Bett in einer kalten Nacht oder die kühle Seite des Kissens in der Hitze des Sommers. Ich ließ ihr Haar los und strich mit der Hand an ihrem Körper auf und ab. Sie kam mehr als nur einmal, und ich spürte es wie Stromschläge. Mein Körper spannte sich an. Das war es. Grace fühlte sich zu gut an, als dass ich mich hätte weiter beherrschen können, und ich kam heftig. Sie bewegte sich weiter im Rhythmus, und unsere schweißnassen Körper rieben sich aneinander. Es war zu viel, zu intensiv, ich musste mich zurückziehen.

»Du bist gottverdammt unglaublich, Grace«, keuchte ich und legte mich auf die Seite, um ihr Gesicht sehen zu können.

Sie lag auf dem Rücken und schaute in den Nachthimmel. Mir aber schien es sinnlos, die Sterne zu betrachten, denn deren Glanz verblasste im Vergleich zu ihrer Schönheit.

»Das war unglaublich.«

Sie sagte nichts, sie nickte nur.

So etwas hatte ich noch mit niemand anderem erlebt. Wir waren vollkommen im Einklang gewesen. Unsere Körper sehnten sich nach den gleichen Berührungen, der gleichen Energie. Wie Tiere, die übereinander herfielen. Ich hatte mit Grace den besten Sex meines Lebens gehabt und fragte mich, ob es ihr wohl ebenso erging.

»Woran denkst du?«, fragte ich und bereute es sofort. So etwas fragten normalerweise Frauen, die wie Kletten waren. Aber ich konnte nicht anders, ich musste es einfach wissen.

Grace drehte den Kopf zu mir. Die Flammen in ihren blauen Augen leuchteten umso heller. »Ich glaube ...«, sie biss sich auf die Unterlippe, »ich will, dass das nie aufhört.«

Ich lächelte sie an. »Genau das habe ich auch gerade gedacht.«

»Calvin?«

»Ja, Grace?«

»Wir haben doch keine Geheimnisse voreinander.«

Ich war mir nicht sicher, ob das eine Frage war oder eine Feststellung, nickte aber. »Keine Geheimnisse«, wiederholte ich. Nur wusste ich nicht, was ein Geheimnis ausmachte. War das etwas, das man dem anderen nur noch nicht erzählt hatte, oder nur das, was man ihm absichtlich verschwieg oder falsch darstellte? Wenn der andere nicht danach gefragt hatte, konnte etwas dann ein Geheimnis sein?

»Was ist deinen Eltern zugestoßen?«

Ich seufzte, denn darüber sprach ich nicht gern, aber ich hatte versprochen, keine Geheimnisse zu haben, und sie hatte direkt danach gefragt.

»Sie sind bei einem Brand ums Leben gekommen.«

Ihr blieb der Mund offen stehen. »Calvin, das tut mir so leid!«

Eine Zeit lang schwiegen wir beide. Ich wusste nicht, was ich sagen sollte. Was vorbei war, war vorbei. Es brachte nichts, darüber zu reden.

»Darf ich dir etwas erzählen?«

Ich rückte etwas näher an sie heran. »Alles, Grace.«

»Charlotte hat vorhin etwas zu mir gesagt, das ich nicht verstanden habe, aber es war mir nicht ganz geheuer.«

»Was war das?«

»Sie sagte, sie hoffe, dass Joe dafür sorgt, dass ich für immer hierbleibe.« Sie zog die Stirn in Falten.

Ich schaute in den Himmel und hätte schreien können. Char und Joe würden mir noch alles vermasseln.

»Was hat sie damit gemeint?«, fragte Grace.

»Das weiß ich nicht.«

»Du hast es versprochen: keine Geheimnisse.«

Ich seufzte. »Ich habe dir doch von Lisa, meiner Ex, erzählt?«

Grace nickte. »Ja, sie ist bei einem Autounfall gestorben.«

»Das war heute vor einem Jahr, und Joe saß damals am Steuer.«

Ihre Augen weiteten sich.

»Wir waren alle gemeinsam aus, um meinen Geburtstag zu feiern. Auf dem Rückweg ist Joe gefahren, weil Lisa und ich etwas zu viel getrunken hatten. Er ist mit fast sechzig Meilen in einen Elch gerast, gar nicht weit von hier. Lisa wurde von dem Elch aufgespießt. Sie starb, noch bevor der Krankenwagen eintraf. Ich bin mit Schnittwunden und Prellungen davongekommen, und Joe hat ein Schädel-Hirn-Trauma erlitten. Er lag eine Woche lang im Koma und kann sich an nichts von diesem Abend erinnern. Die Ärzte sagen, dass die Erinnerungen vermutlich auch nie zurückkommen werden.« Gespannt, wie sie reagieren würde, sah ich Grace an.

»Das ist grauenvoll. Ich verstehe aber trotzdem nicht, warum Charlotte so etwas sagt.«

»Manche Leute in der Gegend glauben, dass Joe den Elch mit Absicht angefahren hat.«

»Was? Wie kommen sie darauf?«

»Weil die Polizei keine Bremsspuren gefunden hat, was bedeutet, dass er ungebremst in ihn hineingerast sein muss.« Ich presste die Lippen aufeinander.

»Das verstehe ich nicht. Warum sollte er so etwas zu tun?«

»Joe konnte mich noch nie besonders leiden. Das kann ich ihm gar nicht verübeln. Dad war ihm gegenüber viel härter, obwohl Joe sich immer Mühe gegeben hat, ihn nicht zu enttäuschen. Als ich von hier wegging, ist Joe geblieben und hat auf der Ranch geschuftet, und trotzdem haben sie mir alles hinterlassen.« Ich seufzte noch einmal.

Grace drückte den Teddy an sich. »Weißt du auch nicht mehr, was passiert ist? Glaubst du wirklich, dass er es mit Absicht getan hat?«

Ich legte mich zurück und sah hinauf zu den Sternen.

»Ich weiß nur noch, dass das Auto fast sechzig fuhr und dann plötzlich stillstand. Ich saß hinten und war halb eingeschlafen, deshalb habe ich nicht mitbekommen, wie es genau war. Ich wünschte, ich könnte mit Sicherheit sagen, dass mein Bruder das auf keinen Fall getan haben kann – doch ich weiß es einfach nicht.«

»Aber er sitzt nicht wegen fahrlässiger Tötung im Gefängnis?«

»Er bekam ein Jahr, wurde aber nach sechs Monaten frühzeitig entlassen. Da es ein Wildunfall war, gab es eine mildere Strafe. Wäre er nicht schneller gefahren als erlaubt, wäre es wohl nicht einmal zur Strafanzeige gekommen.«

»Ich weiß nicht, was ich sagen soll.« Grace lag neben mir und starrte in den Himmel.

»Dieser Abend hat Joe verändert. Als er aus dem Koma erwachte, war er nicht mehr derselbe.«

»Inwiefern?«

»Er ist so voller Wut, rücksichtslos und impulsiv. Als hätte sich in ihm etwas Finsteres breitgemacht, das ihn langsam vergiftet. Keine Ahnung, wozu er jetzt fähig wäre. Ich glaube, es verändert einen, wenn man jemanden getötet hat.«

Sie schluckte schwer.

Joe wurde von inneren Dämonen geplagt. So ging es wohl uns allen. Am Ende taten wir genau das, wozu wir niemals fähig zu sein glaubten, und das prägt uns dann. Seit jenem Abend sahen die Leute Joe in einem anderen Licht. Für die einen war er ein Opfer, für die anderen ein Mörder.

»Ich wünschte, Charlotte hätte das nicht zu dir gesagt.«

Grace sah mich an. »Ich auch, aber ich bin trotzdem froh, dass ich es jetzt weiß.« Sie legte ihre Hand in meine, und ich drückte sie fest.

»Ich würde nie zulassen, dass dir etwas zustößt. Hier bei mir bist du sicher, das verspreche ich.«

Ich hatte die feste Absicht, dieses Versprechen zu halten. Doch Absichten sind nur vorläufige Pläne, und Pläne können sich jederzeit ändern.

TAG
SIEBEN

31

GRACE

Nicht der Gesang der Vögel oder die Sonne auf meiner nackten Haut weckte mich. Ich glaube, mich weckte der mandelförmige Teil meines Gehirns, der sich Amygdala nennt. Das ist der Teil, der Angst empfindet. Ich riss die Augen auf und fuhr hoch – und dann merkte ich, dass ich allein auf der Weide war, nackt und nur mit der Picknickdecke zugedeckt. Ich sah nach rechts und links. Nichts. Dann schaute ich zur Ranch, wobei ich meine Augen gegen die Sonne abschirmen musste. Auch dort war nichts zu sehen. Wo war Calvin?

Hinter mir erklang ein raues, lautes Schnurren – wie von einer riesigen Hauskatze. Langsam drehte ich den Kopf, und da war das Wesen, von dem Calvin gesagt hatte, ich müsste mir darum keine Gedanken machen, weil es nie bis hier herunterkäme. Das Fell war rötlich braun und an den Spitzen der Ohren und der Schnauze schwarz. Den Kopf gesenkt, die Schultern in Lauerstellung, schien das Tier bereit, sich auf Beute zu stürzen. Die Augen leuchteten gelb wie die Flamme einer Kerze. Der Puma war keine zehn Meter von mir entfernt. Ich stand vorsichtig auf und hielt die Decke um den Körper gewickelt, damit ich größer wirkte. Er wich nicht zurück, sondern kam langsam ein paar Schritte näher. Ohne ihn aus den Augen zu lassen, bückte ich mich, hob den Teller mit Käse und Weintrauben und warf ihn dem

Tier wie eine Frisbeescheibe entgegen in der Hoffnung, es damit abzulenken oder sogar zu vertreiben. Doch das Gegenteil geschah. Das Vieh schnupperte nur kurz an dem Essen, verlor das Interesse und kam noch ein wenig näher. Jetzt trennten uns nur noch sieben, acht Meter. Es fixierte mich, senkte den Kopf und kam schleichend immer näher. Ohne den Blick von ihm zu wenden, hob ich die leere Weinflasche auf und warf sie, so fest ich konnte. Als sie direkt vor seinen Pfoten aufschlug, machte der Puma einen Satz nach hinten. Einen Moment lang sah es so aus, als würde er sich zurückziehen, doch das tat er nicht, vielmehr schlich er weiter geduckt auf mich zu. Ich griff mir die zweite Weinflasche, die Calvin und ich nicht getrunken hatten, und schleuderte sie mit Schwung in seine Richtung. Sie musste auf einem Stein aufgeschlagen sein, denn sie zerbarst, und der Rotwein spritzte in alle Richtungen. Das Tier duckte sich weg, aber die Neugier war stärker. Es kroch zu der zerbrochenen Flasche, die vielleicht sechs Meter entfernt von mir lag, schnupperte an dem verschütteten Wein und begann ihn aufzulecken. Ich nutzte die Gelegenheit, um langsam zurückzuweichen, und hoffte, dass die Ablenkung mir genügend Zeit verschaffen würde, um zu entkommen. Wo zum Teufel war Calvin?

Es gelang mir, noch ein paar Schritte rückwärtszugehen, bevor das Tier wieder aufblickte, sein Interesse am verschütteten Wein verlor und sich wieder auf mich konzentrierte. Ich sah mich um, suchte nach einem Stein oder etwas anderem, das ich werfen konnte, fand aber nichts.

»Calvin!«, schrie ich, so laut ich konnte. Meine Stimme brach, mein Herz raste, ich war schweißnass. Fühlte es sich so an, gejagt zu werden?

Vorsichtig wich ich Schritt um Schritt zurück, während das Tier immer weiter auf mich zukam. Es war fest entschlossen, so schien es.

»Calvin!«, brüllte ich noch lauter.

Wie hatte er mich hier draußen allein lassen können? War alles, was er gesagt hatte, Lüge gewesen?

Das Tier bewegte sich doppelt so schnell auf mich zu, wie ich vor ihm zurückweichen konnte. Mir blieb fast das Herz stehen. Ich versuchte, größere Schritte zu machen, durfte ihm aber nicht einfach den Rücken zukehren und weglaufen. Der Puma würde mich mühelos einholen, und falls er mich wirklich angriff, musste ich vorbereitet sein. Ich blieb mit der Ferse an einem großen, harten Gegenstand hängen und stolperte. Erst als ich mit einem dumpfen Geräusch auf der Erde aufschlug, sah ich, dass es ein Stein war. Der Puma beschleunigte seinen Gang und preschte schließlich auf mich zu. Er wusste, dass ich in dieser Position am schwächsten war. Eine leichte Beute.

Ich zwang mich, die Augen offen zu halten, und wartete auf den Angriff. Er musste zum Sprung angesetzt haben, oder was immer Raubkatzen in dieser Situation tun, denn nun flog er auf mich zu, die grellgelben Augen fixierten die Beute, die Krallen waren voll ausgefahren. Die Zeit verlangsamte sich. Vielleicht erlebt jeder Mensch die Sekunden unmittelbar vor dem Tod in Zeitlupe.

Plötzlich blitzte etwas rot auf, und danach war ein lauter, hallender Knall zu hören.

Der Puma stürzte auf meinen Unterkörper. Rotes, klebriges Blut spritzte hervor und benetzte mich, und ein metallischer Geruch stach mir in die Nase. Ich wollte fortkriechen, den toten Körper von mir wegstoßen, versuchte aber zugleich, die Decke festzuhalten. Keuchend stemmte ich mich mit den Fersen gegen den Boden und schaffte es so, mich rückwärts unter dem toten Tier hervorzuschieben.

Als ich mich umschaute, sah ich zwanzig Meter weiter Calvin stehen und durch das Zielfernrohr eines Jagdgewehrs schauen. Er trug nur Jeans und Arbeitsstiefel, die nicht zugeschnürt waren. Nun ließ er die Waffe sinken, kam auf mich zugerannt und schrie meinen Namen.

»Es tut mir so leid. Bist du verletzt, Grace?« Er kniete sich neben mich und versuchte, mir das Blut aus dem Gesicht zu wischen, verschmierte es aber wahrscheinlich nur.

Ich zischte ihn an: »Hast du nicht gesagt, dass Pumas nicht bis hier runterkommen?«

»Das tun sie normalerweise auch nicht.« Er schüttelte den Kopf, schaute das Tier an und dann wieder mich. »Unser Grillfest oder das Essen hier muss ihn angelockt haben. Vielleicht hat er auch Tollwut?« Er beugte sich zu mir herunter und küsste mich auf die Stirn. An seinen Lippen klebte Blut. »Alles in Ordnung?«

»Ja«, sagte ich, doch ich zitterte noch immer am ganzen Leib. Gar nichts war in Ordnung! Wie hatte er mich hier draußen allein lassen können? »Wo warst du denn?« Meine Augen verengten sich, als mein Blick von dem getöteten Tier zu Calvin ging.

»Ich war im Haus und habe Frühstück gemacht. Ich wollte es dir rausbringen.« Er strich mir das blutgetränkte Haar aus dem Gesicht. »Es tut mir so leid.«

Ich stieß ihn weg, stand auf und begann, mich mit einem Zipfel der Decke zu säubern.

»Ich gehe duschen«, sagte ich, wickelte die Decke fester um mich und ging Richtung Haus.

»Es tut mir wirklich leid, Grace«, rief er mir nach, doch die Worte klangen leer und bedeutungslos.

Gerade als ich das Haus erreichte, bog das Auto des Sheriffs in die Auffahrt ein. Es beschleunigte und raste auf mich zu. Scheiße.

Direkt vor mir bremste der Fahrer und sprang aus dem Wagen. Ich erkannte ihn sofort – es war Sheriff Almond.

»Großer Gott! Ma'am, brauchen Sie Hilfe?« Er zog seine Waffe und sah sich um.

Mir war klar, wie die Situation auf ihn wirken musste. Kürzlich war eine Frau als vermisst gemeldet worden, und ich stolperte ihm hier blutüberströmt und halb nackt über den Weg.

»Hände hoch!«, brüllte der Sheriff und zielte über meine Schulter hinweg auf etwas hinter mir.

Ich drehte mich um und sah Calvin, das Gewehr über der Schulter, auf uns zukommen. Kreidebleich und die Augen weit aufgerissen, sah er wie ein Geist aus. Er ließ sein Gewehr auf den Boden fallen und hob die Hände hoch in die Luft.

»Bleiben Sie hinter mir!«, befahl der Sheriff und stellte sich zwischen Calvin und mich. »Runter auf den Boden«, bellte er.

Calvin ließ sich auf die Knie fallen.

»Sir, es ist alles in Ordnung«, rief ich. Das Letzte, was ich wollte, war, in eine Polizeischießerei zu geraten. »Ich bin von einem Puma angegriffen worden.«

Sheriff Almond schaute kurz zu mir, behielt aber Calvin im Auge. Er schien an meinen Worten zu zweifeln.

»Das stimmt«, versicherte Calvin. »Der Puma liegt tot auf der Weide. Ich kann es Ihnen zeigen.«

Almond zögerte und hielt seine Waffe weiter auf Calvin gerichtet.

»Er sagt die Wahrheit«, erklärte ich.

Der Sheriff seufzte und ließ die Waffe schließlich sinken. »In Ordnung, zeigen Sie ihn mir«, sagte er mit einer ungeduldigen Geste.

Calvin wollte nach seinem Gewehr greifen.

»Das lassen Sie erst mal da liegen«, befahl der Sheriff.

Calvin stand auf und ging langsam in Richtung des toten Tieres, Almond und ich folgten ihm. Ich war mir sicher, dass der Sheriff uns nicht glaubte. Vermutlich dachte er, ich sei von Calvin entführt worden und leide am Stockholm-Syndrom.

Der Puma wimmelte bereits von Fliegen. Wenn etwas stirbt, sind sie sofort zur Stelle. Ein ganzer Schwarm umschwirrte den Kadaver und kroch im geronnenen Blut herum. Die Augen des Tieres waren schwarz, reglos wie aus Marmor, und die Zunge hing ihm seitlich aus dem Maul.

»Heilige Scheiße. Das Vieh muss mehr als neunzig Kilo wiegen«, sagte der Sheriff, als er sich das tote Tier aus der Nähe ansah. »Er hat Sie angegriffen, sagten Sie?« Er sah mich fragend an.

Ich nickte. »Ja, Calvin hat ihn genau in dem Moment erwischt, als er sich auf mich stürzte.«

Ein Schauer lief mir über den Rücken. Ohne Calvin hätte jetzt ich tot im Dreck gelegen und nicht der Puma. Ich hatte dem Tod in die Augen geschaut. So nahe war ich ihm noch nie gewesen, höchstens einmal, als ich gerade noch einem Taxi ausweichen konnte. Jetzt verstand ich erst, wie es Menschen geht, die das erlebt hatten.

»Sie sollten das unbedingt der Umweltbehörde melden, es ist ja außerhalb der Jagdsaison passiert«, sagte der Sheriff.

Calvin nickte. »Das hatte ich gerade vor, als Sie kamen.«

»Pumas greifen nur extrem selten an.« Er warf mir einen Blick zu. »Sie können von Glück reden, dass Sie noch am Leben sind.«

Ich presste die Lippen aufeinander und wickelte die Decke fester um mich.

»Er muss krank gewesen sein«, fügte Sheriff Almond hinzu und deutete auf das Tier.

»Das nehme ich auch an«, sagte Calvin. »Ich glaube, ich habe auf meinem Land noch nie einen gesehen.« Er sah sich um und suchte mit den Augen die Umgebung ab.

»Gut, dass Sie jetzt in Sicherheit sind, Ma'am.« Der Sheriff warf mir einen mitfühlenden Blick zu. Dann wandte er sich wieder an Calvin und schob das Kinn vor. »Eigentlich bin ich wegen Briana Becker hier, der Vermissten.«

Ich war mir nicht sicher, ob ich mir das nur einbildete oder ob Calvin wirklich leicht zusammenzuckte.

»Ja? Gibt es etwas Neues? Haben Sie sie gefunden?« Er verschränkte die Arme.

»Leider nein.« Almond räusperte sich. »Aber ihr Auto ist aufgetaucht, es stand in einer Nebenstraße, zwei Meilen von hier. Sie muss eine Panne gehabt haben.«

Das wussten wir doch schon von Wyatt, also warum war der Sheriff wirklich hier? Calvin senkte kurz den Blick und sah ihn dann wieder an. Was bezweckte der Sheriff mit seinem Besuch? An der Art, wie er Calvin ansah und mit ihm sprach, merkte man, dass er ihn in Verdacht hatte.

»Sind Sie sich ganz sicher, dass Sie diese Frau nicht gesehen haben?« Sheriff Almond zog noch einmal das Foto aus der Jackentasche und hielt es Calvin hin. »Sehen Sie es sich gut an«, fügte er hinzu.

Es war die Frau mit den strahlenden Augen, dem langen, blonden Haar, den Grübchen und dem perfekten Lächeln. Calvin betrachtete das Bild einen Augenblick. »Nein, wie gesagt, ich kenne sie nicht. Und sie hat auch nicht hier eingecheckt.«

»Und Sie?« Sheriff Almond drehte das Bild so, dass ich es sehen konnte.

Ich schüttelte den Kopf. »Nein, ich habe sie auch nicht gesehen.«

Er nickte kurz und steckte das Foto wieder ein. »Wenn ich das so sehe, frage ich mich langsam, ob ihr nicht auch so etwas zugestoßen sein könnte.« Er wies auf den toten Puma.

»Die Natur ist erbarmungslos«, sagte Calvin.

Sheriff Almond fixierte ihn mit einem Ausdruck, den ich nicht deuten konnte. »Haben Sie etwas dagegen, wenn ich mich hier mal etwas umschaue?«

Die Augen des Sheriffs waren hinter den verspiegelten Gläsern seiner Sonnenbrille nicht zu sehen. Schwer zu sagen, wohin er blickte, doch er drehte jetzt den Kopf nach rechts und links, als hätte er schon mit der Spurensuche begonnen. Dachte er etwa, die Frau könnte hier sein? Wenn ja, hätte ich ihr doch längst begegnet sein müssen. Oder glaubte er, dass Calvin ihr etwas angetan hatte? Mir fiel der nächtliche Schrei ein. War das sie gewesen? Ich wollte etwas sagen, hielt mich aber im letzten Moment zurück. Was, wenn ich mich geirrt oder es nur geträumt hatte? Das würde alles nur noch komplizierter machen, deshalb hielt ich lieber den Mund.

»Nur zu. Ich kann Ihnen hier alles zeigen, wenn Sie wollen«, sagte Calvin.

»Ja, sicher. Das wäre gut«, antwortete Sheriff Almond.

Sie gingen gemeinsam zur Scheune, hielten aber einen gewissen Abstand zueinander. Einmal schaute Calvin sich zu mir um und lächelte angespannt, anders als sonst. Als ich zum Haus zurückging, wurde mir schlagartig etwas klar. Auf der Ranch gab es weder Netz noch funktionierte das WLAN, deshalb hätte Briana, selbst wenn sie hier gewesen wäre, gar nicht einchecken können.

* * *

Ich stellte mich unter das warme Wasser und versuchte, nicht nur das Blut von meinem Körper zu waschen, sondern auch meine Angst und Unruhe loszuwerden. Im rosarot eingefärbten Wasser verschwand alles im Abfluss. Schon seit meiner Ankunft plagte mich das Gefühl, dass hier etwas nicht stimmte. Ich spürte es überall im Haus und erkannte es in Calvins Verhalten. Vielleicht zog mich genau das zu ihm hin. Die Gefahr, die überall lauerte. Das Ungewisse. In meinem bisherigen Leben war immer alles durchgetaktet gewesen. Kein Raum für Spontaneität oder Dinge, die nicht fester Bestandteil meines Terminplans waren. Das schloss auch das Gefühl von Angst ein, denn Angst ist nicht planbar. Der Sheriff war offenbar überzeugt, dass Briana hier gewesen war. Und auch ich fing an, das zu glauben. Aber wo war sie jetzt?

Ich drehte das Wasser ab und wickelte mich in ein Handtuch. Dann wischte ich den beschlagenen Spiegel frei und betrachtete mein sauberes Gesicht, meinte aber noch immer Blut darauf erkennen zu können. Vielleicht war es zu einem Teil von mir geworden. Ich atmete noch einmal tief durch, und dann verließ ich das Bad. Auf dem Flur stieß ich mit jemandem zusammen.

»Calvin ...« Aber es war nicht Calvin.

»Tut mir leid, Ma'am. Hab Sie gar nicht kommen sehen. Konnte nicht wissen, dass Sie hier rausspringen wie ein aufgescheuchtes Huhn.«

Ich zog das feuchte Handtuch fester an mich. »Wer zum Teufel sind Sie denn?«

Der Mann war stämmig und steckte in einem schmutzigen Overall. Er war sicher schon Mitte sechzig, sein grau-schwarzes Haar struppig und ungepflegt. Er hatte eine Knollennase, das Gesicht war voller geplatzter Äderchen, und die Bartstoppeln wucherten wild und unregelmäßig.

Ich hörte laute Schritte in unsere Richtung kommen. »Grace! Ach!« Als er sah, was los war, blieb Calvin abrupt stehen. »Wie ich sehe, habt ihr euch schon kennengelernt. Das ist Albert, ein weiterer Airbnb-Gast. Er bleibt auch ein paar Nächte hier.«

Eine Welle von Gefühlen erfasste mich.

»Ich wusste nicht, dass noch jemand kommt, Calvin. Ich hatte beim Reservieren eigentlich darum gebeten, der einzige Gast zu sein.« Ich kniff die Augen zusammen.

»Das habe ich wohl überlesen. Und ich biete nun mal zwei Zimmer an, da kann es zu Überscheidungen kommen, auch wenn das nicht oft vorkommt. Albert hat last minute reserviert.«

»Das stimmt, junge Dame. Ich bin aber auf der Durchreise und brauche nur einen Platz zum Schlafen.« Als er lächelte, kam ein toter Schneidezahn zum Vorschein.

»Verstehe. Wo ist Sheriff Almond?«, fragte ich Calvin.

Der räusperte sich und steckte eine Hand in die Hosentasche. »Er ist weg.«

»Schon?«

»Ja, offenbar hat er nicht gefunden, wonach er gesucht hat.« Sein Blick ging unruhig zwischen Albert und mir hin und her.

Ich konnte nicht sagen, wie lange ich im Bad gewesen war. In Wyoming verlor man jedes Zeitgefühl. Aber dafür, dass er nach einer vermissten Person suchte, war Almond nicht lange hier gewesen, vor allem, wenn man die Größe der Ranch bedachte. Vielleicht hatte der Sheriff Calvin doch nicht in Verdacht.

»Ich bin dann in meinem Zimmer.«

Was ich brauchte, war Abstand von allem, nur so konnte ich meine Gedanken sortieren.

Ich machte einen Bogen um Albert und vermied es, Calvin anzusehen. Irgendetwas fühlte sich nicht richtig an. Erst der Angriff des Pumas, etwas, das praktisch nie vorkam, dann die vermisste Frau und nun noch dieser komische Gast. Warum hatte Calvin mir nicht gesagt, dass noch jemand anreisen würde? Ich ließ mich aufs Bett fallen und seufzte. Es war schwer vorstellbar, dass ein Mann wie Albert überhaupt einen Account bei Airbnb hatte oder auch nur wusste, was das war und wie man es nutzte. Ich nahm mein Smartphone vom Nachttisch, um zu sehen, ob ich noch immer in der Scheiße steckte. Kein Netz. Ich seufzte noch einmal. Auf dem Flur war Flüstern zu hören, aber ich konnte nicht verstehen, was gesagt wurde. Warum flüsterten sie überhaupt?

Auf Zehenspitzen schlich ich zur Tür und lauschte.

»Ich muss mich für sie entschuldigen, sie ist momentan ziemlich durch den Wind. Ein Puma hat sie vorhin fast angefallen«, sagte Calvin leise.

»Ist ja schrecklich. Geht's ihr gut?«, flüsterte Albert zurück.

»Es wird schon gehen. Du kannst in diesem Zimmer übernachten«, erklärte Calvin.

Die Tür zum Nachbarzimmer wurde geöffnet und knarrte, so wie alles in diesem Haus knarrte. Ich hörte erst Calvin, dann Albert ins Zimmer treten, das erkannte ich am Geräusch ihrer Stiefel. Alberts Schritte klangen wuchtig, fast als würde er mehr stolpern als gehen. Calvins Schritte waren zwar auch laut, aber gleichmäßig, wie das langsame Schlagen einer Trommel.

»Danke. In ein paar Tagen bist du mich wieder los«, sagte Albert.

Calvin antwortete etwas im Flüsterton, das ich nicht verstand. Als die Tür zugezogen wurde, knarrte es wieder. Gleich darauf klopfte es bei mir. Ich huschte zurück zum Bett, setzte mich und betrachtete betont gleichgültig meine roten Fingernägel. Der Lack war an mehreren Stellen abgeplatzt.

»Herein«, rief ich.

Die Tür öffnete sich, und Calvin steckte den Kopf herein.

»Hey«, sagte er und sah mich fragend an, als wollte er feststellen, ob es ungefährlich war, reinzukommen.

Ich verzog keine Miene, schaute nur kurz auf und widmete mich wieder meinen Fingernägeln.

»Ich fahre in die Stadt. Willst du mitkommen?«

Einen Moment lang tat ich so, als würde ich darüber nachdenken. Mit in die Stadt fahren wollte ich nicht, und mit Albert in diesem Haus allein sein wollte ich auch nicht. Das Einzige, was ich wollte, war, dass mein Auto repariert wurde.

»Nein«, sagte ich schließlich.

Enttäuscht ließ er den Kopf hängen und trat von einem Bein aufs andere. »Ist alles gut zwischen uns?« Er nahm seinen Mut zusammen und kam noch einen Schritt näher.

»Klar.« Aber ich drehte mich weg und schaute mit starrem Blick durch die zerbrochene Fensterscheibe. Gar nichts war gut, und auch mir ging es nicht gut. Ich wusste, ich hätte am ersten Tag auf mein Bauchgefühl hören und direkt wieder abfahren sollen. Mit diesem Haus stimmte etwas nicht, mit dieser Ortschaft, mit Calvin. Er kam noch einen weiteren Schritt näher und setzte sich zu mir auf die Bettkante.

»Bist du sicher, Grace?«

»Ganz sicher.«

Er rückte ein Stück zu mir heran und legte die Hand auf den Platz zwischen uns. Aber zwischen uns war mehr als nur ein räumlicher Abstand, wir hatten uns emotional voneinander entfernt. Und diese Distanz vergrößerte sich noch durch die Zweifel, durch all die unbeantworteten Fragen und die vielen Antworten, von denen ich nicht wusste, ob sie stimmten. Calvin legte mir die Hand auf das nackte Knie, und mein Körper erstarrte. Als er mich in der Nacht berührt hatte, war mir warm geworden, jetzt spürte ich nur Kälte, die mich schaudern ließ. Man sagt, Liebe macht blind. Aber es war keine Liebe gewesen, sondern Lust, und die macht ausgesprochen dumm.

»Es tut mir wirklich leid, Grace, und ich mache es wieder gut. Ich will, dass es funktioniert. Das mit uns, meine ich. Wir haben doch noch ein paar Tage zusammen. Bitte, mach nicht dicht.« Seine Stimme war tief und sanft. Er streichelte mein Knie. »Es ist doch nicht aus zwischen uns, oder?«

Ich sah die Hand, die auf meinem Körper ruhte, und mir lief ein Schauer über den Rücken. Ich schüttelte den Kopf.

Er lächelte und gab mir einen Kuss auf die Wange. »Ich bin bald wieder da.« Damit erhob er sich, ohne den Blick von mir zu wenden. Ich dachte, er würde noch etwas sagen, aber er drehte sich um, ging hinaus und zog die Tür hinter sich ins Schloss.

Ich atmete auf. In einem Punkt hatte er recht: Uns blieben nur noch ein paar Tage, ihm blieben nur noch ein paar Tage ... und dann würde ich das alles hinter mir lassen.

32
CALVIN

Ich parkte meinen Truck direkt vor Betty's Boutique und nahm die leere Tortenform vom Beifahrersitz. Es war noch früh am Tag, und ich grüßte die paar Leute, die jetzt schon in der Innenstadt unterwegs waren.

»Mein Lieber. Was verschafft mir die Ehre?« Betty erhob sich von ihrem Platz hinter der Kasse. Der Laden war leer, ein normaler, ruhiger Tag mit wenig Kundschaft.

Ich hielt die Tortenform hoch. »Ich bringe nur das hier zurück«, sagte ich und stellte sie auf den Tresen.

Betty kam hinter dem Ladentisch hervor, umarmte mich und drückte mich fest an sich. »Wie geht's dir?«

»Nicht besonders.«

Sie trat ein paar Schritte zurück und musterte mich von oben bis unten. Dann runzelte sie die Stirn. »Calvin, was ist los?«

Ich drückte mich im Laden herum und stöberte ein bisschen bei den Herrensachen. Eigentlich brauchte ich nichts, ich musste nur mal mit jemandem reden. »Grace wäre heute Morgen beinahe von einem Puma angefallen worden.«

Betty riss die Augen auf und schlug die Hand vor den Mund. »Beinahe?«

Ich nickte. »Ja. Ich habe das Vieh gerade noch rechtzeitig erschossen. Es hatte schon zum Sprung angesetzt.«

»Oje«, rief sie. »Ein Glück, dass du ein so guter Schütze bist. Sie muss ja wahnsinnig erschrocken sein!«

Es war nicht das erste Mal, dass ich ein Tier erlegt hatte, und es würde sicher auch nicht das letzte Mal sein. Ich nahm mir ein rot-schwarz kariertes Hemd von einem der vollgestopften Kleiderständer und hielt es prüfend hoch. »Grace ist völlig fertig.« Ich hängte das Hemd zurück und stöberte weiter.

Betty schien etwas sagen zu wollen, konnte sich aber offenbar nicht dazu durchringen. Sie machte mehrmals den Mund auf und schloss ihn wieder.

»Was?«, fragte ich.

Sie winkte ab. »Ach, nichts.«

»Komm, spuck's aus.«

»Na ja, meiner Erfahrung nach suchen sich Pumas die Schwächsten als Beute aus. Diese Frau ist hier fehl am Platz, und selbst die Natur versucht, dir das zu sagen.« Sie schüttelte den Kopf.

»Ich verstehe nicht, was das soll, Betty.«

»Sie passt nicht nach Wyoming, mehr sage ich nicht.« Sie schob ihr Kinn vor und zuckte mit den Schultern.

»Ich glaube, das gilt für mich genauso.«

»Doch, du gehörst hierher, Calvin. Aber diese Frau hat sich in deinem Kopf eingenistet wie eine hirnfressende Amöbe. Du denkst ja nicht mehr klar.«

Ich neigte den Kopf zur Seite. »Grace hat nichts falsch gemacht.«

Ich war es leid, wie die Leute sie behandelten, und verstand, warum sie sich so merkwürdig benahm. Mir wäre es an ihrer Stelle nicht anders gegangen.

»Ich hab einfach ein komisches Gefühl bei ihr«, sagte Betty.

»Das könnte auch daran liegen, dass du seit zwei Monaten deine Rezepte nicht mehr eingelöst hast.«

Das hatte ich nicht sagen wollen, es war mir einfach herausgerutscht. Wenn Betty ihre Medikamente nicht nahm, war nämlich sie diejenige, die nicht mehr klar dachte.

Ihr fiel die Kinnlade runter, aber sie schloss den Mund sofort wieder, und ihre Lippen wurden zu einem schmalen Strich. Aus zusammengekniffenen Augen funkelte sie mich an. »Woher weißt du das?«

»Das spielt keine Rolle. Warum nimmst du deine Tabletten nicht?«

»Weil ich sie nicht brauche.«

»Offensichtlich doch. Du leidest unter Verfolgungswahn. Erst bei der Sache mit den Bienen und jetzt bei Grace.«

Ich ging die paar Schritte zum Tresen.

Betty verschränkte die Arme. »Ich glaube, du solltest dir lieber mal an die eigene Nase fassen, Calvin. Du hast dich verändert, seit sie hier ist. Du bist zu klug, um wegen irgendeiner dahergelaufenen Frau den Kopf zu verlieren.«

»Sie ist nicht einfach irgendeine Frau«, schnaubte ich.

Betty schüttelte den Kopf wie eine Mutter, die von ihrem Kind enttäuscht ist. »Wenn sie weg ist, wirst du die Dinge klarer sehen.«

»Sie wird nicht weggehen, ich will, dass sie bleibt.«

»Ach, Calvin.« Sie nahm mein Gesicht in ihre Hände, zog mich zu sich heran und drückte mir einen Kuss auf die Stirn, so, wie sie es getan hatte, als ich noch ein kleiner Junge gewesen war. »Du bist ein Dummkopf. Du bist ein verdammter Dummkopf.«

Wenn sie gewusst hätte. Ich befreite mich aus ihrem Griff, und sie ließ die Hände sinken und sah mich stirnrunzelnd an.

»Ich hoffe nur, dass du deine Medikamente wieder nimmst. Du weißt ja, was passiert, wenn du sie weglässt.«

Sie verzog den Mund und fing an, geschäftig im Laden herumzuräumen. »Heute war der Sheriff hier und hat sich nach dir und einer vermissten Frau erkundigt.«

Ich seufzte. »Ja, er war vorhin auch bei uns auf der Ranch und vor ein paar Tagen schon mal. Was hast du ihm gesagt?«

»Dass ich diese Frau nie gesehen habe.« Betty rückte eine Reihe von Cowboystiefeln zurecht und achtete darauf, dass sie in einer gerade Linie standen.

»Was wollte er denn über mich wissen?« Ich hob das Kinn und folgte ihr mit dem Blick, während sie herumwerkelte.

»Er wollte nur mehr über dich und die Ranch in Erfahrung bringen. Offenbar hatte sie vor, ein paar Tage bei dir zu übernachten.«

»Ganz genau, aber sie ist nie aufgetaucht. Das habe ich ihm auch gesagt.« Ich spürte, wie sich mein Kiefer verkrampfte. Betty wich meinem Blick aus, und ich wusste nicht, warum. Konnte oder wollte sie mir nicht in die Augen schauen? Das war ein Unterschied. »Wenn er ständig bei mir auftaucht, vermasselt mir das am Ende die Tour mit Grace.«

»Ich finde, das ist dein kleinstes Problem. Du lässt das Mädel in drei Tagen gehen, hast du mich verstanden, Calvin?« Weder sah Betty mich an noch verlor sie ein weiteres Wort. Sie ging einfach stumm in den hinteren Teil des Ladens und verschwand im Lager.

33
GRACE

Ich wechselte aus der Yoga-Brücke zum herabschauenden Hund. Die Sonne auf der Haut war angenehm und wärmte mich trotz der Kälte, die mich durchströmte. Ich war draußen auf der Yogamatte und versuchte, mich zu entspannen und nicht daran zu denken, was alles schiefgelaufen war. So war das alles nicht geplant gewesen. Albert hatte ich nicht mehr gesehen, seit Calvin uns einander vorgestellt hatte, aber er musste hier irgendwo sein, denn sein Kombi stand in der Auffahrt. Ich konnte ihn nirgends entdecken, weder am Teich noch auf der Veranda, weder neben dem Haus noch bei der Scheune. Irgendwo da war er und beobachtete mich, das spürte ich. Ich atmete einige Male tief ein und aus. Dann ging ich in den Handstand, schloss die Augen, atmete ruhiger und versuchte, an nichts zu denken und mich ganz auf die Geräusche in der Natur zu konzentrieren.

Als ich die Augen wieder öffnete, verlor ich das Gleichgewicht und kippte um. Keine zwanzig Meter von mir entfernt saß Albert, trank aus einer kleinen Flasche Jack Daniel's und beobachtete mich. Ziemlich früh am Tag für Whiskey. Er zog einen Mundwinkel hoch. Widerlicher alter Kerl. Ich machte die Augen zu, ging erneut in den Handstand und versuchte, Albert und seine aufdringlichen Blicke auszublenden.

»Du bist aber biegsam«, sagte er.

Ich riss die Augen auf und fiel wieder um. Jetzt war Albert keine zwei Meter mehr von mir entfernt. Wieso hatte ich ihn nicht gehört? Er kam nicht gerade leichtfüßig daher und war ziemlich korpulent – aber vielleicht konnte er sich, wenn es nötig war, lautlos bewegen, genau wie der Puma.

»Ich glaube, das Wort, das Sie meinen, ist gelenkig.« Ich stand auf und straffte die Schultern.

Er nahm einen Schluck und ließ den Blick an meinem Körper auf und ab wandern.

»Ist sonst noch was?« Ich stemmte eine Hand in die Hüfte.

»Nö, ich genieße nur die Aussicht.« Seine schmalen, rissigen Lippen verzogen sich zu einem Grinsen.

Ich rollte meine Yogamatte zusammen und klemmte sie mir unter den Arm. »Na dann genießen Sie mal schön«, sagte ich und stürmte ins Haus.

Was sieben Tage zuvor als ein vergnüglicher und erholsamer Urlaub begonnen hatte, war zu einem Albtraum geworden, aus dem ich nicht aufwachen konnte. Ich ging ins Wohnzimmer, zu dem Regal, das mir Calvin am ersten Tag gezeigt hatte. Angeblich las er gern, aber ich hatte ihn in der ganzen Woche kein einziges Mal ein Buch in die Hand nehmen sehen. Ich strich mit dem Finger die Buchrücken entlang. Es waren allesamt Klassiker, einige davon Pflichtlektüre in der Schule. Das deckte sich gar nicht mit dem, was Calvin meiner Vorstellung nach gern las. Ich zog einen Band heraus und blätterte darin. Ein Stück Papier flatterte zu Boden. Es war eine Quittung, ausgestellt von einer Buchhandlung zwei Tage vor meiner Ankunft. Die Summe unten auf der Rechnung belief sich auf über fünfhundert Dollar, und jedes einzelne Buch im Regal war dort aufgelistet.

Von draußen war das Stottern eines Motors zu hören. Schnell stellte ich das Buch wieder an seinen Platz und sah aus dem Fenster. Es war Alberts Kombi, der langsam die Auffahrt hinunterrollte. Ich atmete auf und sah noch einmal hinüber zum Bücherregal. Alles nur Lug und Betrug, als hätte Calvin für meinen Aufenthalt ein Bühnenbild eingerichtet.

* * *

Von der Veranda aus hatte man fast die gesamte Ranch im Blick, aber auch die Straße, auf der ich hergekommen war. Das schien mir der sicherste Ort hier zu sein, also ließ ich mich mit einem Bier und einem von Calvins »Lieblingsbüchern« dort nieder. Ich versuchte, mich in die Lektüre zu vertiefen, aber die Wörter wirbelten vor meinen Augen wild durcheinander. Ich konnte mich nicht darauf konzentrieren. Ständig wanderte mein Blick zur Straße oder zu meinem kaputten Auto, das auf der Wiese parkte. Wie sollte ich nur von hier wegkommen?

Reifen rollten knirschend über den Schotter heran. Das musste entweder Calvin sein oder Albert, aber ich sah nicht auf, sondern tat, als würde ich lesen. Mir war nicht danach, mich zu unterhalten.

Ich blätterte eine Seite weiter. Der Motor ging aus, die Autotür wurde zugeschlagen, dann kam jemand die Treppe zur Veranda herauf. Aber es war weder Calvin noch Albert, diese Schritte waren leichter.

»Ist Calvin hier?«, fragte Charlotte. Sie schien angetrunken zu sein und suchte eindeutig Streit. »Ich hab seinen Truck nicht gesehen.«

»Nein«, antwortete ich.

»Gut, ich wollte nämlich mit dir reden.« Stolpernd kam sie auf mich zu und ließ sich in einen Schaukelstuhl fallen, der bei jedem Wippen knarzte. »Calvin hat dir nichts von uns erzählt, oder?« Sie hob eine ihrer dichten, dunklen Augenbrauen.

Ich antwortete nicht, sondern schaute sie einfach an und wartete, dass sie loswurde, was auch immer sie loswerden wollte. Ihre Augen waren blutunterlaufen, der Lippenstift verschmiert.

»Wir haben miteinander geschlafen, vor etwa einem Monat. Ich dachte, das interessiert dich sicher«, sagte sie und stierte mich an, wohl eine Reaktion erwartend.

Ich nahm mein Bier vom Tisch und trank einen großen Schluck. Das war keine Überraschung, ich hatte mir längst gedacht, dass die beiden etwas miteinander gehabt hatten. Es war so offensichtlich, und es erklärte, weshalb sie mir gegenüber so abweisend und eifersüchtig war. Dass sie miteinander geschlafen hatten, war mir egal, ich wollte nur, dass sie verschwand.

»Calvin hat mir gesagt, dass er dich hier nicht mehr sehen will«, sagte ich.

Sie knirschte vor Wut mit den Zähnen. »Wann hat er das gesagt?« Sie streckte das Kinn angriffslustig in die Luft. Man sah, dass sie sich anstrengte, einen gelassenen Gesichtsausdruck zu bewahren, aber dazu stand sie viel zu sehr unter Strom. Sie sah aus, als würde sie vor Wut platzen, wenn ich jetzt etwas Falsches sagte.

Ich nahm noch einen Schluck, schaute sie an und wählte meine Worte mit Bedacht – oder auch nicht, je nachdem, wie man es sehen will.

»Gestern Abend«, und ich deutete mit dem Hals der Bierflasche zur Weide hinter der Scheune, »als er mich da drüben auf der Weide gefickt hat.«

Sie lief knallrot an, so als würde sie gleich losheulen und mich anschreien, doch noch ehe sie reagieren konnte, bog Calvins Truck in die Auffahrt ein. Sie erhob sich leicht wankend und marschierte über die Veranda und die Treppe hinunter.

Calvin schlug die Tür des Trucks hinter sich zu und spielte mit dem Schlüssel in seiner Hand.

»Was willst du hier, Charlotte?« Sie lief auf ihn zu, und er steckte die Hände in die Taschen und lehnte sich an seinen Wagen.

Ich ging zur Treppe, blieb aber oben auf der Veranda stehen und überlegte, ob ich eingreifen oder besser einfach reingehen sollte.

»Ich habe Grace von uns erzählt«, fauchte Charlotte ihn an.

Er schüttelte den Kopf und fuhr sich frustriert mit den Händen übers Gesicht, dann sah er zu mir herüber.

»Tut mir leid, Grace«, sagte er. »Es war nichts. Ein Fehler, der nur einmal passiert ist.«

Ich verzog keine Miene, das war er nicht wert. Als ich mich abwandte, um zu gehen, begannen seine Lippen zu zittern.

»Grace, warte!«, rief er.

Ohne mich noch einmal umzudrehen oder noch etwas zu sagen, ging ich ins Haus und ließ die Tür hinter mir ins Schloss fallen. Das war zwar der letzte Ort, an dem ich sein wollte, aber es blieb mir nichts anderes übrig. Calvin war ein Lügner, so viel war klar. Die Frage war nur … war er noch etwas Schlimmeres?

34
CALVIN

Kurz dachte ich daran, Grace hinterherzulaufen, aber ich musste erst Charlotte loswerden, und zwar ein für alle Mal. Eigentlich dachte ich, ich hätte das längst geschafft, aber manche Tiere kämpfen bis zum Schluss. Sie machte alles kaputt. Grace hatte recht, ich hätte dafür sorgen müssen, dass Charlotte nicht wiederkam. Sie sah mich mit dem gleichen Ausdruck an, mit dem ich Grace anschaute, und ich wusste, das war gefährlich, denn Charlotte konnte mich nicht haben.

»Ein Fehler?« Charlottes Stimme bebte. In ihren Augenwinkeln sammelten sich Tränen.

Ich nickte. Das war keine neue Information, deshalb verstand ich auch nicht, warum sie wieder hier aufgetaucht war.

Sie wurde rot und starrte mich wütend an. »Ich werde dir zeigen, was ein Fehler ist.« Es klang wie eine Drohung, aber ich war mir nicht sicher, wie sie es meinte.

Ich reckte das Kinn. »Was soll das heißen?«

»Ich habe mit Joe geschlafen«, keifte sie. »Gestern Abend.« Sie drängte sich an mir vorbei. »Und ich habe ihm alles erzählt.«

Ich riss die Augen auf.

»Ihm was erzählt?«, rief ich und packte sie am Arm. Meine Finger gruben sich in ihr Fleisch. Sie holte mit dem anderen Arm aus und hieb mir die Faust ins Auge.

Ich stieß sie weg – heftig, zu heftig. Sie fiel rückwärts zu Boden, und ihr Kopf landete mit einem dumpfen Laut auf dem Kies. Einen Moment lang lag sie benommen da. Dann setzte sie sich auf, fasste sich an den Hinterkopf und hielt sich dann die Hand vors Gesicht. Es klebte Blut daran.

»Char, es tut mir leid, das wollte ich nicht.« Ich versuchte, ihr aufzuhelfen, aber sie schlug meine Hand weg. Wackelig und unsicher kam sie allein auf die Beine. Dann fasste sie sich wieder an den Hinterkopf und betrachtete ihre Hand. Noch mehr Blut.

»Lass mich dich nach Hause bringen, bitte!«, beschwor ich sie.

Sie schaute mich zwischen ihren gespreizten, blutverschmierten Fingern hindurch an.

»Ich hab es satt, deine Geheimnisse zu hüten.«

»Geheimnisse? Was redest du denn? Was hast du Joe erzählt?« Ich fuhr mir so fest übers Gesicht, dass ich an der Haut zerrte. Dann holte ich tief Luft.

Sie wich zurück, als hätte sie Angst vor mir, vor dem, was ich tun könnte. Dann machte sie kehrt und marschierte wütend zu ihrem Wagen zurück. Ihr Hinterkopf war voller Blut aus der Platzwunde.

Ich dachte, sie würde davonrasen, aber sie nahm sich Zeit, startete den Wagen in aller Ruhe und fuhr gemächlich weg. Ich schaute auf meine Hände hinunter. Sie hielten nicht still. Sie zitterten wie die eines Junkies auf Entzug. Ich versuchte, sie ruhig zu halten, doch es gelang mir nicht. Charlottes Wagen verschwand in der Ferne, und ich musste an ihre letzten Worte denken. Ich habe es satt, deine Geheimnisse zu hüten. Was wusste sie?

35
GRACE

Ich musste hier weg. Weg von dieser Ranch, aus diesem Ort – verdammt noch mal, raus aus ganz Wyoming. Charlotte war ein Problem, ein Riesenproblem sogar. Und dann waren da noch der Sheriff und die Vermisste. Wenn Calvin ihr etwas angetan hatte, dann änderte das alles. Ich packte das meiste zusammen, nur für den Fall, dass ich schnell abhauen musste, aber ohne fahrbaren Untersatz oder ein funktionierendes Handy wusste ich gar nicht, wie ich das anstellen sollte. Ich konnte Calvins Truck nehmen oder vom Festnetz aus telefonieren – falls das überhaupt funktionierte. Seit ich hier war, hatte ich das Telefon nicht ein einziges Mal läuten hören. Ein neuer Plan musste her. Vielleicht war es das Klügste, so zu tun, als wäre alles in Ordnung. Zumindest, bis mein Auto wieder lief.

Ein Klopfen an der Tür riss mich aus meinen Gedanken.

»Darf ich reinkommen?«, fragte Calvin.

Ich setzte mich aufs Bett, nahm ein Buch vom Nachttisch und tat, als würde ich lesen. »Ja!«

Er öffnete die Tür und hatte diesen verdammten Teddybären dabei. Ich hätte dem Scheißding am liebsten den Kopf abgerissen.

»Der lag auf der Couch.« Er setzte sich zu mir aufs Bett und hielt mir das Stofftier hin. Ich schmiss es zur Seite.

Calvin ließ den Kopf hängen. »Es tut mir leid, dass ich dir nichts von Charlotte gesagt habe. Es war wirklich nur ein einziges Mal. An dem Abend tat ich mir selber unendlich leid, und, na ja, sie war halt gerade da. So kam eins zum anderen.« Er zuckte mit den Schultern. »Das ist natürlich keine Entschuldigung. Ich hätte es dir sagen müssen.«

Er legte eine Hand auf die Decke. Direkt darunter lag mein Oberschenkel. Ein Schauer überlief mich, aber ich versuchte, ruhig zu atmen und mich zu entspannen, damit er es nicht merkte.

»Was war noch alles gelogen?« Ich beobachtete sein Gesicht. Über ein paar seiner Lügen wusste ich Bescheid. Würde er sie zugeben oder daran festhalten?«

»Nichts. Ich schwöre.«

Eine Lüge.

Er atmete kräftig aus. »Sie hat mir erzählt, dass sie mit Joe geschlafen hat.« Er sah mich an. »Gestern Abend nach dem Grillfest.«

Das sagte er nur, damit ich Mitleid mit ihm bekam, doch da hatte er sich verrechnet. Aber warum behauptete Charlotte, dass Joe gefährlich war? Falls das wirklich so war, hätte sie doch nicht mit ihm geschlafen. Oder doch? Vielleicht war sie tatsächlich so verrückt. Verrückt genug, um mit einem potenziell gefährlichen Mann zu schlafen, nur damit Calvin eifersüchtig wurde.

Ich nahm das Glas Wasser vom Nachttisch und trank einen Schluck. Aus Calvins Blick sprach Scham, aber auch Wut. Wo war die Wärme hin, die ich noch wenige Tage zuvor darin gesehen hatte? Er streichelte meinen Oberschenkel unter der Decke, wohl damit ich mich entspannte – aber nichts an dieser Situation war entspannend.

»Du bist sauer, ich weiß. Und du hast jedes Recht dazu. Es tut mir leid. Sie bedeuten mir alle nichts, weder Charlotte noch Joe oder Betty. Du bist die Einzige, die zählt, und ich will unbedingt, dass es zwischen uns läuft«, sagte er.

Er sah mir tief in die Augen und wartete auf eine Antwort, aber manchmal ist es besser zu schweigen.

»Ich liebe dich, Grace Evans. Das ist nicht der beste Zeitpunkt, um dir das zu gestehen, aber so ist es nun mal. Ich hab mich in dich verliebt.« In seinem Gesicht zuckte es. Mein Schweigen machte ihn wütend, und er tat alles, um sich die Wut nicht anmerken zu lassen. Doch alles war nicht genug.

Als ich nichts sagte, räusperte er sich.

»Ich erwarte nicht, dass du mir ebenfalls sagst, dass du mich liebst. Ich möchte nur, dass du weißt, was ich für dich empfinde.« Damit stand er auf und ging zur Tür. Bevor er das Licht löschte, lächelte er mich an, sagte: »Schlaf gut, Grace«, lehnte sich an den Türrahmen und wartete auf eine Antwort.

Als wieder nur Schweigen kam, zog er schließlich die Tür hinter sich zu. Ich wusste, dass er noch draußen stand. Vollkommen still wie eine Statue. Es vergingen noch ein paar Minuten, bis er endlich verschwand und ich ihn den Flur entlangstapfen hörte. Erst da sank tief in meine Kissen und zog mir die Decke bis unters Kinn.

»Mach's gut, Calvin«, flüsterte ich in den dunklen, stillen Raum.

* * *

Als ich spürte, dass etwas auf die Matratze drückte, riss ich die Augen auf. Ich hatte keine Ahnung, wie spät es war. Es war stockdunkel, also war es wohl mitten in der Nacht. Ich lag auf der Seite und spürte einen Arm auf mir. Er schmiegte sich in der Löffelchenstellung an mich und zog mich näher zu sich heran. Mein erster Impuls war, Calvin aus dem Bett zu werfen, aber dazu fühlte ich mich ihm zu schutzlos ausgeliefert. Was, wenn ihn das so wütend machte, dass er die Beherrschung verlor? Ich atmete tief durch die Nase ein und stockte, als ich merkte, dass etwas nicht stimmte. Calvin stank doch nicht nach Jack Daniel's?

Mit einem Satz sprang ich aus dem Bett und schrie. Das Licht ging an. Calvin erschien in Boxershorts in der Tür. Im Bett lag Albert. Mit wirren Haaren, die Augen nur einen Spaltweit auf und offenbar völlig betrunken, setzte er sich auf.

»Was'n los?«, lallte er.

»Du liegst in meinem verdammten Bett!«, schrie ich.

Calvin war sofort zur Stelle. »Raus aus ihrem Bett!«

Der alte Sack schaute sich verwirrt um und wälzte sich schließlich aus dem Bett. Beim Aufstehen geriet er so aus dem Gleichgewicht, dass er gegen die Wand prallte. »Hab mich wohl verirrt.« Er tippte sich an den imaginären Hut, murmelte: »Tut mir leid, junge Dame«, stolperte zur Tür und winkte noch zum Abschied, bevor er in sein eigenes Zimmer wankte und die Tür hinter sich zuknallte.

Ich stieß Calvin weg. »Ich will ein verdammtes Schloss an meiner Tür!«

Er machte eine beschwichtigende Geste und nickte. »Natürlich. Alles, was du willst.«

»Und er muss weg!«, forderte ich.

Calvin rieb sich die Augen. »Jetzt gleich kann ich ihn unmöglich vor die Tür setzen, es ist mitten in der Nacht. Ich bin sicher, es war nur ein Versehen. Er ist alt und hat zu viel getrunken.«

»Ein Versehen? Du hast ja nicht mitbekommen, wie er mich angestiert hat!« Ich schauderte. »Du hast mir versprochen, dass ich hier sicher bin.«

»Ich weiß, es tut mir leid.« Er fasste mich bei den Armen. »Morgen baue ich ein Schloss ein und schaue zu, dass er woanders unterkommt.«

Er sah mir in die Augen und wartete auf eine Antwort.

Ich schüttelte seine Hände ab, drehte mich von ihm weg und ließ mich aufs Bett fallen. »Mach die Tür zu, wenn du gehst«, sagte ich nur und zog mir die Decke über die Schultern.

Calvin wartete noch kurz und seufzte. »Okay«, sagte er schließlich. »Schlaf gut, Grace.« Er löschte das Licht, schloss die Tür und blieb wieder auf der anderen Seite stehen. Irgendwann muss ich eingeschlafen sein, denn ich hörte ihn nicht weggehen. Ich glaube, er stand die ganze Nacht dort.

TAG
ACHT

36
CALVIN

Nachdem ich die letzte Schraube festgezogen hatte, warf ich den Schraubenzieher in den Werkzeugkasten und rüttelte an dem neuen Türgriff, um sicherzugehen, dass er ordentlich angebracht war. Es war die Sorte Griff, in die ein Schloss integriert ist. Ich hätte ihn schon einbauen sollen, als ich anfing, Zimmer zu vermieten, aber weil sich niemand beschwert hatte, war es in Vergessenheit geraten.

»Was machst du da?« Grace fuhr im Bett hoch. Ihre Haare standen in alle Richtungen ab, und sie hatte dunkle Ringe unter den Augen. Offensichtlich hatte sie nicht gut geschlafen.

»Tut mir leid, ich wollte dich nicht wecken«, sagte ich und richtete mich auf. »Ich habe das Schloss eingebaut, das du wolltest.«

Grace starrte mich nur schweigend an. Sie blinzelte ein paarmal, und ihr Blick huschte unruhig zwischen mir und dem neuen Türgriff hin und her. Ich nahm an, dass ich mich gestern endgültig ins Aus geschossen hatte und sie hier nur noch die Zeit absaß, bis sie abfahren konnte. Aber ganz wollte ich die Hoffnung, sie noch umstimmen zu können, nicht aufgeben.

»Will doch alles dafür tun, dass du dich hier wohlfühlst.« Ich ging ein paar Schritte auf sie zu und hielt ihr einen silberfarbenen Schlüssel hin. »Hier«, sagte ich und ließ ihn vor ihr hin und her baumeln.

Wenn sie das brauchte, damit sie sich hier sicher fühlte, dann gab ich es ihr. Mit der Sicherheit ist es aber so eine Sache. Man kann in Sicherheit sein, oder man kann sich sicher fühlen und es trotzdem nicht sein. Und den Unterschied bemerkt man möglicherweise erst, wenn es zu spät ist. Am Ende nahm sie den Schlüssel und umschloss ihn fest mit der Hand. Ich konnte mir vorstellen, dass er sie beruhigte wie eine Schmusedecke ein Kind.

»Ich hoffe, damit geht's dir besser.«

Grace starrte mich nur aus diesen blauen, blauen Augen ausdruckslos an. Zu gern hätte ich gewusst, ob sie Angst hatte zu antworten oder nur nicht die richtigen Worte fand. Ich hoffte auf Ersteres, obwohl auch Angst nicht ewig währt und wieder vergeht. Ich studierte ihr Gesicht, von dem perfekten Schmollmund über die kleine Nase bis zum sanften Schwung der Augenbrauen, doch es gelang mir nicht, ihre Gedanken zu erraten.

»Was ich gestern Abend gesagt habe, war ernst gemeint.« Ich hielt den Atem an und wartete darauf, dass sie etwas sagte. Von mir aus konnte sie mich auch anschreien, wenn sie nur endlich mit mir sprach. Aber sie schien vollkommen abwesend zu sein. Körperlich da, geistig und emotional nicht. Vielleicht war das von Anfang an so gewesen, und ich hatte mir die Verbindung zu ihr nur eingebildet? Wie waren wir innerhalb von nur vierundzwanzig Stunden von Liebenden zu Fremden geworden?

Ich sah auf meine Hände hinunter. Sie waren unruhig, und ich ballte sie kurz zu Fäusten und ließ wieder locker.

»Gut, ich muss noch ein paar Sachen erledigen, aber ich mach schnell und bin bald wieder da.« Auf dem Weg nach draußen griff ich mir meinen Werkzeugkasten. Ich warf einen Blick zurück in der Hoffnung, sie würde doch noch etwas sagen oder mich sogar so anschauen, wie sie mich auf der Weide angeschaut hatte, bevor alles vor die Hunde ging. Doch stattdessen legte sie sich hin und kehrte mir den Rücken zu.

Ich schloss die Tür und seufzte. So hatte ich mir das nicht gedacht, irgendwie war alles aus dem Ruder gelaufen. Wie immer. Im Flur legte ich das Ohr an die Tür. Ich wollte ihr doch nur nahe sein. Stille. Ich wartete ein paar Minuten, aber es war nichts zu hören. Alberts Tür war noch zu, also war nicht damit zu rechnen, dass er sich vor Mittag regen würde. Um ihn würde ich mich kümmern, sobald ich vom Einkaufen zurück war.

In zwei Tagen wollte Grace abreisen, und falls sie das wirklich durchzog, würde ich sie ohne Zweifel nie wiedersehen. Dieser Ort hatte es an sich, dass er seine Bewohner nicht losließ und Fremde nicht zuließ. Aber ich durfte das nicht erlauben. Grace gehörte mir.

37
GRACE

Mit einem Glas Limonade und dem letzten Buch, das ich noch lesen wollte, ging ich raus auf die Veranda. Die Sonne stand schon hoch am Himmel und brannte auf das trockene Gras herunter. Ich machte es mir auf einem der Schaukelstühle bequem, stellte die Limo auf den Tisch neben mir und schlug die erste Seite des Buchs auf. Nachdem Calvin abgefahren war, hatte ich noch eine Weile im Bett gelegen und mir den Kopf darüber zerbrochen, wie ich die nächsten zwei Tage überstehen sollte. Es war nötig, dass ich mich von ihm abgrenzte, auch wenn ich noch eine gewisse Schwäche für ihn hatte. Mir war klar geworden, dass etwas mit ihm nicht in Ordnung war, vielleicht reizte mich sogar genau das. Kaputte Menschen fühlen sich zu anderen kaputten Menschen hingezogen.

»Was liest 'n da?«

An der Haustür stand Albert mit einem Bier in der Hand und grinste mich schief an.

Ich verdrehte nur die Augen und richtete den Blick wieder auf das Buch.

Polternd kamen seine schweren Schritte näher. Er war zwar groß, aber auch alt und meistens betrunken. Im Zweifelsfall war ich wohl schneller und würde vor ihm weglaufen können. Er setzte sich neben mich auf einen Schaukelstuhl und schwang langsam vor und zurück.

»Mein Gedächtnis ist nicht das beste, aber ich glaube, ich muss mich wohl bei dir entschuldigen«, sagte er.

Ich nickte nur.

»Es tut mir leid. Ich bin kein toller Mensch, aber wenn ich was verspreche, halte ich es. War keine Absicht, ehrlich! Und es kommt nicht wieder vor.« Er trank das Bier in großen Schlucken. »Ich habe viele Dämonen, aber Frauen wehzutun gehört nicht dazu.« Er sah mich an und zog eine Augenbraue hoch.

»Dämonen?«, fragte ich.

»Jeder hat welche. Du sicher auch.«

»Kann sein«, sagte ich und blätterte eine Seite weiter.

»Manche Leute können sie nur besser verbergen«, meinte er. Sein Stuhl knarrte beim Schaukeln.

Ich schielte unauffällig zu ihm rüber, musterte die alte, verwitterte Haut und das Notfallarmband, das an seinem Handgelenk baumelte. Albert war einfach ein alter, kranker, versoffener Kerl.

»Wofür musst du das tragen?« Ich deutete auf das Armband.

Er sah nach unten und streckte die Hand aus. »Das hier meinst du?« Das Sonnenlicht glänzte auf dem Metall. »Das ist nur eine Liste der Sachen, die ich nicht vertrage. Wie gesagt, ich habe viele Dämonen. Manches vertrage ich nicht, und von manchem habe ich viel zu viel.« Er lachte glucksend und hielt sein Bier hoch. »Ich bin das, was für Darwin ein ›Verlierer beim Roulette des Lebens‹ gewesen wäre.«

Ich konnte mir ein Grinsen nicht verkneifen. »Was verträgst du denn alles nicht?«

»Schalentiere, Nüsse, Bienen, Eier, Erdbeeren. Praktisch alles, wogegen man allergisch sein kann. Deshalb ernähre ich mich hauptsächlich von rotem Fleisch und Schnaps, und das ist mir auch nicht unrecht.« Wieder lachte er leise vor sich hin. Dann stellte er seine leere Flasche neben sich auf den Tisch.

»Und was hat dich hierher verschlagen?« Ich klappte mein Buch zu und schenkte ihm jetzt meine volle Aufmerksamkeit.

»Eine ganze Reihe schlechter Lebensentscheidungen, würde ich sagen. Aber wenn man ständig an den harten und steinigen Wegen im Leben scheitert, nimmt man am Ende die Abkürzungen. Weißt du, was ich meine?« Er sah mich an.

»Ich glaube schon.«

»Und du? Was treibst du hier?«, fragte er und wollte noch einen Schluck Bier nehmen, hatte aber offenbar vergessen, dass die Flasche leer war.

»Ich entscheide mich meistens für den harten, steinigen Weg, würde ich sagen.«

Als er merkte, dass in der Flasche nur Luft war, setzte er sie wieder ab. »Bleib dabei, irgendwann geht auch der längste Weg zu Ende.«

»Du bist eigentlich gar nicht so übel, Albert.«

Wir waren einander nicht unähnlich. Auch er reiste allein, hatte mit seinen Macken zu kämpfen und war immer auf der Suche nach Sachen, die das Leben spannender machten.

»Na, besonders gut bin ich aber auch nicht.« Er grinste und hielt die Bierflasche hoch. »Ich hol mir noch eins.« Als er aufstand, knackten und knirschten seine Knochen. »Auch eins?«

»Gern.« Ich nickte.

Er schlurfte über die Veranda und verschwand im Haus. Fast gleichzeitig bog Calvins Truck in die Auffahrt ein, dicht gefolgt von einem Streifenwagen. Wusste ich doch, dass dieser Ort nur Ärger brachte. Ich hatte es vom ersten Moment an gespürt.

38

CALVIN

Grace saß auf der Veranda im Schaukelstuhl. Wie sehr ich mir wünschte, sie jeden Tag beim Zurückkommen so vorzufinden! Der weite, blaue Himmel umgab uns, als wären wir hier in unserem eigenen perfekten kleinen Universum, das nur für uns beide erschaffen worden war. Sie war eine Augenweide, das blonde Haar zu einem lockeren Knoten hochgesteckt. Ich stellte mir vor, wie ich ihn löste und ihr die Locken ums Gesicht fielen. Es freute mich, dass sie aus ihrem Zimmer gekommen war. Hinter mir ging ein Automotor aus. Ich hatte nicht mitbekommen, dass mir jemand gefolgt war. Es war Wyatt, der nun aus seinem Streifenwagen ausstieg.

»Hey«, sagte ich.

Sein Gesicht war dunkelrot, seine Hände zu Fäusten geballt. Mitten auf seiner Stirn verlief eine dicke Zornesader, die pochte und aussah, als würde sie jeden Moment platzen. Mit drei großen Schritten war er bei mir. Statt der üblichen freundlichen Worte begrüßte mich seine Faust. Sie traf mich mit solcher Wucht, dass ich rückwärtstaumelte und Sternchen sah. Meine Wange pochte zwar, aber ich stand noch aufrecht.

»Was zur Hölle, Wyatt!«

Bevor er noch einmal auf mich losgehen konnte, stellte Grace sich zwischen uns und legte jedem eine Hand auf die Brust. Sie fragte mich, ob alles in Ordnung sei. Da wusste ich, dass ich ihr doch noch wichtig war. Und wenn auch nicht jetzt im Moment, dann doch irgendwann wieder.

Wyatt baute sich vor mir auf und reckte das Kinn in die Luft. »Was hast du mit Charlotte gemacht?«, stieß er wütend hervor.

»Was? Was hat sie dir denn erzählt?«

Grace hatte die Hände noch immer erhoben und stand zwischen uns. Ich ließ die Waffe in Wyatts Holster nicht aus den Augen. Hatte er vor, mich gleich an Ort und Stelle abzuknallen? Wütend genug war er.

»Ich habe gesehen, wie du sie zugerichtet hast. Die Wunde an ihrem Hinterkopf!«

Ich keuchte auf und sah von Grace zu Wyatt. Char hatte nicht gelogen. Es stimmte, ich hatte ihr das angetan, aber nicht mit Absicht. Hätte ich sie verletzen wollen, hätte ich es getan, aber es war wirklich nur ein Unfall gewesen. Sie hatte es Wyatt erzählt, um ihn für ihre Zwecke einzuspannen, so viel war klar.

»Warst du das?«, brüllte er. »Hast du ihr das angetan? Falls ja, dann sorge ich dafür, dass du eine Anzeige bekommst!«

»Nein!«, schrie Grace dazwischen. Sie baute sich vor Wyatt auf, und er wich einen Schritt zurück, als hätte er Angst vor ihr. »Charlotte war hier, offensichtlich auf der Suche nach Streit. Sie war betrunken und aggressiv und hat erzählt …«, Grace zögerte. »Sie hat erzählt, dass sie mit Joe geschlafen hat. Wenn du also jemanden festnehmen willst, dann sie. Sie ist besoffen Auto gefahren, und sie ist eine Drecksschlampe.«

Wyatt riss ungläubig die Augen auf und blickte verwirrt zwischen Grace und mir hin und her. Dann schnaubte er und stolperte ein paar Schritte rückwärts.

Grace hatte ausgelassen, dass auch Charlotte und ich miteinander geschlafen hatten. Sicher, um mich zu schützen.

»Sie war mit Joe im Bett?«, stammelte er.

Wyatt liebte Charlotte, aber diese Enthüllung änderte alles. Ich glaube, bis zu diesem Augenblick hatte er noch gehofft, dass sie zu ihm zurückkommen würde – dass sie vielleicht nur kalte Füße bekommen hatte, weil ihr alles zu eng geworden war. Aber in Wahrheit war er einfach nicht der Mann, mit dem sie zusammen sein wollte. Sie wollte mich. Und Joe war nur ein Bauernopfer in ihrem Spiel.

Ich sah ihn mitfühlend an. »Oh Mann, das tut mir leid.«

»Joe ist mein bester Freund.« Wyatts Lippen zitterten.

»Ich weiß.« Ich ging zu ihm und klopfte ihm auf die Schulter. Vor lauter Ärger über Char hatte ich vergessen, was Joe ihm angetan hatte. Wyatt und Joe waren seit Kindertagen beste Freunde. Nach dem Unfall, als die meisten anderen nichts mehr mit Joe zu tun haben wollten, hatte Wyatt zu ihm gehalten. Hatte den Gerüchten widersprochen, dass Joe es absichtlich getan haben könnte. Hatte sich sogar um ihn gekümmert, bis er wieder fit genug war, sich selbst zu versorgen.

Wyatt straffte die Schultern. »Ich muss los.« Er ließ einen Moment den Kopf hängen und murmelte: »Tut mir leid.«

»Schon okay«, sagte ich.

Ohne ein weiteres Wort stieg er in seinen Wagen und stieß rückwärts aus der Auffahrt auf die Straße hinaus. Ich hatte keine Ahnung, was er vorhatte, aber mir war klar, dass es nichts Gutes sein konnte. Auf der Straße fuhr er mit quietschenden Reifen an, schaltete Blaulicht und Sirene ein und raste in Richtung Dubois davon.

Ich schüttelte den Kopf und drehte mich zu Grace um. »Danke, dass du dich für mich eingesetzt hast.«

Sie deutete auf meine Wange. »Du solltest da etwas Eis drauftun.«

»Alles in Ordnung bei euch?« Albert erschien mit zwei Flaschen Bier auf der Veranda. »Klang wie ein Streit.«

Grace nickte und nahm ihm ein Bier ab. »Alles gut.« Sie stießen an und tranken.

Das wäre wohl der beste Zeitpunkt gewesen, ihr die ganze Wahrheit zu sagen, aber dieser Gedanke verschwand schnell wieder. Gerade lief alles besser, und ich wollte nicht, dass so etwas Albernes wie die Wahrheit alles verdarb, also lächelte ich nur und setzte mich zu ihnen.

* * *

Das Bier perlte auf meiner Zunge, aber vielleicht war es auch Grace, die dieses prickelnde Gefühl in mir auslöste. Sie saß neben mir auf der Veranda und aß ein Schinken-Käse-Sandwich. Nach einem halben Dutzend Bier mit Albert war sie aufgetaut und hatte mir sogar erlaubt, ihr etwas zu essen zu machen. Der Himmel sah aus wie gemalt. Blau-, Gelb- und Rosatöne flossen ineinander, aber die Schönheit des Himmels verblasste neben ihrer. Grace schaukelte im knarrenden Schaukelstuhl. Wir waren wieder bei den typischen Date-Gesprächsthemen angelangt und tauschten uns über unsere Vorlieben und Abneigungen, Hoffnungen und Träume aus. Es war schön, richtig schön sogar.

»Gibt es etwas, das du mehr als alles andere bereust?«, fragte sie und setzte die Flasche ab. Die Flüssigkeit hinterließ auf ihren Lippen einen feuchten Schimmer, der geradezu eine Aufforderung war, ihn wegzuküssen. Doch ich widerstand der Versuchung.

»Dass ich von hier weggegangen bin«, antwortete ich. »Aber auch, dass ich zurückgekommen bin.«

Grace sah mich neugierig an. »Warum?«

»Anfangs habe ich mich gefühlt wie ein freigelassenes wildes Tier. Ich habe gelernt, wie es ist, frei zu sein, und erkannt, dass die Welt anders ist, als ich sie mir vorgestellt hatte. Und dann bin ich, bildlich gesprochen, wieder in den Käfig gesperrt worden.« Ich sah zu ihr hinüber, sicher, dass sie kaum etwas von dem verstand, was ich sagte, doch sie nickte.

Dann zog sie eine Augenbraue hoch. »Du musst doch nicht wirklich wegen des Geldes über Airbnb Zimmer anbieten, oder?«

Vielleicht hatte sie mich komplett durchschaut.

Ich schüttelte den Kopf und trank einen Schluck. »Nein, muss ich nicht.«

»Warum hast du mich belogen?« Sie stellte ihren leeren Teller auf dem Tisch zwischen uns ab.

»Woher weißt du, dass ich gelogen habe?«

»Das spielt keine Rolle. Mich interessiert, warum du es getan hast?« Sie musterte mich streng. Offenbar hatte sie mich die ganze Zeit genau beobachtet.

Ich atmete tief aus, und dabei rutschte ein Teil der Wahrheit mit heraus. »Ich habe gelogen, weil es mir peinlich war. Durch die Lebensversicherungen meiner Eltern habe ich einiges an Geld geerbt. Aber mir war auch ziemlich schnell klar, dass Geld nicht alles ist. Bei Airbnb habe ich mich nur angemeldet, weil ich einsam war.« Ich schaute sie unsicher an.

Grace presste die Lippen aufeinander und senkte den Blick.

Ich glaube, ich tat ihr leid.

Eine Weile saßen wir noch zusammen, schaukelten und blickten hinaus auf den Teich und die saftige Weide dahinter. Unsere Unterhaltung durfte nicht so enden.

»Wie ist das bei dir? Was bereust du?«

»Gar nichts.«

»Blödsinn.«

»Doch, das stimmt. Ich bereue nichts. Was gut lief, habe ich genossen. Was schiefging, war mir eine Lehre. Warum sollte ich bereuen, was mich zu der gemacht hat, die ich heute bin?« Sie schob das Kinn vor.

»Du bist besonders«, sagte ich und nahm noch einen Schluck Bier.

»Besonders gut, meinst du?«

»Spielt keine Rolle, ob gut oder schlecht. Deiner Logik nach muss ich es ohnehin nicht bereuen, mich auf dich eingelassen zu haben.« Ich warf ihr einen kurzen Blick zu und grinste sie an, bevor ich die untergehende Sonne anschaute. Sie spiegelte sich im Teich und ließ ihn wie Glas wirken.

»Machst du dich über mich lustig, Calvin?«

»Nein, natürlich nicht. Würde ich nie tun.«

Sie lachte. Wir waren zurück bei Tag sechs, als hätte es den siebten Tag nie gegeben. Wir flirteten wieder. Tauschten uns sogar aus. Ich glaube, sie konnte sich jetzt auch eine Zukunft mit mir vorstellen. Und wenn ich uns vom Rest der Welt abschotten musste, nur um mit Grace Evans zusammen sein zu können – ich würde es tun.

»Was ist eigentlich mit meinem Auto?«, fragte sie.

Die Frage war wie ein Schlag in die Magengrube. Ständig fragte sie nach der Dreckskarre, nur um von mir wegzukommen.

»Wird morgen repariert«, murmelte ich, leierte es herunter, als würde ich das Telefonbuch vorlesen.

Plötzlich flog die Fliegengittertür auf und knallte mit einem Schlag wieder zu. Albert kam mit schweren, schleppenden Schritten nach draußen geeiert. Seine Haut war gerötet, das Haar war teilweise verfilzt und stand an anderen Stellen wirr vom Kopf ab. Schwer zu sagen, ob er geschlafen hatte oder einfach noch betrunkener war.

»Hey, Calvin. Ich hab ziemlich getankt.« Damit war diese Frage geklärt. »Jetzt ist der Jack alle. Macht's dir was aus, mich in die Stadt zu fahren?«

Ich kniff leicht die Augen zusammen. »Eigentlich bin ich gerade beschäftigt.«

Grace sammelte die Bierflaschen und leeren Teller ein. »Ach, fahr ihn doch schnell. Wir haben auch keinen Wein mehr.«

Widerstrebend stand ich auf. Ich hätte ihm nicht erlauben sollen, hierzubleiben.

»Okay, ich beeile mich.« Bevor mich der Mut verließ oder ich es mir anders überlegen konnte, gab ich ihr einen flüchtigen Kuss auf die Stirn. Sie wich nicht aus.

»Danke, Grace.« Albert grinste sie an und ging schon vor zum Truck.

»Ist es gut, sein Laster noch zu unterstützen?«, flüsterte ich Grace zu. Der letzte Strohhalm, um vielleicht doch nicht fahren zu müssen.

»Er ist alt, lass ihm die paar Freuden, die er noch hat«, antwortete sie. »Außerdem ist nicht jede schlechte Gewohnheit gleich ein Laster.«

»Du bist zu gutherzig, Grace.« Ich beugte mich zu ihr hinunter und wollte ihr einen Kuss auf die Wange geben, doch sie drehte ihr Gesicht so, dass meine Lippen genau auf ihren landeten. Sie waren so warm und weich wie mein Kopfkissen im Sommer. Ich konnte nur beseelt lächeln, als sie sich von mir löste. »Bin bald wieder da.«

»Auf geht's, Albert wartet«, sagte sie und wies auf Albert, der schon im Wagen saß und das Fenster auf der Beifahrerseite herunterkurbelte.

Ich nickte und ging, ohne den Blick von Grace zu wenden. Nie wieder wollte ich etwas anderes sehen. Manchem kann man unmöglich widerstehen, und auch bei Grace war das so.

39
GRACE

Als Calvin weg war, fand ich mich irgendwann am Ende des Flurs wieder. Bei der Kellertür mit dem Vorhängeschloss, die tabu war. Er würde kaum länger als eine halbe Stunde unterwegs sein. Ich überlegte, ob es sich überhaupt lohnte, mir die Tür vorzunehmen. Reichte die Zeit? Er war schon seit zehn Minuten weg. Musste ich denn wissen, was da unten war? Würde das etwas ändern? Oder sollte ich mich eher darauf konzentrieren, dass ich die nächsten zwei Tage gut überstand? Nur noch zwei Tage. Achtundvierzig Stunden. Zweitausendachthundertachtzig Minuten. Dann würde alles vorbei sein. Hoffentlich hatte Calvin kapiert, dass das hier nur vorübergehend war. Nichts währt ewig ... nicht einmal das Leben selbst. Ich war mir nicht sicher, ob er das wusste und akzeptierte. Er sah mich an, als wäre ich der Anfang und das Ende für ihn. Nichts auf der Welt hätte mich dazu bringen können, an diesem Ort zu bleiben. Aber es war sicher auch nicht verkehrt, ihm ein Fünkchen Hoffnung zu lassen. Wichtig war nur, dass mein Auto am nächsten Tag repariert wurde, damit ich am Tag drauf in aller Frühe losfahren konnte.

Als es an der Haustür klopfte, fuhr ich zusammen. Ich ging durchs Wohnzimmer und zögerte noch kurz, überlegte, ob ich überhaupt öffnen sollte. Dann schlug jemand mit der Faust gegen die Tür, und ich erschrak. Meine Hand lag schon auf dem Griff, aber noch ehe ich sie öffnen konnte, flog die Tür auf, und Joe stolperte herein. Ich wich ihm schnell aus, denn ich wollte ihm nicht zu nahe kommen. Seine Kleider waren dreckig, voller Staub und Schmutz, die Unterlippe war geschwollen, er blutete aus der Nase, und am Auge zeichnete sich der Ansatz eines Veilchens ab.

»Joe? Was ist denn mit dir passiert?«

Er berührte seine Lippe, besah sich das Blut an seinem Finger und lächelte. Dann taumelte er ein paar Schritte ins Wohnzimmer und blieb vor dem gerahmten Spiegel, der über der Couch hing, stehen.

»Verdammt, der hat mich ordentlich erwischt«, sagte er und drehte den Kopf hin und her, während er sich im Spiegel besah. Als er den Wangenknochen berührte, zuckte er zusammen und verzog das Gesicht.

»Wer war das?«

Er antwortete nicht. Stattdessen begann er zu lachen wie ein Irrer. Ich rannte in die Küche, schnappte mir einen Lappen und hielt ihn unter kaltes Wasser. Dann holte ich ein Bier aus dem Kühlschrank und öffnete es. Als ich wieder ins Wohnzimmer kam, lag Joe auf der Couch. Ich reichte ihm den Lappen und das Bier. Er nickte zum Dank, nahm einen großen Schluck aus der Flasche und wischte sich mit dem Handrücken das Blut vom Mund.

Charlottes Worte klangen mir noch in den Ohren. *Ich hoffe, Joe sorgt dafür, dass du für immer hierbleibst.*

Ich wich etwas zurück.

»Wo ist Calvin?«, zischte er mit zusammengebissenen Zähnen.

»Er wird bald wieder da sein, er ist nur kurz in die Stadt gefahren.« Ich setzte mich auf den Sessel, der schräg gegenüber der Couch stand und damit am weitesten entfernt von Joe.

Er sah sich mit suchendem Blick im Wohnzimmer um und stierte mich schließlich aus blutunterlaufenen Augen an.

»Das war Calvin.«

»Was? Wann?«

Wann hätte er denn dazu Gelegenheit gehabt? Er war doch mit Albert unterwegs und erst seit knapp einer Viertelstunde weg.

»Es ist seine Schuld, weil er Wyatt verraten hat, dass ich mit Charlotte geschlafen habe.« Joe lachte und trank von seinem Bier.

Ich musste schwer schlucken, denn ich war es gewesen, die es Wyatt erzählt hatte, nicht Calvin. Nervös klopfte ich mit den Fingerspitzen auf mein Knie, und schließlich begann ich auf den Nägeln mit dem abgeblätterten Nagellack herumzukauen.

Joe schüttelte den Kopf. »Ich kann mich nicht mal daran erinnern. Ehrlich. Sie kam zur Tavern und tat, als müsste sie mit mir reden, aber dann fing sie an, mich anzugraben. Mehr weiß ich nicht mehr.«

Ich verschränkte die Arme und hoffte, dass Calvin bald zurückkäme. Solange er noch glaubte, dass es Hoffnung für uns gab, würde er alles für mich tun. Warum war er eigentlich immer gerade dann nicht da, wenn es brenzlig wurde?

»Wie auch immer. Wyatt hat mich heute früh zur Rede gestellt. Er meinte, er weiß über Char und mich Bescheid.« Joe lachte. »Mein Bruder, unser Goldjunge, ist mir mal wieder in den Rücken gefallen.«

Er hob den Fuß und trat mit Wucht gegen den Couchtisch. Ich zuckte zusammen. Raubtiere fühlen sich durch Angst ermutigt.

»Hat er dir von unseren Eltern erzählt?«

Ich nickte. »Ich habe von dem Brand gehört.«

Wieder lachte Joe, ein unnatürliches und Furcht einflößendes Lachen. »In dieser Familie hat es schon lange geschwelt, bevor das Haus abgefackelt ist.«

Ich richtete mich auf meinem Sessel auf. »Was ... was willst du damit sagen?«

»Unser Vater war kein guter Mensch. Er war gewalttätig und hat zu viel getrunken. Nur Calvin ist all dem für ein paar Jahre entkommen. Ich war froh, dass wenigstens einer es aus diesem Ort hinausgeschafft hatte. Ich bin geblieben und habe tagein, tagaus auf der Ranch geschuftet, aber meinem Vater bin ich aus dem Weg gegangen. Damit war Mom die Einzige, an der er seine Wut auslassen konnte.«

»Das tut mir leid«, sagte ich. Um mich abzulenken, strich ich mit dem Finger über die breite Narbe an meinem Knie. Ich konnte mich nicht erinnern, wann oder wo sie entstanden war. Manchmal wissen wir noch nicht einmal, woher wir unsere Narben haben.

Joe nahm den Fuß vom Couchtisch und leerte sein Bier in einem letzten, langen Zug.

Ich blinzelte nervös und wusste nicht, was ich sagen sollte. »Warum erzählst du mir das alles?«

»Ich heiße dich nur in der Familie willkommen. Du sollst wissen, worauf du dich einlässt. Die Brutalität unseres Vaters sind wir jetzt los, aber seine Gene können wir nicht loswerden.« Joe lächelte mich an.

Ich stand auf und wich vorsichtig in Richtung Küche zurück. Ich wollte mehr Abstand zwischen uns.

»Du machst mir Angst, Joe.«

Er sprang auf und hielt die Flasche am Hals gepackt.

So kam er einen Schritt auf mich zu. »Oh, aber du musst doch keine Angst haben. Ich bin der Einzige, der immer ehrlich zu dir war.«

Ich zog mich weiter zurück, Richtung Küche, dorthin, wo das Telefon hing. »Ich finde, du solltest lieber draußen warten.«

»Was hast du vor, Grace?«

Ich antwortete nicht.

Sein Blick verfinsterte sich, und er kam weiter auf mich zu gestolpert. Ich schnappte mir das Telefon aus der Wandhalterung und presste es ans Ohr. Das Freizeichen war kaum zu hören.

»Was soll das werden, Grace?«, fragte er in höhnischem Ton.

Ich ging so weit auf Abstand zu ihm, wie das Spiralkabel es zuließ. Es war ausgeleiert, und ich fragte mich, ob schon mal jemand anderes in diesem Haus in einer ähnlichen Lage gewesen war.

»Polizei, Notrufzentrale?«, meldete sich eine Frauenstimme am anderen Ende der Leitung.

»Schicken Sie bitte jemanden zur Wells-Ranch am Highway 26!«

»Calvin hat mir alles weggenommen. Ich finde, es wird Zeit, dass ich ihm auch mal was wegnehme.« Sein Mund verzog sich zu einem fiesen Grinsen, und er schleuderte die Bierflasche in meine Richtung. Als sie an der Wand hinter mir zersplitterte, packte Joe das Telefonkabel und riss daran, bis das Telefon auf den Boden knallte und in mehrere Teile zerbrach.

»Ich habe nie gewusst, ob ich in der Nacht, als Lisa starb, am Steuer saß oder nicht.« Er starrte zur Decke, als versuchte er, die Erinnerung heraufzubeschwören.

Ich runzelte die Stirn. »Was willst du damit sagen?«

»Was ich noch weiß, ist, dass Calvin, Lisa und ich zusammen aus waren. Ich hatte eigentlich keine Lust, weil ich vierundzwanzig Stunden am Stück gearbeitet hatte, erst auf der Ranch und dann in der Werkstatt. Ich wollte nur noch schlafen, aber er hatte schließlich Geburtstag. Wir sind in meinem Truck zur Pine Tavern gefahren. Das ist das Letzte, woran ich mich erinnere.«

»Du wirst auf der Heimfahrt am Steuer eingeschlafen sein«, sagte ich und rückte langsam weiter von ihm ab.

Er schaute mir in die Augen und schob seinen Kiefer hin und her. Inzwischen stand ich mit dem Rücken zur Wand. Weiter konnte ich ihm in der kleinen Küche nicht ausweichen. Mir fiel wieder ein, was Charlotte gesagt hatte. Ich hoffe, Joe sorgt dafür, dass du für immer hierbleibst.

»Ja, vielleicht. Aber Char hat etwas gesagt, das mich auf eine andere Spur brachte. Sie behauptet, dass sie uns an dem Abend hat weggehen sehen.« Joe musste husten, und Blut tropfte aus seinem Mund. Er spuckte es auf den Boden und fuhr sich mit dem Handrücken übers Gesicht.

»Was hat sie dir noch erzählt?«

Er kam näher und blieb dicht vor mir stehen. Dann beugte er sich zu mir runter und schnupperte an meinem Haar. Ich weiß nicht, nach was ich roch, er jedenfalls stank nach einer Mischung aus Verzweiflung und Reue, wie dunkler

Rum, kalter Zigarettenrauch und Schweiß. Als er sich wieder aufrichtete, lächelte er. Dann streckte er die Hand aus, und ich zuckte zusammen (was ein Fehler war), weil ich dachte, er wolle mich berühren.

Doch er griff hinter mich, riss die Telefonstation mit einem Ruck aus der Wand und ließ sie auf den Boden fallen. An meinem Haaransatz sammelte sich Schweiß. Mein Atem ging schneller, und ich sah mich hektisch nach etwas um, mit dem ich mich verteidigen könnte. Der Messerblock auf der Küchentheke ... zu weit weg. Ich durfte Joe nicht aus den Augen lassen.

»Egal, das ändert jetzt auch nichts mehr.« Er schüttelte den Kopf und entfernte sich ein paar Schritte von mir, ohne mir den Rücken zuzukehren.

»Dieses Haus hätte schon beim ersten Mal bis auf den Grund abbrennen sollen.«

»Vielleicht würde es doch alles ändern, wenn du es wüsstest«, sagte ich.

Er musterte mich misstrauisch, und kurz hoffte ich, er würde mir doch noch verraten, was Charlotte gesagt hatte, doch er verzog nur das Gesicht zu einer Grimasse.

»Du wärst besser nicht hierhergekommen, Grace.«

Ich musste schlucken.

Er zog ein Plastikfläschchen aus der Gesäßtasche, wankte ins Wohnzimmer und sah sich einen Augenblick um, fast als wollte er sich alles ein letztes Mal anschauen. Schwankend ging er zu den hohen Erkerfenstern, an denen schwere geblümte Vorhänge angebracht waren. Dort blieb er stehen, ließ den Kopf erst auf die eine, dann auf die andere Seite fallen und spritzte schließlich aus der kleinen Flasche eine trübe Flüssigkeit auf die Vorhänge.

Dann drehte er sich wieder zu mir um und begann zu kichern. »Diese Airbnb-Unterkunft ist leider nicht mehr verfügbar.«

Ich löste mich von der Wand und näherte mich Joe vorsichtig, um zu sehen, was er da trieb. Er ließ die Hand in die Tasche gleiten und drehte sich wieder zum Fenster. Klick. Klick. Klick. Der erste Vorhang ging in Flammen auf. Wieder klickte das Feuerzeug, und der nächste Vorhang brannte lichterloh.

»Was machst du denn?«, schrie ich.

Joe beachtete mich nicht, er brach nur in irres Gelächter aus. Auch die Couch versuchte er anzuzünden, aber das gelang nicht.

Ich rannte zurück in die Küche und durchwühlte sämtliche Schränke nach einem Feuerlöscher. Als ich keinen fand, schnappte ich mir eine Schüssel und füllte sie mit Wasser. Als ich im Wohnzimmer damit die Vorhänge löschen wollte, packte mich jemand von hinten und hielt mich mit beiden Armen fest. Die Schüssel rutschte mir aus den Händen und knallte zu Boden, das Wasser ergoss sich auf meine Schuhe.

»Lass es brennen, Grace«, flüsterte Joe mir ins Ohr und drückte mich an sich. Sein heißer Atem brannte auf meiner Haut.

Ich trat ihm fest auf den Fuß und versuchte, mich loszureißen, aber er war viel stärker als ich. Die Vorhänge brannten lichterloh, und er hielt mich fest umklammert und lachte.

»Du tust mir weh!«

Joe antwortete nicht, ließ aber locker genug, dass ich mich aus seinem Griff winden konnte. Ich hob den Arm, schwang die Hüfte zur Seite und hieb ihm die Faust in die Weichteile.

Er stöhnte auf und sackte zu Boden. Als ich weglaufen wollte, packte er mich am Knöchel, sodass ich stürzte und hinfiel. In dem Versuch, mich zu befreien, trat ich mit dem anderen Fuß nach ihm. Ich keuchte, hektisch und unkontrolliert, und dabei atmete ich viel zu viel von dem Rauch ein, der sich in schweren Schwaden unter der Zimmerdecke sammelte. Er stach in den Augen und brannte in der Lunge, ich bekam einen Hustenanfall.

»Ich rette dich, Grace«, sagte Joe. »Vor Calvin.«

Ich konnte kaum fassen, was ich da hörte. Und dann, endlich, ließ er meinen Knöchel los, und ich schaffte es wegzukriechen.

40
CALVIN

Als ich auf die Auffahrt zur Ranch abbog, sah ich das Feuer schon. Wild tanzten die Flammen in den Wohnzimmerfenstern. Ich trat das Gaspedal durch und raste zum Haus.

»Hey! Wozu die Eile?«, fragte Albert ahnungslos, ganz auf den Jack Daniel's konzentriert. Etwas davon rann an seinem Kinn hinunter und tropfte auf sein Hemd.

»Ich hab dir doch gesagt, du sollst das nicht hier drin trinken.«

Er wischte sich die Flüssigkeit vom Kinn und versuchte, sie sich mit dem Zeigefinger in den Mund zu schieben.

Ich machte eine Vollbremsung. »Grace!« Im nächsten Moment sprang ich aus dem Truck und rannte zum Haus.

Grace versuchte, am Boden kriechend von den lodernden Vorhängen wegzukommen. Das Feuer griff gerade auf Wände und Decke über, der ganze Raum war schon von dichtem Rauch erfüllt.

Ich machte einen großen Satz, sprang über Grace hinweg und rannte weiter in die Küche, wo ich den Feuerlöscher unter der Spüle hervorriss.

Als ich mich umdrehte, traf mich ein Schlag mitten ins Gesicht. Blut lief mir aus der Nase, und ich brauchte einen Moment, bis ich erkannte, wer das war. Joe schlug wütend mit beiden Fäusten auf mich ein. Er war schmutzig und voller Blut und sah gar nicht mehr wie mein Bruder aus. An

Hals und Armen traten dicke Zornesadern hervor, und seine Augen waren schwarz wie Kohle.

»Was hast du getan?!«

»Das, was ich schon vor langer Zeit hätte tun sollen«, rief er und holte erneut aus.

Ich wehrte den Schlag mit dem Feuerlöscher ab. Seine Faust traf auf Metall, er schrie vor Schmerz auf und wollte die Hand ausschütteln, konnte aber die Finger nicht mehr gerade biegen. Mir war sofort klar, dass mehrere gebrochen sein mussten. Ich hieb ihm den Feuerlöscher ins Gesicht, und unter der Wucht des Schlags kippte er hintenüber, schlug mit dem Hinterkopf auf und blieb bewusstlos liegen. Ich stieg über ihn weg und rannte ins Wohnzimmer. Grace war weg. Albert hustete in dem vielen Rauch und schlug mit einem Kissen auf die brennenden Vorhänge ein.

»Geh zur Seite«, brüllte ich.

Als er mich sah, ließ er das Kissen fallen und machte Platz. Ich hob den Feuerlöscher, besprühte abwechselnd die Vorhänge und die Wand daneben und machte so lange weiter, bis das Feuer vollständig gelöscht war. Auf keinen Fall ließ ich zu, dass dieses Haus noch einmal abbrannte.

Schließlich warf ich den Feuerlöscher auf die Couch. Hinter mir knarrte der Boden. Am Küchentisch stand Joe und klammerte sich daran fest, er konnte sich kaum auf den Beinen halten. Seine Augen waren zu so schmalen Schlitzen verengt, dass ich mir nicht sicher war, ob er überhaupt etwas sah.

»Calvin, unser Goldjunge, spielt wie immer den Helden.« Er schüttelte den Kopf und schnaubte verächtlich.

Ich hob die Hände. »Was ist denn in dich gefahren, verdammt noch mal?« Langsam ging ich ein paar Schritte auf ihn zu, richtete mich auf, bereit, ihn zur Not ein zweites Mal zu verprügeln.

»Es hätte schon beim ersten Mal abfackeln sollen«, zischte er.

Ich versuchte, Blickkontakt herzustellen, aber es war, als sähe er durch mich hindurch. »Wie kannst du nur so etwas sagen, Joe?«

Er machte die Augen einen Spalt weiter auf, damit ich wusste, dass er mich sah. »Mom und Dad sind nicht im Feuer gestorben. Mom hat erst Dad umgebracht und dann sich selbst.«

»Nein, sie sind in den Flammen umgekommen.« Ich schüttelte den Kopf. »Du lügst.«

Ich hörte die Fliegengittertür zuschlagen, und als ich mich umdrehte, sah ich, dass Albert nach draußen gerannt war und sich davonmachte.

»Nein, Calvin, es ist die Wahrheit. Sieht ganz so aus, als hättet ihr, du und Mom, etwas gemeinsam.«

Ganz bekam ich nicht mehr mit, was er da redete. Ich wich einen Schritt zurück – eigentlich war es mehr ein Fallen als ein Gehen. Alles verschwamm mir vor den Augen, als sähe ich den Raum durch eine schmutzige Fensterscheibe. Die ganze Zeit über hatte niemand, kein einziger verdammter Mensch mir die Wahrheit über meine Eltern gesagt – darüber, was wirklich mit ihnen passiert war. Wer wusste noch davon? Das Sheriff Department und Dr. Reed natürlich. Was war mit Betty? Und Wyatt? Charlotte? Wusste am Ende die ganze beschissene Stadt Bescheid?

»Du lügst«, stammelte ich ungläubig.

»Ich bin nicht der Lügner in dieser Familie, und das weißt du genau.« Er versuchte, sich aufzurichten, kippte aber immer seitlich weg. »Der Lügner bist du. Hier herrscht das

Böse. Spürst du das nicht?« Joe wankte an mir vorbei, durchs Wohnzimmer in Richtung Haustür. »Ich weiß, dass du es spürst, Calvin, denn es ist auch in dir.«

Die Fliegengittertür schlug hinter ihm zu. In der Ferne waren Sirenen zu hören. Ich wollte ihm gerade nachlaufen, da fiel Grace mir wieder ein. Meine Augen weiteten sich vor Entsetzen, und ich rannte den Flur hinunter zu ihrem Zimmer. Drinnen war es stockdunkel und still. Durchs Fenster kam ein leichter Luftzug und bewegte die Vorhänge. Ich machte das Licht an.

»Grace«, rief ich.

Das Fenster stand weit offen, und das Fliegengitter war weg.

»Grace!«, schrie ich und lehnte mich aus dem Fenster.

Draußen war es so dunkel, dass ich nicht mehr erkennen konnte als das Blaulicht in der Ferne. Ich stand schon mit einem Fuß auf der Fensterbank, als ich im Schrank ein Rascheln hörte. Schnell sprang ich zurück ins Zimmer und riss die Schranktür auf. Im selben Augenblick traf mich mit Wucht der Griff eines Regenschirms mitten in die Brust. Röchelnd stürzte ich nach hinten.

Grace hielt den Schirm mit beiden zitternden Händen umklammert.

Ich schnappte nach Luft und presste die Faust auf mein Brustbein, auf die Stelle, an der sie mich getroffen hatte. »Grace!«, keuchte ich. »Ist alles in Ordnung?«

Sie nickte mehrmals, hielt aber weiter den Schirm wie einen Baseballschläger in den Händen – bereit für den nächsten Schlag. Ich rappelte mich auf und schlang die Arme um sie.

»Es tut mir so leid.«

Der Schirm rutschte ihr aus der Hand, aber sie erwiderte die Umarmung nicht. Grace war stumm und steif wie ein

Brett. Sie war einfach nur da, ein warmer Körper, der sich an meinen drückte. Ich streichelte ihr über den Rücken und hoffte, dass sie sich entspannen würde, aber ohne Erfolg. Dann ließ ich sie los und schaute ihr in die Augen. Das Blau war jetzt dunkler. Ich strich ihr eine Haarsträhne aus dem Gesicht und hinters Ohr. Sie war wie versteinert.

»Hat Joe dir wehgetan?«, fragte ich. Ich musste es wissen, denn wenn es so war, würde ich ihn umbringen.

Ihr Gesichtsausdruck war starr, sie blinzelte nicht einmal, aber der Kopf zitterte. Ich presste die Lippen aufeinander und nickte. »Okay, okay.«

Dann küsste ich sie auf die Stirn und zog sie wieder an meine Brust, flüsterte ihr zu, dass alles gut und sie jetzt in Sicherheit sei.

»Ich möchte mich hinlegen«, murmelte Grace.

Ich half ihr zum Bett. Sie setzte sich, nahm die Beine hoch und legte sich gerade auf den Rücken, den Blick starr an die Zimmerdecke gerichtet. Es wirkte mechanisch, roboterhaft, so als müsste sie ihrem Körper jede Bewegung einzeln befehlen. Wie gebannt starrte sie auf die raue Oberfläche der Zimmerdecke. Sirenen waren nicht mehr zu hören, aber der Hof war nun von Blaulicht erfüllt.

»Die Polizei ist da, ich muss raus und mit ihnen reden.«

Ich hätte sie gern gefragt, was passiert war, was Joe ihr erzählt und was er getan hatte, aber sie war wie in Trance. Es war nicht zu erkennen, ob sie unter Schock stand oder es eine andere Erklärung für ihren Zustand gab.

»Kann ich dich kurz allein lassen?«

Statt einer Antwort drehte sie sich zur Wand und kehrte mir den Rücken zu. Ich blieb noch einen Moment bei ihr stehen, wollte sie nicht verlassen, wusste aber, es musste sein.

Draußen sprach ein Deputy mit Joe. Er musste neu sein, denn ich sah ihn zum ersten Mal. Joe saß auf den Stufen zur Veranda und stützte den Kopf in die Hände. Albert war nirgends zu sehen. Er hatte sich wohl aus dem Staub gemacht, als er die Sirenen hörte.

»Was zur Hölle ist hier passiert?«, fragte der Deputy, als die Fliegengittertür hinter mir zuknallte und er mich bemerkte. »Wir haben den Notruf einer Frau erhalten. Wo ist sie?«

Er stemmte eine Hand in die Hüfte und atmete schwer. Ein zweiter Streifenwagen kam langsam die Auffahrt hoch. Dem entstieg Sheriff Almond und rückte seine Gürtelschnalle zurecht.

»Was geht hier vor sich, Deputy?«, fragte er

»Wir sind gerade erst angekommen, Sir. Hatten einen Notruf von einer Frau.«

Sheriff Almond sah sich um und musterte Joe und mich. Dann räusperte er sich: »Ich bin diese Woche schon das dritte Mal hier.«

»Ich weiß, Sir. Ich bin auch eben erst zurückgekommen.« Ich scharrte nervös mit den Füßen. »Grace hat die Polizei gerufen. Das ist die Frau, mit der Sie neulich hier gesprochen haben.«

»Gut, ich möchte sie sehen. Wo ist sie?« Sheriff Almond neigte fragend den Kopf zur Seite.

»Sie hat sich in ihrem Zimmer hingelegt.«

»Ist sie unverletzt?«, fragte der Hilfssheriff.

Den Blick starr auf Joes Hinterkopf gerichtet, antwortete ich: »Ja, ich glaube schon.«

»Ich möchte sie auf der Stelle sprechen«, sagte Almond barsch und mit ernster Miene. Als er einen Schritt auf mich zukam, wanderte seine Hand zu seiner Waffe. Ich war mir nicht sicher, ob das unbewusst geschah oder ob er wirklich glaubte, dass von Joe oder mir eine Gefahr ausging – dass wir Grace etwas angetan hatten.

Joe schnaubte verächtlich und warf die Hände in die Luft. »Nehmen Sie mich doch einfach mit auf die Wache. Ich bin stockbesoffen und habe ein Feuer gelegt.«

»Zu Ihnen komme ich noch.« Der Sheriff warf Joe einen strengen Blick zu und wandte sich wieder an mich. »Vorher muss ich mich vergewissern, dass es Grace gut geht.«

Joe kam unsicher auf die Beine. Es dauerte einen Moment, bis er das Gleichgewicht wiederfand. Als er schließlich stand, streckte er die Hände aus. »Lassen Sie sie da raus. Los, verhaften Sie mich schon, ich weiß doch, dass Sie das vorhaben.«

»Setzen Sie sich wieder hin«, bellte der Deputy, zeigte auf die Treppe und zog seine Waffe aus dem Holster.

»Heilige Scheiße«, sagte Joe, hob die Hände in die Luft und ließ sich wieder auf die Treppe plumpsen.

Ich trat einen Schritt zurück.

»Deputy, Sie bleiben hier und passen auf diesen Burschen auf.« Sheriff Almond deutete auf Joe. »Ich gehe und rede mit ihr.«

Der Hilfssheriff nickte und behielt, die Waffe in der Hand, meinen Idioten von Bruder im Blick.

Ich ging voraus ins Haus, Sheriff Almond folgte mir. Auch er hatte die Hand an der Waffe, um sie jederzeit ziehen zu können. Im Wohnzimmer schaute er sich kurz um und begutachtete den Schaden, den das Feuer angerichtet hatte. Dabei war er wachsam und ließ mich nicht aus den Augen.

»Weiter!«, befahl er.

Langsam ging ich den Flur entlang, ließ bewusst die Hände seitlich hängen, um ihm keinen Grund zum Schießen zu liefern. Aber manchmal braucht man gar keinen Grund.

Vor Graces Tür drehte ich mich langsam um. »Sie ist da drin.«

Er tippte mir auf die Schulter und bedeutete mir, zur Seite zu gehen. Dann klopfte er dreimal an die Tür.

»Grace, hier ist Sheriff Almond vom Sheriff Department Dubois.«

Während er darauf wartete, dass Grace die Tür öffnete, behielt er mich im Blick. Es war totenstill, und auf der anderen Seite rührte sich nichts.

Der Sheriff begann ungeduldig zu werden. Schließlich drehte er den Türknauf und stieß die Tür auf. Machte das Licht an und sah Grace mit dem Rücken zum Raum auf dem Bett liegen.

»Grace«, wiederholte er, und diesmal klang er besorgt. Er sah kurz zu mir und ging dann zum Bett. Ich wartete im Flur und spähte hinein.

»Grace.«

Sie rührte sich nicht, lag nur still da. Er beugte sich hinunter, legte ihr die Hand auf die Schulter und schüttelte sie. Mit einem Ruck richtete sie sich auf. Die unerwartet schnelle Bewegung erschreckte ihn, und er zuckte leicht zusammen.

Sie rieb sich die Augen. »Was ist denn?«

»Sie haben die Polizei gerufen, Grace. Ich bin hier, um mich zu vergewissern, dass es Ihnen gut geht.«

Sie zog die Knie an die Brust und wühlte sich noch tiefer in die Decke, antwortete aber nicht. Stumm schaute sie von mir zum Sheriff und wieder zu mir zurück. Ich hatte Angst, Angst davor, dass sie ihn bitten würde, sie mitzunehmen.

»Mir geht es gut«, sagte sie endlich.

Ich atmete erleichtert aus.

Der Sheriff neigte erstaunt den Kopf und wandte sich an mich. »Lassen Sie uns bitte einen Moment allein.«

Ich nickte. »Ich bin in der Küche.«

»Machen Sie die Tür hinter sich zu«, sagte er.

Das tat ich nur ungern, aber ich musste seiner Bitte nachkommen und konnte nur hoffen, dass es sich nicht als Fehler erweisen würde.

41

GRACE

Sheriff Almond saß am Fußende des Bettes und machte sich auf einem kleinen Block Notizen. Er schien keinem von uns zu glauben, und das war verständlich. Wir hatten alle gelogen.

»Und Sie sind sich sicher, dass er Sie nicht verletzt hat?«

»Er hat mir nur einen Schreck eingejagt.« Ich nahm das Glas Wasser vom Nachttisch und trank einen kleinen Schluck, bekam ihn aber kaum runter.

Er nickte und kritzelte wieder etwas auf seinen Notizblock. »Wann reisen Sie ab, Grace?«

Meine Hände zitterten, als ich das Glas auf den Untersetzer stellte. »Übermorgen.«

»Das ist gut.«

»Gut?«, fragte ich.

»Es ist besser, wenn Sie abfahren. Für Ärger habe ich einen Riecher, und diese Ranch bedeutet Ärger.« Er kniff die Augen zusammen, um diese Warnung noch zu unterstreichen.

»Bin ich denn hier sicher?«

Der Sheriff saugte an seinen Schneidezähnen und wog wohl ab, was er darauf antworten sollte, ob es darauf überhaupt eine gute Antwort gab. Er konnte keine Anschuldigungen erheben, für die er keine Beweise hatte.

»Es wird gut gehen«, sagte er schließlich, klappte seinen Notizblock zu und steckte ihn in die Hemdtasche. Dann stand er auf und nahm eine Karte aus seiner Gürteltasche. »Wenn etwas ist, egal was, rufen Sie mich an«, sagte er und reichte mir seine Visitenkarte.

Ich drehte sie hin und her und überlegte, ob ich ihm mehr mitteilen sollte. Stimmte das, was Joe mir erzählt hatte? Hatte an dem Abend, an dem Lisa gestorben war, Calvin am Steuer gesessen? War es möglich, dass er den Verdacht auf seinen eigenen Bruder gelenkt hatte? Joe konnte sich an nichts erinnern, wie sollte er es also wissen? Und was genau hatte Charlotte ihm erzählt? Was immer sie gesagt hatte, konnte auch gelogen sein. Die Zurückweisung durch Calvin hatte sie so gekränkt, dass sie vermutlich nahezu alles getan hätte, um sich an ihm zu rächen. Und was war mit der Vermissten? Ich schaute den Sheriff an.

»Was ist mit der Frau? Haben Sie sie gefunden?«, fragte ich.

Er runzelte die Stirn. Offenbar war sie noch nicht wieder aufgetaucht, und ich merkte, dass ihn das quälte. Der ungelöste Fall trieb ihn um.

»Noch nicht, aber das werden wir.« Sheriff Almond zwirbelte ein Büschel seiner Schnurrbarthaare. »Ist Ihnen hier irgendetwas Ungewöhnliches aufgefallen?«

Ich überlegte. Die Antwort brannte mir auf den Nägeln – die Unterwäsche in der Kommode, der Schrei der Frau, die verriegelte Kellertür –, aber ich verkniff sie mir. »Ich komme aus New York. Für mich ist das meiste hier ungewohnt.«

Er nickte mit verkniffenem Mund. »Falls Ihnen noch etwas auffällt, rufen Sie mich an.« An der Tür fragte er: »Auf oder zu?«

»Machen Sie sie bitte zu«, sagte ich.

Er warf mir einen letzten Blick zu und zog die Tür hinter sich ins Schloss.

Ich drehte seine Karte in den Händen. Dass ich hier in Sicherheit sei, hatte er nicht gesagt. Er hatte gesagt, es werde gut gehen. Gut gehen. Ich nahm mein Buch vom Nachttisch und schob die Visitenkarte hinein.

Es wird gut gehen. Gut gehen. Ich wiederholte es so oft, bis ich anfing, es zu glauben.

Draußen starteten mehrere Wagen, und das Dröhnen der Motoren riss mich aus meinen Gedanken. Ich schaute aus dem Fenster und sah auf dem Rücksitz des ersten Streifenwagens, der gerade davonfuhr, Joe. Dahinter kamen Sheriff Almonds Wagen und zum Schluss Calvins Truck.

Ohne groß nachzudenken, schlich ich auf Zehenspitzen zur Tür und lauschte einen Moment. Als ich nichts hörte, öffnete ich sie vorsichtig, streckte den Kopf hinaus und spähte den langen Flur entlang. Im Haus war es still, nur die Dielen knarrten, als ich durch den Flur schlich.

»Calvin?«, rief ich. »Bist du da?«

Stille.

Es wird gut gehen.

»Albert?«, rief ich.

Stille, bis auf die knarrenden Laute, mit denen das Haus vielleicht alle, die sich darin befanden, warnen wollte.

Vor der Tür zum Keller blieb ich stehen. Es war der einzige Teil der Ranch, den ich nicht betreten durfte. Aber warum? Ich legte die Hand an die Tür. Wenn sie mir nur hätte sagen können, was sich auf der anderen Seite befand! Was hielt Calvin vor mir geheim? Was hatte er zu verbergen? Ich fischte eine Haarklammer aus der Hosentasche und bog sie zurecht. Dann schob ich sie in das Vorhängeschloss, holte tief Luft und machte mich ans Werk. Ich musste einfach wissen, was dort unten war.

Schon nach kurzer Zeit sprang das Schloss auf. Als ich die Tür öffnete, blickte ich auf eine Treppe aus morschem Holz, die steil nach unten führte. Feuchtigkeit und der Geruch von Schimmel schlugen mir entgegen, und mit jedem Atemzug stieg mir eine metallische Note in die Nase. Ich drückte auf den Lichtschalter oben an der Treppe, aber in der Höhle unten blieb es dunkel. Also holte ich mein Smartphone heraus, schaltete die Taschenlampe ein (der einzige Zweck, den das Handy in diesem Haus erfüllte) und stieg langsam die Stufen nach unten in den Keller. Das feuchte, alte Holz gab unter meinen Schritten leicht nach, aber die Treppe hielt. Als ich weiter nach unten kam, erkannte ich überall im Raum große Haufen von Gegenständen; Gerümpel und Kistenstapel bildeten ein zerklüftetes, unförmiges Panorama, eine Art Miniaturausgabe der Berglandschaft auf der anderen Seite des Flusses. Dieser Keller musste das Lager eines zwanghaften Sammlers sein, eines, der die unterschiedlichsten Schätze hortete ohne die Absicht, sich jemals von ihnen zu trennen. Ich bahnte mir einen Weg durch das Gerümpel und versuchte, irgendetwas von Bedeutung zu entdecken, schwenkte das Handy, um überallhin zu leuchten. Und dann sah ich etwas, das nicht in den Keller eines Wohnhauses passte. Augenpaare, gelb und tot, die mich mit Blicken zu verfolgen schienen. Ich erstarrte und lauschte auf Geräusche oder Atem. Nichts. Eigentlich wollte ich kehrtmachen, aber die Neugier siegte, und ich ging weiter. Hinter einem weiteren Stapel Kisten lief ich in ein riesiges Spinnennetz, das auf meinem Gesicht kleben blieb.

»Nein, igitt, igitt, igitt«, kreischte ich, wich hastig zurück und stieß gegen aufgetürmten Ramsch.

Ich fuhr herum, um zu sehen, was es war, und unmittelbar über mir starrten wieder diese Augen herunter, dazu erkannte ich rasiermesserscharfe Zähne. Ich schrie auf und hielt mir die Hände schützend vors Gesicht, doch ... es geschah nichts. Als ich die Augen wieder öffnete, war es noch da, es hatte sich nicht von der Stelle gerührt. Bei genauerem Hinsehen erkannte ich es endlich. Es war ein ausgestopfter Waschbär. Unglaublich, dass er noch mehr von diesen Dingern hatte. Was machte er damit? Tauschte er sie durch, für jede Jahreszeit andere Tiere?

Jetzt sah ich im ganzen Raum Augenpaare leuchten und wollte sie mir aus der Nähe anschauen. Wiesel, Dachs, Kojote – alle ausgestopft und mausetot – starrten mich mit jenseitigem Blick an.

Vorsichtig berührte ich eines der Viecher. Es war steif, das Fell struppig. Beim Weitergehen stolperte ich über einen Stapel Kisten. In der obersten war nur unsortierter Krimskrams: alte Bücher, ein Gürtel, eine kleine Schachtel mit Angelsachen und ein Stapel Fotos. Ich nahm die Bilder heraus und blätterte sie durch. Das erste zeigte Joe und Calvin am Fluss, beide im Teenageralter, beide mit einer Angelrute in den Händen. Auf dem nächsten waren Calvin und Joe mit zwei älteren Menschen zu sehen, einem Mann und einer Frau. Der Mann war ungewöhnlich groß und hatte ein strenges Gesicht voller Sorgenfalten, die Frau war zierlich und schön, mit langem braunem Haar. Sie war stark geschminkt, mehr, als nötig gewesen wäre, es sei denn, sie hatte etwas überdecken und verbergen wollen. Ihr Lächeln wirkte aufgesetzt und gezwungen. Das waren also die Eltern.

Als ich zum nächsten Bild kam, blieb mir der Mund offen stehen, vor Schreck ließ ich die Fotos fallen. Entsetzt starrte ich hinunter auf die vielen Bilder, die jetzt wild durcheinander lagen, und mein Blick blieb am obersten hängen. Dem

Foto, das eine Lüge entlarvte. Ich hob es auf, um es mir genauer anzusehen. Calvin und Joe auf einer Bank. Calvin musste wohl um die achtzehn sein, und auf einem Stuhl daneben saß ein deutlich jüngerer Albert, breit grinsend und ohne die geplatzten Äderchen im Gesicht. Auf der Rückseite stand in Handschrift: Sommer 04. Calvin, Joe und Onkel Albert.

Ich schob das Foto in meine Hosentasche. Albert war also Calvins Onkel. Auch er hatte mich angelogen. Er war kein Airbnb-Gast oder irgendein Typ auf der Durchreise, sie waren verwandt. Warum bei so etwas lügen?

Ich hob die restlichen Fotos auf, warf sie in die Kiste und machte diese zu.

Dann bahnte ich mir einen Weg zurück durch das Gerümpel, um wieder nach oben zu gehen. Dabei fiel mir eine große Kladde ins Auge, die auf einer Tragetasche lag. Auf der Hülle stand in fett gedruckter schwarzer Schrift »Calvins Gästebuch«. Ich fuhr mit dem Finger über die Buchstaben.

In dem Heft fanden sich Listen mit Namen und Daten, und ich erkannte schnell, dass es sich dabei um die Check-ins und Check-outs des vergangenen Jahres handeln musste. Ich blätterte weiter zur letzten Seite und fuhr mit dem Finger die Liste entlang. Der Name Cristina Colton stach heraus, denn alle Namen davor waren männlich. Dann Kayla Whitehead. Mir fiel ein, was Calvin gesagt hatte: Normalerweise habe ich so gut wie keine weiblichen Gäste. Kayla war ungefähr neun Wochen vor mir hier gewesen. Ich ging die Liste weiter durch. Bei der letzten Zeile blieb mir die Luft weg. Der Name stand in Schönschrift da, mit einem Herzchen über dem i. In die Check-in-Spalte war ein Datum eingetragen, aber die Check-out-Spalte war leer. Der letzte Name auf der Liste war Bri Becker. Calvin hatte gelogen. Sie war hier gewesen, und laut dem Gästebuch … war sie nie abgereist.

Draußen wurde eine Autotür zugeschlagen. Ich zuckte zusammen. Schnell klappte ich das Gästebuch zu, legte es zurück und rannte zum Ausgang, doch am Fuß der Treppe erregte noch einmal etwas meine Aufmerksamkeit. Ich stockte und blieb abrupt stehen. Hinter der Treppe stand ein Klapptisch, auf dem Pistolen, Messer und Munition ausgebreitet waren. Ein Waffenlager, mit dem sich einiges an Zerstörung und Chaos anrichten ließe. Ich griff mir die kleine Handfeuerwaffe, wog sie in der Hand, legte sie zurück und strich mit den Fingerspitzen über ein großes Jagdmesser. Die Klinge war geschwungen, und der Holzgriff sah aus wie selbst geschnitzt. Ich nahm es in die Hand und betrachtete es genauer. Die Klinge war rötlich verfärbt, als wäre sie nach dem letzten Gebrauch nicht richtig gereinigt worden. Das Messer in der Hand, lief ich nach oben, zog die Kellertür hinter mir zu und verschloss sie wieder.

Das Messer schob ich mitsamt dem Foto unter meine Matratze, und dann kroch ich ins Bett. Mein Herzschlag war im ganzen Körper zu spüren. Wie lange ich so dalag, weiß ich nicht genau. Zehn Minuten vielleicht, oder zwanzig. Als ich niemanden hörte, setzte ich mich auf und schob die Vorhänge zur Seite. Vor dem Haus stand eine geisterhafte Gestalt in einem langen weißen Nachthemd. Ich konnte gerade noch einen Schrei unterdrücken. Es war dunkel, deshalb brauchte ich ein paar Sekunden, bis ich sie erkannte. Es war Betty. Sie wiegte sich hin und her und starrte auf das Haus. Ich dachte, ich bliebe am besten einfach liegen, aber ich wollte auch wissen, was sie da trieb.

Als ich zu ihr kam, nahm sie mich offenbar gar nicht wahr. Wie gebannt starrte sie auf das Haus, als sähe sie dort etwas, das für andere unsichtbar war. Gerade als ich sie ansprechen wollte, begann sie etwas zu murmeln. Ich näherte mich ihr und versuchte, sie zu verstehen.

»Das Haus ist böse und krank. Und es steckt jeden an«, flüsterte sie vor sich hin. »Hier geschieht nichts Gutes.«

»Betty, ist alles in Ordnung?«

Sie reagierte nicht, sie sprach einfach im Flüsterton weiter. »Du hättest nicht herkommen sollen, denn jetzt wirst du vielleicht bleiben müssen.«

»Betty«, wiederholte ich und nahm ihre Hand.

Sie zuckte zusammen und atmete so lange aus, dass gar keine Luft mehr in ihrer Lunge sein konnte. Dann blinzelte sie ein paarmal, und offenbar hatte sie mich inzwischen erkannt, denn sie wandte den Kopf in meine Richtung. Ihre Bewegungen waren wie ferngesteuert, fast roboterhaft.

»Grace, es tut mir leid. Ich weiß nicht, was ich da gerade geredet habe.« Sie schüttelte den Kopf, schlug die Hände vors Gesicht und rieb heftig, wie um sich aus einem Albtraum zu holen. Ich wollte sie beschwichtigen, aber mir blieb die Stimme weg. Und dann wandte Betty sich ab und lief zu ihrem Auto.

»Bitte sagen Sie Calvin nicht, dass ich hier war!«

Bevor ich etwas erwidern konnte, lenkte sie das Auto schon rückwärts aus der Auffahrt. Ich starrte hinauf zum Haus, das jetzt irgendwie anders aussah.

Aus der Ferne war ein Truck zu hören. Ich rannte nach drinnen und schlug im selben Augenblick die Tür hinter mir zu, als draußen der Motor des Trucks ausging. Erst als ich mein Zimmer abschließen wollte, merkte ich, was los war. Calvin hatte den Türgriff mit dem Schloss auf der falschen Seite angebracht. Die Tür war nur von außen abzuschließen. Statt andere auszusperren, sperrte sie mich ein. Das war kein Zimmer mehr. Es war ein Käfig.

TAG
NEUN

42

CALVIN

Es war Mittag, und Grace war noch immer nicht aus ihrem Zimmer gekommen. Schon drei Mal hatte ich das Ohr an ihre Tür gelegt und gelauscht. Alles still. Das Auto stand mit offener Motorhaube in der Auffahrt, sie musste also noch da sein.

Joe hatte mir Bescheid gegeben, die Teile seien bestellt und einer der Jungs aus der Werkstatt würde am Abend vorbeikommen und es reparieren. Ich konnte nur hoffen, dass der Typ nicht auftauchte. Albert war verschwunden. Die Tür zu seinem Zimmer stand offen, das Bett schien unberührt. Ich nahm mir ein Glas aus dem Schrank, füllte es mit Wasser und leerte es in einem Zug. Mein Durst war schier unstillbar, deshalb füllte ich das Glas gleich noch einmal, bevor ich mich an den Küchentisch setzte, um auf Grace zu warten. Natürlich wollte ich lässig aussehen, als wartete ich nicht auf sie, aber mir war klar, dass mir der Satz ICH BRAUCHE DICH JETZT HIER, BEI MIR praktisch fett auf die Stirn geschrieben stand.

Endlich hörte ich das Knarren ihrer Tür und ihre leisen Schritte. Dann öffnete sich eine andere Tür und schloss sich – vermutlich die zum Bad. Ich überlegte, ob ich vor der Badezimmertür auf sie warten könnte, fand das aber zu aufdringlich und beschloss, doch lieber sitzen zu bleiben. Sie war schon verängstigt und nervös genug. Ich schlug die Lokalzeitung auf und tat so, als würde ich lesen. Die Toilettenspülung lief, dann wurde der Wasserhahn aufgedreht. In diesem Haus hörte man alles. Die Tür ging auf, Schritte kamen in Richtung Küche, dann herrschte plötzlich Stille. Sie stand wohl im Flur und lauschte. Als sie endlich in die Küche kam, atmete ich aus – mir war nicht einmal bewusst gewesen, dass ich die ganze Zeit über die Luft angehalten hatte. Es klingt kitschig, ich weiß, aber es war wirklich so: Grace raubte mir buchstäblich den Atem. Sie hatte ein weißes T-Shirt und schwarze Leggings an, und das Haar war zu einem hohen Pferdeschwanz gebunden. Allerdings konnte ihr Make-up die dunklen Augenringe nicht verbergen.

»Schönen Nachmittag«, sagte ich mit einem Lächeln.

Sie lächelte nur kurz zurück. »Hey.«

Dann ging sie, ohne mich eines weiteren Blickes zu würdigen, zur Kaffeemaschine. Ich beobachtete sie, während sie sich einen Becher Kaffee einschenkte.

»Geht es dir gut?«, fragte ich.

Sie nickte nur und trank einen Schluck. Dann steckte sie eine Scheibe Brot in den Toaster und nahm sich, was sie sonst noch brauchte, um sich ein Erdnussbutterbrot zu schmieren. Während sie auf den Toast wartete, blieb sie mit dem Rücken zu mir stehen.

»Geht es dir wirklich gut?«, hakte ich nach.

Wieder nickte sie, noch immer mit dem Rücken zu mir. Als die Brotscheibe wie ein Springteufel aus dem Toaster schnellte, fuhr sie leicht zusammen. Sie brauchte einen Moment, um sich zu fassen. Dann nahm sie den Toast heraus und bestrich ihn mit Butter und Erdnussbutter. Sie benahm sich merkwürdig, aber das konnte ich ihr nicht verdenken, schließlich hatte Joe ihr einen gehörigen Schreck eingejagt, und ich wusste ja nicht, was er ihr alles erzählt hatte. Statt bei mir am Tisch zu frühstücken, blieb sie lieber am Tresen stehen.

»Heute kommt Betty vorbei und bringt neue Vorhänge«, sagte ich, um ein Gespräch in Gang zu bringen.

Grace stand nur da und kaute stumm auf ihrem Toast herum.

»Joe war die Nacht über im Bezirksgefängnis. Er hat eine Anzeige wegen Brandstiftung bekommen. Mit ihm gibt es immer nur Ärger. Ich hab ihm gesagt, er soll sich hier nicht wieder blicken lassen.« Ich nippte an meinem Wasser und stellte das Glas wieder auf den Tisch.

Sie trank ihren Kaffee, schenkte sich nach und knabberte weiter an ihrem Toast.

»Hast du Albert gesehen?«, fragte ich.

Sie schüttelte den Kopf und kreuzte die Beine.

»Hm. Ich habe ihn gestern Abend zum letzten Mal gesehen, als die Polizei aufgetaucht ist. Die haben ihn wohl verscheucht.«

Sie schwieg.

Ich deutete auf einen Stuhl. »Du weißt aber schon, dass du dich an den Tisch setzen und hier essen kannst, oder?«

Sie stopfte sich den letzten Bissen in den Mund und spülte den Teller ab. Grace war ein ganz schön stures Biest. Sie nahm ihren Kaffeebecher und wollte zurück in ihr Zimmer, blieb aber noch einmal stehen und drehte sich langsam zu mir um.

»Das Schloss, das du an meine Tür gemacht hast.«

»Ja«, sagte ich.

Ihre Augen verengten sich zu schmalen Schlitzen, aus denen sie mich vorwurfsvoll anfunkelte. »Du hast es falsch herum eingebaut.« Sie hob das Kinn und stemmte eine Hand in die Hüfte. »Mit Absicht? Hast du vor, mich hier einzusperren?« In ihrer Stimme schwang Ärger mit – aber auch etwas anderes. Das war Angst. Grace hatte Angst vor mir.

»Nein, natürlich nicht.« Ich stand zu schnell auf, mein Stuhl kippte um und knallte auf den Boden.

Grace wich einen Schritt zurück, und ihr Blick huschte zur Verandatür.

Ich bückte mich langsam und hob den Stuhl auf, dann schüttelte ich den Kopf und schaute zu ihr hin. Ihre Augen waren weit aufgerissen.

»Natürlich nicht mit Absicht. Ehrlich! Ich bringe es in Ordnung, okay?«

Sie kniff die Lippen zusammen. »Keine Absicht? Ehrlich? Bist du dir sicher?«, fragte sie und legte den Kopf schräg.

Grace wusste etwas, aber was konnte das sein? Was hatte Joe zu ihr gesagt? Was hatte sie herausgefunden? Sie behandelte mich wie einen Fremden – nein, schlimmer noch, als ginge Gefahr von mir aus.

»Ja, ehrlich. Ich sag doch, ich bringe es in Ordnung.«

»Mach, was du willst. Ich geh jetzt eine Runde joggen.« Damit stürmte sie hinaus.

»Einer der Jungs von der Werkstatt kommt heute vorbei, um dein Auto zu reparieren«, rief ich ihr nach.

»Super«, rief Grace über die Schulter zurück.

Ich atmete frustriert aus. Was hatte nur unser Verhältnis innerhalb so kurzer Zeit derart vergiftet? Je mehr Zeit ich mit Grace verbrachte, desto weniger verstand ich sie. Sie war mir ein Rätsel und hatte eindeutig Geheimnisse vor mir. Jeder hat Geheimnisse, aber wenn man allein auf einer Ranch lebt und nur von Tieren umgeben ist, lernt man zu erraten, was das Tier als Nächstes tun wird. Und im Grunde genommen sind wir doch alle nichts anderes als Tiere.

43
GRACE

Ich stürmte über die Veranda, an meinem kaputten Auto vorbei und die Auffahrt hinunter. Ich musste von hier weg und den Kopf freikriegen. Wie weit würde ich zu Fuß kommen? Bis in die Stadt? Ich hatte die ganze Nacht nicht geschlafen, und mein Kopf fühlte sich an wie Watte. Es war mir vorgekommen, als wäre jemand in meinem Zimmer und würde mich beobachten. Ich hatte die Anwesenheit von jemandem gespürt. Im Haus knackte und knarrte es überall, und mich hatte das Gefühl nicht losgelassen, dass den ganzen Abend jemand vor meiner Tür stand, ich wusste nur nicht, ob es Albert war oder Calvin, der mich beim Schlafen belauschte. Irgendwann hatte ich mir sogar das Messer geschnappt und es die ganze Nacht über in der Hand behalten. Jetzt schüttelte ich die linke Hand aus und versuchte, den Schmerz loszuwerden. Nichts lief so wie gedacht.

Meine Füße schleuderten bei jedem Schritt Kies hoch, und in meinem Kopf wirbelten die Gedanken durcheinander. Ich glaubte ihm nicht, dass er das Schloss aus Versehen falsch montiert hatte. Calvin war doch ein verdammter Handwerker. Wie konnte es sein, dass er etwas derart Einfaches vermasselte? Da musste doch Absicht dahinterstecken. Und was war mit Albert – der in Wirklichkeit gar kein zahlender Gast war? Warum hatte er in diesem Punkt gelogen? Und das Schlimmste von allem war das Gästebuch mit Briana Beckers Namen. Calvin hatte Sheriff Almond ins Gesicht gelogen. Sie war hier gewesen. Hatte er ihr etwas angetan? Verdammt, vielleicht war es auch Charlotte gewesen. Sie war regelrecht besessen von Calvin, das war nicht zu übersehen. Seit zwei Tagen war sie nicht mehr aufgetaucht, aber mir kam es so vor, als sei sie im Hintergrund die ganze Zeit da und lauere nur darauf, dass ich endlich verschwand. Und dann noch Joe. Sagte er als Einziger die Wahrheit, oder log er wie alle anderen?

Ich hätte am liebsten geschrien, und ich wollte so weit von diesem Ort weg sein wie nur möglich. Auf dem Weg zur Straße beschleunigte ich meine Schritte, aber kaum war ich losgelaufen, am Ende der Auffahrt, stolperte ich über einen großen Stein und stürzte. Ich knickte um und schürfte mir ein Knie und die Handflächen auf. Vor Schmerz schrie ich auf.

»Nein, nein, nein, nein, nein, nein!«, heulte ich und hielt mir den Knöchel. »Das kann doch verdammt noch mal nicht wahr sein!«

»Grace«, rief Calvin.

Ich drehte mich um und sah ihn angelaufen kommen. Mein scheinheiliger Lügenritter. Oh, nein, nein, nein. Ich dehnte den Knöchel und drehte den Fuß vorsichtig nach rechts und links. Es war nicht so schlimm wie gedacht. Nur ein leichter Schmerz.

Calvin kniete sich neben mich. »Grace, ist alles okay?«, fragte er atemlos und sah mich ernst an.

»Ja, ja – ich bin nur gestolpert.« Ich sah mir meine blutigen Handflächen und das Knie an.

»Komm, wir bringen dich rein und machen dich sauber«, sagte er. »Kannst du gehen?«

»Ich glaube schon.« Er packte mich am Arm und half mir auf. Vorsichtig trat ich auf. Der Schmerz war nichts im Vergleich zu der Angst, die Calvins Berührung mir einflößte. Er führte mich die Auffahrt hinauf und zurück in das gottverdammte Haus, von dem ich so verzweifelt wegzukommen versuchte.

»Bist du sicher, dass alles in Ordnung ist?«, fragte er, als wir die Stufen zur Veranda hochstiegen, und stützte mich.

Ich nickte, sagte aber kein Wort.

Im Wohnzimmer wollte er, dass ich mich auf die Couch setze. Binnen kürzester Zeit hatte er meinen Knöchel auf einem Kissen hochgelagert und versorgte mich mit einem Coolpack. Dann reinigte und verband er die Schrammen und kleinen Wunden. Er schien das gern zu tun, aber jede seiner Berührungen war wie ein schmerzender Nadelstich.

»Ich hab die Lügen dicke.« Es rutschte mir einfach heraus. Am liebsten hätte ich es ungeschehen gemacht. In dieser heiklen Lage konnte ich es mir nicht leisten, ihm Vorwürfe zu machen. Andererseits wusste ich, dass Calvin die Herausforderung liebte.

»Welche Lügen?« Er lehnte sich zurück und schaute mir in die Augen. »Ich lüge dich doch nicht an.«

Diesmal drückte ich mich vorsichtiger aus. »Hast du von allen deinen Airbnb-Kunden Fotos?« Ich zog das Bild von Albert, Joe und ihm aus dem Hosenbund meiner Leggings und hielt es ihm vor die Nase.

»Wo hast du das her?« Er wurde rot, ob aus Wut oder aus Verlegenheit, weil seine kleine Lüge aufgeflogen war, war nicht zu erkennen.

Ich warf ihm das Foto hin. »Das spielt keine Rolle.«

Er hob das Bild auf und betrachtete es mit liebevollem Blick. »Habe ich dir nicht verboten, in den Keller zu gehen?«, fragte er, nun wieder mit seiner ganzen Aufmerksamkeit bei mir.

Wie die Beute vor dem Raubtier richtete ich mich auf und reckte das Kinn in die Luft. Ein Versuch, größer zu wirken und mir die Angst nicht anmerken zu lassen. Und ich riss die Augen auf, damit er begriff, ich würde nicht klein beigeben. Er stand auf und lief unruhig im Wohnzimmer auf und ab.

Schließlich stieß er einen schweren Seufzer aus. »Es tut mir leid, Grace. Ich habe gelogen, was Albert betrifft. Ja, er ist mein Onkel, mein völlig verkorkster Onkel, und ich schäme mich einfach für ihn. Alle paar Monate taucht er hier auf, liegt mir ein paar Tage auf der Tasche, holt etwas von seinem Krempel aus dem Keller und verschwindet wieder. Ich wollte nicht, dass du mich mit ihm in einen Topf wirfst.« Er faltete das Foto zusammen und steckte es in die Hosentasche. »Ich bin ein Idiot und so unbeholfen. Ich mag dich, deshalb wollte ich nicht riskieren, dir unsympathisch zu sein. Darum habe ich dir dumme Lügen aufgetischt.« Er schüttelte den Kopf. »Ich bekomme nicht oft eine Chance bei einer Frau wie dir und wollte es mir nicht mit dir verderben.«

Er drehte sich im Kreis, immer die gleiche Leier vom angeblich naiven Landei. Die Nummer kaufte ich ihm nicht mehr ab. Diesmal nicht. In Wirklichkeit war er doch ein gerissener Fuchs.

»Du kannst mir vertrauen, Grace«, sagte er eindringlich.

Vertrauen. Fast hätte ich laut losgelacht, aber ich bewegte mich auf dünnem Eis, denn wer wusste schon, wozu Calvin fähig war?

»Hat Bri Becker dir vertraut?« Ich presste die Lippen aufeinander und sah ihn aus zusammengekniffenen Augen an.

Er zog die Augenbrauen hoch. »Bri Becker?«

»Die vermisste Frau. Die, nach der der Sheriff sich erkundigt hat?«

»Ich hab doch sowohl dir als auch dem Sheriff gesagt, dass sie nie hier war. Das war nicht gelogen.«

Sollte ich das Gästebuch erwähnen? Ich sah es vor meinem inneren Auge. Mit ihrem Namen darin. Den Tag ihres Check-ins und die leere Spalte beim Check-out. Wie wollte er das denn wegdiskutieren? Ich sah ihm in die Augen und holte tief Luft.

Mein Kiefer verkrampfte sich. »Ich habe dein Gästebuch gesehen«, presste ich zwischen zusammengebissenen Zähnen hervor.

»Was?« Er neigte den Kopf zur Seite und bedachte mich mit einem Blick, der schwer zu deuten war. Was empfand er gerade? Angst, Wut, Sorge oder Reue? Oder eine Mischung aus allem?

»Im Keller. Da steht ihr Name drin.«

»Das ist nicht wahr!« Fast schrie er. War er so abwehrend, weil er die Wahrheit sagte oder weil er log?

Ohne ein weiteres Wort stürmte er aus dem Wohnzimmer. Ich hörte das Knarren der Kellertür, hörte ihn die Treppe hinuntergehen, unten etwas herumräumen und wieder hochkommen. Er hatte die Kladde dabei und hielt sie mir hin. Auf dem Einband stand »Calvins Gästebuch«.

»Bitte«, sagte er.

Ich blätterte zur letzten beschriebenen Seite und fuhr mit dem Finger die Liste der Namen entlang. An letzter Stelle stand: Kayla Whitehead. Zwar konnte ich mich an den Namen erinnern, aber ich war mir sicher, dass der letzte Name in der Liste der von Bri gewesen war. Ich blätterte ein paar Seiten weiter, aber sie waren alle leer. Das konnte nicht sein! Der Name hatte dort gestanden. Bri Becker mit einem Herzchen über dem i. Das hatte ich doch mit eigenen Augen gesehen. Dazu das Check-in-Datum, aber kein Check-out.

»Sie war hier. Bri Becker war hier.«

»Keine Ahnung, wovon du redest, Grace. Ich habe dir die Wahrheit gesagt. Sie war nicht hier.« Er massierte sich die Stirn.

»Aber … aber … ich hab …« Mir blieben die Worte im Halse stecken. Ich hatte es doch gesehen! Oder nicht? Ich überflog die Seite ein weiteres Mal, aber der Name war nicht dabei.

»Ich habe bei Albert gelogen und beim Rosenkohl. Sogar, dass ich gerne lese, war eine Lüge.« Er ging zum Regal und nahm mehrere Bücher heraus. »Kein einziges hab ich gelesen. Ich habe sie mir nur angeschafft, um intelligenter zu wirken.« Er warf die Bücher auf einen Stuhl. »Aber was ich über Bri Becker gesagt habe, ist wahr.« Er seufzte verzweifelt und fuhr sich mit den Händen übers Gesicht.

Ich öffnete den Mund, aber es kam kein Laut heraus. Ich wusste nicht, was ich sagen sollte.

Calvin ging, drehte sich aber an der Haustür noch einmal um. »Ich kümmere mich darum, dass dein Auto repariert wird, und richte das Schloss an deiner Tür. Und dann sorge ich dafür, dass du einen wunderbaren letzten Abend auf meiner Ranch hast.« Zur Bekräftigung nickte er.

Mir war schlecht. Ich atmete ein paarmal tief ein und aus und versuchte, mich zu beruhigen. Ich war mir doch vollkommen sicher, ihren Namen gelesen zu haben. Oder etwa nicht? Im Keller war es dunkel gewesen und ich angespannt, das war ich schon seit meiner Ankunft hier. War es möglich, dass ich mir das doch nur eingebildet hatte? Sagte er die Wahrheit?

»Okay«, murmelte ich.

Etwas Besseres fiel mir nicht ein.

Er atmete erleichtert auf, und ein Lächeln trat auf sein Gesicht. Ich zwang mich ebenfalls zu lächeln, brachte aber nur ein kurzes Zucken um die Mundwinkel zustande. Er lächelte umso herzlicher und ging schließlich nach draußen. Mit geschlossenen Augen versuchte ich, mir das Gästebuch ins Gedächtnis zu rufen. So, wie ich es am Tag zuvor gesehen hatte. Das Bild, das vor meinem inneren Auge erschien, war klar und deutlich. Ich hatte es gesehen. Es gab nicht vieles, auf das ich mich bedingungslos verließ, aber auf meine Augen schon.

Mochte sein, dass das, was Calvin über Albert gesagt hatte, der Wahrheit entsprach. Onkel Albert, um genau zu sein. Aber in Bezug auf Bri log er. Ich sah ihren Namen vor meinem inneren Auge. Die Spalte beim Check-out … war leer. Sie musste noch hier sein, das spürte ich.

44

CALVIN

Ich zog das durchgeschwitzte Tanktop aus und warf es ins Gras. Klatschend schlug es auf. Dann wischte ich mir den Schweiß von der Stirn und beugte mich über den Motor. Der Mechaniker hatte Graces Auto weitgehend in Ordnung gebracht, es aber mir überlassen, die Arbeit zu Ende zu bringen. Er hatte mir zwar ziemlich genau erklärt, was noch zu tun war, aber ich war mir nicht sicher, ob ich es richtig machte. Allerdings war ich fest entschlossen, es zu schaffen, und manchmal kann Entschlossenheit einen Mangel an Fachwissen und Talent aufwiegen. Es blieben mir keine vierundzwanzig Stunden mehr mit ihr, und das jagte mir Angst ein. Ich wollte, dass sie blieb. Nein, ich musste erreichen, dass sie blieb. Vielleicht nicht für immer, aber so lange, bis sie selbst erkannte, was uns verband. Denn das, was zwischen Grace und mir war, war den meisten Menschen in ihrem ganzen Leben nicht vergönnt. Es war aufregend … geradezu magisch. Wir hatten, wovon alle anderen nur träumten.

»Hey, Calvin«, hörte ich Betty hinter mir rufen.

Ich war so in Gedanken gewesen, dass ich sie nicht hatte ankommen und aus dem Wagen steigen hören. Sie hatte sich die Vorhänge über die Schulter geworfen.

»Komm, ich nehme dir was ab«, sagte ich und schnappte mir die Stoffbahnen.

Betty zog die Augenbrauen hoch und musterte mich fragend. »Wie geht's dir?«

Sie war immer so besorgt um mich, manchmal fast etwas zu sehr.

Ich zuckte mit den Schultern und seufzte. »Geht so.«

»Wo ist dein Gast?« Sie schaute sich suchend um.

»Unter der Dusche, glaube ich. Sie ist immer noch ziemlich durch den Wind«, sagte ich, schaute zum Haus und stellte mir Grace darin vor.

»Na, das wundert mich nicht.« Betty nickte. »Das muss ihr große Angst gemacht haben.«

Ich führte sie nach drinnen und legte die Vorhänge auf die Couch. Betty besah sich den Schaden. Die alten Vorhänge waren fast komplett verbrannt, und die Wände um das Fenster herum und die Decke waren schwarz verkohlt.

»Da hat Joe ja ganze Arbeit geleistet«, sagte Betty und verzog das Gesicht. »Was ist nur in ihn gefahren?« Sie schürzte die Lippen und sah mich fragend an.

»Ich glaube, es hatte mit unseren Eltern zu tun.« Ich hob eine Augenbraue. »Weißt du, was wirklich mit ihnen passiert ist?« Natürlich hatte Joe nicht nur wegen unserer Eltern hier gewütet, aber alles andere ging Betty nichts an.

Sie musste gar nichts sagen, ich sah auch so, dass sie Bescheid wusste. Sie seufzte, ihre Augen begannen zu glänzen, und ihre Unterlippe zitterte. Auch sie hatte mich also angelogen.

»Wie konntest du mir das nur verschweigen?«

Betty senkte den Kopf. »Ich wollte dich beschützen.«

»Sie waren meine Eltern, und ich hatte das Recht, es zu erfahren. Zumal Joe es die ganze Zeit über wusste. Er musste allein damit fertigwerden, deshalb ist er jetzt auch so kaputt.«

»Ich habe versucht, ihm zu helfen, aber du weißt ja, wie er ist. Als ich sah, wie sehr das alles ihn mitnahm, wusste ich, dass ich dich nicht auch noch damit belasten konnte. Einer musste doch in der Lage bleiben, sich um die Ranch zu kümmern.«

»Die Ranch? Das war deine größte Sorge?« Ich schlug mit der Faust so fest gegen die Wand, dass ich sie an der schwächsten Stelle, da, wo die Flammen sie schon fast zerstört hatten, durchstieß.

»Calv, lass das.« Sie legte mir die Hand auf die Schulter und versuchte, mich wegzuziehen. »Es tut mir so leid. Es tut mir wirklich leid«, sagte sie mit zitternder Stimme.

Ich zog meine Faust aus dem Loch in der Wand und schüttelte ihre Hand ab. Die Fingerknöchel waren blutig, doch ich spürte keinen Schmerz, ich war wie betäubt. Das war ich schon, seit ich auf diese gottverlassene Ranch zurückgekehrt war.

»Ist ja gut, ist gut.« Sie schluchzte. »Bitte, sei nicht böse auf mich.« Einen Moment lang stand sie einfach da.

»Ich lasse dich jetzt in Frieden und sehe nach meinen Bienen.«

Als ich nichts erwiderte, ging sie nach draußen. Durch das Fenster beobachtete ich, wie sie über die Veranda die Treppe hinunter und zum Wald ging. Wie hatte sie es wagen können, darüber zu bestimmen, was ich wissen durfte und was nicht? Wie hatte sie mir verheimlichen können, was mit meinen Eltern geschehen war? Es heißt, die Wahrheit mache frei, aber keiner sagt einem, dass sie einen erst mal rasend wütend macht. Ich entfernte die Vorhangreste und fing an, die Stangen abzumontieren. Ein Teil der verdammten Wand würde erneuert werden müssen, und dann war ein neuer Anstrich fällig. Als hätte ich nicht schon genug zu tun.

Draußen war ein gellender Schrei zu hören. So laut, als käme er von jemandem unmittelbar neben mir. Ich wusste sofort, dass es Betty war, und rannte los, zur Tür hinaus und in die Richtung, aus der die Schreie kamen. Sie stand bei den Bienenstöcken, hatte die Hände vors Gesicht geschlagen und schrie wie von Sinnen. Truthahngeier stiegen aus den nahe gelegenen Bäumen hoch und flogen in alle Richtungen davon. Die Kisten mit den Bienenstöcken waren umgeworfen.

Auf dem Boden lag Albert. Er lag auf dem Rücken, und sein Mund stand weit offen. Erbrochenes lief ihm seitlich übers Gesicht, das so aufgedunsen war, dass es aussah wie ein zu stark aufgeblasener Ballon. Die Augen waren aufgerissen, aber wegen der starken Schwellungen trotzdem kaum zu erkennen. Die Haut war rot, fleckig und von Quaddeln übersät. Er hatte Fleischwunden, vermutlich das Werk der Truthahngeier, die uns zuvorgekommen waren. Die Kleider waren feucht, und die Bienen umschwirrten ihn immer noch, liefen ihm übers Gesicht, in seinen Mund und über seine trüben Augäpfel.

Ich zog Betty an mich und nahm sie in den Arm. Ihre Schreie gingen in ein unkontrolliertes Schluchzen über, und der ganze Körper bebte so heftig, dass ich Angst hatte, sie würde in meinen Armen zusammenbrechen.

»Was hatte er hier zu suchen?«, schrie sie.

45
GRACE

Das Heulen von Polizeisirenen weckte mich. Ich riss die Augen auf, und kaltes Badewasser schwappte auf den Boden. Das Bad war der einzige Raum, in dem ich meine Ruhe hatte, also hatte ich beschlossen, so viel Zeit wie möglich dort zu verbringen. Wie lange hatte ich vor mich hin gedöst? Ich stieg aus der Wanne, trocknete mich ab und zog mich wieder an.

Was zur Hölle war denn jetzt schon wieder los?

Ich schlüpfte in Sandalen und ging nach draußen. Auf der Veranda saß Betty, sie schluchzte und war in eine Decke gehüllt. Calvin stand neben ihr und redete mit Wyatt und Sheriff Almond. In der Auffahrt standen zwei Polizeifahrzeuge und ein Krankenwagen. Calvin schaute zu mir herüber, und sein Blick schien sich aufzuhellen. Zögernd ging ich zu den beiden hinüber.

»Was ist hier los?«, fragte ich.

»Albert«, sagte Calvin.

Bettys Schluchzen wurde heftiger.

»Wo ist er?«, fragte ich.

»Er ist tot.«

Ich schlug die Hand vor den Mund.

Ein quietschendes Geräusch ertönte. Zwei Sanitäter rollten eine Liege mit einem großen schwarzen Leichensack vorbei. Dass darin Albert lag, war unübersehbar, denn der

Sack war unförmig und schwer, und sie hatten Mühe, ihn abzutransportieren. Sie schoben und zogen, aber die Räder fuhren sich ständig im Kies fest.

Einer der Sanitäter wischte sich mit dem Handrücken den Schweiß von der Stirn. »Kann noch jemand mit anpacken?«

Sheriff Almond und Wyatt nickten, und auch Calvin kam dazu. Zu fünft gelang es ihnen, Alberts Leiche in den Krankenwagen zu hieven. Die Sanitäter schlossen die Türen, stiegen ein und fuhren ab, und der Sheriff, Wyatt und Calvin kehrten zu Betty zurück.

Der Sheriff schaute sie an. »Sie haben ihn also einfach da unten gefunden?«

Sie gestikulierte wild mit den Händen. »Ja, das habe ich doch schon gesagt.« Betty starrte Calvin wütend an. »Warum hast du mir nicht erzählt, dass Albert wieder hier ist?«

»Ich habe nicht dran gedacht.«

»Was wollte er hier?«, fragte sie.

Wyatt und Sheriff Almond tauschten Blicke, während ich, fest entschlossen, mich aus der Sache herauszuhalten, nur schweigend danebenstand.

»Er hat nur einen kurzen Zwischenstopp gemacht. Du kennst ihn doch.« Calvin rieb einen Stiefel gegen den anderen und schabte einen Klumpen Dreck ab.

Bettys Mund zitterte. »Aber was hatte er dort unten zu suchen?«

Calvin griff sich in den Nacken. »Er muss sich verlaufen haben. Er hat die letzten Tage viel getrunken, noch mehr als sonst.«

Sie kniff die Augen zusammen. »Du hättest auf ihn aufpassen müssen.«

»Das sagt die Richtige, die Geheimniskrämerin mit den Bienen. Wenn du deine Medikamente nehmen würdest, hättest du vielleicht auch mitbekommen, was um dich herum vor sich ging«, fuhr Calvin sie an.

Betty sprang auf, schneller, als ich es ihr in ihrem Alter zugetraut hätte. »Wage es nicht, so mit mir zu reden, Calvin!« Sie bohrte ihm einen Finger in die Brust. »So hat dich deine Mutter nicht erzogen.«

Calvin lief rot an, und seine Augen wurden schmal. »Meine Mutter ist eine Mörderin. Und du hast keine Ahnung, zu was sie mich erzogen hat.«

Betty schnappte nach Luft.

Ich rührte mich nicht. Am Abend zuvor, in meinem Zimmer versteckt, hatte ich mit angehört, was Joe Calvin über ihre Eltern erzählt hatte. In diesem Haus entging einem nichts. Allerdings hatte ich noch nicht gewusst, dass es die Wahrheit war, sondern geglaubt, Joe wolle nur seinen Bruder aus der Reserve locken. Jetzt war mir klar, dass es stimmte. Möglicherweise stimmte auch das, was Joe über den Abend erzählt hatte, an dem Lisa gestorben war. Nicht er hatte am Steuer gesessen, sondern Calvin. Jetzt stellte sich nur die Frage, ob Calvin log, weil er den Unfall gebaut hatte und seinen Hals aus der Schlinge ziehen wollte, oder ob es gar kein Unfall gewesen war.

Sheriff Almond riss die Augen auf und runzelte die Stirn. »Haben Sie gerade ›Mörderin‹ gesagt?«

»Okay, das reicht jetzt«, sagte Wyatt und stellte sich zwischen die beiden.

»Hören Sie nicht auf ihn, Sheriff. Er weiß ja nicht, was er redet«, zeterte Betty.

Calvin presste wütend die Lippen aufeinander und schwieg.

Keiner von uns sagte noch etwas. Sheriff Almond machte sich eine Notiz und steckte den Block ein. Dann wippte er auf den Fersen und schaute abwechselnd Betty und Calvin an. Offensichtlich wusste er nicht viel über die Geschichte der Familie Wells.

»Momentan spricht einiges dafür, dass sein Tod ein Unfall war. Wir warten die Autopsie ab, dann wissen wir mehr«, sagte er schließlich an Betty gewandt. »Der Deputy fährt Sie jetzt nach Hause. Okay?«

Sie nickte einige Male und ging auf Abstand zu Calvin.

Wäre mein Auto schon repariert gewesen, hätte ich meine Sachen geholt, die Gelegenheit, abzufahren, beim Schopf ergriffen und diesen Ort in Polizeibegleitung verlassen. Stattdessen blieb mir nichts anderes übrig, als den Mund zu halten und möglichst nicht aufzufallen. Wyatt ging mit Betty zum Wagen und half ihr beim Einsteigen. Sheriff Almond blieb bei Calvin und mir.

»Wann haben Sie beide Albert zum letzten Mal gesehen?«

»Gestern Abend, als er mit Calvin in die Stadt gefahren ist«, antwortete ich.

Calvin warf mir einen traurigen Blick zu.

»Gestern, kurz bevor Sie hier eintrafen«, sagte er. »Er hatte mir geholfen, das Feuer zu löschen, ist aber gegangen, bevor Sie kamen.«

Sheriff Almond verzog den Mund. »Das ist jetzt das vierte Mal diese Woche, dass ich hier bin.«

»Ich weiß«, sagte Calvin. »Es kommt nicht wieder vor.«

Der Sheriff seufzte und schnalzte tadelnd mit der Zunge. Im Weggehen warf er Calvin einen vorwurfsvollen Blick zu, so als wüsste er genau, dass noch etwas passieren würde und er doch ein weiteres Mal würde kommen müssen.

»Falls doch, finde ich etwas, wofür ich Sie verhaften kann«, warnte er.

Mit schweren Schritten ging er über die Veranda und die Stufen hinunter, schaute sich ein letztes Mal um und kniff die Augen zusammen. Dann stieg er in sein SUV und rollte rückwärts die Auffahrt hinunter. Ich hatte das ungute Gefühl, dass dies meine letzte Chance gewesen sein könnte, von hier wegzukommen.

»Hast du Hunger?«, fragte Calvin.

Wie konnte er denn jetzt ans Essen denken? Sein Onkel war tot. Gerade als ich ihm Vorhaltungen machen, ihn zur Rede stellen, meiner Wut freien Lauf lassen wollte, meldete sich mein Magen und knurrte laut. Meine Uhr zeigte kurz nach fünf. Nur noch sechzehn Stunden. Ich sah zu ihm hinüber und nickte stumm. Er grinste und bedeutete mir, ihm zu folgen … zurück ins Haus.

46

CALVIN

Grace saß am Küchentisch und nippte an ihrem Bier, während ich mit dem Kochen beschäftigt war – ich wollte eine Mahlzeit zubereiten, die meiner Süßen würdig wäre. Zuerst war der Plan, mein Spezialgericht zu machen – braune Bohnen mit Speck und Würstchen –, aber dann hatte ich beschlossen, dass sie etwas noch Besseres verdiente, weil es ihr letzter Abend war. Dieses Gericht würde einen besonderen Platz in meinem Herzen behalten, denn es war das Essen, bei dem ich mich in Grace verliebt und mit dem ich ihr Vertrauen gewonnen hatte. Sie war skeptisch gewesen, ob diese Zusammenstellung schmecken konnte, und sie hatte sie tatsächlich gemocht. In dieser Sache war es mir gelungen, sie eines Besseren zu belehren, und das würde mir wieder gelingen. Ich warf einen Blick über die Schulter und erwischte sie dabei, wie sie mich beobachtete und ihren Blick an mir hochwandern ließ, von den Füßen bis zum Gesicht. Kurz lächelte ich ihr zu, dann widmete ich mich wieder meinen Pflichten. Ich dünstete die grünen Bohnen an, die frisch aus dem Garten kamen, und sah nach, wie weit die Nudeln schon waren. Es fühlte sich an, als würde sie mich zum letzten Mal anschauen, aber insgeheim hoffte ich, dass es nur der erste von vielen letzten Blicken war, auch wenn das gegen die Vernunft sprach. Aber an Dinge, die gegen die Vernunft sprachen, war ich ja gewöhnt.

»Geht es dir gut?«, fragte sie und brach das Schweigen.

Ich nahm einen Schluck aus der Bierflasche, die auf dem Küchentresen stand.

Die Frage überraschte mich. Ich war mir nicht sicher gewesen, ob ich ihr noch wichtig war, aber es sah ganz so aus. Warum sonst hätte sie mich gefragt, wie es mir ging? Warum sonst hätte sie sich für meine Trauer interessiert? Ich lehnte mich an den Tresen und kreuzte die Beine.

»Ja, irgendwann wird es wieder gut«, antwortete ich und fuhr mir über die Augen.

Die Zeit heilt alle Wunden, und die, die sie nicht heilen kann, vernarben halbwegs.

Grace blickte auf und senkte den Kopf wieder, wollte etwas sagen, entschied sich aber dagegen. Ich schniefte, rieb mir die Augen und fragte mich, was wohl als Nächstes von ihr kam. Inzwischen schien sie ihre Worte so vorsichtig zu wählen, als spielten wir Schach.

»Freust du dich darauf, nach Hause zu fahren?«

Natürlich freute sie sich, aber ich hoffte, sie würde trotzdem lügen. Manchmal war lügen das Beste, was man für den anderen tun konnte. Eine Lüge war so viel tröstlicher, als Aufrichtigkeit jemals sein konnte. Deshalb hatte ich sie auch belogen. Angespannt wartete ich auf ihre Antwort.

Sie zuckte mit den Schultern. »Ich dachte, das kann ich gar nicht, mein Auto ist doch nicht in Ordnung.«

»Jetzt schon.«

Ich war mir nicht sicher, ob ein kleines Lächeln über ihr Gesicht huschte, und hoffte, dass ich mich getäuscht hatte.

»Das mit Albert tut mir leid«, sagte sie.

»Mir auch.« Aus mehr Gründen, als sie ahnte. Ich wandte mich wieder dem Herd zu und rührte die Bohnen um.

Der Geheimtipp für gute grüne Bohnen ist Butter. Viel, viel Butter. Die Hackbällchen brutzelten im Schmalz, und die Nudeln waren auch fast fertig. Ich hätte Miss Grace lieber etwas Raffinierteres serviert, zum Beispiel ein Steak oder Scampi, aber ich hatte nicht in die Stadt fahren und sie allein lassen wollen, zumal ich befürchtete, sie würde die Gelegenheit nutzen, von hier abzuhauen. Das konnte ich nicht riskieren.

Ich drehte mich um und lächelte sie an. »Fast fertig.«

Sie lächelte angestrengt zurück, nahm das Bier, legte den Kopf in den Nacken und trank es aus. Was ging nur hinter diesen blauen, blauen Augen vor? Dachte Grace etwa daran, mich zu verlassen?

47
GRACE

Ich tupfte mir den Mund ab und legte die Serviette auf den Tisch zum Zeichen, dass ich fertig war. Es war wichtig, Calvin an diesem Abend bei Laune zu halten: Ich erwiderte sein Lächeln, leistete ihm Gesellschaft und aß sein Essen. Ich konnte nur hoffen, dass er nichts damit angestellt hatte. Zur Sicherheit hatte ich ihn beim Kochen genau im Auge behalten. Es war unschwer zu erkennen, wie er drauf war, und ich wusste, dass ich vorsichtig sein musste.

»Das war köstlich«, sagte ich.

Calvin saß mir gegenüber und wickelte Spaghetti auf seine Gabel. Er aß langsamer als ich – vermutlich mit Absicht. Er wollte wohl jeden Augenblick auskosten, der ihm mit mir blieb. Ich hingegen wollte nur das Abendessen irgendwie überstehen, damit ich am nächsten Morgen alles hinter mir lassen konnte. Was ich nicht wollte, war, Calvin noch näherzukommen, wir waren uns schon näher, als mir lieb war.

»Danke dir. Freut mich, dass es dir geschmeckt hat.« Er strahlte über das ganze Gesicht. Dann wickelte er noch eine Gabel Nudeln auf und spießte beherzt ein Fleischbällchen auf.

»Es tut mir leid, dass ich das Thema noch mal anspreche«, dabei musterte ich ihn vorsichtig, »aber was ist Albert nach Meinung der Polizei zugestoßen?«

Er legte die Gabel weg und kratzte sich am Hinterkopf. »Sie glauben, dass er betrunken da runtergetorkelt ist – und, na ja, dass es ein Unfall war.«

Ich zog eine Augenbraue hoch. »Aber er war doch allergisch gegen Bienen. Warum hätte er da runtergehen sollen?«

Calvin lehnte sich auf seinem Stuhl zurück und verschränkte die Arme vor der Brust. »Woher weißt du das?«

»Ich habe sein Notfallarmband gesehen und ihn danach gefragt. Er hat mir erzählt, dass er praktisch gegen alles allergisch ist.« Ich lehnte mich ebenfalls zurück, nahm die gleiche Haltung ein wie er.

»Stimmt ja auch.« Calvin schüttelte den Kopf. »So etwas musste früher oder später passieren.«

Ich schluckte schwer. Das aus Calvins Mund zu hören war seltsam.

»Findest du es gar nicht merkwürdig, dass er bei den Bienen war?«

Er rieb sich die Augen. Ich fragte mich, warum er ständig daran herumwischte, sie waren doch trocken.

»Es war dunkel, und er war betrunken. Wahrscheinlich hat er sich verlaufen.«

Verlaufen? Auf einer Ranch, auf der er sich gut auskannte? Das Foto von Calvin, Joe und ihm war mehr als zehn Jahre zuvor entstanden. Ich überlegte, ob ich nachhaken sollte, beschloss aber, dass es sicherer wäre, Calvin einfach zuzustimmen.

»Wahrscheinlich hast du ja recht. Es ist nur so traurig«, sagte ich und sah ihn mitfühlend an.

Calvin nickte. »Leider wahr.« Er sah mir zwar weiterhin in die Augen, aber jetzt schien er mich eher zu begutachten.

»Soll ich dir beim Aufräumen helfen?« Höchste Zeit, den Abend zu beenden.

Er winkte ab. »Lass mal, darum kümmere ich mich.«

Ich machte große Unschuldsaugen und lächelte vorsichtig. »Ist es okay, wenn ich jetzt ins Bett gehe? Hab morgen eine lange Fahrt vor mir.«

Calvin hustete. Er sah traurig aus, aber in seinem Blick lagen auch Wut, Frust und Angst. Die perfekte Mischung für eine nahende Katastrophe. Ich versuchte, mir meine Angst nicht anmerken zu lassen, machte mich gerade, Schultern zurück, Kinn hoch. Aus Erfahrung wusste ich: Selbstbewusstsein ist die stärkste Waffe.

»Ja, natürlich«, sagte er schließlich.

Ich stand zögernd auf. »Danke für alles und bis morgen früh.«

Er nickte kaum merklich. »Gute Nacht, Grace.«

»Schlaf gut, Calvin.«

Ich lächelte und wollte mich zurückziehen, aber als ich in den langen, dunklen Flur abbog, spürte ich eine Hand auf der Schulter. Sie riss mich so heftig herum, dass ich zu spät realisierte, was gerade geschah. Plötzlich presste er seinen Mund auf meinen, mit einer Gier, als hätte er vom Abendessen nicht genug abbekommen. Er fuhr mit den Händen meinen Rücken auf und ab und drängte mir die Zunge in den Mund. Seine Lippen und die Zunge fühlten sich fremd an, seltsam feucht und schleimig.

Ich packte ihn an den Schultern und stieß ihn von mir weg. Er taumelte rückwärts und senkte den Kopf. Ich schloss für einen Moment die Augen und holte tief Luft, spürte den Atem in meiner Lunge und hielt ihn dort fest. Vielleicht würde dieser Atemzug für immer dort bleiben, als leichter

Schmerz direkt unter den Rippen, den ich nicht mehr loswurde. Etwas, das mich immer an diesen Moment mit Calvin erinnern würde.

»Es tut mir leid. Es geht nicht«, sagte ich.

Er kratzte sich an der Stirn.

»Ich fahre morgen ab.«

Calvin sog die Luft ein, aber es klang mehr nach Knurren als nach Atmen.

»Ja, ich weiß, dass du das glaubst, Grace«, sagte er, und seine Augen wurden ganz schmal.

Ich blinzelte ein paarmal und wich einen Schritt zurück. »Was hast du gesagt?«

»Ich sagte: Ja, das weiß ich doch, Grace.«

Ich wich einen weiteren Schritt zurück. Hatte er das wirklich gesagt? Ich war mir nicht sicher. Ich war mir bei gar nichts mehr sicher.

»Es tut mir leid. Ich habe die Situation falsch gedeutet.« Er schlug sich mit der flachen Hand gegen die Stirn. »Schlaf gut«, murmelte er und zog sich wie ein geprügelter Hund in die Küche zurück.

Ich lief zu meinem Zimmer und schaute mich erst um, als ich den Türgriff schon in der Hand hielt. Aber als ich die Tür hinter mir zuzog und abschließen wollte, sah ich, dass er sie nicht wie versprochen repariert hatte. Bevor ich mich hinlegte, blockierte ich die Tür mit dem Schreibtischstuhl, indem ich die Lehne unter dem Knauf festklemmte. Ich konnte nur hoffen, dass er nicht von außen abschloss.

* * *

Mitten in der Nacht wurde ich schlagartig wach. Im Zimmer war es stockdunkel und vollkommen still. Ich war schweißgebadet und wusste nicht, was mich geweckt hatte. Mein Herz raste, und ich war außer Atem, als wäre ich gerade einen Marathon gelaufen. Ich lauschte, horchte auf jedes Geräusch, die kleinste Regung. Nichts. Vielleicht spielte mein Unterbewusstsein mir einen Streich und hatte mich grundlos hochschrecken lassen. Aber nein – ohne Grund macht das Gehirn so etwas nicht. Und dann legte sich eine Hand über meinen Mund und schmiegte sich an die Form meines Gesichts, presste mich ins Kissen, erst nur mit leichtem Druck, dann aber schnell fester, so fest, dass mein Kiefer schmerzte.

»Sch, jetzt ist es Zeit, still zu sein, Grace Evans.«

Meine Augen hatten sich noch nicht so weit an die Dunkelheit gewöhnt, dass ich alles gesehen hätte, aber es war Calvins Stimme. Die hätte ich immer und überall erkannt. Ich wollte nach seiner Hand greifen, aber irgendetwas hielt meine Handgelenke fest und brannte schmerzhaft. Offenbar war ich im Schlaf an Armen und Beinen am Bett festgebunden worden. Gefesselt und als wehrloses Opfer auf einer Matratze dahintreibend. Ich versuchte zu schreien, aber unter dem Druck seiner Hand kam kaum mehr als ein dumpfes Wimmern heraus.

»Na, na, na, Grace. Ich sagte, es ist jetzt Zeit, still zu sein. Haben wir nicht schon genug Ärger gemacht?«

So schnell, wie sie gekommen war, zog sich die Hand zurück – aber er schob mir sofort etwas Raues und Grobes so tief in den Mund, dass ich fast erstickte. Nun konnte kein Laut mehr entweichen. Tränen der Angst liefen mir übers Gesicht, Angst vor dem, was als Nächstes kommen würde.

»Es tut mir leid, Grace. Das kannst du mir glauben. Nichts von dem, was dich erwartet, wird dir gefallen. Im Gegenteil. Aber du sollst wissen, dass du keine Schuld daran hast. Du hast es lediglich, na ja ... schlimmer gemacht.«

Als etwas Kaltes, Lebloses in meinen Unterleib gestoßen wurde, bekam ich am ganzen Körper Gänsehaut. Dann wurde es heiß, eine Hitze, wie ich sie noch nie zuvor gespürt hatte, gefolgt von einem nassen Schwall, als hätte ich ins Bett gemacht. Und dann kam er. Der schlimmste Schmerz, den ich je gespürt hatte. Calvins tiefes Lachen übertönte meine erstickten Schreie. Die Stahlklinge arbeitete sich hoch in Richtung Bauchnabel und stieß bei jeder Sehne, jedem Muskel und Knochen auf Widerstand. Ich wurde behandelt wie ein Fisch, der angebissen hat und nun auf einer alten Zeitung ausgenommen wird.

»Weißt du noch, was ich über das Angeln gesagt habe? Der Trick ist, den Angelhaken ganz durchzuziehen, sodass der Köder sich nicht herauswinden kann. Du bist jetzt der Köder, Grace. Du hättest auch der Fisch sein können, aber du wolltest ja unbedingt von mir weg.« Er lachte, und sein Lachen klang wie das eines Wahnsinnigen.

Ich spürte, wie die Klinge immer tiefer in mich eindrang und die inneren Organe zerfetzte und zerriss. Eine Hand drückte mir die Kehle zu, immer weiter zog der Griff an, wie ein Schraubstock. Nicht mehr lange, und ich würde meinen letzten Atemzug tun. Die Stahlspitze schob sich weiter nach oben, bohrte sich in meine Speiseröhre, und dann ... Mein Verstand machte dicht.

»Ahhhh.« Keuchend, von kaltem Schweiß bedeckt, fuhr ich hoch. Ich tastete meinen Körper ab, meine Kehle, meine Handgelenke, meinen Bauch – alles unversehrt. Verdammte

Scheiße! Was war das gewesen? Ich sah mich in dem dunklen Raum um. Nichts, nur Schwärze und Stille. Als ich mir sicher war, dass außer mir niemand da war, legte ich mich wieder hin, schloss die Augen und murmelte wie ein Mantra: »Einmal werden wir noch wach ...«

TAG ZEHN

48

CALVIN

»Scheiße«, brummte ich. Der Wecker zeigte 9:07 Uhr. Seit meiner Zeit in Colorado hatte ich nicht mehr so lange geschlafen. Damals, als keine Tiere darauf warteten, dass ich ihnen Futter und Wasser brachte.

Ich konnte mich kaum mehr daran erinnern, was am Abend zuvor los gewesen war. Nachdem Grace zu Bett gegangen war, hatte ich mich über eine Flasche Whiskey hergemacht. Ein Versuch, sie zu vergessen, da ich inzwischen begriffen hatte, dass sie mich am Morgen verlassen würde. Spätestens als sie mich wegstieß und ansah wie jemanden, den man meiden und fürchten sollte, war es mir endgültig klar geworden. Ich fuhr mir übers Gesicht und versuchte, wach zu werden. Da erst fiel mir auf, wie still es im Haus war, und ich riss die Augen auf. War Grace etwa schon weg? Das konnte nicht sein. Ich sprang aus dem Bett, dumpf schlugen meine Fersen auf dem Holzboden auf. Ich schlüpfte hastig in ein Paar Jeans und ein T-Shirt und rannte in den Flur. Die Tür zu Graces Zimmer stand offen. Ich spähte hinein und sah: All ihre Sachen waren weg, das Bett war gemacht. So als hätte hier nie jemand übernachtet.

»Verdammt«, rief ich.

Dann hörte ich, wie eine Kofferraumhaube zugeschlagen wurde, und beruhigte mich wieder. Vom Wohnzimmerfenster aus sah ich Grace eine Tasche auf den Rücksitz ihres Autos werfen. Sie war startklar, blickte zurück zum Haus und kam noch einmal darauf zu. Ich atmete erleichtert auf und eilte in die Küche.

Dort goss ich mir einen Becher Kaffee ein und wartete darauf, dass sie hereinkam, um sich zu verabschieden. Sie musste schon eine ganze Weile auf sein, denn der Kaffee war beinahe kalt. Ich trank den Becher in einem Zug leer und schenkte mir nach. Die lauwarme, säuerliche Brühe glitt über meine Magenschleimhaut wie wenige Stunden zuvor der Whiskey. Endlich das Knarren der Fliegengittertür. Als sie zufiel, klang das wie ein Ausrufezeichen hinter der Person, die hereingekommen war. Aber anders als die Tür bewegte Grace sich so lautlos, als schwebte sie ein paar Zentimeter über dem Boden.

»Hi«, sagte sie, als sie plötzlich mit verschränkten Armen auf der Schwelle zur Küche stand.

»Haie gibt's nur im Meer«, scherzte ich und nahm einen Schluck Kaffee.

Grace lächelte gequält und blickte sich um, als wollte sie einen letzten Eindruck mitnehmen.

»Geht's los?« Die Antwort kannte ich natürlich, aber ich wollte sie von ihr hören.

Sie nickte. »Ja. Ich habe eine lange Fahrt vor mir.« Sie klimperte mit den Schlüsseln. »Ich bin dir wirklich dankbar für alles, was du für mich getan hast. Danke, dass du mir Wyoming gezeigt hast.«

»Hab ich gern getan.« Ich trank noch einen Schluck Kaffee. »Hast du alles?«

Wieder nickte sie.

Ich leerte den zweiten Becher und stellte ihn auf die Küchentheke. So lauwarm schmeckte das Zeug nicht. Weder heiß genug, um mit fruchtiger Säure zu punkten und von innen zu wärmen, noch kalt genug, um einen süßen, milden Genuss zu bieten. Nichts Halbes und nichts Ganzes. Ich schaute wieder zu Grace. Sie trug dieselben Sachen wie bei ihrer Ankunft: einen schwarzen knielangen Rock, hochhackige Schuhe und ein schwarzes, vorn gerafftes Oberteil. So schloss sich der Kreis, wieder traf die Großstadt auf die ungezähmte Wildnis hier draußen. Ich sog ihren Anblick in mich auf, von den hohen Schuhen bis zu dem goldenen Haar, das ihr perfekt über die Schultern fiel – köstlich wie eine Limo an einem heißen Tag.

Als ich auf sie zuging, wich sie zurück wie ein verängstigtes Tier. »Ich bring dich noch raus, ja?«, sagte ich.

»Ja, klar.«

Sie ging noch ein paar Schritte rückwärts, dann drehte sie sich um, blickte aber sofort wieder über die Schulter und ließ mich nicht aus den Augen. An der Tür zog ich meine Arbeitsstiefel an und folgte ihr hinaus auf die Veranda. Wieder schaute sie sich zu mir um. Vielleicht aus Intuition, vielleicht hatte sie auch etwas gesehen, das sie irritierte.

Die Sonne stand noch nicht hoch am weiten blauen Himmel Wyomings, brannte aber schon mit voller Kraft. Die Tiere waren unruhig und gaben allerlei Laute von sich – wahrscheinlich, weil sie nicht zur üblichen Zeit gefüttert worden waren. Ich polterte die Verandastufen hinunter. Sie war bereits am Wagen, öffnete die Fahrertür, hielt kurz inne und drehte sich noch einmal zu mir um.

»Ich habe unsere gemeinsame Zeit wirklich genossen«, sagte sie, und zum ersten Mal bemerkte ich die Grübchen, die entstanden, wenn sie lächelte. Waren die schon vorher da gewesen? Schwer vorstellbar, dass ich so etwas Süßes wie

Graces Grübchen nicht bemerkt haben sollte, aber vielleicht sah ich die Dinge auch gerade nicht so klar. Es war wohl ihre gesamte Erscheinung gewesen, was mich verzaubert hatte, weniger die Details.

»Geht mir genauso«, antwortete ich und schlenderte mit einem breiten Lächeln auf sie zu. »Werden wir uns wiedersehen?«

Sie umklammerte den oberen Teil der Autotür, schaute in den Wagen und dann wieder zu mir. Ihre Finger spielten mit den leise klirrenden Schlüsseln.

»Ich glaube nicht«, sagte sie schließlich.

Inzwischen stand ich ganz nahe bei ihr. Einen Daumen in die Gürtelschlaufe gehakt, wippte ich leicht auf den Fersen. Es gefiel mir, dass sie offenbar wirklich glaubte, sie würde gleich abfahren. Wie süß.

»Mach's gut, Calvin.« Sie stieg in ihren Wagen und schlug die Tür zu.

Dann steckte sie den Schlüssel ins Zündschloss, lächelte mir kurz zu und drehte ihn herum. Der Motor machte klick, klick, klick. Sie mühte sich ab, drehte den Schlüssel erneut im Schloss. Klick, klick, klick. Der Motor ließ sich nicht starten. Als sie es ein drittes Mal versuchte, stand ihr der panische Schreck ins Gesicht geschrieben. Klick, klick, klick. Es klang wie Musik in meinen Ohren. Hektisch kurbelte sie das Fenster ihrer alten Rostlaube herunter.

Sie war unübersehbar wütend. »Ich dachte, du hättest es repariert?«

»Das dachte ich auch«, log ich. »Mach mal die Motorhaube auf.« Ich schlenderte gemütlich nach vorn, fummelte an einigen Kabeln herum und tat, als würde ich irgendwelche Teile prüfen und anders einstellen.

Die Autotür öffnete sich mit einem Quietschen. Die hohen Absätze knirschten auf dem Schotter, und ich sah sie aus dem Augenwinkel näher kommen. Sie schnaubte vor Wut und verschränkte die Arme vor der Brust. Ganz schön patzig für eine Frau ohne fahrbaren Untersatz oder Handy.

»Was ist damit?«, fragte sie verärgert.

»Kann ich nicht genau sagen. Ich bin ja kein Automechaniker, Grace.«

»Du hast mir versprochen, dass es bis heute in Ordnung gebracht wird.«

Ich drehte den Kopf, sah sie an und verzog das Gesicht zu einem fiesen Grinsen. Länger konnte ich mein wahres Gesicht nicht verbergen. »Ich habe dir vieles versprochen.«

»Was zum Teufel soll das wieder heißen?« Sie war kurz davor zu schreien.

Jetzt brach das Lachen aus mir heraus, und ich stürzte mich auf sie. Sie hatte keine Zeit zu reagieren, versuchte noch, mich abzuwehren, aber ich hatte mir schon ein Büschel ihres hübschen blonden Haars gepackt und es mir fest um die Hand gewickelt. Sie schrie so laut, dass ihre Stimme brach.

»Ich habe auch versprochen, dass ich dich gehen lasse. Wir wissen doch beide, dass das nicht passieren wird«, sagte ich und zerrte sie zurück zum Haus. Die Beine gaben unter ihr nach, sie strampelte hilflos und verlor einen ihrer Schuhe. Ein modernes Aschenputtel. Sie kniff, schlug um sich und zerkratzte mir die Arme. Ihre Fingernägel gruben sich so tief in meine Haut, dass es blutete.

»Verdammte Schlampe!«, brüllte ich. Ich blieb unten an der Treppe stehen und schlug ihr ins Gesicht. Das war nur eine Warnung. Sie schrie auf.

»Lass mich los!«, kreischte sie und schlug wieder um sich.

»Dazu ist es zu spät«, sagte ich und streichelte ihr Gesicht. »Du hättest zwar nicht herkommen sollen, Grace, aber ich bin froh, dass du da bist.« Ich lächelte.

Sie drehte den Kopf und schnappte nach meiner Hand. Ich konnte sie nicht schnell genug wegziehen, und Graces Zähne gruben sich tief in meinen kleinen Finger. Ich schrie auf vor Schmerz und ließ sie los. Sie fiel zu Boden und biss währenddessen noch fester zu. Ihre Zähne waren wie ein Schraubstock, ich konnte meine Hand nicht daraus befreien. Also trat ich ihr mit einem Stahlkappenstiefel in die Rippen, bis sie hustete und ihren hübschen kleinen Mund öffnen musste. Mein Finger war nur noch eine blutige Masse mit freiliegendem Knochen. Grace rollte sich auf die Seite, hustete und würgte mein Blut hervor.

»Das war nicht klug, Grace.«

Sie kauerte auf allen vieren und versuchte aufzustehen, während ich mir einen Ärmel vom T-Shirt riss und ihn um die Hand wickelte. Der Schmerz war kaum auszuhalten. Ich hoffte, Dr. Reed würde mir helfen können. Ich hätte erwartet, dass sie versuchen würde zu fliehen. Eine kleine Verfolgungsjagd wäre nett gewesen. Stattdessen überrumpelte sie mich, stürmte auf mich zu und rempelte mich, wie ein Footballspieler auf dem Feld, mit voller Wucht um. Ich keuchte und flog rücklings hin. Das war nicht das erste Mal, dass sie mir den Atem raubte. Mir war aber vom ersten Moment an klar gewesen, dass sie nicht kampflos aufgeben würde. Ich knallte mit dem Rücken gegen die Treppe, krümmte mich und wälzte mich zur Seite. Während ich noch Kräfte sammelte, lief sie schon ins Haus. Hatte die Frau denn noch nie einen Horrorfilm gesehen? Ins Haus zu laufen ist der größte Fehler, das macht man nicht.

»Wo willst du hin, Grace?«, brüllte ich ihr nach und rappelte mich auf.

Ich riss die Fliegengittertür auf. Im Wohnzimmer war sie nicht, in der Küche auch nicht.

»Oh, Graaaace ... wo bist du?«, sang ich wie ein Kind, das Verstecken spielt.

Keine Antwort, aber im Flur hörte ich schlurfende Schritte. Betont lässig ging ich dem Geräusch nach, dabei fuhr ich mit den Fingern an der Wand entlang. Die Beute zu jagen macht immer viel mehr Spaß als das Erlegen.

Während ich durch den Flur schlenderte, sang ich ruhig und getragen *Amazing Grace*:

»*Amazing Grace, how sweet the sound,
That saved a wretch like me,
I once was lost, but now am found,
Was blind but now I see.*«

Die Tür zum Bad stand auf. Keiner da. Auch in Alberts Zimmer war niemand. Es blieben also noch zwei Räume übrig – das Zimmer, in dem sie übernachtet hatte, und mein eigenes. Beide Türen waren zu. Zuerst ging ich zum Gästezimmer und schloss es von außen ab, ohne hineingesehen zu haben. Falls sie dort war, würde sie so lange drinbleiben müssen, wie es mir passte. Dann ging ich ans andere Ende des Flurs, zu meinem Zimmer. Es war das letzte auf der linken Seite. Als ich die Tür öffnen wollte, wurde mir schwindelig. Ich rieb mir die Stirn, klopfte mir auf die Wangen und ärgerte mich, dass ich am Abend dem Whiskey nicht widerstanden hatte. Dann drehte ich den Türgriff und stieß die Tür auf. Und da war sie, meine Amazing Grace, sie stand in der Ecke und hielt mein Messer in der Hand. Das musste sie beim Herumschnüffeln im Keller gefunden haben. Was für ein ungezogener Gast. Sonnenstrahlen fielen durchs Fenster und trafen auf die Klinge, die das Licht reflektierte. Uns trennten nur noch das große Bett und der Schreibtisch mit meinem Computer. Grace hielt das Messer ruhig vor ihrem Körper und fixierte mich mit ihren blauen, blauen Augen.

»Ach so, du willst unsere Probleme im Bett lösen?«, gluckste ich. »Mir war eh klar, dass du eine Schlampe bist, aber das ist jetzt die Krönung, Miss Grace.«

Ich ging einen weiteren Schritt auf sie zu. Sie umklammerte den Messergriff so fest, dass ihre Fingerknöchel sich weiß färbten.

»An deiner Stelle würde ich das lassen«, sagte sie.

Wieder überkam mich Schwindel, und ich taumelte leicht zur Seite, schaffte es aber, mich am Schreibtisch abzufangen und wieder aufzurichten. Warum hatte ich nur so viel getrunken, wo ich doch wusste, dass ich einen wichtigen Tag vor mir hatte? Der Raum begann sich wie ein Karussell zu drehen. Grace stand in der Mitte, still und schön und ungerührt von dem, was ich gerade durchmachte.

»Du bist es, der nicht hätte herkommen sollen, Calvin«, sagte sie.

Der Raum drehte sich immer schneller, und alles verschwamm, alles außer Grace. Am liebsten wollte ich die Augen schließen und sie nie wieder öffnen, aber ich zwang mich hinzusehen. Ich fiel rücklings aufs Bett. In meinem Kopf drehte sich alles, es war ein Gefühl, als hätte ich meinen Körper verlassen und schwebte gerade so hoch darüber, dass ich alles sehen konnte … alles außer Grace.

»Was ist mit mir los?«, rief ich und versuchte, die Hand zu heben, war aber wie gelähmt. Das Einzige, was ich noch konnte, war, an die Zimmerdecke zu starren und zu blinzeln. Oben drehte sich der Ventilator, viel langsamer als der Rest des Raums.

Ihr einzelner Absatz klapperte über den Boden auf mich zu, und dann stand sie über mir. Sie starrte mir in die Augen, und ich wollte nach ihr schlagen, schaffte es aber nicht, den Arm von der Brust zu heben. Der andere Arm lag wie in Beton gegossen reglos an meiner Seite. Grace drückte die Spitze der Messerklinge auf ihre Fingerkuppe und drehte sie wie zum Hohn.

»Was hast du mir gegeben?«, fragte ich.

»Ein bisschen hiervon, ein bisschen davon.«

Ich spürte meinen Herzschlag im ganzen Körper pulsieren, in den Füßen, im Hals, in den Armen. Normalerweise schlug mein Herz ruhig und gleichmäßig, aber jetzt raste es.

»Geht's um dieses gottverdammte verschwundene Flittchen?«, stieß ich hervor.

»Ist sie hier?« Grace neigte fragend den Kopf zur Seite.

Meine Lider waren unendlich schwer, und aus den Augenwinkeln liefen mir Tränen. Wieder versuchte ich, Arme und Beine zu bewegen. Keine Chance.

»Ja.« Selbst das Sprechen fiel mir schwer, jeder Muskel meines Körpers war erstarrt, nutzlos.

»Ist sie noch am Leben?«

»Ich denke schon.«

Grace nickte.

»Hast du dir wirklich eingebildet, du könntest mich hier festhalten?«, fragte sie.

»Nur ... blöde Schlampe.«

»Das ist aber nicht nett, Calvin. Du solltest andere Menschen nicht beleidigen.« Sie hob das Messer über ihren Kopf.

»Bitte ... nicht«, flehte ich. »Ruf einfach die Polizei. Die Frau ist ... in einem Schuppen ... im Wald. Ungefähr dreißig Meter ... hinter den Bienenstöcken.«

Sie legte den Kopf auf die andere Seite. »Hast du Albert umgebracht?«

»Nein!«, keuchte ich. »Dieses Miststück ... hat geschrien, und ... Albert, dieser besoffene Idiot ... muss es gehört haben. Er ist ... in die Bienenstöcke gefallen.«

Grace ließ das Messer sinken, spielte damit herum und sah aus dem Fenster. Ich versuchte erneut, mich zu bewegen, hatte aber noch immer keine Kontrolle über meinen Körper. Es war, als steckte ich in Treibsand fest. Was hatte sie vor? Sie schien sich nicht entscheiden zu können, ob sie die Polizei rufen sollte oder nicht. Aber warum?

Dann musterte sie mich.

»Rufst du sie jetzt oder nicht?« Ich presste den ganzen Satz in einem Atemzug heraus.

»Kein Empfang«, meinte sie.

Ich versuchte, auf den Computer zu deuten, schaffte es aber nicht und schnappte nach Luft. »Der Rechner. Daneben steht ein WLAN-Router. Den musst du einstecken.«

Sie zog eine Augenbraue hoch. »Beim WLAN hast du auch gelogen?« Langsam ging sie zum Schreibtisch und setzte sich. Als sie die Maus berührte, ging der Bildschirm an. Ich versuchte zu erkennen, was sie da trieb. Ich wusste, dass mein Airbnb-Account noch offen war, weil er das Letzte war, was ich bearbeitet hatte; ich hatte die Anreise des nächsten Gastes in ein paar Tagen bestätigt.

»Bewertung für deinen letzten Gast. Du hast bestimmt nichts dagegen, wenn ich das für dich erledige«, sagte sie mit einem verschmitzten Lächeln, begann zu tippen und sprach laut mit. »Grace war ein toller Gast und ist jederzeit wieder willkommen.«

»Was zur Hölle machst du da?«, schrie ich, dann blieb mir die Luft weg.

Mit einer übertriebenen Geste klickte sie Enter. »Bewertung: fünf Sterne.«

»Etwas muss ich noch wissen«, sagte sie dann und stand auf. »Es lässt mir keine Ruhe. Was ist an dem Abend, an dem Lisa starb, wirklich geschehen?«

Ich seufzte. »Wenn ich es dir erzähle, rufst du dann die Polizei?«

»Natürlich.«

Ich holte mehrmals Luft.

Dann schloss ich kurz die Augen und ließ die Erinnerung vor mir ablaufen wie einen Film in einem dunklen Kino.

Lisa saß auf dem Beifahrersitz, und ich fuhr uns in Joes Truck über die schwarze, gewundene Straße. Draußen war es dunkel, Licht kam nur vom Mond und den Scheinwerfern unseres Wagens. Irgendetwas dröhnte, aber ich wusste nicht, ob das der Truck war oder Joe, der auf dem Rücksitz schlief und schnarchte. Sie sah zu mir herüber und lächelte. Ihr Haar war blond und lockig, die Augen grün wie Smaragde. Es war der perfekte Abend und dann plötzlich nicht mehr.

»Calvin, ich bin nur noch bis nächste Woche hier«, sagte sie unsicher.

»Wie meinst du das?« Ich versuchte, mich auf die Straße zu konzentrieren, musste aber immer wieder zu ihr hinübersehen.

»Meine Stelle hier läuft aus.«

»Ich dachte, du wolltest den Vertrag verlängern?« Ich schloss die Hände noch fester ums Lenkrad.

Lisa neigte den Kopf zur Seite. »Das habe ich versucht, aber sie brauchen mich nicht mehr. Deshalb habe ich eine befristete Stelle als Krankenschwester angenommen. In Alaska. Nächste Woche geht es los.«

»Ohne mit mir darüber zu sprechen?«, schrie ich.

Sie legte mir die Hand auf die Schulter. »Ich spreche jetzt mit dir darüber.«

»Nein, das tust du nicht. Du setzt mich nur in Kenntnis davon, wie es weitergeht.« Ich schlug ihre Hand weg und stieß sie zurück.

»Calvin!« Sie war den Tränen nahe. »Das muss doch nicht das Ende für uns sein.«

Ich sah rot und gab Vollgas. Der Wagen beschleunigte von vierzig auf fünfundvierzig Meilen.

»Doch, das muss es«, antwortete ich.

»Fahr langsamer, Calvin«, flehte Lisa.

Vor uns wollte ein Tier über die Straße. Seine Augen leuchteten im Licht der Scheinwerfer auf.

Lisa schlug auf mich ein und schrie, ich solle langsamer fahren. Ich stieß sie wieder weg, fester diesmal. Ihr Kopf knallte gegen das Beifahrerfenster. Joe schlief noch immer tief und fest auf der Rückbank. Sie weinte und hielt sich den Kopf. Der Truck fuhr jetzt sechzig Meilen.

»Halt sofort an«, schrie sie.

Ich öffnete ihren Sicherheitsgurt, um sie von mir und dieser Welt zu befreien, und machte mich bereit.

Sie brüllte: »Verdammt, hast du sie nicht mehr alle?«, und versuchte, den Gurt wieder zu schließen.

Aber es war zu spät. Der Truck bremste jäh von sechzig

auf null ab, ein Aufprall, Metall, Fleisch und Glas. Alles wurde schwarz. Ein gurgelndes Geräusch weckte mich, fast wie das Plätschern eines Bachs, aber es war etwas anderes. Lisa war auf dem Beifahrersitz festgeklemmt und schnappte nach Luft. Das Geweih des Elchs hatte sie aufgespießt, und ihre durchbohrte Lunge füllte sich mit Blut. Sie hustete und verschluckte sich daran, spuckte das Blut wieder aus und versuchte, etwas zu sagen. Ihre Augen waren weit aufgerissen und tränennass, ein flehender Blick. Ich starrte sie nur an. Solange ich nicht sicher sein konnte, dass sie niemals nach Alaska gehen würde, brachte ich es nicht fertig, die Nummer des Notrufs zu wählen.

Ich öffnete die Augen. Die Erinnerung wurde in den hintersten Winkel meines Gedächtnisses verbannt und dort sicher verschlossen.

Grace sah mich scharf an. »Und dann hast du deinen Bruder auf den Fahrersitz gesetzt und ihm die Sache in die Schuhe geschoben?«

»Ja«, war alles, was ich herausbrachte.

Sie schüttelte den Kopf, verließ den Raum und erschien kurz darauf wieder in der Tür.

»Den hätte ich fast vergessen«, sagte sie und holte den Teddy, den ich ihr gekauft hatte, hinter ihrem Rücken hervor.

Dann kroch sie aufs Bett und setzte sich rittlings auf meine Hüften. Sie sah mir direkt in die Augen. Ich flehte sie an, aufzuhören, zu gehen, die Polizei zu rufen und sich alles zu nehmen, was sie wollte – zumindest meinte ich, dass es so war. Ich wusste nicht genau, welche Worte ich aussprach und welche nur in meinem Kopf herumwirbelten.

»Bitte ... tu das nicht ... Grace.«

»Der wird dich trösten«, sagte sie und klemmte mir den Teddy unter den Arm. Dann hob sie das Messer hoch über ihren Kopf. Ein Sonnenstrahl traf auf die Klinge und ließ sie schimmern. Ich stieß einen erstickten Schrei aus.

»Du hast gesagt, du rufst die Polizei, wenn ich es dir erzähle«, keuchte ich.

Sie fuhr mit der Spitze der Klinge leicht über meine Rippen nach unten, ließ das Metall über die Höhen und Tiefen aus Knochen gleiten. Als sie zwischen den beiden untersten Rippen angekommen war, beugte sie sich vor und stieß damit fest zu.

»Tja, da habe ich wohl auch gelogen, Calvin.«

Ich riss die Augen so weit auf, dass es sich anfühlte, als würden die Augenwinkel einreißen. Grace hob das Messer noch einmal und stieß es mir mitten in die Brust. Mein weißes T-Shirt färbte sich rot. Mit einem Ruck zog sie das Messer heraus. Blut spritzte aus der Wunde und ergoss sich über sie.

Ich röchelte und hustete, stieß einen erstickten, schmerzerfüllten Schrei aus. Ohne zu zögern, rammte sie mir das Messer in die Wange. Die Messerspitze drang fast bis an den hinteren Teil meiner Kehle, die Klinge glitt durch meine Haut wie durch Butter. Ich wusste, dass dies das Ende war. Wann war das nur alles so schiefgelaufen? Woher wusste sie so viel? Wie hatte sie die Oberhand gewinnen können? Die Anspannung in meinen Muskeln löste sich. Endlich war ich von dem Fluch befreit. Kein Schwindel, keine Angst mehr. Endlich durfte ich die Augen schließen und ihnen die Ruhe gönnen, die sie verdienten.

49
GRACE

Ich zog das Messer heraus und stach immer und immer wieder auf ihn ein. In sein Gesicht, seinen Hals, seine Brust, seine Arme, seinen Bauch. Der menschliche Körper ist eine endlose weiche Leinwand, die man erobern und auf der man malen kann. Immer wieder hob ich das Messer und stieß es hinein, so lange, bis meine Arme ermüdeten, hörte erst auf, als Calvin schon lange nicht mehr atmete. Ich öffnete seine toten Augen, damit er zu mir aufschauen konnte. Als er noch lebte, hatte er mich immer so gern angesehen, und ich war davon überzeugt, dass er es auch im Tod genoss. Seine Brust sah aus wie eine Teergrube. Das Kopfteil des Bettes und die Wände waren voller Blut, und auch ich selbst war getränkt von Calvin. Ich kletterte von dem Leichnam herunter und legte mich ein paar Minuten neben ihn, um das zerfetzte Gesicht zu streicheln. Von Mr. Snuggles war nur ein blutgetränktes Häufchen Elend übrig.

Die Medikamente hatten perfekt gewirkt. Er war noch klar genug gewesen, um mitzubekommen, was mit ihm geschah, dann aber schnell in der Finsternis versunken. Charon war zur genau rechten Zeit gekommen, um ihn über den Styx zu bringen. Der Griff des Messers war klebrig, das weiße T-Shirt war eine fantastische Leinwand für das Farbenspiel darauf. Wie ein Papierküchentuch mit dem aufgesaugten Saft, den ein Kind beim viel zu wilden Spiel verschüttet hat. Dieser Teil war unvermeidlich gewesen, und daran war Calvin selbst schuld. Einer von uns beiden würde diesen Ort nicht mehr verlassen, und ganz sicher würde nicht ich diejenige sein.

Ich musste noch sauber machen, aber langsam trat angesichts dessen, was ich getan hatte, der Schock ein. Was ich getan habe, tat ich, weil ich es tun musste. Ich hatte keine Wahl. Ich brachte das Messer in die Küche und spülte es immer wieder mit heißem Wasser und Chlorreiniger ab. Es war wie beim Reinigen eines Filetiermessers, nachdem man einen Fisch ausgenommen hat. Das angetrocknete Blut und die Reste der Eingeweide ließen sich kaum von der Klinge entfernen, wollten einfach nicht in dem schwarzen Loch in der Mitte des Spülbeckens verschwinden.

Die Reinigung war langwierig und mühsam, und es waren viele Putzmittel und Chemikalien nötig. Jedes Detail musste doppelt und dreifach überprüft werden. Keine Fingerabdrücke, kein Haar, keine Kleidungsfasern. Nichts, was mit Grace Evans in Verbindung gebracht werden konnte, durfte auf der Ranch verbleiben. Aber war das überhaupt so wichtig?

Die leere Packung der Haarfarbe warf ich in einen Müllsack neben dem Waschbecken im Bad. Meine Haare waren zu einem Knoten hochgesteckt und mit kastanienbrauner Farbe bepinselt, meinem natürlichen Ton. Ich betrachtete mein blutverschmiertes Gesicht im Spiegel, beugte mich zu meinem Spiegelbild vor, drückte einen Finger aufs Auge und entfernte erst die eine blaue Kontaktlinse und dann die andere. Zum Vorschein kam meine hellbraune Iris. Als mein Handywecker läutete, legte ich alle Kleidung ab. Aus der Dusche stieg Dampf auf, und ich ließ das heiße Wasser auf meine Haut prasseln. Das fühlte sich gut an. Das heiße Wasser färbte sich rosa, als es Calvin von mir abspülte und den Abfluss hinunterwirbelte. Auch die Haarfarbe wusch ich aus, sorgfältig darauf bedacht, alles herauszubekommen.

Nachdem ich mich abgetrocknet und angezogen hatte, sah ich mich noch einmal im Haus um und holte einen Benzinkanister aus der Garage. Zurück in Calvins Zimmer, warf ich ein paar Sachen auf das Bett neben ihn. Sowohl Sachen, die ich loswerden musste, als auch Dinge, die dafür sorgen sollten, dass er besser brannte. Es war so viel Blut, dass noch mehr Brennstoff nötig war. Ich machte die Schranktüren auf in der Erwartung, dort Kleidung zu finden, aber nichts dergleichen. Vor Schreck schrie ich auf und wäre fast hintenübergefallen. Drei Lampen mit Bewegungsmelder flackerten auf und beleuchteten jeweils das dort befestigte Präparat eines Kopfes. Nur waren es keine Tierpräparate. Die Gesichter waren im Ausdruck der Angst erstarrt, die sie in den letzten Augenblicken ihres Lebens erlebt hatten. Unter ihnen waren Holztäfelchen angebracht, in die jeweils ein Name geritzt war – Kristina, Kayla, Amber.

Ich musste für einen Moment die Augen schließen. Du warst noch abartiger, als ich dachte, Calvin. Dann schüttelte ich den Kopf und bemerkte zwei weitere Täfelchen, die neben den anderen an der Wand hingen. Darüber gab es keine Präparate, sondern nur die weiße Wand, eine leere Leinwand für seine abscheuliche Kunst. Auf den beiden kleinen Holztafeln waren die Namen Briana und Grace eingraviert. Ich knallte die Schranktüren zu und drehte mich wieder zu Calvins Leichnam um.

»Es brennt die Hand, es brennt das Haar, es brennt der ganze Calvin gar!« Wutentbrannt übergoss ich ihn mit dem kompletten Inhalt des Benzinkanisters. Ich wollte sichergehen, dass er auch wirklich Feuer fing. Jetzt nur noch das Streichholz anreißen, und schon brannte er lichterloh.

Draußen räumte ich meine Sachen in Calvins Truck und spähte zum Wald, versuchte zu entscheiden, ob ich mich auf die Suche nach der vermissten Frau machen sollte oder nicht. War sie denn überhaupt noch am Leben? War es das Risiko wert?

Ich setzte eine Chanel-Sonnenbrille auf und ging, bewaffnet mit meinem neuen Messer, zu den Bienenstöcken. Die Pferde wieherten, als ich bei ihnen vorbeikam, und die Enten quakten. Das trockene Gras raschelte unter meinen Tennisschuhen. Je näher ich kam, desto deutlicher hörte ich die Bienen summen. Ich ging weiter, in den Wald hinein, schob Äste zur Seite und stieg über umgestürzte Bäume. Es war genau, wie Calvin gesagt hatte, ungefähr dreißig Meter weiter stand ein kleiner Holzschuppen im Wald. Im Sterben hatte er endlich einmal die Wahrheit gesagt. Die Fenster waren mit Brettern vernagelt, und an der Tür hing ein großes Vorhängeschloss. Ich zog eine Haarnadel aus meinem Knoten und machte mich daran, das Schloss zu öffnen.

»Hallo«, rief eine Stimme aus dem Inneren.

Ich antwortete nicht. Das Schloss klickte, und gleich darauf stieß ich die Tür auf. Licht flutete den dunklen Raum, und ich erblickte die Frau von dem Polizeifoto. Aber sie sah nicht gut aus. Die Haut war fahl, stumpf und schmutzig. Ihr fettiges Haar war zum Pferdeschwanz gebunden, die Hände waren mit einem Seil gefesselt. Mit einem Bein war sie an einem Holzpfosten festgebunden, sodass ihr ein Bewegungsradius von kaum mehr als einem Meter blieb. Mit tränenüberströmtem Gesicht blickte sie zu mir auf.

Sie zog eine Grimasse, schien gleichzeitig zu lachen und zu weinen. »Bist du Grace?« Ihre Stimme war rau.

Ich neigte überrascht den Kopf. »Ja. Woher weißt du das?« Sie stieß einen Schrei aus, ein Heulen, eine Mischung aus Erleichterung und Grauen. »Calvin hat mir von dir erzählt. Du solltest mich ersetzen, so, wie ich der Ersatz für die letzte Frau war.«

Ich sah mich in dem Schuppen um. Neben ihr standen ein paar leere Coladosen und eine Schüssel mit vergammeltem Rosenkohl. Calvin hatte sie hier draußen gehalten, als wäre sie eines seiner Tiere, und natürlich hatte er sie mit meinem Rosenkohl gefüttert.

Ängstlich schaute sie an mir vorbei. »Wo ist er?«, fragte sie mit Panik in der Stimme.

»Er ist tot.«

Ein erleichtertes Lächeln trat auf ihr Gesicht und brachte die Grübchen zum Vorschein, die mir auf dem Foto aufgefallen waren.

»Bitte, du musst mir helfen«, sagte sie und hielt mir die gefesselten Handgelenke hin.

Einen Augenblick zögerte ich. Ich streckte ihr das Messer entgegen, nickte und ging auf die gefesselte Frau zu. Ihre Unterlippe zitterte, und sie brach erneut in Tränen aus.

»Keine Angst, Bri. Du bist jetzt in Sicherheit.«

50

GRACE

Während sie neben mir her über die Weide ging, rieb Briana sich die Handgelenke. Ihre Hände waren voller Striemen von den Seilen, blutrot und teilweise aufgerissen. Sie war wackelig auf den Beinen, denn sie war mindestens zehn Tage gefesselt gewesen und konnte kaum mit mir Schritt halten. Aber ich wollte nicht langsamer gehen. Ich musste von hier weg.

»Wie ist er gestorben?«, fragte sie.

»Langsam«, antwortete ich, während ich weiter auf den Truck zusteuerte.

Ihr blieb der Mund offen stehen, aber sie schloss ihn schnell wieder und sah mich misstrauisch an.

»Hast du die Polizei gerufen?«

Ich blieb abrupt stehen und drehte mich zu ihr um. Ihre Reaktionen waren verlangsamt, sie konnte nicht rechtzeitig innehalten und wäre fast hintenübergekippt. »Nein, habe ich nicht. Und ich verschwinde jetzt.«

Das Weiß in ihren Augen schimmerte feucht. »Kann ich mitkommen?«

Aus der Nähe erkannte ich kleine Blutergüsse, die sich um ihren Hals zogen und die Form von Fingerabdrücken hatten, sowie geplatzte Blutgefäße in ihren Augen. Ihre Lippen waren spröde und rissig, an mehreren Stellen löste die Haut sich ab. Sie war offensichtlich vollkommen dehydriert. Ich wandte mich ab und ging mit raschen Schritten weiter.

»Nein«, sagte ich über die Schulter.

Ich öffnete die Fahrertür und stieg in den Truck. Bri begann zu laufen, aber es war eher ein schnelles Straucheln, so schwach war sie.

»Warte! Du kannst mich doch nicht einfach hier zurücklassen«, sagte sie ungläubig und schlug an die Tür. »Du kannst mich nicht hierlassen.«

Ich seufzte. Nicht mal ein kleines Dankeschön? Ich hatte sie befreit, und sie war nicht mal so höflich, sich dafür zu bedanken. Ohne mich wäre sie spätestens am Abend tot gewesen.

Ich hob das Bein und trat ihr mit Wucht vor die Brust. »Doch, das kann ich.«

Sie keuchte, taumelte zurück, landete auf dem Hintern und stöhnte schmerzerfüllt auf.

»Gern geschehen.« Ich knallte die Tür zu, drehte den Schlüssel im Zündschloss und rollte die Auffahrt hinunter.

Im Rückspiegel sah ich, wie sie langsam auf die Beine kam und sich den Staub abklopfte.

Sie würde klarkommen, und das verdankte sie mir.

51
GRACE

Da war sie. Gunslinger 66, die Tankstelle, an der ich zehn Tage zuvor haltgemacht hatte. Und sie war immer noch OPE, nicht OPEN. Ich lenkte den Truck an die Zapfsäule und stieg aus. Auch diesmal war ich die einzige Kundin – in beiden Richtungen war meilenweit niemand zu sehen. Ich wusste schon, dass man nur bar bezahlen konnte, also machte ich mich auf den Weg über den Parkplatz. Ich band mir das dunkle Haar zum Pferdeschwanz und betrat den Tankshop. Die Tür quietschte. In der Ecke surrte derselbe Ventilator und verteilte die Gerüche von Beef-Jerky und Benzin gleichmäßig im Raum. Der Mann mit dem schielenden Auge stand am Tresen. Er erkannte mich sofort, das merkte ich daran, dass er die Augenbrauen hochzog und die Stirn in tiefe Falten legte.

»Soso, wieder da«, sagte er langsam.

Ich nickte. »Die Eins, bitte. Für achtzig Dollar. Geht das?«

Er tippte auf der Kasse herum, nahm die vier Zwanziger, die ich ihm hinhielt, und legte sie in die Geldlade.

»Die Haare gefallen mir so.« Er lächelte.

Es überraschte mich, dass er die Veränderung überhaupt bemerkt hatte. Außer mir hatte er wohl in den letzten zehn Tagen niemanden bedient.

»Danke.« Ich nickte, machte kehrt und wollte zur Tür.

»Avery«, rief er.

Das Wort ließ mich erstarren, wie vom Donner gerührt blieb ich stehen.

Ich musste schwer schlucken und schob den Kiefer vor. Bestimmt hatte ich mich doch verhört.

»Wie bitte?« Ich drehte mich wieder zu ihm um. Calvin musste irgendetwas in meinem Kopf verdreht haben. Das konnte nicht sein.

Der alte Kerl zupfte an seinen Bartzotteln. »Avery Adams.«

Meine Schultern verspannten sich, und ich holte tief Luft.

Er öffnete eine Schublade unter der Kasse und wühlte in einem Haufen Papiere. Dann hielt er mir einen Führerschein hin. »Den hast du neulich hier verloren. Ich wollte es dir gleich sagen, aber du bist ja wie 'ne gesengte Sau davongerast, also hab ich ihn aufgehoben. Für den Fall, dass du zurückkommst.« Er lächelte, und seine angeschlagenen gelben Zähne kamen zum Vorschein.

Ich ging auf ihn zu und nahm den Führerschein. »Danke.« Dazu lächelte ich. »Das ist aber nett.«

»Na klar. Gute Fahrt«, sagte er und winkte.

52

AVERY

Im Rückspiegel betrachtete ich die untergehende Sonne. Für einen kurzen Moment überstrahlte ein Feuerball den Horizont, als Gunslinger 66 offiziell und endgültig den Betrieb einstellte. Die Explosion war unerwartet heftig, und Trümmer flogen in alle Richtungen. Alles, was Grace Evans gewesen war, verbrannte darin. Die mit Blut getränkte Kleidung, der Führerschein, die Kreditkarten und alles andere, was mich mit dieser Identität in Verbindung brachte. Grace Evans war tot. Genauso wie der arme alte Knacker. Sie existierten beide nicht mehr. Über Fingerabdrücke oder DNS-Spuren brauchte ich mir keine Gedanken zu machen. Avery Adams' Daten waren nicht im System gespeichert. Sie war eine Heilige, eine unbescholtene Bürgerin. Grace Evans war hier gewesen, aber Avery Adams hatte Dubois, Wyoming, nie besucht.

Ich löste den Blick vom Rückspiegel und konzentrierte mich wieder auf die Straße, die sich vor mir hinschlängelte. Meine Arbeit hier war getan. Sie fragen sich vielleicht, wie oder warum all das passieren konnte? Wer tut so etwas? Ich möchte mich Ihnen vorstellen. Mein Name ist Avery Adams. Ich bin Ihre Nachbarin. Die Frau im Café. Das Mädchen von nebenan, das jeden Tag im Park joggen geht. Eine freundlich grüßende Fremde, die anderen die Tür aufhält und älteren Menschen ihren Sitzplatz anbietet. Die Frau mit dem Ehrenamt im Tierheim. Die flüchtige Barbekanntschaft am Freitagabend und das Gemeindemitglied am Sonntagmorgen. Ich bin jede Frau, die Sie kennen, und jede Frau, die Sie noch treffen werden. Mein Name ist Avery Adams. Ich lerne leidenschaftlich gern neue Menschen kennen – und mit der gleichen Leidenschaft bringe ich sie um.

TAG
ELF

53

AVERY

Ich schob den Autoschlüssel über den Tresen einer Rent-A-Car-Filiale. »Hallo, ich möchte meinen Mietwagen zurückgeben.«

Der stämmige Mann nahm den Schlüssel entgegen. Er legte seine Wurstfinger auf die Computertastatur und fragte nach meinem Namen.

Ich lächelte. »Avery Adams.«

Er hackte auf den Tasten herum. »Falls keine Schäden entstanden sind, bekommen Sie Ihre Kaution zurück«, sagte er sachlich. Der Drucker spuckte ein Formular aus, das schob er mir über den Tresen.

Ich nickte und unterschrieb. »Perfekt. Ich wünsche Ihnen noch einen schönen Tag.«

Damit ging ich, den Rollkoffer zog ich hinter mir her. Beim Verlassen der Filiale hielt ich einem Mann mittleren Alters mit fliehendem Kinn die Tür auf. Er lächelte mich an und bedankte sich.

»Gern.«

Die Uber-App zeigte an, dass mein Fahrer, Joseph, in ein paar Minuten eintreffen würde. Calvins Truck stand irgendwo in Nebraska. Ich hatte ihn gegen meinen Mietwagen ausgetauscht. Den Mazda, mit dem ich zur Ranch gefahren war, hatte ich einem zwielichtigen, wortkargen Typen abgekauft, fünfhundert Dollar bar auf die Hand. Die Fahrzeug-Identifikationsnummer war abgekratzt, also war klar, dass der Wagen gestohlen war. Umso besser.

Mein Fahrer fuhr in einem Prius vor und stieg schnell aus, um mir zu helfen, mein Gepäck im Kofferraum zu verstauen.

»Soll die auch hinten rein?«, er zeigte auf meine Umhängetasche.

»Nein, die behalte ich bei mir.« Darin war das Wertvollste, was ich besaß, das Andenken an meine Reise, das Messer, das ich mir aus Calvins Sammlung mitgenommen hatte.

Er schloss den Kofferraum und stieg ein. »Zum Lincoln-Einkaufszentrum?«

»Ja.«

Fünfundzwanzig Minuten später waren wir da. Ich ging ins Parkhaus, stieg in meinen Audi A5 und gab als Ziel Chicago, Illinois, ins Navi ein. In knapp acht Stunden würde ich zu Hause sein, pünktlich zum Abendessen.

Alles war nach Plan verlaufen – so im Großen und Ganzen zumindest. Ich machte das nicht zum ersten Mal. Es war das, was ich tun musste, um mein Leben im Lot zu halten und den nötigen Ausgleich zu schaffen. Hat es Sie schon mal in der Mitte des Rückens gejuckt, an einer Stelle, an die Sie einfach nicht herankamen? Mich schon, und ich weiß, wie ich mich dort kratzen kann. Schon als Kind wusste ich, dass ich anders bin. Ich war nicht wie die anderen Kinder. Mir wurde nichts Schlimmes angetan. Meine Eltern haben mich weder geschlagen noch vernachlässigt. Ich wurde nicht sexuell missbraucht. Ich war einfach anders. Mein Gehirn ist so verdrahtet, als wäre ein Elektrikerlehrling am Werk gewesen – nach normalen Maßstäben nicht ganz korrekt, aber irgendwie funktionierte es trotzdem, nur eben ein bisschen anders.

Manche Menschen morden aus reiner Lust. Und ich weiß, wie frustrierend es ist, dass es keinen Grund gibt, dass keine Logik dahintersteckt. Es macht mir einfach Spaß. Wenn man so will, ist es ein Hobby. Sie lesen gern. Ich schaue gern dabei zu, wie das Leben aus einem Menschen entweicht, wie das Licht in seinen Augen erlischt und sein Gesicht erschlafft. Ich genieße es, dabei zu sein, wenn die Zukunft, die er sich ausgemalt hat, von einem Augenblick auf den nächsten verschwindet. Wie bei einem Zaubertrick. Paff – und alles ist weg. Nennen Sie mich ruhig Magierin. Auch Serienmörderin klingt gut. Aber eigentlich ist mir Avery am liebsten. Ja, Sie können Avery zu mir sagen.

* * *

Ich erreichte den Vorort von Chicago und bog in die Auffahrt zu meinem zweistöckigen Haus ein. Weiß mit roten Fensterläden und großen Erkerfenstern – ein ganz normales Haus in einer Gegend, in der überwiegend normale Leute lebten. Bevor ich aus dem Auto stieg, öffnete ich die Airbnb-App auf meinem Smartphone und löschte das Profil von Grace Evans. Calvins Leiche war sicher inzwischen gefunden worden. In der Regel dauerte es ein paar Tage, weil ich mein Opfer vorher von seinen Freunden und Verwandten entfremdete und isolierte. Diesmal hatte mir die Sache mit der vermissten Frau einen Strich durch die Rechnung gemacht. Charlotte war leicht zu vertreiben gewesen, weil sie von Calvin besessen war; ihre Anwesenheit hatte eine Gefahr für die ersten »zarten Bande« zwischen uns dargestellt. Mit Joe war es sogar noch einfacher gewesen. Ich hatte nur so tun müssen, als hätte er in der Bar etwas Blödes gesagt oder getan, dazu hatte ich ihn geohrfeigt, um zu unterstreichen, wie sehr er sich danebenbenommen hatte. Dabei hatte ich unterschätzt, wie verkorkst ihre Geschwisterbeziehung war. Ehrlich gesagt hätte ich vermutlich gar nicht nachhelfen müssen, und sie hätten sich trotzdem zerstritten. Nicht einmal Betty war ein Problem gewesen. Da sie ihre Medikamente abgesetzt hatte, nahm sie ohnehin keiner mehr ernst. Und Albert ... Nun, um ihn hatte Calvin sich gekümmert. Bei Bri hatte ich erwogen, sie zu töten oder einfach nicht aus dem Schuppen zu befreien, aber das hätte nicht zu meinem üblichen Vorgehen gepasst. Nur der Gastgeber. Niemand sonst. Dass Calvin selbst ein Psychopath war, hatte eine nette Abwechslung gebracht. Ich hatte es auf Anhieb gesehen. Wir glichen einander – na ja, nicht vollkommen. Ich bin nicht ganz so krank wie Calvin, und ich bin mit dieser Störung zur Welt gekommen. Calvin hatte man zu dem, was er war, gemacht. Die ewige Frage von Natur und Prägung. Ich hatte die Neigung in ihm erkannt, aber er nicht in mir. Das Überleben des Stärkeren, könnte man sagen.

Ich schloss die Tür auf und betrat mein hell erleuchtetes Zuhause. Geradeaus führte die große, mit Teppich ausgelegte Treppe ins erste Stockwerk hinauf. Nach rechts ging es zum Esszimmer, nach links ins Wohnzimmer.

Daniel schaute von seinem Buch auf und lächelte, als sähe er mich zum ersten Mal. So schaute er mich immer an.

»Pünktlich auf die Minute«, sagte er, schlug das Buch zu und begrüßte mich mit einer Umarmung und einem leidenschaftlichen Kuss.

Sein Bartschatten kratzte, aber das machte mir nichts aus.

»Ich hab dich vermisst«, sagte er zwischen zwei Küssen.

»Ich dich auch.«

Seine großen Hände strichen mir über den Rücken. »Wie war es in deinem Retreat?« Er ließ mich los und sah mir in die braunen Augen.

»Toll.«

»Hattest du dein persönliches *Eat, Pray, Love?*«, neckte er mich.

»Ja, so was in der Art.«

Dann kniff er die Augen zusammen und kam näher. »Was hast du da am Auge?« Sanft strich er über den blauen Fleck.

Ich drehte mich weg und legte meine Handtasche auf das Sideboard. »Da habe ich beim Wandern einen Ast ins Gesicht bekommen.«

Er gab einen missbilligenden Laut von sich. »Wo genau war dieses Retreat noch mal?«

»Nicht weit von Seattle.«

»Ich habe kaum von dir gehört. Nur ein paar SMS. Ich habe mir Sorgen gemacht.« Er zog die Augenbrauen hoch.

Ich berührte ihn leicht an der Schulter. »Das ist der Sinn eines Retreats. Ständig am Telefon zu hängen wäre keine Erholung, oder?« Ich legte den Kopf schräg.

Er wickelte eine dunkle Strähne um seinen Zeigefinger. »Hast du etwas an deinen Haaren verändert?«

Sanft schob ich seine Hand weg und küsste ihn auf die Wange. »Nur ein paar Kurpackungen.«

»Gefällt mir.«

»Mom ist wieder da!«, rief Margot.

Beide Kinder kamen die Treppe heruntergerannt. Margot war zehn, Jacob acht. Ich ging in die Knie und breitete die

Arme aus. Sie warfen mich fast um, als sie in meine Arme stürmten, und ich drückte sie fest an mich, schnupperte ihren Duft, nahm sie ganz in mich auf.

»Ich habe euch so vermisst.« Dann küsste ich sie auf die Wangen und die Stirn.

»Aber nicht so sehr, wie wir dich vermisst haben«, kicherte Jacob.

»Ach, wirklich?« Ich ließ sie los und gab meinem schlaksigen Jungen einen Klaps auf den Bauch. Er kicherte nur noch lauter.

»Doch, das stimmt, Mom. Wir haben dich eine Million Mal mehr vermisst«, rief Margot grinsend.

»Da wäre ich mir nicht so sicher. Ich habe jeden Tag jede Minute an euch gedacht«, sagte ich und stemmte die Hand in meine Hüfte.

»Und wir haben jede Sekunde an dich gedacht«, gab Margot grinsend zurück und äffte meine Haltung nach.

Sie war schlauer, als gut für sie war, und sie erinnerte mich an mich selbst. Auch sie war ein bisschen anders.

Ich schüttelte den Kopf und lächelte. »Wer will Pizza?«

»Ich, ich, ich«, riefen Jacob und Margot wie aus einem Mund und tanzten wild umeinander herum.

Daniel legte mir den Arm um die Schultern und zog mich an sich.

»Ich bin so froh, wieder daheim zu sein. Jetzt fühle ich mich wieder wie ich selbst. Vollständig. Ausgeglichen.«

Er gab mir einen Kuss auf die Stirn und drückte mich noch etwas fester an sich.

»Darf ich mit, wenn du das nächste Mal zu einem Retreat gehst?«, fragte Margot, faltete die Hände und machte »bitte, bitte«.

Ich zog den Mundwinkel hoch. »Vielleicht, wenn du ein bisschen älter bist.«

Margot stieß einen Jubelschrei aus und hüpfte erst auf beiden Füßen herum, dann auf einem, dann wieder auf beiden. Und Jacob machte es seiner großen Schwester nach.

»Ich rufe bei Lou's an und bestelle Pizza«, sagte Daniel und verschwand in der Küche.

»Ich darf mit zu Moms Retreat«, jubelte Margot immer wieder, während sie wild herumhüpfte.

Ich strahlte über das ganze Gesicht, und auf einmal – spürte ich es.

Eine Stelle mitten auf dem Rücken.

Ein Jucken.

DANK

Zunächst möchte ich mich bei meiner Agentin Sandy Lu bedanken, die in mir etwas erkannte, das die meisten anderen nicht sahen. Innerhalb von nur zwei Jahren ist es ihr gelungen, acht meiner Projekte zu verkaufen (und kein Ende in Sicht). Noch wertvoller aber war ihre tatkräftige Unterstützung sowohl beim Arbeitsprozess selbst als auch darüber hinaus.

Ein Dankeschön geht auch an das Team von Blackstone, das sich weiterhin für meine Arbeit starkmacht! Besonderer Dank gilt dabei: Celia Johnson, Rachel Sanders, Josie Woodbridge, Stephanie Koven, Kathryn Zentgraf, Ananda Finwall, Sarah Riedlinger, Jeffrey Yamaguchi, Naomi Hynes und Rick Bleiweiss. Ein riesiges Kompliment geht an Samantha Benson, die mich bei der letzten Lesereise vor dem Durchdrehen bewahrte und die beste PR-Agentin ist, die sich eine Autorin nur wünschen kann. Leider kann ich euch nicht alle im wahren Leben in Spitzenpositionen befördern, aber für mein Buch wart ihr die wertvollsten Mitstreiter, die man sich nur vorstellen kann.

Bei denjenigen, die die ersten Entwürfe meiner Romane zu lesen bekamen, möchte ich mich für ihren besonderen Einsatz bedanken. Danke und die Bitte um Verzeihung an Kent Willetts, Briana Becker, Andrea Willetts, Cristina Frost und James Nerge für das Lesen der weniger ausgefeilten Versionen von *Feeling Safe*.

Ein dickes Danke geht auch an meine Familie und die Freunde, die mich auf meinem bisherigen Weg begleitet und ermutigt haben! Für meine Mutter: Ich wünschte, du könntest noch miterleben, woran du immer fest geglaubt hast. Dass meine Träume Wirklichkeit werden. Das ohne dich zu erfahren, ist bittersüß, aber du bist immer bei mir, in meinem Herzen und in jedem Wort, das ich schreibe.

Danke an April Goodman (@callmestory bei X) für ihren Einsatz als wunderbare und unverzichtbare Beta-Leserin. Ihre Anregungen haben dieses Buch noch besser gemacht!

Ebenso danke ich Kayla Whitehead dafür, dass ich ihren Namen verwenden durfte, nachdem sie bei Instagram die Challenge »Schenk einer Figur deinen Namen« gewonnen hatte.

Auch der echten Avery Adams möchte ich dafür danken, dass ich mir ihren schönen Namen ausleihen und einer Protagonistin geben durfte, die alles andere als gut ist. Und danke dafür, dass du mit meiner fiktiven Avery Adams keine Ähnlichkeit hast (zumindest, soweit ich weiß).

Eine besondere Erwähnung verdienen Katie Colton und Yale Viny für ihre Freundschaft, ihre unermüdliche Hilfe und Fürsorge.

Mein Dank gilt auch allen BookToker*innen, Bookstagramer*innen und Buchrezensent*innen, die sich nicht nur die Zeit nehmen, meine Werke zu lesen, sondern auch auf so kreative Weise darüber berichten. Ich sehe mir begeistert die Videos und Fotos an, die ihr postet, um Bücher, die ihr mögt, bekannter zu machen.

Außerdem sei allen Buchhändler*innen, Bibliothekar*innen und allen anderen gedankt, die dazu beitragen, meine Bücher an die Leser*innen zu bringen. Ich weiß die anhaltende und unermüdliche Arbeit zu schätzen, die dahintersteckt. Ihr macht die Welt der Bücher noch schöner.

Für meine Leser*innen, für all das, was ihr für mich tut, scheint mir ein schlichtes »Danke« zu wenig. Deshalb möchte ich es noch größer und fetter schreiben. **DANKE!**

Auch das ist bei Weitem noch nicht groß genug, aber ihr sollt wissen, in welchem Maße ihr mein Leben positiv beeinflusst habt und dass ich euch auf ewig dankbar sein werde.

Und zu guter Letzt danke ich Drew, meinem Ehemann und größten Bewunderer! Du bist der Erste, der meine Arbeit liest, der Erste, der mir sagt, dass er sie großartig findet, und der Erste, der meine Erfolge und Niederlagen mit mir feiert. Ohne dich wäre ich nicht »Drews Frau«.

Sie ist klug, sie ist taff – und sie muss besser lügen als ihr Boss: Evie Porter ist eine Heldin, der wir alle verzweifelt die Daumen drücken!

ASHLEY ELSTON
WER ZUERST LÜGT

THRILLER

Mit dem attraktiven, liebenswürdigen Ryan hat die 26-jährige Evie Porter scheinbar das große Los gezogen: Schon nach vier Wochen bittet er sie, in seine säulengeschmückte Südstaaten-Villa einzuziehen. Die Sache hat nur einen Haken: Evie Porter existiert gar nicht! Sie arbeitet als Trickbetrügerin für den mysteriösen Mr. Smith, und Ryan ist ihr neuer Auftrag. Denkt zumindest Evie – bis sie auf einer Party eine Frau trifft, die behauptet, Lucca Marino zu heißen. Was absolut nicht sein kann, denn das ist Evies richtiger Name, seit Jahren nicht benutzt. Eine Warnung? Einen Tag später ist die falsche Lucca tot …

»Die beste Katz-und-Maus-Spannung, die ich seit Jahren gelesen habe!« *Lisa Gardner*